BASTEI
LÜBBE

JULIE
GARWOOD

Leg dein Herz in meine Hände

ROMAN

Ins Deutsche übertragen
von Katharina Braun

BASTEI
LÜBBE

BASTEI LÜBBE TASCHENBUCH
Band 18 196

Erste Auflage: März 1999

Sie finden uns im Internet unter
http://www.luebbe.de

Originaltitel: Come To Spring

Lektorat: Katharina Woicke
Titelbild: John Ennis / Agentur Schlück
Umschlaggestaltung: QuadroGrafik, Bensberg
Satz: KCS GmbH, Buchholz/Hamburg
Druck und Verarbeitung: 45436
Groupe Hérissey, Évreux, Frankreich
Printed in France
ISBN 3-404-18196-4

Der Preis dieses Bandes versteht sich einschließlich der gesetzlichen Mehrwertsteuer

ERSTER TEIL

1. KAPITEL

Gottes Gnade und einem losen Schnürsenkel hatte sie es zu verdanken, daß sie an jenem Tag nicht mit den anderen starb. Sie betrat die Bank um Punkt zwei Uhr fünfundvierzig, um ihr Konto dort aufzulösen. Sie hatte damit absichtlich bis zur letzten Minute gewartet, weil die Erledigung dieser Aufgabe alles so endgültig machte. Danach gab es kein Zurück mehr. All ihre Sachen waren bereits verpackt, und bald würde sie Rockford Falls, Montana, verlassen. Für immer.

Sie wußte, daß Sherman MacCorkle, der Bankdirektor, in fünfzehn Minuten die Türen schließen würde. Es herrschte großer Andrang in der Bank, doch trotz der vielen Kunden arbeiteten statt der gewohnten drei nur zwei Kassierer an den Schaltern. Emmeline MacCorkle, Shermans Tochter, war offenbar noch immer zu Hause, um sich von der Magen- und Darmgrippe zu erholen, die seit zwei Wochen in der friedlichen kleinen Stadt grassierte.

Die Schlange vor Malcolm Wattersons Schalter war etwas kürzer als die andere, aber er war ein notorischer Schwätzer und würde ihr sicher Fragen stellen, auf die sie keine Antwort geben wollte.

Zum Glück arbeitete heute jedoch auch Franklin Carroll. In seiner Reihe stellte sie sich an. Er war schnell und zuverlässig und mischte sich nie in die Privatangelegenheiten anderer Leute ein. Und außerdem war er ein Freund. Sie hatte sich bereits am Sonntag nach dem Gottesdienst von ihm verabschiedet, doch nun dachte sie, daß sie nichts dagegen hatte, es noch einmal zu tun.

Sie haßte es zu warten. Ungeduldig klopfte sie mit der Fußspitze auf die alten Dielen, streifte ihre Handschuhe ab und zog sie wieder an. Bei jeder ihrer Bewegungen schwang der bestickte Beutel, der an einem Satinband um ihre Taille hing, vor und zurück. Er wirkte wie ein Pendel, das sich im monotonen Rhythmus des Ticken der Uhr bewegte, die an der Wand über den Schaltern hing.

Der Mann vor ihr trat einen Schritt vor, aber sie blieb, wo sie war, um etwas Abstand zwischen sie zu bringen, weil sie den Geruch nach saurem Schweiß und Alkohol, der den Kleidern dieses Mannes anhaftete, schlicht unerträglich fand.

Der Mann links von ihr in Malcolms Reihe lächelte sie an und entblößte dabei zwei große Zahnlücken. Um ihn nicht zu unter Unterhaltung zu ermutigen, nickte sie ihm nur flüchtig zu und richtete den Blick auf die Wasserflecken an der Decke.

Es war schwül, stickig und schrecklich heiß im Raum. Sie konnte fühlen, wie sich Schweiß in ihrem Nacken sammelte, und zupfte am Kragen ihrer gestärkten weißen Bluse. Mit einem mitleidigen Blick auf Franklin fragte sie sich, wie die Angestellten den ganzen Tag in einer so dumpfen und erstickend heißen Atmosphäre arbeiten konnten. Sie wandte den Kopf nach rechts und starrte sehnsüchtig auf die drei geschlossenen Fenster. Der Sonnenschein, der durch die fleckigen Scheiben drang, warf helle Flecken auf den alten Holzboden und ließ Staubpartikel in der verbrauchten Luft flimmern. Wenn sie noch viel länger warten mußte, würde sie Sherman MacCorkles Ärger riskieren und die Fenster öffnen ... Sie verwarf die Idee jedoch sofort wieder, weil ihr klar war, daß der Bankdirektor die Fenster gleich wieder schließen und ihr eine Predigt über Sicherheitsvorschriften halten würde. Außerdem würde sie dann ihren Platz in der Schlange verlieren.

Endlich war sie an der Reihe. Sie trat so rasch vor,

daß sie stolperte und mit dem Kopf gegen die Glasscheibe des Schalters stieß. Ihr Schuh war ihr entglitten. Sie schob den Fuß wieder hinein und spürte, wie die Lasche sich unter ihre Zehen schob. In dem kleinen Büro hinter den Kassierern, dessen Tür weit offenstand, war Sherman MacCorkles mürrisches Gesicht zu sehen. Er hörte die Geräusche und schaute von seinem Schreibtisch auf. Sie bedachte ihn mit einem schwachen Lächeln, bevor sie sich wieder Franklin zuwandte.

»Mein Schnürsenkel hatte sich gelöst«, erklärte sie, um ihre Ungeschicklichkeit zu entschuldigen.

Er nickte mitfühlend. »Alles bereit für Ihre Abfahrt?«

»Fast«, wisperte sie, damit Malcolm, dieses Klatschmaul, sich nicht in ihr Gespräch einmischte. Er beugte sich bereits zu Frank herüber, und sie wußte, daß er begierig war, noch mehr zu hören.

»Sie werden mir fehlen«, sagte Franklin leise.

Das Geständnis trieb ihm die Röte in die Wangen. Franklins Schüchternheit war eine liebenswerte Eigenschaft, und als der große, dünne Mann jetzt schluckte, hüpfte sein übergroßer Adamsapfel auf und ab. Franklin war mindestens zwanzig Jahre älter als sie, aber er verhielt sich wie ein kleiner Junge, wann immer sie in seiner Nähe war.

»Ich werde Sie auch vermissen, Franklin.«

»Wollen Sie jetzt Ihr Konto auflösen?«

Sie nickte und schob die zusammengefalteten Papiere durch die halbkreisförmige Öffnung in der Glaswand. »Ich hoffe, es ist alles in Ordnung.«

Er nahm die Papiere an sich und überprüfte Unterschriften und Zahlen, bevor er seine Kasse öffnete und das Geld abzählte. »Vierhundertzwei Dollar ist eine Menge Geld, um es mit sich herumzutragen.«

»Ja, das weiß ich«, stimmte sie ihm zu. »Ich werde gut darauf aufpassen. Keine Sorge, Franklin.«

Sie streifte ihre Handschuhe ab, während er die Scheine ordnete, und als er ihr das kleine Päckchen durch die Öffnung zuschob, stopfte sie es rasch in ihren Beutel und zog die Bänder an.

Franklin warf seinem Chef einen verstohlenen Blick zu, bevor er sich vorbeugte und seine Stirn ans Glas preßte. »Die Messe sonntags wird nicht mehr dasselbe sein ohne Sie in der Bank vor Mutter und mir. Ich wünschte, Sie würden uns nicht verlassen. Mutter würde sich mit der Zeit bestimmt an Sie gewöhnen. Ich bin mir dessen ziemlich sicher.«

Impulsiv griff sie durch die Öffnung und drückte seine Hand. »In der kurzen Zeit, die ich hier gelebt habe, sind Sie mir ein guter Freund geworden. Ich werde nie vergessen, wie gut Sie zu mir waren.«

»Werden Sie mir schreiben?«

»Ja, natürlich schreibe ich.«

»Schicken Sie die Briefe in die Bank, damit Mutter sie nicht sieht.«

Sie lächelte. »Ja, das werde ich.«

Ein diskretes Hüsteln hinter ihr verriet, daß sie sich schon zu lange aufhielt. Mit einem entschuldigenden Lächeln nahm sie ihre Handschuhe und ihren Beutel und schaute sich dann suchend nach einer freien Stelle im Gedränge um, wo sie in Ruhe ihren Schuh zubinden konnte. In der Nische hinter der Schwingtür, die die Kundschaft von den Angestellten trennte, stand ein freier Schreibtisch. Gewöhnlich saß dort Lemont Morganstaff, doch wie Emmeline MacCorkle erholte auch er sich noch von der Grippe-Epidemie.

Sie zog den Fuß ein wenig nach, um nicht wieder aus dem Schuh zu rutschen, als sie durch die Halle zu dem altersschwachen Schreibtisch vor den Fenstern ging. Franklin hatte ihr verraten, daß MacCorkle die gesamte Einrichtung aus dritter Hand von einer Druckerei erworben hatte. Sein Geiz mußte ihn veranlaßt haben, die Tintenflecke und die hervorstehenden Splitter im Holz zu übersehen, die nur auf eine unvorsichtige Hand zu warten schienen.

Es war schändlich, wie MacCorkle seine Angestellten behandelte. Sie war sicher, daß er keinem seiner Leute ein anständiges Gehalt zahlte, denn der arme Franklin führte ein sehr bescheidenes Leben und konnte es sich fast nicht leisten, seiner Mutter das stärkende Tonikum zu kaufen, das sie offenbar so dringend brauchte, um bei Kräften zu bleiben.

Einen Moment lang kam ihr der Gedanke, in MacCorkles funkelnagelneues Büro mit dem glänzenden Mahagonischreibtisch und den passenden Aktenschränken zu gehen, um ihm zu sagen, was für ein Geizkragen er war. Sie wollte ihn so sehr beschämen, daß er etwas an den beklagenswerten Bedingungen änderte, unter denen er seine Leute schuften ließ. Und vielleicht hätte sie es auch getan, wenn nicht die Möglichkeit bestanden hätte, daß MacCorkle glaubte, Franklin habe sie dazu angestiftet. Der Bankdirektor wußte, daß sie Freunde waren. Und daher wagte sie nicht, etwas zu sagen, und begnügte sich mit einem vernichtenden Blick auf ihn.

Es war pure Zeitverschwendung; MacCorkle schaute in die andere Richtung. Prompt kehrte sie ihm den Rücken zu und zog den freien Schreibtischstuhl heran. Nachdem sie ihre Sachen auf den Stuhl gelegt hatte, raffte sie so damenhaft wie möglich ihre Röcke und bückte sich, um ihren Schuh zu binden. Sie richtete die Lasche ihres Schuhs, schob den Fuß wieder hinein und band rasch den steifen Schnürsenkel.

Als das erledigt war, versuchte sie, aufzustehen, trat aber auf ihren Rock und wurde auf den Boden zurückgerissen, wo sie mit einem harten Aufprall landete. Ihr

Beutel und ihre Handschuhe fielen auf ihren Schoß, als der Stuhl, gegen den sie gestoßen war, auf seinen Rollen zurückschnellte. Er knallte gegen die Wand, rollte zurück und prallte gegen ihre Schulter. Beschämt über ihre eigene Ungeschicklichkeit, spähte sie verstohlen über den Rand des Schreibtischs, um zu sehen, ob jemand etwas bemerkt hatte.

Drei Kunden standen noch vor den Schaltern, und alle starrten in ihre Richtung. Franklin hatte eben erst ihre Dokumente in den Aktenschrank geräumt, als sie gestürzt war. Er schlug die Tür zu und wollte mit besorgter Miene auf sie zugehen, aber sie lächelte und winkte ihn zurück. Sie öffnete den Mund, um ihm zu sagen, daß ihr nichts geschehen sei, als die Eingangstür mit einem Knall aufflog.

Die Uhr schlug drei. Sieben Männer stürmten herein und verteilten sich in der Halle. Was sie beabsichtigten, war nicht zu übersehen. Dunkle Tücher verhüllten den unteren Teil ihrer Gesichter, und ihre Hüte, die sie tief in die Stirn gezogen trugen, verbargen ihre Augen. Als die Männer vortraten, zogen sie ihre Waffen. Der letzte, der eingetreten war, fuhr herum, um die Jalousien herunterzulassen und die Tür von innen zu verriegeln.

Alle, die sich in der Bank aufhielten, erstarrten – mit Ausnahme von MacCorkle, der mit einem erschrockenen Schrei von seinem Stuhl aufsprang. Dann stieß auch Franklin einen Schrei aus; ein hoher, schriller Ton, der für einen Moment das unheimliche Schweigen brach.

Wie die anderen war auch sie viel zu bestürzt, um sich zu rühren. Eine Welle der Panik durchzuckte sie und lähmte jeden einzelnen ihrer Muskeln. Verzweifelt versuchte sie, einen klaren Gedanken zu fassen. *Keine Panik … bloß keine Panik … Sie können uns nicht erschießen … Sie würden es nicht wagen …* Das Geräusch der

Schüsse … Sie wollen Geld, mehr nicht … Wenn alle gehorchen, werden sie uns nichts tun …

Ihre Logik konnte ihren rasenden Herzschlag nicht beruhigen. Sie würden ihre vierhundert Dollar nehmen. Und das konnte sie nicht zulassen. Sie konnte und wollte ihnen das Geld nicht geben. Aber wie hätte sie es verhindern können? Rasch nahm sie das Päckchen Scheine aus ihrem Retikül und suchte fieberhaft nach einem Platz, an dem sie es verstecken konnte. *Denk nach …* Sie beugte sich ein wenig vor und schaute zu Franklin auf. Er starrte die Bankräuber an, aber er mußte ihren Blick gespürt haben, denn er neigte fast unmerklich den Kopf nach unten. Sie zögerte nur wenige Sekunden. Den Blick auf Franklins aschfahles Gesicht gerichtet, kroch sie lautlos unter den altmodischen Schreibtisch. Dort knöpfte sie mit zitternden Fingern ihre Bluse auf, schob das Geld unter ihr Mieder und preßte die Hände an ihre Brust.

O Gott, o Gott … Einer der Männer kam auf ihren Schreibtisch zu. Sie hörte seine Schritte immer näher kommen. Ihre Unterröcke! Sie umgaben sie wie eine weiße Flagge. Rasch griff sie danach und stopfte sie unter ihre Knie. Ihr Herz pochte jetzt wie eine Urwaldtrommel, so laut, daß sie Angst hatte, alle anderen müßten es hören können. Wenn sie sie nicht fanden, würden sie ihr nicht das Geld abnehmen.

Schlangenlederstiefel mit rasselnden Sporen erschienen jetzt nur wenige Zentimeter vor ihr, und es roch plötzlich nach Pfefferminz. Der Geruch schockierte sie – Kinder rochen nach Pfefferminz, nicht Kriminelle! *Bitte, lieber Gott, laß sie mich nicht finden,* flehte sie. *Bitte, bitte, lieber Gott …* Am liebsten hätte sie die Augen zusammengekniffen und wäre im Erdboden versunken. Sie merkte, wie die Jalousien hinabgezogen wurden und wie es dunkler wurde, und plötzlich kam es ihr so vor, als läge sie in einem Sarg und der Mann zöge den Deckel über sie.

Nur wenige Sekunden waren verstrichen, seit sie die Bank betreten hatten. Es ist bald vorbei, tröstete sie sich. Es kann nicht lange dauern. Sie wollten nur das Geld, nicht mehr, und sie würden sich bestimmt beeilen, um so schnell wie möglich zu verschwinden. Ja, natürlich würden sie sich beeilen! Mit jeder Sekunde, die sie blieben, erhöhte sich die Gefahr, daß sie gefaßt wurden.

Konnten sie sie durch die Ritze in der Seitenwand des Schreibtischs sehen? Der Gedanke war zu beängstigend. Ein ziemlich breiter Spalt verlief über die gesamte Länge des mittleren Paneels, und langsam änderte sie ihre Position, bis ihre Knie gegen die Schublade über ihrem Kopf drückten. Die Luft hier unten war so stickig, daß ein Würgen in ihr aufstieg. Sie atmete nur sehr flach durch den Mund und legte den Kopf zur Seite, um durch den Spalt sehen zu können.

Regungslos und mit dem Rücken an der Schalterwand standen auf der anderen Seite des Raums die drei leichenblassen Kunden. Einer der Banditen trat jetzt vor. Er trug einen schwarzen Anzug und ein weißes Hemd, ähnlich jenen, die der Bankdirektor trug. Hätte er nicht eine Maske getragen und eine Waffe in der Hand gehalten, hätte er wie jeder andere Geschäftsmann ausgesehen.

Er war überaus höflich und zuvorkommend.

»Meine Herren, es besteht kein Grund zur Sorge«, begann er. Er sprach mit ausgeprägtem Südstaatenakzent. »Solange Sie tun, was ich sage, wird niemandem etwas zustoßen. Wir erfuhren von einem Freund zufällig von einer beträchtlichen Einzahlung von Regierungsgeldern für Soldzahlungen der Armee und dachten, die würden wir ganz gerne mitnehmen. Ich gebe zu, daß das nicht korrekt ist, und kann mir vorstellen, daß Sie sich belästigt fühlen. Es tut mir wirklich leid … Mr. Bell, hängen Sie das Schild ›Geschlossen‹ an das Glas hinter der Jalousie.«

Der Anführer gab den Befehl dem Mann zu seiner Rechten, der rasch gehorchte.

»Das ist gut, sehr gut«, sagte der Anführer. »Und nun, meine Herren, möchte ich, daß Sie alle die Hände heben und aus dem Schalterraum nach vorne kommen, damit ich mir keine Sorgen zu machen brauche, daß irgend jemand etwas Dummes tut. Nicht so schüchtern, Herr Direktor. Kommen Sie aus Ihrem Büro, und stellen Sie sich zu Ihren Freunden und Nachbarn.«

Sie hörte das Schlurfen von Füßen, als die Männer langsam vortraten. Die Schwingtür quietschte, als sie sich bewegte.

»Das war sehr brav und ordentlich«, lobte der Anführer, als seine Anweisungen widerspruchslos befolgt wurden. »Bis jetzt haben Sie alles richtig gemacht, aber ich muß Sie noch um etwas anderes bitten. Würden Sie sich bitte alle hinknien? Nein, nein, die Hände bleiben schön über dem Kopf. Sie wollen mich doch sicher nicht beunruhigen? Mr. Bell würde Sie am liebsten auf den Boden legen und fesseln, aber ich glaube nicht, daß das erforderlich sein wird. Warum sollten Sie Ihre schönen Anzüge beschmutzen? Knien Sie sich nur in einem engen Kreis hin. Ja, so ist es gut«, lobte er noch einmal.

»Der Tresor ist offen, Sir«, rief ihm einer der anderen zu.

»Dann räum ihn aus«, rief er zurück.

Der Anführer der Bande drehte sich zum Schreibtisch um, und sie konnte seine Augen sehen. Sie waren braun mit goldenen Flecken – wie Murmeln, kalt und gefühllos. Der Mann namens Bell hustete, und der Anführer wandte sich ab, um seinen Komplizen anzusehen.

»Warum lehnst du dich nicht ans Geländer und läßt die anderen die Beutel füllen? Mein Freund fühlt sich heute nicht besonders gut«, sagte er zu den Gefangenen.

»Vielleicht hat er sich mit Influenza angesteckt«, schlug Malcolm in diensteifrigem Tonfall vor.

»Ich fürchte, Sie haben recht«, stimmte der Boß der Bande zu. »Es ist schade, daß er sich heute nicht amüsieren kann, weil seine Arbeit ihm sonst großen Spaß bereitet. Nicht wahr, Mr. Bell?«

»Ja, Sir«, antwortete sein Komplize.

»Sind Sie fertig, Mr. Robertson?«

»Wir haben alles, Sir.«

»Vergeßt nicht das Geld in den Kassen«, ermahnte er ihn

»Das haben wir auch schon, Sir.«

»Tja, dann sind wir hier wohl fertig. Mr. Johnson, würden Sie bitte dafür sorgen, daß die Hintertür uns keine Schwierigkeiten macht?«

»Schon erledigt, Sir.«

»Dann wird es Zeit, hier Schluß zu machen.«

Sie hörte die anderen in die Halle zurückkehren, ihre Stiefelabsätze klickten auf den Holzdielen. Einer von ihnen kicherte.

Der Anführer hatte sich von ihr abgewandt, aber dafür konnte sie jetzt die anderen deutlich sehen. Alle standen hinter dem Kreis ihrer Gefangenen. Während sie ihnen noch zusah, nahmen sie die Tücher vom Gesicht und steckten sie in ihre Taschen. Der Anführer trat einen Schritt vor und steckte seine Waffe weg, faltete dann ordentlich das Tuch und steckte es in seine Westentasche. Er stand nahe genug, daß sie seine gepflegten Hände und sorgfältig manikürten Nägel sehen konnte.

Warum hatten sie die Tücher abgenommen? Wußten

sie denn nicht, daß Franklin und die anderen den Behörden jetzt eine genaue Beschreibung ... *O Gott, nein ... nein ... nein ...*

»Ist die Hintertür offen, Mr. Johnson?«

»Ja, Sir.«

»Nun, dann wird es Zeit zu gehen. Wer ist an der Reihe?« fragte er.

»Mr. Bell ist seit dem kleinen Mädchen nicht mehr drangewesen. Erinnern Sie sich, Sir?«

»Ja. Fühlen Sie sich heute dazu in der Lage, Mr. Bell?«

»Ja, Sir. Vielen Dank, Sir.«

»Dann fangen Sie jetzt an«, befahl er, während er seine Waffe zückte und entsicherte.

»Was haben Sie vor?« fragte der Direktor, und es klang wie ein erstickter Schrei.

»Pst. Ich sagte Ihnen doch, daß niemand verletzt wird, nicht?«

Seine Stimme klang auf makabre Art beruhigend. MacCorkle nickte gerade, als der Mann namens Bell den ersten Schuß abfeuerte. Der Kopf des Bankdirektors explodierte.

Der Anführer tötete den Mann vor ihm und sprang zurück, als das Blut in alle Richtungen spritzte.

Franklin schrie: »Aber Sie haben doch versprochen ...«

Der Anführer fuhr zu ihm herum und schoß ihn in den Hinterkopf. Franklins Genick brach knackend.

»Ich habe Sie belogen.«

2. KAPITEL

Die Zeremonie war einzigartig. Der Ehrengast, Cole Clayborne, verschlief sie und die Feier, die danach folgte. Eine Stunde nachdem die meisten Gäste gegangen waren, begann die Wirkung des unnatürlichen Schlafes nachzulassen. Noch immer stark benommen, schwebte Cole irgendwo zwischen Phantasie und Wirklichkeit. Er spürte, daß jemand an ihm zerrte, aber er konnte nicht genügend Kraft aufbringen, um die Augen aufzuschlagen und festzustellen, wer ihn quälte. Der Lärm verursachte ihm heftige Kopfschmerzen, und als er endlich aufwachte, waren die ersten Geräusche, die er hörte, das Klirren von Glas und lautes, ausgelassenes Gelächter.

Jemand sprach mit ihm – oder über ihn. Er hörte seinen Namen, konnte sich aber nicht lange genug konzentrieren, um zu verstehen, was gesagt wurde. Sein Kopf fühlte sich an, als wären kleine Männchen darin, die zwischen seinen Augen standen und seinen Schädel mit Hämmern und Spitzhacken bearbeiteten.

Ein Kater? fragte er sich dumpf. Nein, er trank nie, wenn er nicht in Rosehill war, und selbst wenn er zu Hause war, trank er selten mehr als ein kühles Bier an einem heißen Nachmittag. Er mochte die Nachwirkungen nicht. Alkohol, das hatte er auf die harte Tour gelernt, wirkte einschläfernd auf die Sinne und verlangsamte die Reflexe. Und da die Hälfte aller Revolverhelden des Territoriums ihren Ruf darauf begründen wollten, ihn bei einer Schießerei zu töten, dachte er nicht im Traum daran, etwas Einschläfernderes zu trinken als reines, klares Wasser.

Jemand schien sich großartig zu amüsieren. Er hörte

wieder Gelächter und wandte den Kopf in diese Richtung. Ein scharfer Schmerz durchzuckte seinen Nacken, und bittere Galle stieg in seiner Kehle auf. O Gott, er fühlte sich entsetzlich.

»Mir scheint, er kommt jetzt wieder zu sich, Josey. Du solltest jetzt besser heimgehen, bevor er zu wüten und zu spucken anfängt. Das wird bestimmt kein schöner Anblick.« Sheriff Tom Norton starrte durch die Gitterstäbe der Zelle, während er mit der Frau sprach, mit der er seit dreißig Jahren verheiratet war.

Josey Norton hastete davon, bevor Coles Blick sich klärte. Er brauchte eine volle Minute, um zu begreifen, wo er war. Er biß die Zähne zusammen, als er sich auf der schmalen Pritsche aufrichtete und die Beine auf den Boden schwang. Seine Hände umklammerten die Matratze, und sein Kopf sank kraftlos auf die Brust.

Aus blutunterlaufenen Augen betrachtete er den Sheriff. Norton war ein älterer Mann mit sonnengegerbter Haut, mächtigem Bauch und melancholischen Hundeaugen.

»Warum bin ich im Gefängnis?« murmelte Cole wütend.

Der Sheriff lehnte sich an die Stäbe, schlug ein Bein über das andere und lächelte. »Weil Sie das Gesetz gebrochen haben.«

»Und womit?«

»Öffentliche Ruhestörung.«

»Was?«

»Sie brauchen nicht so zu brüllen. Das muß doch schmerzen. Sie haben eine hübsche Beule am Hinterkopf, und ich glaube nicht, daß sie durch Brüllen besser wird. Erinnern Sie sich nicht mehr an das, was geschehen ist?«

Cole schüttelte den Kopf und bereute es sofort. Ein heftiger Schmerz explodierte hinter seinen Augen.

»Ich erinnere mich, daß ich krank war.«

»Ja, Sie hatten Grippe. Sie hatten vier Tage lang sehr hohes Fieber, und meine Josey hat Sie wieder gesund gepflegt. Sie sind erst seit gestern wieder auf den Beinen.«

»Und wann soll ich gegen das Gesetz verstoßen haben?«

»Als Sie gestern die Straße überquerten«, erwiderte Norton fröhlich. »Es war sehr beunruhigend für mich, als Sie weggingen, obwohl ich mir solche Mühe gab, Sie hier festzuhalten, bis die Ernennung durchkam. Ich hatte einer wichtigen Persönlichkeit mein Wort gegeben, Sie hierzubehalten, junger Mann, aber Sie wollten ja nicht hören.«

»Und da haben Sie mich niedergeschlagen.«

»Ja, das stimmt«, gestand er. »Ich sah keine andere Möglichkeit. Es war allerdings kein harter Schlag, sondern nur ein kleiner Hieb mit dem Griff meiner Pistole. Er hat keinen dauerhaften Schaden angerichtet, sonst würden Sie jetzt nicht da sitzen und mich anfauchen. Außerdem habe ich Ihnen damit nur einen Gefallen getan.

Der heitere Ton des Sheriffs ging Cole auf die Nerven. Er warf ihm einen aufgebrachten Blick zu. »Und wieso, wenn ich fragen darf?«

»Zwei Revolverhelden erwarteten Sie schon auf der Straße. Beide waren fest entschlossen, Sie zu einer Schießerei herauszufordern – einer nach dem anderen natürlich. Sie hatten gerade erst Ihre Grippe überwunden, und obwohl Sie es selbst wahrscheinlich niemals zugäben, würde ich einen Wochenlohn darauf verwetten, daß Sie noch gar nicht in der Lage waren, es auch nur mit einem von ihnen aufzunehmen. Die Influenza hat Sie sehr geschwächt, mein Junge, und Sie bekommen erst jetzt wieder ein bißchen Farbe. Ja, Sir, man kann wohl durchaus sagen, daß ich Ihnen einen Gefallen getan habe!«

»Jetzt erinnere ich mich wieder.«

»Zerbrechen Sie sich nicht den Kopf darüber«, rief Norton. »Denn das ist jetzt passé. Die Ernennung wurde ausgesprochen, und wir haben eine feierliche Zeremonie hier abgehalten. Es war zwar ein bißchen komisch, daß wir dazu alle zu Ihnen in die Zelle mußten, aber der Richter meinte, ihn störe es nicht, und dann klappte es ja auch. Zu schade, daß Sie das alles verschlafen haben, wo Sie doch so etwas wie der Ehrengast waren! Josey hatte sogar einen richtig leckeren Festtagskuchen mit Zuckerglasur für Sie gebacken. Aber keine Sorge, Sie hat Ihnen ein großes Stück davon aufgehoben. Es liegt da drüben auf dem Tisch«, fügte er mit einer Kopfbewegung zur anderen Zellenwand hinzu. »Essen Sie ihn lieber, bevor die Mäuse sich darüber hermachen.«

Cole wurde von Sekunde zu Sekunde wütender. Das meiste, was der Sheriff sagte, ergab für ihn nicht den geringsten Sinn. »Beantworten Sie mir eine Frage«, verlangte er. »Sie sagten, eine wichtige Persönlichkeit habe mich hierbehalten wollen. Wer war das?«

»Marshal Daniel Ryan. Er müßte jeden Augenblick erscheinen, um Sie herauszulassen.«

»Ryan ist hier in Middleton? Dieser hinterhältige, gemeine …«

»Lassen Sie es, Cole. Das nützt doch nichts. Der Marshal sagte mir bereits, daß Sie ihm wegen irgend etwas grollen. Er sagte, er hätte etwas mit einem Kompaß in einem goldenen Medaillon zu tun, den er für Sie aufbewahrt hat.«

Cole nickte ärgerlich. »Ja, meine Mutter brachte mir den Kompaß mit, aber Ryan nahm ihn mir ab, bevor sie ihn mir geben konnte. Er hat nicht die Absicht, ihn zurückzugeben. Ich werde ihm den Kompaß mit Gewalt abnehmen müssen.«

»Ich glaube, da irren Sie sich«, meinte Norton lächelnd.

Es war sinnlos, mit ihm zu diskutieren. Cole beschloß, seinen Zorn für den Mann aufzusparen, der die Schuld daran trug, daß er im Gefängnis saß ... Daniel Ryan. Er konnte es kaum erwarten, ihn in die Finger zu bekommen.

»Werden Sie mich herauslassen und mir meine Waffen zurückgeben?«

»Das würde ich sehr gern tun, mein Junge.«

»Aber?«

»Aber ich kann es nicht«, sagte der Sheriff. »Ryan hat die Schlüssel zu Ihrer Zelle. Ich muß jetzt einige Papiere zum Gericht hinüberbringen – warum machen Sie es sich solange nicht bequem und essen etwas? Ich werde nicht lange fort sein.«

Der Sheriff wandte sich zum Gehen. »Noch eins«, sagte er an der Tür gedehnt. »Herzlichen Glückwunsch, junger Mann. Ich bin sicher, daß Ihre Familie sehr stolz auf Sie sein wird.«

»Moment mal!« schrie Cole ihm nach. »Warum gratulieren Sie mir eigentlich?«

Norton antwortete nicht, sondern ging ins vordere Büro weiter. Eine Minute später hörte Cole, wie die Eingangstür geöffnet und dann wieder geschlossen wurde. Verwundert schüttelte der den Kopf. Er hatte nicht die leiseste Ahnung, wovon der alte Mann da redete. Wozu hätte er ihm gratulieren sollen?

Er schaute sich in der kargen Zelle um – graue Wände, graue Gitter, grauer Boden. Auf einem dreibeinigen Tisch in einer Ecke standen eine schmutziggraue Schüssel und ein Wasserkrug. Daneben lag das Stück Kuchen, das die Frau des Sheriffs für ihn aufgehoben hatte. Die schmucklosen Wände waren nackt bis auf die schwarze Spinne, die langsam über die getünchten Steine kroch. Eine weitere hing an ihrem Netz in dem vergitterten kleinen Fenster hoch unter der Decke. Cole war über einsachtzig groß, aber um hinauszusehen, hätte er sich auf einen Stuhl stellen müssen. Und Stühle gab es keine in der Zelle. Er konnte jedoch ein Stückchen Himmel sehen, aber auch das, wie alles andere in seinem gegenwärtigen Zuhause, war schmutziggrau.

Die Farbe paßte jedoch zu seiner Stimmung. Er war in einer ausweglosen Situation. Er konnte Norton unmöglich erschießen, nachdem seine Frau ihn gesund gepflegt hatte. Und auch der Sheriff hatte ihm vermutlich das Leben gerettet, als er ihn bewußtlos geschlagen hatte, bevor die Revolverhelden ihn in eine Schießerei hatten verwickeln können. Cole erinnerte sich, daß die Magen- und Darmgrippe ihn sehr geschwächt hatte. Bei einer Schießerei hätte er ganz gewiß den kürzeren gezogen – aber hatte Norton ihm wirklich so hart eins überziehen müssen? Sein Kopf fühlte sich noch immer an, als wäre er von einer Axt gespalten worden.

Er hob die Hand, um seinen steifen Nacken zu massieren, und dabei stieß sein rechter Arm gegen etwas Kaltes, Metallisches. Er schaute an sich herab und erstarrte, als er begriff, was er da sah. Ein goldenes Medaillon baumelte von einer Kette, die jemand – vermutlich Ryan – an der Tasche seiner Lederweste befestigt hatte.

Das Schlitzohr hatte ihm also endlich seinen Schatz zurückgegeben! Vorsichtig legte er das Medaillon auf seine Handfläche und betrachtete es lange, bevor er es öffnete. Der Kompaß war aus Bronze, nicht aus Gold, aber trotzdem sehr kunstvoll gearbeitet. Das Zifferblatt war weiß, die Zahlen rot, der Zeiger schwarz. Cole nahm ihn aus dem Medaillon und lächelte, als er sah, wie der Zeiger hin und her schwankte, bevor er in Richtung Norden deutete.

Mama Rose würde sehr erfreut sein zu erfahren, daß er endlich das Geschenk erhalten hatte, das sie ihm vor über einem Jahr gekauft hatte. Es war ein wunderschönes Stück. Er konnte nirgendwo eine Delle oder einen Kratzer sehen. Ryan schien gut darauf aufgepaßt zu haben, mußte er sich grollend eingestehen. Er hätte den Schuft noch immer gern dafür erschossen, daß er den Kompaß so lange behalten hatte, aber er wußte, daß er das nicht tun konnte, wenn er noch ein bißchen länger leben wollte – auf die Erschießung eines Marshals stand in diesem Territorium die Todesstrafe –, und deshalb hielt Cole es für besser, sich mit einem Fausthieb auf die Nase zu begnügen.

Vorsichtig steckte er das Medaillon mit dem Kompaß in die Westentasche, schaute zu der Wasserschüssel hinüber und beschloß, sich das Gesicht zu waschen. Sein Blick fiel dabei auf den Kuchen, und er ließ ihn eine Weile darauf ruhen, während er versuchte, Realität von Traum zu trennen.

Wieso hatten sie in seiner Zelle Kuchen gegessen? Die Frage erschien ihm viel zu kompliziert, um jetzt lange darüber nachzudenken. Er stand auf, um seine steifen Glieder zu strecken, und wollte gerade seine Weste ausziehen, als sein Ärmel an etwas Scharfem hängenblieb. Als er den Arm befreit hatte, senkte er den Kopf, um zu sehen, woran der Ärmel sich verfangen hatte.

Seine Hände sanken auf die Knie, als er sich auf die Pritsche zurückfallen ließ und fassungslos auf seine linke Schulter starrte. Er war wie vor den Kopf geschlagen. Es konnte nur ein Scherz sein – aber wenn, dann ein sehr schlechter. Und da fielen ihm plötzlich Sheriff Nortons Worte wieder ein. *Die Ernennung wurde ausge-*

sprochen … Ja, das war es, was er gesagt hatte! Und sie hatten gefeiert … Cole erinnerte sich, daß Norton auch das gesagt hatte.

Und Cole war der Ehrengast gewesen …

»Geh zur Hölle, du verdammter Hurensohn!« fluchte er, während er den silbernen Stern an seiner Brust anstarrte.

Er war jetzt ein U.S. Marshal.

3. KAPITEL

Als Sheriff Norton zum Gefängnis zurückkam, kochte Cole vor Wut. Glücklicherweise hatte Norton inzwischen von Ryan die Schlüssel erhalten. Josey, Nortons Frau, war bei ihm, und nur aus diesem Grund beherrschte Cole sich. Sie hielt einen Korb in den Händen, der mit einem blaukarierten Tuch bedeckt war, und kaum hatte der Sheriff die Zelle aufgeschlossen, trug sie den Korb hinein.

Norton stellte sie einander vor. »Ihr kennt euch offiziell noch nicht, da Sie immer hohes Fieber hatten, wenn meine Josey kam. Josey, das hier ist Marshal Cole Clayborne. Er weiß es zwar noch nicht, aber er wird Marshal Ryan helfen, die Blackwater-Bande, die in dieser Gegen raubt und mordet, unschädlich zu machen. Cole … Es stört Sie doch nicht, wenn ich Sie mit Ihrem Vornamen anrede?«

»Nein, Sir, es stört mich nicht.«

Der Sheriff strahlte vor Vergnügen. »Das ist sehr großzügig von Ihnen, wenn man bedenkt, welche Kopfschmerzen Sie nach meinem kleinen Hieb haben müssen. Aber wie ich bereits sagte, die hübsche Dame neben mir ist Josey, meine Frau. Sie hat sich sehr um Sie bemüht, als Sie so krank waren. Erinnern Sie sich noch?«

Cole war aufgestanden, als Josey eingetreten war. Jetzt trat er vor und deutete eine Verbeugung an. »Natürlich erinnere ich mich, Ma'am. Ich weiß es sehr zu schätzen, daß Sie jeden Tag in mein Hotel kamen, um nach mir zu sehen, als ich krank im Bett lag. Ich hoffe nur, daß ich keine allzu große Last war.«

Josey war eine eher unscheinbare Frau mit runden Schultern und schiefen Zähnen, aber wenn sie lächelte, begann der ganze Raum zu strahlen. Niemand konnte ihrem Lächeln widerstehen, und Cole war darin keine Ausnahme. Sein Lächeln war so aufrichtig wie sein Dank.

»Viele Leute hätten sich ganz sicher nicht die Mühe gemacht, einen Fremden gesund zu pflegen«, sagte er.

»Nicht der Rede wert«, erwiderte sie bescheiden. »Sie haben ein bißchen Gewicht verloren, aber mein Hähnchen müßte das eigentlich wieder ausgleichen. Ich habe es Ihnen von zu Hause mitgebracht.«

»Meine Josey macht ein wunderbares Brathähnchen«, warf Norton ein und deutete lächelnd auf den Korb, den seine Frau in beiden Händen hielt.

»Ich dachte, ich müßte etwas tun, um die Grobheit meines Mannes wiedergutzumachen. Thomas hätte Sie nicht so niederschlagen dürfen, wie er es getan hat – erst recht nicht, nachdem Sie von Ihrer Krankheit so geschwächt waren. Haben Sie schlimme Kopfschmerzen?«

»Nein, Ma'am«, log er.

Sie wandte sich zu ihrem Mann um. »Diese beiden Revolverhelden treiben sich noch immer in der Stadt herum. Ich habe sie auf dem Weg hierher gesehen. Der eine hockt am nördlichen Ende unserer Straße und der andere weiter südlich. Wirst du etwas unternehmen, bevor sie diesen jungen Mann hier umbringen?«

Norton rieb sich das Kinn. »Ich nehme an, daß Marshal Ryan mit ihnen reden wird.«

»Er scheint mir nicht der Typ zu sein, der redet«, versetzte Josey.

»Ma'am, diese Kerle wollen mich«, mischte Cole sich ein. »Ich werde mit ihnen reden.«

»Sie wollen nicht reden, junger Mann. Sie sind begierig, sich einen Namen zu machen, und der einzige Weg, um das zu schaffen, ist, daß einer von beiden Sie bei einem Duell erschießt. Lassen Sie sich nicht von ihnen provozieren«, warnte Norton.

Josey nickte zustimmend und wandte sich dann wieder ihrem Ehemann zu. »Wo würdet ihr gern essen?«

»Es ist zu heiß hier drinnen«, sagte Norton. »Warum stellst du die Sachen nicht auf meinen Schreibtisch?«

Cole wartete, bis Josey im vorderen Büro verschwunden war, bevor er sich wieder an den Sheriff wandte. »Wo ist Ryan?«

»Er wird gleich kommen. Er war auf dem Weg hierher, aber dann wurde er ins Telegrafenamt gerufen, um ein Telegramm in Empfang zu nehmen. Sie können es wahrscheinlich kaum erwarten, ihn zu sehen.«

Cole nickte. Es gelang ihm, seinen Ärger zu beherrschen, indem er sich vor Augen hielt, daß der Sheriff nur getan hatte, was Ryan von ihm verlangt hatte. Es war der Marshal gewesen, der befohlen hatte, Cole in der Stadt zu behalten, und es war auch der Marshal gewesen, der ihm den Stern an seine Weste gesteckt hatte. Cole hatte für dieses Abzeichen einen ganz anderen Platz im Sinn. Vielleicht ging er so weit, es Ryan an die Stirn zu stecken. Der Gedanke belustigte ihn, und er mußte lächeln.

Josey hatte die Papiere vom Schreibtisch fortgeräumt

und ihn mit einem rotkarierten Tuch bedeckt. Zwei angeschlagene Porzellanteller mit blauen Schmetterlingen standen darauf und zwei passende Kaffeetassen. In der Mitte des Tischs stand eine große Platte mit gebratenen Hähnchenstücken, die in einer dicken Fettschicht ruhten, und dazu gab es gekochte Steckrüben, an denen noch die haarigen Wurzeln hingen, eine zähflüssige Sauce, die wie alter Teig aussah, eingelegte Rote Bete und verbrannten Toast.

Es war die unappetitlichste Mahlzeit, die Cole je gesehen hatte. Sein Magen, der noch sehr empfindlich nach der Grippe war, drehte sich schon beim bloßen Geruch des Essens um. Da Josey bereits gegangen war, brauchte Cole sich nicht zu sorgen, daß sein mangelnder Appetit sie kränken könnte.

Der Sheriff setzte sich hinter den Schreibtisch und forderte Cole auf, sich einen Stuhl heranzuziehen. Nachdem er Kaffee eingeschenkt hatte, lehnte er sich zurück und zeigte grinsend auf das Essen. »Ich sollte Sie vielleicht lieber vorher warnen. Meine Frau meint es gut, aber sie hat nie richtig kochen gelernt. Sie scheint zu glauben, es genügte, alles in einem Haufen Fett zu braten. Ich würde diese Sauce an Ihrer Stelle nicht probieren. Sie ist lebensgefährlich.«

»Ich bin eigentlich gar nicht hungrig«, sagte Cole.

Der Sheriff lachte. »Sie werden ein verdammt guter Marshal sein, so diplomatisch, wie Sie sind.« Er tätschelte seinen umfangreichen Bauch, als er hinzufügte: »Ich bin an Joseys Kocherei gewöhnt, aber dazu habe ich fast dreißig Jahre gebraucht. Es gab Zeiten, da dachte ich, sie wollte mich umbringen.«

Cole trank seinen Kaffee, während Norton zwei große Portionen aß. Als der Sheriff seine Mahlzeit beendet hatte, legte er das schmutzige Geschirr in den Korb, bedeckte ihn mit seiner fleckigen Serviette und stand auf.

»Ich glaube, ich schleiche mich jetzt zu Friedas Restaurant und hole mir ein Stück Nußtorte. Wollen Sie mich begleiten?«

»Nein, danke. Ich warte lieber hier auf Ryan.« Ein Gedanke führte zum anderen. »Wo haben Sie meine Waffen?«

»Sie sind in der untersten Schublade meines Schreibtischs. Das ist ein guter Waffengurt, den Sie da haben. Er macht das Ziehen einfacher, nicht wahr? Ich denke, das ist der Grund, warum Marshal Ryan den gleichen hat.«

Sobald der Sheriff das Büro verlassen hatte, holte Cole seinen Waffengurt und legte ihn an. Alle Kugeln seiner beiden sechsschüssigen Revolver waren entfernt worden. Cole lud sie wieder, füllte die Kammer einer der beiden Waffen und arbeitete an der zweiten, als Norton schon zurückkam.

»Ich glaube, Marshal Ryan könnte Ihre Hilfe gebrauchen«, sagte er aufgeregt. »Diese beiden Revolverhelden warten an beiden Enden der Straße, und ich habe gerade gesehen, wie er sie überquert. Er könnte in eine Schießerei verwickelt werden.«

Cole schüttelte den Kopf. »Sie wollen mich, nicht Ryan«, erwiderte er, als er die Kammer einschnappen ließ und die Waffe in das Halfter steckte.

»Aber das ist ja das Problem, mein Junge. Ryan wird sie nicht an Sie heranlassen. Wenn einer von ihnen Sie tötet, können Sie ihm nicht mehr helfen, die Blackwater-Bande festzunehmen, und er hat schon oft gesagt, daß er dazu Ihre ganz spezielle Hilfe braucht.«

Cole hatte nicht die geringste Ahnung, wovon der Sheriff sprach. Was für eine Art ›spezieller‹ Hilfe hatte er anzubieten? Aber das wirst du bald erfahren, dachte er. Sein Vorschlag, daß der Sheriff im Gebäude blieb, traf nicht gerade auf Begeisterung.

»Hören Sie, junger Mann, ich könnte Ihnen hilfreich sein. Klar, ich gebe zu, daß es eine Weile her ist, seit ich an einer Schießerei beteiligt war, aber ich denke, daß es so wie Reiten ist und man es nicht verlernen kann. Ich war früher ganz schön schnell mit einer Waffe.«

Cole schüttelte den Kopf. »Wie schon gesagt, sie wollen mich. Aber trotzdem vielen Dank.«

Norton beeilte sich, die Tür für ihn zu öffnen, und bevor Cole hinaustrat, hörte er den alten Mann flüstern: »Viel Glück, mein Junge.«

4. KAPITEL

Glück hatte nichts damit zu tun. Lange, harte Jahre seines Lebens hatten Cole auf diese unangenehmen Zwischenfälle vorbereitet.

Cole überblickte sofort alles. Die Kerle warteten am Anfang und am Ende der kurzen Straße, aber er kannte keinen der beiden. Revolverhelden sahen alle gleich aus – Gott, wie viele von ihnen gab es, die dem leeren Traum nachjagten, der schnellste Schütze im ganzen Westen zu sein? Beide ganz in Schwarz gekleidet, standen sie da und traten von einem Fuß auf den anderen, um Cole ihre Ungeduld zu zeigen. Sie waren keine grünen Jungen mehr – was es ihm erleichtern würde, sie zu töten, dachte Cole. Er wußte bereits, wie er es anstellen würde. Der Plan verlangte, daß er sich in den Straßenschmutz warf – aber verdammt, er haßte es, sich hinzuwerfen und sich im Dreck zu wälzen, vor allem heute, wo sein Magen sowieso schon revoltierte. Aber wahrscheinlich blieb ihm gar nichts anderes übrig, wenn er überleben wollte.

Marshal Ryan war jedoch die Fliege in seiner Suppe. Der Gesetzeshüter stand stocksteif mitten auf der Straße, und das würde ihn genau ins Kreuzfeuer bringen.

Cole wollte ihm gerade etwas zurufen, als Ryan ihm mit einer Handbewegung zu verstehen gab, zu ihm zu kommen. Die Hände locker an der Seite, um die schießwütigen Revolverhelden nicht zu ermutigen, trat Cole vom Bürgersteig und ging auf den Marshal zu.

Als er näherkam, setzten sich auch die Revolverhelden in Bewegung.

Cole beschloß, sie erst einmal zu ignorieren. Er und Ryan waren beide sicher – bis einer der beiden nach seiner Waffe griff. Die Herausforderer waren hier, um sich einen Namen zu machen, und das konnten sie nur, wenn sie in einem offenen und ehrlichen Duell vor Zeugen zogen. Sonst zählte es nämlich nicht.

Sheriff Norton spähte durch die nur angelehnte Tür und verfolgte aufmerksam die Vorgänge auf der Straße. Was er sah, entlockte ihm ein Lächeln, denn es war wirklich sehenswert. Die beiden Marshals, beide groß und stark wie Goliath, musterten sich prüfend wie zwei Boxer vor Beginn des Kampfs. Sie waren ein beeindruckendes Paar, wie Josey sagte. Sie war ein bißchen eingeschüchtert gewesen, als sie Daniel Ryan zum erstenmal begegnet war, und später hatte sie die gleiche Reaktion gezeigt, als sie Cole Clayborne kennengelernt hatte, obwohl sie sich bemüht hatte, es zu verbergen. Die beiden Marshals jagten ihr Angst ein, hatte sie gestanden, und Norton erinnerte sich noch lebhaft der genauen Worte, mit denen sie versucht hatte, ihre Gefühle zu erklären. »Es sind ihre Augen. Sie haben beide diesen kalten, durchdringenden Blick, der einem das Gefühl gibt, von Eiszapfen durchbohrt zu werden. Mir ist, als schauten sie direkt in meinen Kopf und wüßten, was ich denke, bevor ich es weiß.«

Sie gab allerdings auch zu, obwohl sie eigentlich sehr schüchtern war, daß ihr aufgefallen war, wie attraktiv die beiden Männer waren – solange sie sie nicht direkt ansahen.

Cole schrie Ryan etwas zu, und der Sheriff horchte auf.

»Mach, daß du von der Straße kommst, Ryan. Oder willst du erschossen werden?«

Der Marshal rührte sich nicht. Nur seine Augen wurden schmal, als Cole noch näher kam. Nur wenige Schritte von ihm entfernt blieb Cole Clayborne stehen. Schweigend starrte er in Ryans Augen. Dieser erwiderte den Blick. Er war der erste, der das Schweigen brach. »Überlegst du dir, ob du mich erschießen sollst?«

Ein Anflug von Belustigung klang in seiner Stimme mit, der Cole mißfiel. »Die Idee ist mir zwar schon gekommen, aber im Augenblick habe ich andere Sorgen. Falls du nicht im Kugelhagel enden willst, solltest du jetzt lieber gehen.«

»Jemand wird hier sterben, aber das wird nicht meine Wenigkeit sein«, erwiderte Ryan gelassen.

»Du glaubst, du kannst sie beide erwischen?« fragte Cole mit einem Kopfnicken in Richtung des Revolverhelden zu seiner Linken, der langsam näher schlich.

»Das wird sich bald herausstellen.«

»Sie wollen mich, nicht dich.«

»Ich bin genauso schnell, Cole.«

»Nein, das bist du nicht.«

Ryans Lächeln verblüffte Cole, und er hätte ihn gefragt, was es zu bedeuten hatte, wenn der Revolverheld zu seiner Rechten ihn nicht angesprochen hätte.

»Mein Name ist Eagle, Clayborne, und ich bin hier,

um dich zum Duell zu fordern. Dreh dich um und sieh mich an, du elender Feigling.«

Nun meldete sich auch der andere Mann. »Mein Name ist Riley, Clayborne«, rief er, »und ich bin der Mann, der dich erschießen wird.«

Die Revolverhelden, denen Cole bisher begegnet war, waren alle nicht besonders klug gewesen. Diese beiden, dachte er, waren keine Ausnahme.

»Vielleicht sollte ich mich lieber um die beiden kümmern«, sagte Ryan.

»Wie denn? Willst du sie verhaften?«

»Vielleicht.«

Seine Gelassenheit war nervend. »Was für ein Marshal bist du eigentlich?«

»Ein verdammt guter.«

Cole preßte die Lippen zusammen. »Jedenfalls bist du ganz schön eingebildet.«

»Ich kenne meine Stärken. Und deine auch.«

Jetzt war es um Coles Geduld geschehen. »Warum gehst du nicht zum Sheriff hinein und erzählst mir von deinen Stärken, wenn ich hier fertig bin.«

»Soll das heißen, du willst mich loswerden?«

»Allerdings.«

»Ich gehe nirgendwohin. Außerdem habe ich einen Plan«, sagte er und deutete auf einen der Revolverhelden.

»Ich auch«, erwiderte Cole.

»Meiner ist besser.«

»Ach ja?«

»Ja. Wir zählen bis drei und lassen uns dann fallen, damit sie sich gegenseitig erschießen können.«

Trotz seiner düsteren Stimmung grinste Cole über das Bild, das Ryan ihm zeichnete. »Das wäre wirklich schön, wenn es funktionieren würde, aber keiner von beiden ist dem anderen nahe genug, um ihn zu treffen.

Außerdem würde mein neues Hemd schmutzig, wenn ich mich fallen ließe.«

»Und was ist dein Plan?« fragte Ryan.

»Einen zu töten, mich dann fallenzulassen und herumzurollen, um den anderen zu erwischen.«

»Mir scheint, daß dein neues Hemd auch dabei schmutzig würde.«

»Wirst du mir jetzt aus dem Weg gehen oder nicht?«

»Ordnungshüter müssen zusammenhalten, Cole. Das ist eine wichtige Regel, die du dir merken solltest.«

»Ich bin kein Ordnungshüter.«

»Doch, das bist du. Du mußt noch eingeschworen werden, aber das ist reine Formsache.«

»Du hast einen merkwürdigen Sinn für Humor, Ryan. Weißt du was? Ich denke nicht daran, Marshal zu werden.«

»Du bist es schon«, erklärte Ryan nachsichtig.

»Warum?«

»Weil ich deine Hilfe brauche.«

»Ich glaube, du hast keine Ahnung, was in mir vorgeht. Weißt du, was für eine Überwindung es mich kostet, dich nicht einfach zu erschießen, du verdammter Mistkerl? Du hast meinen Kompaß über ein Jahr behalten!«

Ryan blieb unbeeindruckt. »So lange hat es gedauert, bis die Ernennung endlich durchkam.«

»Welche Ernennung?«

»Ich konnte dir nicht einfach einen Stern anstecken«, erklärte Ryan. »Die Ernennung kam aus Washington.«

Cole schüttelte den Kopf.

»Sie kommen näher«, meinte Ryan und verdrehte die Augen in Eagles Richtung. »Kennst du sie?«

»Nein.«

»Ich nehme mir den auf fünf Uhr vor.«

Cole begann sich umzuwenden und hielt dann inne. »Fünf Uhr bei dir oder bei mir?«

»Bei mir«, antwortete Ryan.

Beide drehte sich zu einem der herankommenden Revolverhelden um und traten dann langsam zurück, bis sie Schulter an Schulter standen.

»Schieß nicht, um zu töten.«

»Du machst wohl Witze.«

Ryan ignorierte die Bemerkung. Er schrie den Männern zu, die Hände hochzuheben und langsam auf ihn zuzukommen, aber Eagle und Riley blieben, wo sie waren, mit der rechten Hand noch immer dich an ihren Waffen.

»Wenn du Riley verfehlst, durchschlägt dich seine Kugel und trifft mich«, sagte Cole.

»Ich verfehle nie.«

»Arroganter Bastard«, wisperte Cole im selben Augenblick, als Eagle nach seiner Waffe griff. Cole reagierte mit blitzartiger Geschwindigkeit. Der Revolverheld hatte seine Waffe noch nicht ganz aus dem Halfter, als auch schon eine Kugel seine Handfläche durchbohrte.

Ryan feuerte im selben Augenblick und schoß Riley die Waffe aus der Hand, als er sie gerade hob. Die Kugel traf sein Handgelenk.

Die beiden Marshals traten langsam vor. Dabei hielten sie die Waffen auch weiterhin auf ihre Ziele gerichtet. Ryan erreichte Riley zuerst. Ohne die Schmerzensschreie des Mannes zu beachten, entwaffnete er ihn und trieb ihn zu Sheriff Nortons Gefängnis hinüber.

Eagle brüllte wie ein verwundeter Stier. Zu Coles Ärger wollte er nicht stillhalten, sondern hüpfte schreiend auf und ab.

»Du hast meine Hand zerfetzt, Clayborne. Du hast meine Schußhand ruiniert«, kreischte er.

»Ich habe dich schon beim ersten Mal gehört«, brummte Cole. »Halt still, verdammt noch mal. Ich muß dir deine Waffen abnehmen.«

Eagle wollte nicht gehorchen, und Cole war es bald leid, ihm nachzujagen. Seufzend packte er den Revolverhelden am Kragen und versetzte ihm einen Kinnhaken, der ihm das Bewußtsein raubte. Er stützte ihn, bis er ihn entwaffnet hatte, ließ ihn dann zu Boden fallen und schleifte ihn am Kragen seines Hemds zu Norton.

Der Sheriff strahlte die beiden Marshals vom Bürgersteig aus an. »Wir werden wohl den Doktor holen müssen, damit er die beiden wieder zusammenflickt«, bemerkte er.

»Ja, das müssen wir wohl leider«, erwiderte Cole.

Der Sheriff eilte in sein Büro, nahm die Schlüssel von seinem Schreibtisch und schloß rasch zwei Zellen für die verwundeten Revolverhelden auf.

Es blieb keine Zeit für Glückwünsche des Sheriffs, denn kaum waren die Zellentüren zugefallen, wurde Ryan von einem Angestellten des Telegrafenamts hinausgerufen. Als Cole ihm folgte, genügte ihm ein Blick auf Ryan, um zu erkennen, daß etwas Schreckliches geschehen war. Er war allerdings überrascht, als Ryan ihm das Telegramm gab.

Cole überflog es rasch, während Ryan Sheriff Norton informierte. »Es hat einen weiteren Banküberfall gegeben«, sagte er mit flacher, ausdrucksloser Stimme.

Norton schüttelte den Kopf. »Wie viele Tote diesmal?«

»Sieben.«

»Wo?« wollte Norton wissen.

»In Rockford Falls.«

»Das ist nicht weit von hier. Ich kann Ihnen sagen, wie Sie hinkommen.«

»Wie weit ist es?«

»Etwa vierzig Meilen durch sehr schwieriges Gelände.«

»Sie sollten die Augen offenhalten, falls einer von ihnen noch einmal hier durchkommt. Obwohl ich das bezweifle«, fügte Ryan hinzu. »Sie haben bereits die Bank hier überfallen. Cole, wirst du mit mir reiten?«

Er schüttelte den Kopf und gab Ryan das Telegramm zurück. »Das ist nicht mein Problem.«

Ryan sagte nichts. Aber seine Augen wurden schmal, und eine steile Falte erschien zwischen seinen Brauen. Blitzartig griff er nach Coles Weste und schubste ihn so hart, daß Cole taumelte und stürzte. Bevor er mit geballten Fäusten wieder aufspringen und reagieren konnte, nahm Ryan ihm den Wind aus den Segeln, indem er sich entschuldigte.

»Es tut mir leid. Das hätte ich nicht tun sollen. Mein Zorn ist mit mir durchgegangen. Hör mal, ich verstehe dich ja. Du hast dies alles nicht gewollt, und die Raubüberfälle sind wirklich nicht dein Problem. Aber sie sind meins. Und deshalb dachte ich – hoffte ich zumindest –, daß du mir helfen würdest. Ich werde deine Kündigung jedoch nicht akzeptieren. Dazu mußt du zur Zentrale reiten und deinen Stern dort abgeben. Sheriff Norton wird dir sagen, wo sie ist. Ich muß nach Rockford Falls, bevor alle Spuren dort verwischt sind. Nimm es mir nicht übel, ja?«

Cole zuckte die Schultern und erwiderte Ryans Händedruck. »Kein Problem.«

Ryan wandte sich hastig ab und lief zum Mietstall. Cole sah ihm nach und folgte dann dem Sheriff ins Gefängnis, um herauszufinden, wo in aller Welt er die ›Zentrale‹ finden konnte.

»Wenn sie nicht ganz in der Nähe ist, schicke ich das Abzeichen per Post zurück«, erklärte er.

Norton ließ sich seufzend hinter seinem Schreibtisch

nieder. »Ich glaube nicht, daß Marshal Ryan damit einverstanden wäre. Und ich würde ihn an Ihrer Stelle nicht verärgern. Er hat sich große Mühe gegeben, um Ihre Ernennung zu erreichen, und es wundert mich, daß er so schnell nachgegeben hat. Denn er hat sich doch wirklich sehr schnell damit abgefunden, nicht?«

»Ich kenne Ryan nicht gut genug, um das beurteilen zu können.«

»Sind Sie sicher, daß Sie den Marshalstern abgeben wollen?«

»Allerdings. Ich will kein Ordnungshüter sein.«

»Sie wären also lieber ein Revolverheld? Einige Leute sehen keinen großen Unterschied zwischen einem Marshal und einem Revolverhelden.«

»Ich bin Rancher, weiter nichts.«

»Warum sind dann so viele Revolverhelden hinter Ihnen her? Ob es Ihnen paßt oder nicht, Sie besitzen jedenfalls den Ruf, sehr schnell zu sein. Diese Kerle werden nicht aufhören, durch Ihren Tod Ruhm zu suchen. Mir scheint, daß Sie das nur ändern könnten, indem Sie Ihren Stern behalten. Einige Revolverhelden werden es sich gut überlegen, bevor sie sich mit einem U.S. Marshal anlegen.«

»Und andere nicht«, wandte Cole ein. »Werden Sie mir jetzt sagen, wo die Zentrale ist?«

Norton ignorierte die Frage. »Ich werde Ihnen sagen, was ich denke, klipp und klar. Marshal Ryan hat Sie nicht bedrängt, das Richtige zu tun, und deshalb werde ich es jetzt versuchen, und Sie werden so höflich sein, mir zuzuhören, weil ich alt genug bin, um Ihr Vater zu sein. Und Alter geht nun einmal vor. Wir haben ein furchtbares Problem mit dieser Blackwater-Bande, die unser Territorium unsicher macht, und da auch Sie innerhalb seiner Grenzen leben, würde ich es also auch als Ihr Problem bezeichnen. Vor nicht allzu langer Zeit ist unsere kleine Bank hier ausgeraubt worden, und wir haben einige gute Freunde verloren. Sie waren anständige, gesetzestreue Bürger, die nur das Pech hatten, zum falschen Zeitpunkt in der Bank zu sein. Die Kerle haben sie kaltblütig ermordet. Wir hatten sogar einen Zeugen. Sein Name war Luke MacFarland, aber er starb schon kurze Zeit darauf.«

»Sheriff, das tut mir wirklich leid, aber ich denke nicht ...«

Norton ließ ihn nicht ausreden. »Luke wurde während des Überfalls angeschossen, und dabei war er nicht einmal in der Bank, als es geschah. Er ging nur zufällig daran vorbei. Trotzdem gelang es dem Doc, ihn wieder zusammenzuflicken. Er hatte zwei Gesichter durch die Ritzen der Jalousien der Bank gesehen und wäre ein guter Augenzeuge gewesen, wenn diese Schurken endlich gefaßt werden.«

»Und wie ist er gestorben?«

»Jemand hat ihm nachts die Kehle durchgeschnitten. Ihm und seiner Frau. Sie schliefen beide, aber ich denke, daß einer von ihnen aufgewacht sein muß. Sie hätten das Zimmer sehen sollen, Junge! Es war mehr Blut als Farbe an den Wänden. Ich werde es in meinem Leben nicht vergessen. Ihre kleinen Jungen haben es auch gesehen. Der älteste, der im vergangenen Monat zehn geworden ist, hat sie gefunden. Er wird nie wieder so wie früher sein.«

Die Geschichte rührte einen Nerv in Cole an. Er lehnte sich an den Schreibtisch und starrte durch das Fenster, als er an die Jungen dachte. Was für ein Alptraum für ein Kind, so etwas zu sehen! Was würde jetzt aus dem Kleinen werden? Oder aus seinen Brüdern? Wer würde für sie sorgen? Würden sie getrennt und zu verschiedenen Verwandten gegeben werden, oder würden sie auf sich allein gestellt sein und auf der

Straße überleben müssen – so wie er, als er in ihrem Alter gewesen war? Aus dem Augenwinkel sah er Ryan auf einem schwarzen Pferd über die Straße galoppieren. Er hoffte, daß der Marshal die Ungeheuer finden würde, die diese Kinder zu Waisen gemacht hatten. In einer Nacht hatte ihr Leben eine furchtbare Veränderung erfahren.

Er wandte sich wieder um, als der Sheriff weitersprach. »Es gab keinen Grund, die beiden umzubringen, überhaupt keinen. Wissen Sie, was Ryan sagte?«

»Nein, was?«

»Daß es ein Wunder war, daß sie die kleinen Jungen nicht auch getötet haben. Wenn einer von ihnen hereingekommen wäre, während sie die Eltern ermordeten, hätten sie ihn ganz sicher umgebracht – und die anderen auch.«

»Was wird mit ihnen geschehen?«

»Mit den Jungen?« Der Sheriff sah düster und niedergeschlagen aus. »Meine Josey und ich haben uns angeboten, sie aufzunehmen, aber ihre Verwandten an der Ostküste sagten, sie würden sie zu sich nehmen. Ich glaube, sie werden sie untereinander aufteilen. Das finde ich nicht richtig. Brüder sollten zusammenbleiben.«

Cole nickte zustimmend.

»Ich habe meine eigene Theorie, warum sie auch Lukes Frau getötet haben. Wollen Sie sie hören?«

»Klar.«

»Ich glaube, sie wollten damit eine Botschaft übermitteln.« Er senkte verschwörerisch die Stimme. »So etwas spricht sich schnell herum, und jeder, der in Zukunft etwas hört oder sieht, wird es sich sehr gut überlegen, bevor er sich zu einer Aussage bereit erklärt. Zeugen leben nicht sehr lange. *Das* war die Botschaft.«

»Irgendwann müssen sie doch einen Fehler machen.«

»Ja, das hoffen wir natürlich alle. Aber ich bete darum, daß es bald geschieht, denn viele gute Menschen sind gestorben – und nicht nur Männer, sondern auch Frauen und Kinder. Diese Kerle werden in der Hölle braten für ihre scheußlichen Verbrechen.«

»Sie haben Kinder umgebracht?«

»Ich hörte von einem kleinen Mädchen, das erschossen wurde. Es war mit seiner Mutter in der Bank. Natürlich könnte es auch nur Gerede sein. Ich habe Ryan darauf angesprochen, aber ein ganz merkwürdiger Ausdruck erschien in seinen Augen, und er ging, ohne meine Frage zu beantworten, so daß ich also nicht weiß, ob es wahr ist oder nicht. Der Marshal hat jetzt jedenfalls alle Hände voll zu tun«, schloß er kopfschüttelnd. »Werden Sie auf Ihre Ranch zurückkehren?«

»Zuerst muß ich nach Texas, um einige Stiere abzuholen. Ich hoffe, daß die Zentrale auf dem Weg liegt, denn sonst …«

Wieder ließ Norton ihn nicht ausreden. »Ich muß Sie um einen kleinen Gefallen bitten.« Er hob die Hand, um eine Unterbrechung zu verhindern, und fügte rasch hinzu: »Ich weiß, daß ich kein Recht dazu haben, nachdem ich Sie niedergeschlagen habe. Dennoch kann ich nicht anders …«

»Was wollen Sie?«

»Behalten Sie Ihren Stern bis morgen, bevor Sie sich entscheiden. Es wird schon dunkel, so daß Sie also nicht lange zu warten brauchen. Wenn Sie morgen früh immer noch entschlossen sind, das Abzeichen zurückzugeben, werde ich Ihnen den schnellsten Weg zur Zentrale nennen. Mit Ihrem Kompaß werden Sie ihn ohne Mühe finden. Nein, schütteln Sie nicht den Kopf! Denken Sie wenigstens darüber nach, und wenn Sie schon dabei sind, können Sie mir auch gleich noch eine Frage beantworten.«

»Welche?« hakte Cole nach.

»Warum, glauben Sie, hat Ryan Sie so umgestoßen, bevor er aufgebrochen ist?«

»Aus Ärger und Enttäuschung«, antwortete Cole.

Der Sheriff grinste wie eine Katze vor einem vollen Sahneschälchen. »Sie wollten ihn schlagen, nicht? Ich habe gesehen, wie Sie die Fäuste ballten, und ich sah auch noch etwas anderes, aber das braucht Sie nicht zu kümmern. Sie haben eine erstaunliche Selbstbeherrschung bewiesen«, fügte er hinzu. »Und Marshal Ryan hat Sie um Verzeihung gebeten – das habe ich selbst gehört –, aber jetzt frage ich mich, ob diese Entschuldigung dem Schubsen galt oder etwas völlig anderem, was er getan hat.«

Bevor Cole ihn bitten konnte, sich etwas genauer auszudrücken, kam der Sheriff wieder auf den Marshalstern zu sprechen.

»Werden Sie also heute nacht noch bleiben? Ich lade Sie und Josey zum Abendessen in Friedas Restaurant ein. Wenn Sie jetzt losreiten, kommen Sie sowieso nicht weit, bevor es dunkel wird. Wenn ich Sie wäre, würde ich eine Nacht zwischen sauberen Laken schlafen wollen, bevor ich zu so einer langen Reise aufbräche. Morgen früh gebe ich Ihnen die Adresse, und Sie können sich unverzüglich auf den Weg machen ... Aber natürlich werden Sie zuerst nach Rockford Falls reiten wollen. Es ist nicht weit von hier.«

Cole zog eine Augenbraue hoch. »Aus welchem Grund sollte ich nach Rockford Falls reiten?«

Norton lachte. »Um Ihren Kompaß abzuholen.«

5. KAPITEL

Die Bevölkerung von Rockford Falls war fassungslos. In den vergangenen zwei Tagen hatten sie acht ihrer angesehensten Bürger verloren und einen, der zwar nicht gerade der angesehenste war, der ihnen allen aber trotzdem viel bedeutete.

Die Grippe hatte zwei Tote gefordert. Die Epidemie hatte sich in der vergangenen Woche noch mehr ausgebreitet, so daß inzwischen die Hälfte der Bevölkerung mit ihr daniederlag. Die Alten und Jungen waren am heftigsten betroffen: Adelaide Westcott, eine resolute Achtundsiebzigjährige, die noch alle ihre Zähne hatte und noch nie ein schlechtes Wort über irgend jemanden gesagt hatte, und der achtmonatige Tobias Dollen, der die großen Ohren seines Vaters und das Lächeln seiner Mutter geerbt hatte, waren am selben Tag innerhalb weniger Stunden gestorben.

Die Stadt betrauerte ihren Verlust, und all jene, die dazu in der Lage waren, verließen ihr Bett, um an dem Begräbnis teilzunehmen, während andere, die sich nicht länger als höchstens fünf Minuten von ihren Nachttöpfen entfernen konnten, zu Hause für ihre Seelen beteten.

Adelaide und Tobias wurden am Mittwoch morgen auf dem Friedhof auf Sleepy Creek Meadow beerdigt. Am selben Nachmittag wurden sechs Männer während eines Überfalls auf die Bank brutal ermordet. Der siebte Mann, der starb, und der zuallererst entdeckt wurde, war Billie »Bowlegged« Buckshot, ein stadtbekannter Trinker, der, wie man vermutete, auf dem Weg zum Rockford Saloon gewesen war, um dort sein Frühstück einzunehmen. Billie war ein Gewohnheitstier. Er begann seinen Tag gegen drei oder vier Uhr nachmittags, und er nahm immer die Abkürzung durch die Gasse zwischen der Bank und dem Gemischtwarenladen, weil er damit zwei ganze Straßen sparte. Da er, als er gefunden wurde, seinen verrosteten alten Colt umklammerte, hatte Sheriff Sloan den Verdacht geäußert, daß er der Bande begegnet sein mußte, als sie durch den Hinterausgang der Bank die Flucht ergriffen hatten. Des weiteren war ziemlich offensichtlich, daß der arme Mann nie eine Chance gehabt hatte. Jeder wußte, wie seine Hände zitterten, bevor er seinen ersten Drink des Tages genommen hatte. Sechs Stunden waren eine lange Zeit, um ohne Whiskey auszukommen, zumindest wenn der Körper danach verlangte wie der Billies. Er war allerdings nicht erschossen worden wie die anderen. Ein Messer war bei ihm die Mordwaffe gewesen, und nach den zahlreichen Stichwunden in seinem Gesicht und Hals zu urteilen, mußte der Mörder seine Arbeit gründlich ausgekostet haben.

Wie das Pech es wollte, hatte niemand die Schüsse gehört oder die Banditen die Bank verlassen sehen, vielleicht, weil über die Hälfte der Stadtbevölkerung daheim im Bett gelegen hatte. Die Leute, die ein bißchen frische Luft schnappen wollten, warteten, bis die Sonne unterging und es ein wenig kühler wurde. Die wenigen, die über den Bürgersteig gingen, bemerkten natürlich Billie, der zusammengerollt wie ein räudiger alter Hund dort in der Gasse lag, aber keiner von ihnen dachte sich etwas dabei. Es war ein gewohnter Anblick für die meisten. Sie dachten, der alte Trinker wäre nach einer langen Sauftour wieder einmal ohnmächtig geworden.

Und so verstrich eine weitere Stunde, die man hätte nutzen können, um die Spur der Mörder aufzunehmen. Dicke graue Wolken zogen auf, und in der Ferne war

Donnergrollen zu vernehmen. Emmeline MacCorkle, noch schwach und blaß von der eben überstandenen Grippe, wurde von ihrer Mutter bedrängt, mit ihr zur Bank zu gehen, um zu sehen, wieso Sherman MacCorkle zu spät zum Abendessen kam. Shermans Frau war wütend. Sie verursachte einen ziemlichen Lärm und zog neugierige Blicke auf sich, als sie mit den Fäusten an die Eingangstür der Bank hämmerte und ihre Tochter um das Gebäude herum zur Hintertür zog, als nicht sofort geöffnet wurde. Weder Emmeline noch ihre Mutter beachteten den alten Trinker, der zusammengerollt dort in der Gasse lag. Verächtlich rümpften sie die Nasen und starrten geradeaus. Emmeline mußte ihre Röcke raffen, um über Billies Füße hinwegzusteigen, die unter einer alten Plane hervorsahen, mit der er sich – so dachte sie – vermutlich zugedeckt hatte. Ohne ihn eines Blicks zu würdigen, stieg sie über ihn hinweg. Sobald sie um die Ecke waren, lockerte die Mutter ihren Griff um Emmelines Arm, riß die Tür auf und stürmte, während sie laut den Namen ihres Mannes rief, in den Kassenraum. Emmeline folgte ihr etwas langsamer.

Ihre markerschütternden Schreie waren sogar noch auf dem Friedhof zu hören, und die Leute kamen herbeigeeilt, um zu sehen, was geschehen war. Jene, die das schaurige Bild im Kassenraum sahen, bevor Sheriff Sloan kam und die Türen versiegelte, sollten es ihr Leben lang nicht mehr vergessen. John Cletchem, der Fotograf, den der Sheriff rufen ließ, mußte immer wieder auf die Straße hinauslaufen, um sich zu übergeben, während er die Polizeiaufnahmen machte. Zwei der Opfer, Franklin Carroll und Malcolm Watterson, waren gleichzeitig erschossen worden und waren aufeinanderzugestürzt. Sie knieten beide noch und schienen einander zu umarmen, und jeder hatte den Kopf des anderen auf der Schulter.

Daniel Ryan sah sich fast mit einem Aufstand konfrontiert, als er am Tag darauf um kurz nach eins die Stadt erreichte. Eines heftigen Gewitters wegen hatte er länger für die Reise gebraucht, als er erwartet hatte. Sheriff Sloan begleitete ihn zur Bank, berichtete ihm, was geschehen war, und schloß die Tür auf, um mit ihm hineinzugehen.

Die Leichen waren noch nicht aus dem Kassenraum entfernt worden. Falls Ryan bei dem Anblick übel wurde, gelang es ihm, es zu überspielen. Langsam ging er durch den Raum und betrachtete die Toten aus allen Blickwinkeln. Nur eins ließ darauf schließen, daß er innerlich nicht unbeteiligt war: Seine Hände waren zu Fäusten geballt, und zwar so hart, daß seine Knöchel weiß hervortraten.

In einem erstickten Flüstern sagte der Sheriff: »Ich wußte nicht, ob ich die Leichen fortbringen oder sie hierlassen sollte, damit Sie sie sehen konnten. Habe ich das Richtige getan?«

Bevor Ryan antworten konnte, fuhr Sloan fort: »In der Gasse neben der Bank wurde noch eine andere Leiche gefunden. Der Mann hieß Billie und war ein stadtbekannter Trinker. Er ist erstochen worden, und bevor ich den Bestattern sagen konnte, sie sollten ihn nicht anrühren, haben sie ihn begraben. Von diesen armen Kerlen hier in der Bank habe ich Aufnahmen machen lassen, aber Billie war schon fort, und deshalb konnten wir ihn nicht fotografieren.«

Der Gestank war unerträglich. Sloan hielt ein Taschentuch vor Mund und Nase, um es nicht riechen zu müssen. Da er sich nicht dazu überwinden konnte, seine toten Freunde anzusehen, starrte er zur Zimmerdecke hinauf. »Ich will nicht, daß die Familien dieser Männer sehen …« Sloan konnte nicht weiterreden. Er würgte, fuhr herum und umklammerte den Türknauf.

Ryan mußte ihn für ihn drehen. Der Sheriff rannte hinaus, bückte sich vor all den Menschen, die sich dort versammelt hatten, und erbrach sich auf die Straße.

Ryan kehrte zu seiner Untersuchung zurück und hockte sich neben eine der Leichen, um sich eine Kugel anzusehen, die er in einer der Holzdielen entdeckt hatte. Er konnte noch immer Sloans Würgen hören, als wieder die Tür aufging und eine weitere herrlich frische Brise Luft hereinströmte. Cole kam in den Kassenraum geschlendert. Ryan drehte sich zu ihm um und wartete auf eine Reaktion.

Cole war nicht vorbereitet auf die grauenhafte Szene in der Bank. Als wäre er gegen eine Wand geprallt, taumelte er zurück und flüsterte: »Oh ... Gott!«

»Wirst du davonlaufen, oder wirst du bleiben?« fragte Ryan.

Cole antwortete nicht. Ryans Augen glühten jetzt vor Zorn. »Schau es dir gut an, Cole. Jeder dieser Männer hätte einer deiner Brüder sein können. Sag mir, wie oft gehen sie zur Bank? Oder deine Mutter? Oder deine Schwester?« fragte er mit einer Stimme, die so scharf war wie ein Peitschenknall.

Cole schüttelte den Kopf und fuhr fort, die beiden knienden, aneinandergelehnten Leichen anzustarren. Er konnte den Blick nicht von ihnen abwenden.

»Wage ja nicht, mir zu sagen, das hier sei nicht dein Problem«, warnte Ryan. »Ich habe es dazu gemacht, als ich dich zum Marshal ernennen ließ. Ob es dir nun paßt oder nicht, du kannst jetzt nicht mehr fort. Du wirst mir helfen, diese Scheusale zu finden.«

Cole sagte kein Wort. Er kämpfte mit demselben Bedürfnis, das den Sheriff hinausgetrieben hatte, obwohl er gleichzeitig spürte, wie seine Wut in wilden Zorn umschlug. Niemand sollte auf diese Weise sterben müssen. Niemand.

Unter Aufbietung seiner ganzen Willenskraft gelang es ihm, seine Übelkeit zu unterdrücken. Wenn er diesen Männern hier den Rücken zukehrte und hinauslief, wäre es wie eine Gotteslästerung gewesen. Er konnte sich seine Reaktion selbst nicht erklären, er wußte nur, daß es nicht richtig gewesen wäre, Abscheu vor ihnen zu empfinden.

Er schüttelte den Kopf, um sich Klarheit zu verschaffen, entfernte sich dann langsam von der Tür und ging an den Toten vorbei zu Ryan.

Eine weitere Minute verging schweigend, dann sagte Cole: »Ich weiß nicht, wie viele Banditen es waren, ber ich bin ziemlich sicher, daß verschiedene Männer geschossen haben.«

»Und woraus schließt du das?« wollte Ryan wissen.

»Aus den Schmauchspuren und den Einschlagwinkeln.« Er deutete auf zwei der Leichen und sagte leise: »Die Kugel traf den Hinterkopf des Mannes, trat an der Stirn wieder aus und drang dann in den Hals des Mannes ein, der ihm gegenüberkniete. Das gleiche geschah mit diesen beiden anderen. Die Kerle spielten ein Spielchen«, fügte er hinzu. »Wie treffe ich zwei mit derselben Kugel? Aber ich glaube, das hast du dir schon selbst gedacht, nicht wahr?«

Ryan nickte. »Ja.«

»Der Überfall war gestern. Warum sind diese Leichen noch nicht begraben?«

»Der Sheriff hielt es für besser, sie hier liegenzulassen, damit wir sie sehen konnten. Ich habe das Gefühl, als wäre er noch nicht sehr lange Sheriff.«

Wieder schüttelte Cole den Kopf. »Draußen steht der Karren des Bestattungsunternehmers. Diese Toten müssen beerdigt werden.«

»Dann befiehl es«, forderte Ryan ihn auf.

Cole wandte sich zum Gehen, blieb an der Tür

jedoch noch einmal stehen. »Wenn ich nicht auf der Ranch bin, arbeite ich allein.«

»Du wirst nicht mehr allein arbeiten.«

»Ich sollte dich lieber warnen. Ich habe meine eigene Vorgehensweise … Und die ist nicht immer ganz legal.«

»Das habe ich mir schon gedacht«, erwiderte Ryan.

Er folgte Cole nach draußen und stand neben ihm auf dem Bürgersteig, als Cole die Leute aufforderte zurückzutreten, damit der Karren näher herangezogen werden konnte. Der Totengräber, ein mondgesichtiger Mann mit buckeligen Schultern, trat vor, und Cole befahl ihm, die Leichen mit Tüchern zu bedecken, bevor sie hinausgetragen wurden.

Der Reporter der Tageszeitung von Rockford Falls erhob Protest gegen diese Anordnung. »Wir wollen sie sehen!« schrie er. »Warum müssen sie mit Tüchern zugedeckt werden?«

Es kostete Cole große Überwindung, diesem sensationslüsternen Schreiberling keinen Fausthieb zu versetzen. »Sie hätten nicht gewollt, daß man sie so in Erinnerung behält.«

Der Reporter ließ nicht locker. »Sie sind tot!« protestierte er. »Woher wissen Sie, was sie gewollt hätten?«

Eine Frau in der Menge begann zu weinen. Cole schaute Ryan an und erwartete eine Antwort, aber der Marshal ignorierte ihn und hielt den Blick auf die Männer und Frauen auf der Straße gerichtet.

»Ja, sie sind tot!« schrie Cole zurück. »Und nun spricht das Gesetz für sie. Holen Sie die verdammten Tücher!«

Ryan nickte zustimmend. Dann zog er den Kompaß aus der Tasche und gab ihn Cole. »Jetzt bist du ein Mann des Gesetzes.«

6. KAPITEL

Es erforderte über eine Stunde, die sechs Leichen abzutransportieren. Wegen der Hitze hatte die Totenstarre sehr schnell eingesetzt, und der Besitzer des Bestattungsunternehmens hatte große Mühe, die beiden knienden, einander umarmenden Männer in Tücher einzuhüllen und hinauszutragen.

Die Männer, die ihm halfen, tuschelten, während sie ihre Aufgabe erledigten. Cole war nicht sicher, ob sie aus Respekt vor den Toten so leise sprachen oder ob die Situation ihnen bloß unheimlich war. Aber einer von ihnen begann zu würgen und lief hinaus, als der Bestattungsunternehmer sich laut darüber sorgte, daß er, falls die Hinterbliebenen noch am selben Tag eine Bestattung wünschten, zwei besonders breite Särge anfertigen müsse, in die die Leichen mit gebeugten Knien hineinpaßten. Andernfalls müsse er den Toten die Beine absägen. Wenn sie die Beerdigung hingegen noch einen Tag hinausschieben würden, meinte er, dann würde diese lästige Totenstarre nachgelassen haben …

Der Boden in der Mitte des Kassenraums, wo die Leichen gekniet hatten, war schwarz. Das Blut war von dem trockenen Holz aufgesogen worden und würde nie wieder zu entfernen sein. Nicht einmal Bleichmittel würden gegen diese Flecken etwas ausrichten.

Ryan sprach noch einmal kurz mit Sloan, bevor er sich im Büro des Bankdirektors und hinter den Schaltern umsah. Er sammelte sämtliche Papiere ein, legte sie in einen Karton, den er gefunden hatte, und trug sie zu einem alten Schreibtisch vor den Fenstern. Während Cole durch die Räume ging und versuchte, sich ein Bild zu machen, wie, warum und wann alles geschehen war, hockte Ryan sich auf die Schreibtischkante und begann zu lesen.

Sloan blieb ungeduldig an der Tür stehen.

Irgendwann bemerkte Ryan ihn. »Was ist los, Sheriff?« fragte er, ohne von den Dokumenten aufzusehen, mit denen er sich gerade beschäftigte.

»Ich dachte nur, es wäre vielleicht besser, wenn ich noch einmal einen Trupp zusammenstellen und nach der Bande Ausschau halten würde. Wir mußten die Suche gestern abend abbrechen, als es zu dunkel wurde. Die Spur wird verwischt sein, wenn wir noch viel länger warten.«

»Das ist eine gute Idee«, meinte Ryan. »Warum kümmern Sie sich nicht darum?«

»Vielleicht sollte ich die Männer lieber selbst aussuchen, die mit mir reiten sollen, so, wie ich es gestern tat, bevor Sie kamen.«

Ryan zuckte die Schultern. »Sie kennen die Leute besser als ich. Ich will allerdings nicht hören, daß Sie etwas so Dummes tun, wie beispielsweise jemanden aufzuhängen, weil Sie glauben, er gehörte zu der Bande. Falls Sie jemanden festnehmen sollten, bringen Sie ihn sofort hierher.«

»Ich kann nicht einen ganzen Trupp kontrollieren. Die Leute wissen, was geschehen ist. Jemand könnte ...«

Ryan unterbrach ihn. »Sie *werden* sie kontrollieren, Sheriff.«

Sloan nickte. »Ich werde es versuchen.«

»Das reicht mir nicht. Niemand macht das Gesetz zu seiner Sache. Ist das klar? Falls irgendeiner Ihrer Freunde anders denken sollte, erschießen Sie den Hurensohn.«

Ryan erwartete, daß Sloan nun gehen würde, aber das tat er nicht. Sein Gesicht war flammendrot, und er trat von einem Fuß auf den anderen und starrte auf die Dielenbretter.

»Sonst noch etwas?« fragte Ryan.

»Ich bin der Meinung – und mit mir viele andere in der Stadt –, daß ich die Untersuchung leiten sollte.«

Ryan warf Cole einen raschen Blick zu, um seine Reaktion auf diese Forderung zu sehen. »Und wie würden Sie das begründen?« fragte Ryan.

»Ich bin der Sheriff hier in Rockford Falls, und deshalb ist es mein Amtsbereich, nicht Ihrer. Wie ich schon sagte – ich bin der Meinung, daß ich die Untersuchung leiten und Sie beide *meine* Befehle befolgen sollten.«

»Sie glauben, Sie würden bessere Arbeit leisten?«

»Das ist durchaus möglich.«

»Sie können ja nicht einmal die Blutflecken auf dem Boden ansehen«, sagte Ryan. »Wieso glauben Sie dann, Sie könnten …«

»Es ist mein Amtsbereich«, beharrte Sloan stur.

Ryans Geduld war erschöpft. »Marshal Clayborne und ich sind in einem speziellen Auftrag hier, und es interessiert mich nicht, ob sie damit ein Problem haben oder nicht. Kommen Sie uns nicht in die Quere«, befahl er schroff. »Gehen Sie und stellen Sie Ihren Trupp zusammen.«

Cole lauschte dem Wortwechsel, ohne eine Miene zu verziehen. Er wartete, bis der Sheriff fort war, und ging dann zu den Fenstern und öffnete sie. Ein frischer Luftzug drang herein und strich über seine Arme und seinen Nacken. Er atmete mehrmals tief durch, um den metallischen Geruch des Blutes loszuwerden, wandte sich dann um und lehnte sich an das Pult.

Nachdenklich starrte er auf Ryans Rücken. »Es hat gestern nacht und heute morgen stark geregnet«, bemerkte er.

»Ja, ich weiß. Ich war bis auf die Haut durchnäßt, als ich hier ankam.«

»Heute nachmittag werden sie keine Spur mehr finden. Der Regen hat sie längst verwischt.«

Ryan schaute über seine Schulter. »Auch das weiß ich. Ich wollte Sloan bloß loswerden.«

Cole verschränkte die Arme über der Brust und lehnte sich zurück. »Die Männer, die diese Tat begangen haben, sind längst über alle Berge.«

Ryan nickte. »Gestern wurden Telegramme an sämtliche Gesetzeshüter des Territoriums geschickt. Die Straßen müßten inzwischen überwacht werden. Auch an den Bahnhöfen und am Fluß sind Männer stationiert. Die Schurken werden aber trotz allem durch das Netz schlüpfen. Sie sind ungeheuer schlau.« Er ließ die Papiere sinken, die er durchgesehen hatte, und wandte sich zu Cole um. »Weißt du, was ich immer befürchtet habe?«

»Was?«

Ryan senkte die Stimme. »Daß sie aufhören und ich nicht mehr in der Lage sein würde, sie zu schnappen.«

Cole schüttelte den Kopf. »Sie werden nicht aufhören.« Mit einem vielsagenden Blick auf die Blutflecken fügte er leise hinzu: »Dazu macht es ihnen viel zu großen Spaß.«

»Ja, ich glaube, du hast recht. Sie haben für das Morden eine Vorliebe entwickelt.«

»Wie viele Banken wurden bisher überfallen?«

»Mit dieser hier ein Dutzend.«

»Und sie sind zwölfmal ungeschoren davongekommen?«

»Sie hatten entweder sehr viel Glück, oder sie sind ungemein gerissen.«

»Wo und wann fand der erste Überfall statt?«

»Im Frühling vor zwei Jahren. Sie überfielen eine

Bank in Texas – in Blackwater, um genau zu sein. Daher haben sie ihren Namen.«

»Die Blackwater-Bande«, murmelte Cole.

»Ja.« Ryan nickte. »Sie stiegen während der Nacht in das Gebäude ein und steckten es mit Petroleum in Brand, bevor sie gingen. Niemand hat etwas gesehen.«

»Wurde jemand getötet?«

»Nein«, antwortete Ryan. »Zwei Wochen später raubten sie eine Bank in Hollister, Oklahoma, aus. Auch diesmal wieder im Verlauf der Nacht, aber dort benutzten sie kein Petroleum.«

»Haben sie die Bank auf irgendeine andere Art zerstört?«

Ryan schüttelte den Kopf. »Nein, sie waren sehr ordentlich. Sie rührten nichts anderes als das Geld an und hinterließen keine Spuren.«

»Woher weißt du, daß es in beiden Fällen dieselbe Bande war?«

»Instinkt«, erwiderte Ryan. »Es gab einige Übereinstimmungen. Wie ich schon sagte, brachen sie während der Nacht ein, und in beiden Fällen waren gerade Regierungsgelder für den Sold der Soldaten in den umliegenden Forts zur Bank gebracht worden.«

»Wo war die dritte Bank?«

»In Pelton, Kansas«, antwortete Ryan. »Dort gingen sie schon anders vor. Sie kamen kurz vor Geschäftsschluß, so wie sie es hier getan haben. Es waren mehrere Leute in der Bank. Zwei wurden getötet. Die Schießerei begann, als einer der Angestellten nach seiner Waffe griff. Er starb mit der Pistole in der Hand, aber er hatte keinen Schuß mehr abgegeben.«

»Du hattest also Augenzeugen?«

»Ja, aber sie waren keine große Hilfe. Sie sagten, die Männer hätten Masken getragen. Nur einer von ihnen hätte gesprochen. Sie meinten, er hätte einen ausgeprägten Südstaatenakzent.«

»Wie viele Männer waren in der Bank?«

»Sieben.«

»Und wieder raubten sie die Soldgelder?«

»Ja.«

Cole dachte kurz über die Informationen nach. Dann fragte er: »Wo haben sie als nächstes zugeschlagen?«

»Sie kehrten zurück nach Texas«, sagte Ryan, »und raubten eine Bank in Dillon aus.«

»Das ist doch deine Heimatstadt, nicht wahr?«

Ryan nickte verblüfft, und Cole erklärte rasch: »Ich habe nach dir gesucht, als du meiner Mutter den Kompaß abgenommen hattest.«

»Was hast du sonst noch über mich herausgefunden?«

Cole zuckte die Schultern. »Nicht viel. Kam jemand um bei diesem Überfall in Dillon?« fragte er.

»Ja.« Ryans Stimme klang plötzlich schroff und zornig. »Zu viele.«

Cole wartete, aber Ryan gab ihm keine Einzelheiten. Als Cole ihn danach fragte, reagierte er gereizt.

»Hör mal, das steht alles in den Akten. Ich habe sie schon hundertmal gelesen, aber vielleicht findest du ja etwas, was ich übersehen habe. Die Bank in Dillon war die letzte, die sie in jenem Jahr ausraubten. Während der Herbst- und Wintermonate verhielten sie sich still, um dann im Frühjahr und im Sommer wieder zu beginnen. Die Überfälle sind sporadisch, aber regelmäßig«, fügte er hinzu. »Im letzten Jahr zogen sie nach Norden und gingen sogar noch gewalttätiger vor, und dieses Jahr waren alle drei Banken, die sie überfallen haben, im Territorium Montana.«

»Wahrscheinlich, weil es hier so viele Verstecke gibt.«

»Ja, das ist auch meine Meinung. Sie halten sich von den großen Städten fern.«

»Sheriff Norton erzählte mir von dem Zeugen, den du in Middleton hattest.«

Ryan nickte. »Luke MacFarland war sein Name. Er ging zufällig während des Überfalls an der Bank vorbei. Er sagte mir, er habe Schüsse gehört, doch da spähte er bereits durch einen Schlitz in der Jalousie der Bank, weil etwas anderes zuvor schon seine Aufmerksamkeit erregt hatte.«

»Und was war das?«

»Gelächter.«

Cole war nicht schockiert. »Ich habe dir ja gesagt, daß sie Spaß an diesen Greueltaten haben. Es wird noch viel, viel schlimmer werden, wenn du es nicht verhinderst.«

»Wenn *wir* es nicht verhindern«, berichtigte ihn Ryan. »Du steckst jetzt mit in dieser Sache.«

»Ja, wahrscheinlich ist es so. Hat Luke dir gesagt, wie die Leute in der Bank gestorben sind? Haben sie sie auch gezwungen, sich hinzuknien?«

»Nein, sie wurden in ein Hinterzimmer gebracht und dort getötet. Das Hinknien ... das ist neu. Genauso wie das Messer.«

Ryan begann seinen steifen Nacken zu massieren. »Mann, was bin ich müde!«

Cole konnte sehen, wie erschöpft er war. »Du hättest nicht draußen im Regen schlafen sollen. Du bist zu alt dafür.«

Ryan lächelte. »Ich bin nur ein Jahr älter als du.«

»Woher weißt du, wie alt ich bin?«

»Ich weiß alles, was es über dich zu wissen gibt.«

Falls Cole über die Bemerkung verblüfft war, ließ er es sich nicht anmerken. »Warum hast du deinen Zeugen in Middleton nicht beschützt?«

»Du kannst mir glauben, daß ich mir die größte Mühe gegeben habe, es zu tun. Aber dann wurde ein weiterer Überfall in Hartfield gemeldet, und ich mußte hin, um mir den Tatort anzusehen. Marshal Davidson erhielt den Auftrag, Luke MacFarland und seine Familie zu beschützen.«

»Was ist ihm außer dem Gelächter, das er hörte, noch aufgefallen?«

»Er konnte nur zwei Männer durch den Schlitz sehen. Einer der beiden nahm seine Maske ab, und Luke konnte einen Blick auf sein Profil werfen. Er glaubte allerdings nicht, daß er ihn in einer Menge wiedererkennen würde. Er sagte, er sei groß und schlank gewesen.«

»Sonst noch etwas?«

»Nein.«

»Wo war Marshal Davidson, als sein Zeuge ermordet wurde?«

»Da war er schon verletzt. Die Kerle hatten vorher auf ihn geschossen. Er wird sich wieder erholen, aber es wird sehr lange dauern. Drei Kugeln hatten ihn getroffen.«

»Sie hätten ihn nicht liegenlassen, wenn sie nicht geglaubt hätten, er sei tot.«

»Ja, das denke ich auch.«

»Sheriff Norton erzählte mir, wie MacFarland und seine Frau gestorben sind. Sie wurden beide erstochen. Er ist der Meinung, sie hätten seine Frau ermordet, um den Leuten eine Botschaft zukommen zu lassen. Er denkt, daß du große Schwierigkeiten haben wirst, irgend jemanden zu einer Aussage zu bewegen. So etwas spricht sich in Montana schnell herum.«

»Hat Norton dir etwas über seine Vergangenheit erzählt?«

»Nein, wieso? Warum fragst du?«

»Nur so aus Neugierde. Hast du schon einmal von einem Revolverhelden namens ›Laredo Kid‹ gehört?«

»Klar«, antwortete Cole. »Er war eine Legende, als ich ein kleiner Junge war. Jeder wußte, was für ein Teufelskerl er war – ein bißchen verrückt vielleicht, aber ungeheuer schnell mit der Waffe. Wahrscheinlich ist er inzwischen längst tot. Hat Norton ihn getötet?«

Ryan lächelte. »Laredo Kid ist nicht tot. Tatsächlich ist er heute sogar Sheriff.«

»Norton ist ...?« Cole war fassungslos.

»Ich schwöre, daß es stimmt.«

»Er hatte schon vor Jahren erschossen werden müssen. Es gibt immer irgend jemanden, der noch schneller mit der Waffe ist und begierig ist, es zu beweisen. Er kann von Glück sagen, daß er noch am Leben ist.«

»Das finde ich auch, vor allem, wenn man bedenkt, was seine Frau sich so zusammenkocht. Hat sie dich ihr Brathähnchen probieren lassen? Es hätte mich beinahe umgebracht.«

Cole lachte schallend und war verblüfft, wie gut das tat. Die Anspannung in seinem Magen ließ ein wenig nach. »Sie hat es versucht«, gestand er. »Aber ich habe es nicht angerührt.«

Auch Ryan entspannte sich, bis sein Blick wieder auf den blutbefleckten Boden fiel. Der Anblick war ernüchternd.

»Du hast Zeit gehabt, dich umzusehen. Sag mir, was deiner Ansicht nach geschehen ist.«

Coles Augen wurden wieder ernst, als er antwortete. »Ich werde dir sagen, was meiner Meinung nach *nicht* geschehen ist. Keiner von ihnen hat sich gewehrt. Es gibt keinerlei Anzeichen für einen Kampf. Sie waren duldsamer als Lämmer! In allen drei Schubladen hinter den Schaltern liegen Waffen«, erklärte er. »Sie sind geladen, aber niemand hat sie angerührt. Und jetzt sag du mir etwas, Ryan: Warum hast du mich geholt? Es gibt bessere Männer, um diesen Stern zu tragen.«

»Ich wollte dich.«

»Warum?«

»Das ist ziemlich kompliziert.«

»Und das ist eine Ausrede und keine Antwort.«

Ryan stand auf und lehnte sich an den Schreibtisch. Eine Minute verstrich, bevor er sich entschied zu antworten. »Also gut, dann werde ich dir sagen, warum ich dich für diese Aufgabe ausgewählt habe. Vor langer Zeit schon begann ich auf dich aufmerksam zu werden, als ich von den Problemen hörte, die du in Abilene hattest, und erfuhr, wie du sie geregelt hast.«

»Ich bin sicher, daß die Geschichte dramatisiert wurde.«

»Nein, überhaupt nicht. Ich habe sie nachgeprüft. Du wußtest, was sie dieser Frau antun wollten, und du ...«

»Wie ich schon sagte«, unterbrach ihn Cole. »Die Geschichte wurde dramatisiert.«

»Du hast durch sie hindurchgeschossen, um an ihn heranzukommen.«

»Ich habe ihren Arm durchschossen, das ist alles. Die Kugel hat nicht einmal einen Knochen getroffen. Sie hatte nur eine leichte Fleischwunde.«

»Aber dieselbe Kugel tötete ihn.«

»Er hatte es verdient zu sterben.«

»Ich könnte dir noch zwanzig andere Beispiele nennen.«

»Ich kann gut mit einer Waffe umgehen. Na und?«

»Willst du den eigentlichen Grund wissen?«

»Ja.«

»Du denkst wie sie.«

»Wie wer?«

»Wie diese Mistkerle, die hier hereinkamen und all diese Leute töteten.«

»Du verdammter Bastard!« brüllte Cole. »Glaubst du wirklich, ich wäre fähig, so etwas zu tun?«

»Nein«, besänftigte Ryan ihn. »Ich sagte nur, du denkst wie sie. Du kannst dich in ihre Köpfe hineinversetzen, Cole. Ich habe es versucht, aber es gelingt mir nicht.«

»Du bist verrückt, Ryan.«

»Vielleicht, aber ich brauche einen Mann, der nicht zögert und keine Bedenken hat, in gewissen Situationen das Gesetz zu beugen. Ich muß ihm auch vertrauen können, und dir vertraue ich.«

»Woher weißt du, daß du mir vertrauen kannst?«

»All dieser Geschichten wegen, von denen du behauptest, daß sie übertrieben sind. Ich bin mit deiner Mutter im Zug nach Salt Lake gefahren, und sie hat mir alle möglichen frommen Dinge über dich erzählt, wie sie nur eine Mutter glauben kann. Weiß sie eigentlich, wie rücksichtslos du sein kannst?«

Cole weigerte sich, die Frage zu beantworten.

»Sie glaubt, du hättest die falsche Richtung eingeschlagen. Deshalb wollte sie dir den Kompaß schenken.«

»Den Kompaß, den du über ein Jahr behalten hast.«

Ryan zuckte mit den Schultern. »Sie hat mir auch gesagt, der Kompaß solle dich daran erinnern, auf dem rechten Weg zu bleiben. So wie ich es sehe, helfe ich dir jetzt dabei.«

»Ich bin nicht rücksichtslos.«

»Wenn die Lage es erfordert, bist du es. Ich weiß auch von Springfield.«

»Ach, verdammt!«

»Wirst du mir nun helfen oder nicht?«

Cole hatte seine Entscheidung längst getroffen. Der Anblick dieser Leichen war für immer in sein Gedächtnis eingebrannt, und er wußte, daß er keine Ruhe mehr finden würde, wenn er nicht mithalf, die Männer festzunehmen, die diese Greueltat begangen hatten.

»Wir werden sie fassen, jeden einzelnen von ihnen«, flüsterte er. »Ich behalte den Stern, aber sobald das hier vorbei ist, gebe ich ihn zurück.«

»Vielleicht beschließt du dann zu bleiben.«

»Vielleicht«, war alles, was er einräumte. »Gibt es für Marshals irgendwelche besonderen Regeln? Ich hasse nämlich Vorschriften«, warnte er.

»Marshals sind bestimmten Territorien zugeordnet, aber wir beide sind eine Ausnahme, weil wir einen Sonderauftrag haben. Und was die Regeln betrifft, so brauchst du dir darüber nicht den Kopf zu zerbrechen. Sie sind alle sehr vernünftig. Marshals können nicht wegen Mordes vor Gericht gestellt werden«, log er, ohne eine Miene zu verziehen.

Cole lachte. »Das ist praktisch.«

Ryan stand auf und lockerte seine angespannten Schultern. »Wie wäre es, wenn du diese Papiere hier überprüfst, während ich noch einmal in den Schreibtischschubladen nachsehe.«

Ryan war bereits auf dem Weg ins Büro des Bankdirektors, als Cole ihm zurief: »Und wonach soll ich suchen?«

»Nach den Namen der Kunden, die gestern in der Bank waren. Sloan sagte mir, der Präsident hätte darauf bestanden, daß seine Kassierer alle Vorgänge genauestens notierten. Sie hatten Anweisung, den Namen jedes Kunden aufzuschreiben, den sie bedienten.«

»Und wenn wir eine Liste der Namen haben, was machen wir dann?« fragte Cole.

»Dann reden wir mit ihnen, weil einer von ihnen etwas Ungewöhnliches bemerkt haben könnte.«

»Ist das schon einmal vorgekommen?«

»Nein, aber wir müssen trotzdem fragen. Diese

Schurken werden eines Tages einen Fehler machen. Vielleicht kam einer von ihnen vorher in die Bank, um sich dort umzusehen.«

»Das ist reines Wunschdenken, Ryan.«

»Ja, ich weiß, aber wir müssen trotzdem die Routine einhalten und alle Möglichkeiten untersuchen. Diesen Papieren nach zu urteilen, waren gestern eine Menge Leute in der Bank. Wir werden den Rest des Tages brauchen, um sie durchzusehen.«

Sie teilten die Dokumente untereinander auf. Ryan ging ins Büro des Direktors, um dort zu arbeiten, während Cole im Kassenraum blieb. In der Schublade des tintenbefleckten Schreibtischs suchte er nach Schreibzeug und fand einen Block und einen Bleistift. Er wollte gerade den Stuhl heranziehen, den Ryan beim Aufstehen zurückgeschoben hatte, als etwas Blaues unter dem Schreibtisch seine Aufmerksamkeit erregte.

»Wir müssen hier drinnen alles dreimal überprüfen«, warnte Ryan. »Wir könnten beim ersten oder zweiten Mal etwas übersehen haben.«

»Dann sitzen wir eine Woche hier«, rief Cole, während er sich bückte und in die Öffnung unter dem Schreibtisch griff. Verblüfft zog er einen hellblauen Stoffbeutel mit einer blauweißen Satinkordel heraus. »He, Ryan, weißt du, wer an diesem Schreibtisch arbeitet?«

»Ja«, rief Ryan. Er saß im Büro und überprüfte den Inhalt der Schreibtischschubladen. »Ich habe den Namen irgendwo aufgeschrieben.«

»Weißt du noch, ob es ein Mann oder eine Frau war?«

Etwas in Coles Ton ließ Ryan aufhorchen. Er schaute auf, sah Coles gebückte Haltung und rief ihm zu: »Ein Mann.«

»War er einer Männer, die gestern erschossen wurden?«

»Nein, er war gestern krank.«

Cole steckte den Kopf unter den Schreibtisch. »So, so«, murmelte er.

»Hast du etwas gefunden?«

»Vielleicht«, antwortete Cole. »Oder vielleicht auch nicht.« Er stand auf und wandte sich Ryan zu. »Weißt du zufällig, wie oft hier saubergemacht wird?«

»Das ist das erste, was ich Sloan fragte, da wir auch den Müll durchsuchen müssen. Laut Sloan ließ MacCorkle die Bank jeden Abend gründlich reinigen und inspizierte morgens persönlich jede Ecke und jeden Winkel. Der Abfall in den Papierkörben kann also nur von gestern sein.«

»Bist du sicher, daß die Bank am Dienstag abend gereinigt wurde?«

Ryan erhob sich und kam in den Kassenraum. Jetzt sah er den blauen Stoff in Coles Hand.

»Ja, ich bin ganz sicher. Warum? Was hast du?«

Cole lächelte. »Einen Zeugen.«

7. KAPITEL

Zwischen eins und drei waren am Tag des Überfalles drei Frauen in der Bank gewesen. Dank Sherman MacCorkles penibler Ordnung waren sich Cole und Ryan dessen völlig sicher. Wie der Sheriff Ryan schon gesagt hatte, wurde jeder Geschäftsvorgang – selbst das simple Wechseln einer Dollarnote – mit Namen und Datum auf einem Zettel festgehalten, der dann in die Kassenakte eingeheftet wurde. Wenn die Zahlen auf den Zetteln nicht mit dem Geld in der Kasse übereinstimmte, mußte der Kassierer den fehlenden Betrag aus eigener Tasche ersetzen. MacCorkle hatte auch darauf bestanden, daß alle Vorgänge des Morgens und des Nachmittags getrennt notiert wurden. Die Kassenbelege für Mittwoch morgen lagen noch in drei sauberen Stapeln auf MacCorkles Schreibtisch. Es gab auch einen großen Aktenschrank hinter MacCorkles Schreibtisch, der Dokumente über Kreditanträge, Hypotheken und Zwangsversteigerungen enthielt. Jede Akte war mit einem Datum versehen.

Gott segne Sherman MacCorkle für seine Ordnungsliebe, dachte Cole.

Der zahlreichen Unterbrechungen wegen brauchten Cole und Ryan bis zum Abend, um eine Namensliste aufzustellen. Am Tag des Überfalls waren insgesamt neunundzwanzig Kunden in der Bank gewesen. Achtzehn hatten ihre Angelegenheiten während der Morgenstunden erledigt, und alle achtzehn waren Männer gewesen. Die Bank hatte von zwölf bis eins geschlossen gehabt, und am Nachmittag waren weitere elf Kunden in die Bank gekommen, drei davon waren Frauen gewesen.

Eine von ihnen hatte ihre Tasche in der Bank zurückgelassen.

Aus Sicherheitsgründen hielten Cole und Ryan es für besser, im Augenblick über die Möglichkeit, daß es vielleicht eine Zeugin gab, noch Stillschweigen zu bewahren.

»Es könnte auch nur ein dummer Zufall sein«, warnte Cole. »Und wahrscheinlich ist es das sogar.«

»Ja, aber ich habe so ein Gefühl ...«

»Ich auch«, flüsterte Cole. »Doch dieser Beutel könnte auch schon seit Wochen dort gelegen haben ...«

»Wir sollten sofort mit dem Ehepaar reden, das hier saubermacht. Ich habe den Namen und die Adresse dieser Leute irgendwo in meinen Notizen«, sagte Ryan und blätterte in einem kleinen Heft. »Hier, das sind sie. Mildred und Edward Stewart. Sie wohnen auf der Currant Street. Laß uns gleich mit ihnen reden. Ich möchte ein paar Minuten nach draußen und ein bißchen frische Luft schnappen.«

»Es ist schon nach neun«, meinte Cole. »Sie sind vielleicht schon im Bett.«

Aber auch er wandte sich bei diesen Worten schon zur Tür. Sie schlossen die Bank hinter sich ab und gingen zu dem kleinen Haus der Stewarts, das am Stadtrand lag. Die Tochter öffnete und erklärte ihnen, daß ihre Eltern bei der Arbeit seien. Sie reinigten abends die Bank, die Kirche und den Gemischtwarenladen.

Die Marshals kehrten um. Sie konnten Licht im Laden brennen sehen. Die Jalousien waren zugezogen, aber Edward Stewart öffnete sofort, als Ryan anklopfte und ihm sagte, wer sie waren.

Mildred schrubbte auf den Knien den Boden. Langsam richtete sich die untersetzte Frau auf und wischte sich die Hände an der Schürze ab, als die Marshals eintraten. Sie und ihr Mann mußten um die Fünfzig sein, schätzte Cole, und ihren abgehärmten Gesichtern und hängenden Schultern nach zu urteilen, hatten sie ihr ganzes Leben hart arbeiten müssen.

Ryan übernahm es, Cole und sich vorzustellen, und sagte dann: »Wir wissen, daß Sie beschäftigt sind, aber wir wären Ihnen dankbar, wenn Sie uns einige Fragen beantworten würden.«

»Wir helfen Ihnen gern«, antwortete Edward. »Dort hinter der Theke stehen Stühle, falls Sie sich setzen wollen. Der Boden müßte inzwischen trocken sein.«

»So lange wird es nicht dauern«, erklärte Ryan. »Haben Sie und Mildred am Dienstag abend die Bank gereinigt?«

Edward nickte. »Ja, Sir. Wir reinigen sie jeden Abend

außer sonntags, und MacCorkle rechnete Montag morgens mit uns ab.«

»Glauben Sie, daß die neue Geschäftsleitung uns behalten wird?«, fragte Mildred. »Wir leisten gute Arbeit und verlangen nicht sehr viel.«

Ryan sah, wie besorgt sie war. »Das werden sie bestimmt«, versicherte er ihr. »Wenn Sie die Bank reinigen, schrubben Sie dann die Böden oder fegen Sie sie nur?«

»Beides«, erwiderte Mildred. »Zuerst wird ausgefegt und dann geschrubbt. Ich nehme dazu Essig und Wasser, und wenn ich fertig bin, glänzen sogar die alten Holzböden, nicht wahr, Edward?«

»Ja, das tun sie«, bestätigte er.

»Sie verrücken aber nicht die Möbel?« fragte Cole.

»Nicht die schweren, nur die Stühle und die Papierkörbe. Aber ich komme in alle Ecken und Winkel, und ich wische auch hinter den Schränken, die nicht dicht vor den Wänden stehen. Wir sind sehr gründlich«, beharrte sie.

»MacCorkle hat unsere Arbeit immer überprüft. Manchmal kniete er sich hin und schaute in die Ecken, um zu sehen, ob wir ein Stäubchen oder eine Spinnwebe übersehen hatten, und wenn er etwas fand, bezahlte er uns weniger. Er war sehr pedantisch in bezug auf seine Bank.«

»Er kaufte alte, ausrangierte Möbel für den Kassenraum, aber er sagte, wenn wir uns anstrengten, könnten wir das Holz wieder zum Glänzen bringen. Einige dieser Schreibtische hätten schon vor Jahren auf den Müll gehört, aber MacCorkle war zu geizig, um etwas wegzuwerfen«, erzählte Edward.

»Für sein Büro hatte er aber brandneue Möbel kommen lassen«, wandte Mildred ein.

Cole entdeckte einen Korb mit Äpfeln auf der Theke.

Er nahm eine Münze aus der Tasche, legte sie neben den Korb und nahm zwei Äpfel heraus. Einen warf er Ryan zu.

»Ma'am, haben die Kunden manchmal etwas in der Bank vergessen?«

»Natürlich«, antwortete Mildred. »Einmal fand ich eine hübsche Brosche, und Edward fand eine Brieftasche, in der sechs Dollar waren. Alles, was in der Bank gefunden wurde, kam in den Karton mit den Fundsachen. Er stand in MacCorkles Büro neben dem Tresor.«

»Haben Sie am Dienstag abend etwas gefunden?«

Beide schüttelten den Kopf.

»Erinnern Sie sich, am Dienstag unter den Schreibtischen gewischt zu haben?« hakte Cole nach.

»Aber sicher«, nickte Mildred. »Ich wische jeden Abend unter den Tischen. Warum fragen Sie?«

»Nur so aus Neugierde«, flunkerte Cole.

»Selbst wenn wir müde waren, haben wir nie einen Zentimeter ausgelassen, weil MacCorkle uns sonst nicht den vollen Lohn gezahlt hätte.«

»Es war nicht leicht, für ihn zu arbeiten«, flüsterte Mildred.

»Du solltest nicht schlecht von einem Toten sprechen«, mahnte Edward seine Frau.

»Ich sage nur die Wahrheit«, beharrte sie.

»Wir belästigen Sie nicht weiter«, meinte Ryan. »Vielen Dank für Ihre Hilfe.«

Edward schloß die Tür auf, um sie hinauszulassen. »Glauben Sie, Sie könnten MacCorkles Frau dazu bringen, uns unseren Lohn für die letzten beiden Nächte auszuzahlen?«

»Ich rede gern mit ihr, aber wenn sie Ihnen das Geld nicht geben will, wird es bestimmt der neue Leiter tun.«

Edward schüttelte den Kopf. »Wenn wir Ihnen irgendwie dabei helfen können, die Mörder unserer

Freunde zu schnappen, lassen Sie es uns nur wissen, Marshal.«

»Das werde ich«, versprach Ryan.

Die Marshals gingen. »Und was jetzt?« fragte Cole.

»Jetzt kehren wir zur Bank zurück und sehen sämtliche Papiere über die gestrigen Geschäftsvorgänge durch. Das wird nicht lange dauern.«

»Glaubst du, das Restaurant ist noch geöffnet?«

»Nein, es ist zu spät. Dein Apfel wird dir im Moment genügen müssen. Ich wünschte, wir könnten jetzt gleich mit den drei Frauen reden, aber ich weiß nicht, wo sie wohnen.«

»Wir können den Sheriff nach den Adressen fragen, wenn er mit dem Trupp zurückkommt.«

»Ja«, stimmte Ryan zu.

Schweigend gingen sie ein paar Schritte weiter, dann sagte Cole: »Zumindest wissen wir jetzt, daß die Tasche am Tag des Überfalls zurückgelassen worden ist. MacCorkle war ein richtiger Schatz, nicht wahr?«

»Du meinst, weil er den Stewarts Geld von ihrem Lohn abzog, wenn sie nicht gründlich genug waren?«

»Genau«, schmunzelte Cole. »Warum sollte eine Frau ihre Tasche in der Bank zurücklassen?«

»Weil sie in Panik war.«

»Falls sie sich unter dem Schreibtisch versteckt hatte, hat sie alles genauestens gesehen.«

»*Vielleicht* hat sie etwas gesehen«, gab Ryan zu bedenken. »Wir sollten mit dem Mann reden, der sonst an diesem Tisch sitzt.«

Er gab Cole den Schlüssel zur Bank und zog dann wieder sein Notizbuch aus der Tasche. Als Cole die Bank betreten und eine Lampe angezündet hatte, fand Ryan, was er suchte.

»Er heißt Lemont Morganstaff. Wir sprechen morgen

früh mit ihm. Er kann uns vielleicht etwas zu der Tasche sagen.«

»Was soll er darüber wissen?« fragte Cole.

Ryan zuckte die Schultern. »Wahrscheinlich nichts, aber fragen müssen wir ihn trotzdem.«

»Und was dann?«

»Selbst wenn er nicht weiß, woher die Tasche kommt, heißt das noch lange nicht, daß eine Frau sich unter diesem Tisch verborgen hat. Die Tasche hätte auch auf andere Art dort landen können. Eine der drei Kundinnen hat sich vielleicht dort hingesetzt, um etwas auszufüllen, und die Tasche fallen lassen, als sie aufstand. Verdammt, ich wünschte, es wäre nicht so spät!«

»Du hast recht. Es könnte hundert andere Erklärungen dafür geben. Eine Frau könnte sie morgens vergessen haben. Sie ist vielleicht mit einem Freund gekommen und hat sich an den Tisch gesetzt, während er beschäftigt war.«

»Warum sollte eine Frau ein leeres Retikül mit sich herumschleppen?«

»Ich verstehe sowieso nicht, wozu sie diese Dinger mit sich herumschleppen.«

»Wir sollten uns keine allzu großen Hoffnungen machen. Eine Frau hat den Beutel vielleicht fassen lassen und ihn mit dem Fuß unter den Tisch geschoben, als sie aufstand. Ergibt das einen Sinn für dich?«

Cole schüttelte den Kopf. »Die Frauen, die ich kenne, passen auf ihre Sachen auf.«

»Gott, ich hoffe, daß sie es gesehen hat.«

»Wer ist jetzt rücksichtslos? Wenn sie die Mörder gesehen hat, dann wird sie Todesängste ausstehen – und will ganz bestimmt nicht aussagen.«

»Wir werden sie beschützen.«

»Das wird sie uns nicht glauben. Nicht, wenn sie gehört hat, was Luke MacFarland zugestoßen ist.«

Ryan begann unruhig durch den Raum zu schreiten. In den Schatten, die die Lampen warfen, nahmen die Blutflecken unheimliche Konturen an. »Wir werden uns an die übliche Vorgehensweise halten. Ich will nichts unversucht lassen.«

Verärgert sagte Cole: »Ich bin erst einen Tag Marshal. Ich kenne eure Methoden nicht.«

»Wir befragen zuerst die drei Frauen, aber dann auch jeden Mann, der gestern diese Bank betreten hat.«

»Das halte ich für Zeitverschwendung«, erwiderte Cole.

»Es ist die übliche Methode.«

Cole lehnte sich an den Schreibtisch und biß in seinen Apfel. »Also gut. Es waren gestern neunundzwanzig Kunden in der Bank. Du redest mit fünfzehn, und ich übernehme die vierzehn anderen.«

»Nein, so geht das nicht. Wir befragen sie zusammen und vergleichen später unsere Notizen. Einer von uns könnte etwas übersehen, was dem anderen nicht entgangen ist«, erklärte er. »Zuerst sprechen wir mit den Frauen«, wiederholte er. »Dann mit den anderen. Und das ist erst der Anfang. Wir müssen mit jedem reden, der zufällig auf der Straße war, in der Nähe oder in einem der Gebäude rechts und links der Bank. Wir müssen ...«

»Mit der ganzen Stadt reden«, unterbrach Cole ihn gereizt.

»In etwa«, räumte Ryan ein. »So unangenehm es mir auch ist, wir müssen Sloan ins Vertrauen ziehen. Wir sind hier Fremde, aber er kennt die Leute, und vielleicht verraten sie ihm etwas, was sie uns nicht sagen würden. Ich gebe ihm die Namensliste, sobald er wieder da ist.«

Ryan blieb stehen und schaute sich um. »Ich glaube, wir sind hier fertig. Ich habe die gestrigen Aufzeichnungen in den Tresor gelegt, falls wir sie noch einmal durchgehen wollen. Die Buchhalter der Bank in Gramby kommen am Sonntag, um MacCorkles Bücher durchzusehen, und wenn sie fertig sind, erfahren wir, wieviel Geld gestohlen wurde. Wir treffen uns hier morgen früh um sieben und lassen Sloan die Leute herbringen, mit denen wir reden wollen.«

»Ich halte es für keine gute Idee, sie hier zu befragen. Das sollten wir lieber im Gefängnis tun, im Büro des Sheriffs.

Ryan schüttelte den Kopf. »Die Leute fühlen sich unbehaglich in Gefängnissen.«

»Die Blutflecken werden sie noch viel nervöser machen.«

»Ja, das ist wahr. Also im Gefängnis.«

Nachdem sie den Tresor verschlossen hatten, verließen sie die Bank.

»Hast du schon ein Zimmer im Hotel?« fragte Ryan.

»Nein, ich bin direkt zur Bank geritten. Und du?«

»Ich hatte auch noch keine Zeit. Bist du noch hungrig?«

»Und ob!« erwiderte Cole. »Vielleicht bekommen wir im Hotel noch etwas.«

»Bestimmt«, beruhigte Ryan ihn. »Wir sind Marshals. Wir können sie zwingen, uns etwas zu geben.«

Cole lachte. »Ich wußte ja, daß dieser Job auch Vorteile haben muß.«

In kameradschaftlichem Schweigen gingen sie die Straße hinunter zum Hotel.

»Was glaubst du, wieviel Geld sie wohl erbeutet haben?« fragte Cole.

»Wie ich schon sagte, das erfahren wir erst, wenn die Buchhalter mit ihrer Arbeit fertig sind. Bisher weiß ich nur, daß am selben Morgen ein Armeezahlmeister eine Einzahlung getätigt hat. Der Quittung nach zu urteilen, die ich auf MacCorkles Schreibtisch fand, müssen es siebzehntausendachthundert Dollar gewesen sein.«

Cole pfiff durch die Zähne. »Das ist eine Menge Geld. Ich wette, die Kerle wußten vor MacCorkle, daß das Soldgeld kommen würde.«

»Bestimmt. Sie brauchten dem Zahlmeister nur zu folgen.«

»Aber warum überfallen sie die Banken?« fragte Cole. »Wieso überfallen sie nicht einfach den Geldtransport?«

»Weil es zu gefährlich ist. Der Zahlmeister reitet nicht allein, und die Soldaten, die ihn begleiten, sind hervorragende Schützen. Banken sind leichter zu berauben, wenn man weiß, wie man es machen muß, und die Männer, mit denen wir es zu tun haben, scheinen ihr Handwerk zu verstehen.«

Die Diskussion endete, als sie das Hotel erreichten. Die einzigen freien Zimmer waren auf dem Dachboden und etwa so groß wie Kleiderschränke. Coles Zimmer ging zur Straße hinaus, Ryans lag auf der anderen Seite des Korridors. Die Betten waren jedoch bequem, und nach ein bißchen Überredung erklärte sich der Rezeptionist bereit, ihnen ein Abendessen hinaufzuschicken.

Weder Ryan noch Cole schliefen viel in jener Nacht. Während Cole die grauenhafte Szene in der Bank nicht aus dem Kopf ging, dachte Ryan unablässig über ihre eventuelle Zeugin nach.

8. KAPITEL

Der Morgen graute viel zu schnell. Wie vereinbart, trafen sich die beiden Marshals vor der Bank, wo Sheriff Sloan sie schon erwartete, um zu berichten, daß der

Trupp keine Spur gefunden hatte. Ryan überreichte ihm die Liste der Leute, die er im Gefängnis sprechen wollte. Die Namen der drei Frauen standen ganz zu Anfang.

Der Sheriff betrachtete die Liste und schüttelte den Kopf. »Einige dieser Leute liegen krank im Bett. Die Grippe scheint sehr ansteckend zu sein«, warnte er. »Einige der anderen packen bereits ihre Sachen, um aufs Land zu fliehen. Ich bin eben erst Doc Lawrence begegnet. Er war die ganze Nacht bei der Familie Walsh, und John Walshs Name steht auch auf Ihrer Liste. Der Doc sagte, Frederick O'Malley wolle mit der ganzen Familie die Stadt verlassen, sobald die Läden öffnen und er Vorräte einkaufen kann.«

»Niemand verläßt Rockford Falls, bis Marshal Clayborne und ich mit all diesen Leuten geredet haben. Das gilt auch für O'Malley.«

»Ich kann ihn nicht zwingen, hierzubleiben.«

»Aber ich kann es«, erwiderte Ryan.

Sloan widersprach. »Ich halte diese Befragungen für Zeitverschwendung. Wenn irgend jemand etwas gesehen hätte, hätte er sich längst gemeldet.«

»Marshal Ryan will sich an die übliche Methode halten«, sagte Cole.

Sloan starrte auf den blauen Beutel auf dem Schreibtisch. »Wo kommt der denn her?«

Ryan antwortete: »Er lag unter dem Schreibtisch.«

»Sie glauben, jemand hat ihn dort zurückgelassen?«

»Das ist wohl ziemlich offensichtlich«, meinte Cole. »Wir wüßten gern, wem er gehört.«

Sloans Augen funkelten. »Er muß hier am Tag des Überfalls vergessen worden sein, weil die Stewarts, die hier jeden Abend saubermachen, ihn gefunden hätten, wenn er dort vorher schon gelegen hätte. Sie hätten ihn in den Fundsachenkarton gelegt. Sie sind ehrliche

Leute«, fügte er hinzu. »Sie glauben nicht, daß einer der Bankräuber ihn hier zurückgelassen hat?«

»Nein, das glauben wir nicht«, erwiderte Cole trocken.

»Unter welchem Schreibtisch lag er?«

»Unter Lemont Morganstaffs Tisch. Wir werden gleich mit ihm reden. Wissen Sie, wo er wohnt?«

»Natürlich. Ich bringe Sie zu ihm, wenn Sie wollen. Werden Sie ihn nach dem Beutel fragen?«

»Ja«, antwortete Ryan.

Sloan begann plötzlich zu begreifen. »Wo genau lag der Beutel? Direkt am Stuhl oder etwas weiter unter dem Tisch?«

»Darunter«, gab Ryan Auskunft. »In einer Ecke.«

Sloans Augen wurden groß. »Sie glauben doch nicht etwa, daß sich jemand unter dem Tisch verborgen hat?«

»Wir glauben noch gar nichts«, sagte Cole.

»Aber es wäre möglich, nicht?«

»Ja«, gab Ryan zu. »Möglich wäre es. Aber die Sache mit dem Beutel ist vertraulich, Sheriff. Ich will nicht, daß Sie mit irgend jemandem darüber reden.«

Sloan bückte sich. »Man kann hier durch die Ritze sehen ...«

»Ich will jetzt anfangen«, erklärte Cole ungeduldig. »Zeigen Sie uns, wo Lemont wohnt, und bringen Sie dann die Leute auf der Liste her. Wir werden im Gefängnis mit ihnen sprechen.«

»Ich warte draußen«, meinte Sloan und hastete zur Tür.

Kaum war er fort, sagte Cole: »Es war ein Fehler, ihm zu sagen, wo die Tasche lag.«

Ryan zuckte mit den Schultern. »Er ist der Sheriff hier und würde uns ständig an den Fersen kleben, wenn wir ihm nicht ab und zu ein paar Informationen gäben. Ich wüßte nicht, wie er uns schaden könnte.«

9. KAPITEL

Wie sich noch herausstellte, konnte Sloan schließlich sogar großen Schaden anrichten. Noch bevor der Tag zu Ende war, spielte Ryan mit dem Gedanken, den Sheriff in sein eigenes Gefängnis zu sperren. Doch leider existierte kein Gesetz, das es erlaubte, einen Menschen bloß seiner Dummheit wegen seiner Freiheit zu berauben.

In einer Stadt von der Größe Rockford Falls', kannte jeder jeden, und selbst sorgfältig gehütete Geheimnisse sprachen sich mit der Zeit unweigerlich herum. Der Bankangestellte, unter dessen Tisch das Retikül gefunden worden war, Lemont Morganstaff, ein zickiger alter Homosexueller, wurde als erster zu der Angelegenheit befragt. In seinem limonenfarbenen Samtrock und den farblich passenden Pantoffeln erinnerte er an einen Papagei. Er saß in einem Sessel aus abgewetztem gelbem Samt, die Arme auf den spitzenbedeckten Lehnen, und schürzte nachdenklich die Lippen, bevor er kopfschüttelnd erklärte, die Tasche könne unmöglich unter seinem Schreibtisch gefunden worden sein. Es gehöre zu seinen Regeln, sagte er, keinen Kunden – ganz gleich, ob männlich oder weiblich – weiter als bis zur Schwingtür vorzulassen. Da er allerdings am Tag des Überfalls nicht in der Bank gewesen sei, könne er natürlich nicht sagen, ob sich die anderen Angestellten an seine Regeln gehalten hätten.

Sheriff Sloan, der darauf bestanden hatte, bei der Befragung anwesend zu sein, gab nun die Information preis, daß das Retikül in dem Hohlraum unter Lemonts Tisch gefunden worden war. »Es kann nicht versehentlich dorthin gelangt sein«, sagte er, »weil Ihr Schreibtisch dem Kassenraum zugewandt ist und das vordere

Paneel bis auf den Boden reicht. Jemand muß an der Schwingtür vorbeigekommen sein und sich hinter Ihren Tisch gesetzt haben. Ich hatte Zeit, darüber nachzudenken, und ich glaube, daß sich dort während des Überfalls eine Frau verborgen hat. Ich wette, daß die Marshals die gleiche Theorie haben. Es waren drei Frauen in der Bank – ihre Namen stehen auf Marshal Ryans Liste – und ich werde sie aufsuchen, sobald ich hier mit Ihnen fertig bin. Ich hoffe, daß die Frau, die die Mörder gesehen hat, nur zu schüchtern ist, um sich zu melden – doch falls sie diese Information bewußt für sich behält, weil sie Angst hat, werde ich sie verhaften.«

Lemont preßte ein Spitzentaschentuch an seinen Mund und machte große Augen. »Sie glauben, eine Frau hätte die Mörder gesehen? Oh, die Arme!« wisperte er.

Ryan versuchte rasch, den Schaden, den Sloan angerichtet hatte, zu beheben, während Cole den Sheriff auf die Eingangstür zudrängte.

»Wir glauben nichts dergleichen«, widersprach Ryan. »Der Beutel könnte auf hundert verschiedene Arten unter Ihren Tisch gelangt sein. Es waren viele Frauen in der Bank, und jede von ihnen hätte sich an Ihren Schreibtisch setzen und den Beutel fallen lassen und vergessen können.«

Lemont schenkte Ryans Erklärung kaum Beachtung. »Es muß am Tag des Überfalls gewesen sein«, meinte er aufgeregt. »Die Stewarts machen jeden Abend in der Bank gründlich sauber. Aber Sie haben recht – jede Frau hätte den Beutel irgendwann im Verlauf des Morgens dort vergessen können. Wenn Sie in die Schubladen der Kassierer schauen, werden Sie eine genaue Liste der Kunden finden, die morgens in der Bank waren.«

Sloan drängte sich an Cole vorbei zu Lemont. »Ich bin mir ziemlich sicher, daß die drei Frauen auf meiner

Liste nachmittags da waren. Warten Sie, ich habe hier die Namen ... Jessica Summers, Grace Winthrop und Rebecca James. Kennen Sie irgendeine dieser Frauen, Lemont?«

»Ja, allerdings. Ich kenne Rebecca James. Ich sah sie erst gestern abend, aber sie fühlte sich nicht gut, und ich fürchte, sie hat sich mit der Grippe angesteckt. Ich habe diese reizende Dame vergangene Woche kennengelernt«, fuhr er fort. »Sie kam vorbei, um mir zu sagen, wie wundervoll sie meinen Garten fände. Sie ist sehr feinfühlig«, fügte er hinzu. »Die anderen beiden Frauen kenne ich nicht, aber ich komme ja auch nicht viel herum. Wenn ich von der Arbeit heimkomme, bleiben mir nur noch zwei Stunden bis zum Dunkelwerden, und ich verbringe jede freie Minute mit der Pflege meiner Blumen.«

»Alle drei Frauen leben erst seit kurzer Zeit in Rockford Falls«, erklärte Sloan. »Sind Sie sicher, daß Sie Jessica Summers oder Grace Winthrop noch nie gesehen haben?«

»Es wäre möglich, aber falls es so war, hat keine einen besonders starken Eindruck hinterlassen.«

Cole ergriff Sloans Arm und schob ihn aus der Tür. Ryan blieb bei Lemont.

»Der Sheriff redet Unsinn«, begann er. »Seine Theorie beruht nicht auf den Tatsachen.«

»Vielleicht hat eine Fremde das Retikül vergessen«, meinte Lemont. »Es sind um diese Jahreszeit so viele in der Stadt. Sie kommen, um die Wasserfälle zu sehen, und zertrampeln all die herrlichen Blumen, die auf den Hügeln vor der Stadt wachsen. Einige dieser Leute sind sehr dreist, Marshal – einer von ihnen verwüstete vor zwei Wochen meinen Garten und hat all meine Tulpen gepflückt. Ich hatte Sheriff Sloan schon gebeten, diesbezüglich etwas zu unternehmen, aber jetzt, wo Sie hier sind, können Sie die Schuldigen vielleicht fassen. Ich werde Anzeige erstatten«, fügte er hinzu. »Es ist mir egal, ob es das Werk eines Kindes oder eines Erwachsenen war. Diese Wüstlinge gehören ins Gefängnis.«

Cole kehrte gerade noch rechtzeitig ins Wohnzimmer zurück, um Lemonts letzte Bemerkungen zu hören. »Mir scheint, Ihr Garten ist Ihnen wichtiger als ...«

Lemont unterbrach ihn. »Als die Leute, die in der Bank gestorben sind? Da haben Sie ganz recht, Marshal, so ist es. Blumen sind für mich etwas sehr Kostbares. Sie erfüllen nur einen Zweck: schön zu sein. Und ich liebe schöne Dinge.«

»Laß uns gehen«, meinte Cole zu Ryan. »Wir haben Lemont lange genug belästigt.«

Die beiden Männer wandten sich zur Tür. »Ich will nicht hören, daß Sie irgend jemandem etwas von unserem Gespräch erzählt haben«, befahl Ryan, »denn sonst landen *Sie* im Gefängnis.«

Lemont schwor, daß er nichts sagen würde. Aber natürlich schaffte er es nicht, sein Versprechen zu halten. Als er eine Stunde später Besuch erhielt, konnte er gar nicht anders, als von seiner Unterhaltung mit den Marshals zu berichten. Er sprach darüber auch mit seiner Haushälterin Ernestine Hopper, die zufällig eine der größten Klatschbasen der Stadt war. Da sie zudem auch nicht besonders helle war und ein ziemlich langweiliges Leben führte, konnte sie derartige Neuigkeiten nicht für sich behalten. Sie erzählte allen, die sie kannte, daß es möglicherweise eine Zeugin der Morde gab, und nachdem sie die Geschichte vier- oder fünfmal erzählt hatte, begann sie, das Wort »möglicherweise« auszulassen und machte die Existenz der Zeugin damit zu einer Tatsache. Bis das Gerücht Ryan und Cole zu Ohren kam, war die Geschichte schon als

Schlagzeile auf dem Titelblatt der *Rockford Falls Gazette* erschienen. Überzeugt, daß es die heißesten Nachrichten seit langer Zeit waren, hatte der Reporter den Herausgeber dazu überredet, eine Abendausgabe der Zeitung drucken zu lassen. Es war das erste Mal in der Geschichte von Rockford Falls, daß zwei Ausgaben an einem Tag erschienen, und das löste unter den Bewohnern der kleinen Stadt ungeheure Aufregung aus.

10. KAPITEL

Ryan hätte am liebsten jemanden umgebracht. Cole schlug vor, mit dem Sheriff zu beginnen und dann zu Morganstaff hinüberzugehen, ihn zu erschießen und seine verdammten Blumen ebenfalls. Die beiden wütenden, empörten Männer besprachen an jenem Abend auf dem Weg zu Melton's Restaurant das Problem mit Sloan. Sie hatten die drei Frauen noch immer nicht gesprochen. Jessica Summers und Grace Winthrop waren einkaufen gewesen und wurden erst zum Abendessen wieder in ihrer Pension zurückerwartet. Rebecca James wohnte im Hotel, war aber zu krank, um Besucher zu empfangen. Die beiden Marshals hofften, daß es ihr morgen besser ging.

Sie hatten bereits mit achtzehn der Kunden gesprochen, die am Tag des Überfalls in der Bank gewesen waren, und bisher hatten die Ermittlungen sich als reine Zeitverschwendung erwiesen, denn sie hatten nichts erfahren. Niemand hatte irgend etwas Ungewöhnliches gesehen oder gehört.

Obwohl es bereits dunkel wurde, war Coles und Ryans Tag noch lange nicht vorbei. Nach dem Abendessen würden beide zur Pension zurückkehren, um mit Jessica und Grace zu sprechen.

Die wenigen Leute, die auf der Straße unterwegs waren, machten einen großen Bogen um die Marshals, und kaum hatten sie sich im Restaurant an einen Tisch gesetzt, standen die meisten anderen Gäste auf und gingen.

»Stört dich da?« fragte Ryan Cole und deutete mit dem Kopf zur Tür, wo drei Männer in ihrer Hast, hinauszukommen, beinahe übereinander stolperten.

»Nein«, antwortete Cole. »Ich bin daran gewöhnt. Jedesmal, wenn ich in eine neue Stadt komme, scheinen die Leute automatisch anzunehmen, ich wäre ein Revolverheld.«

»Du warst auch einer«, erinnerte ihn Ryan.

Cole hatte keine Lust, mit ihm zu diskutieren. Er lehnte sich zurück, damit die Wirtin die Teller mit dem Kaninchenragout und den Korb mit dem noch warmen Brot abstellen konnte.

»Wenn es Ihnen beiden nichts ausmacht, wäre ich froh, wenn Sie essen und dann gehen würden, um mir mein Geschäft nicht ganz zu ruinieren.«

Cole bemühte sich, seinen Ärger zu unterdrücken. Die Frau war alt, dünn wie ein Strohhalm und sah todmüde aus. Höflich bat er um einen Kaffee. Unfreundlich erkundigte sie sich, wie lange er bei dem Kaffee sitzen zu bleiben gedenke.

»Ma'am, weder Marshal Ryan noch ich haben die sieben Männer umgebracht, die heute begraben wurden, und wir wären Ihnen dankbar, wenn Sie aufhören würden, uns so zu behandeln, als ob wir es getan hätten.«

»Warum haben Sie noch keinen der Mörder festgenommen? Das ist es, was sich die Leute fragen.«

»Wir geben uns die größte Mühe«, erwiderte Ryan müde.

»Ich weiß, daß Sie mit den Leuten geredet haben, die am Tag des Überfalls in der Bank waren.«

Cole nickte. »Das hat sich schnell herumgesprochen, was?« bemerkte er zu Ryan, bevor er sich wieder der Frau zuwandte. »Keiner Ihrer Freunde und Nachbarn hat etwas gesehen. Sie haben die Banditen weder in die Stadt noch aus ihr hinausreiten gesehen. Und Schüsse haben sie auch keine gehört«, fügte er hinzu.

Die alte Frau bedachte die beiden Marshals mit einem mitleidigen Blick. »Oh, einige von ihnen haben die Schüsse ganz bestimmt gehört. Sie waren nur zu ängstlich, um etwas zu unternehmen. Sie beide sind wohl ziemlich müde, was? Mein Name ist Loreen«, fügte sie hinzu. »Und ich hole Ihnen jetzt Kaffee.«

Sie kam eine Minute später wieder, schenkte Cole und Ryan zwei Tassen ein und stellte die Kanne auf den Tisch.

»Ich glaube, einige Leute würden es Ihnen sagen, wenn sie etwas gesehen oder gehört hätten, aber die meisten täten es wahrscheinlich nicht. Wir alle wissen, was mit Leuten geschieht, die zu viel reden. Die Blackwater-Bande kommt zurück und bringt sie um. Jeder hier weiß das. In meinem ganzen langen Leben habe ich noch nie von Männern gehört, die so abgrundtief schlecht wie diese waren. Vor kurzem habe ich gelesen, daß sie bei einem Banküberfall in Texas eine Frau und ihre kleine Tochter erschossen haben. Das Kind war noch nicht einmal drei Jahre alt.«

»Sie war vier«, meinte Ryan.

Loreen starrte ihn an. »Dann stimmt es also.«

Seine Stimme war gefährlich sanft. »Ja, es ist wahr.«

»Großer Gott, warum sollten sie so ein armes kleines Lämmchen töten? Sie hätte ja doch nichts sagen können. Sie war zu klein.«

Coles Appetit verflog. Sie waren Ungeheuer, diese Männer, und das einzige, woran er denken konnte, war, sie zu erwischen.

Loreen stützte eine knochige Hand auf ihre Hüfte und schüttelte den Kopf. »Ich weiß, daß Sie Ihr Bestes tun. Nehmen Sie sich so viel Zeit, wie Sie wollen, um Ihren Kaffee zu trinken. Das Geschäft läuft wegen der Grippe, die die Stadt heimsucht, sowieso schlecht. Selbst die Fremden, die herkamen, um sich die Wasserfälle anzusehen, sind krank geworden – die meisten von ihnen jedenfalls, sagte der Doc. Er meint, die Krankheit wäre nicht ansteckend, aber ich denke doch, daß sie es ist. Haben Sie mit der armen Frau gesprochen, die die Bankräuber gesehen hat?«

Die beiden Marshals, die in ihre eigenen Gedanken versunken gewesen waren, horchten bei dieser Frage auf. Cole bat die Wirtin, sie zu wiederholen.

»Ich wollte wissen, ob Sie schon mit der armen Frau gesprochen haben, die die Mörder gesehen hat«, meinte sie. »Ich hörte, Sie hätten den Verdacht, daß eine der drei Frauen, die nachmittags in der Bank waren, alles mit angesehen hat. Wenn sie nicht zu verängstigt ist, erzählt sie Ihnen vielleicht, was sie gesehen hat. Und wenn sie doch zu große Angst hat, nun ja, dann können Sie sie vielleicht überreden. Ich will Ihnen bestimmt nicht sagen, wie Sie Ihre Ermittlungen zu führen haben«, fügte sie rasch hinzu. »Aber wenn Sie den Verdacht haben …«

»Wir verdächtigen niemanden«, warf Cole ein.

Loreen beachtete seinen Einwand nicht. »Es muß wahr sein, denn es steht in der Zeitung. Heute nachmittag erschien eine Sonderausgabe. Sheriff Sloan war von dem Reporter interviewt worden, und er sagte ihm, er sei selbst unter den Schreibtisch gekrochen, um nachzusehen, und dabei habe er durch die Ritzen im Holz den Kassenraum gesehen. Er sagte, eine Frau habe sich dort unter dem Tisch versteckt.«

»Ma'am, der Sheriff ist nicht unter den Tisch gekrochen«, widersprach Cole.

»In der Zeitung steht aber, daß er dort nachgesehen hat«, beharrte sie. »Wissen Sie, ich hätte auch in dieser Bank sein können, als der Überfall geschah. Ich bringe sonst um diese Tageszeit meine Einnahmen hin, aber in letzter Zeit waren es nicht genug, um jeden Tag zu gehen. Niemand ißt gern, wenn er krank ist«, erklärte sie. »Trotzdem kann ich nicht verstehen, warum Sie diese armen Frauen ins Gefängnis sperren. Ich hörte, daß der Sheriff eine von ihnen, die krank ist, sogar aus ihrem Bett gezerrt hat, und die anderen beiden hatten sich gerade zum Abendessen hingesetzt. Ich finde, Sie hätten sie in der Pension befragen sollen. Ja, das finde ich. Ein Gefängnis ist kein Platz für Damen. Nein, Sir, ich finde es nicht richtig, daß Sie diese Frauen wie gewöhnliche Verbrecher behandeln. Wollen Sie Ihre Mahlzeiten nicht beenden? Wo wollen Sie denn so plötzlich hin?«

Kaum hatten sie das Wort »Gefängnis« gehört, waren Cole und Ryan zum gleichen Schluß gekommen: Sloan hatte ein weiteres Fiasko zu verantworten.

11. KAPITEL

Ihre Vermutung erwies sich als richtig. Fluchend rannten Cole und Ryan zum Gefängnis und stellten fest, daß der Sheriff alle drei Frauen in einer seiner Zellen eingesperrt hatte.

Und der Idiot war auch noch stolz auf das, was er

getan hatte. Er plusterte sich wie ein Hahn auf, als er durch das Büro schlenderte und seine Erklärung abgab.

»Ich mußte es tun«, begann er. »Ich habe jede der drei gefragt, ob sie während des Überfalls in der Bank gewesen sei, aber keine wollte es wahrhaben, und deshalb habe ich sie alle eingesperrt, damit sie noch einmal in Ruhe darüber nachdenken. Ich fürchte, wir müssen jeden Augenblick mit einem Aufstand rechnen, da die Leute inzwischen wissen, daß wir eine Zeugin haben, die nicht aussagen will. Und sie haben gesehen, wie ich die Frauen herbrachte.

Ryan war so wütend auf den Sheriff, daß seine Hand instinktiv zu seiner Waffe glitt. Er zwang sich aber, sie zurückzunehmen, bevor er etwas tat, was er bereuen würde. Coles Hand umklammerte Sloans Hals. *Er* hörte nicht auf, sondern versuchte, den Sheriff zur Vernunft zu bringen, indem er ihm die Luft abdrückte, als er ganz plötzlich etwas hörte, was wie das Jammern eines Babys klang.

Wie vor den Kopf geschlagen, brüllte er den Sheriff an: »Sind Sie jetzt vollkommen verrückt geworden? Sie haben ein *Baby* eingesperrt?«

Ryan war steif vor Ärger. Er saß hinter dem Schreibtisch und schaute den Sheriff wütend an.

»Cole, laß ihn los, damit er es uns erklären kann. Ich will hören, was er zu seiner Verteidigung zu sagen hat. Er wird mir jetzt erklären, wieso er drei Frauen und ein Baby eingesperrt hat.«

Kaum hatte Cole die Hände von Sloans Hals gelöst, begann der Sheriff zu stammeln: »Ich wußte nicht, was ich sonst mit dem kleinen Jungen tun sollte. Er wollte bei seiner Mutter bleiben und war nicht zur Vernunft zu bringen. Er hat sich hier auf den Boden geworfen und einen Riesenaufstand gemacht. Er ist kein Baby, Marshal. Er ist mindestens anderthalb, wenn nicht sogar schon zwei. Er trägt noch Windeln, aber er kann schon sprechen, so daß er also unmöglich noch ein Baby sein kann. Denn Babys reden schließlich nicht«, schloß er entschieden.

Ryan biß so fest die Zähne zusammen, daß an seiner Wange ein Muskel zuckte. »Wo sind die Schlüssel zu der Zelle?«

»Sie haben doch nicht etwa vor, sie freizulassen?«

»O doch, genau das ist meine Absicht!« fuhr Ryan ihn an. »Und jetzt sagen Sie mir endlich, wo die Schlüssel sind!«

»Sie hängen an dem Haken direkt hinter Ihnen«, antwortete Sloan trotzig. »Ich habe nur getan, was ich tun mußte.«

Ryan ignorierte die Bemerkung. »Gibt es hier eine Hintertür?«

»Ja. Sie ist am Ende des Ganges. Warum?«

Ryan warf Cole den Schlüsselbund zu. »Ich werde Ihnen sagen, was Sie jetzt tun, Sheriff. Marshal Clayborne wird die Damen aus der Zelle lassen. Sie warten draußen vor der Hintertür auf sie, und wenn sie hinauskommen, werden Sie sie heimbegleiten.«

»Und Sie werden sich bei Ihnen entschuldigen«, verlangte Cole. »Und wehe, es klingt so, als wäre es nicht ernst gemeint!«

Sloan entfernte sich einen weiteren Schritt von Cole. »Aber ich habe sie verhaftet«, protestierte er. »Wenn ich mich entschuldige, werden Sie denken, ich wüßte nicht, was ich tue.«

Cole stieß einen müden Seufzer aus. »Nein, sie werden denken, daß Sie schlicht und einfach dumm sind. Und jetzt machen Sie, daß Sie hinauskommen!«

Mit zusammengekniffenen Lippen und hochrotem Gesicht stapfte der Sheriff zum Hintereingang. Cole öffnete die Tür, die zu den Zellen führte, duckte sich unter dem niedrigen Rahmen und begann, den langen, schmalen Korridor hinabzugehen. Die Wände waren feucht vom Regen, der durchs Dach hereingesickert war, und die Luft roch nach nassen Blättern ... Plötzlich hielt er inne. Für einen Moment war ihm, als hätte er ein kostbares Gemälde in einem Museum vor sich, umrahmt von kalten grauen Steinmauern. Drei der schönsten Frauen, die er je gesehen hatte, saßen nebeneinander auf der schmalen Pritsche – mit gestrafften Schultern, die Köpfe stolz erhoben und völlig reglos, als ob ein Maler ihnen befohlen hätte, auf diese Weise für ein Gemälde Modell zu sitzen.

Cole war nicht auf einen solchen Anblick vorbereitet. Die Frauen waren alle jung ... bezaubernd schön ... und kochten vor Zorn und gerechtfertigter Empörung.

Die Frau, die ihm am nächsten saß, hielt die Hände auf dem Schoß gefaltet. Ihr langes schwarzes Haar fiel in weichen Korkenzieherlocken auf ihre Schultern und umrahmte ein Gesicht mit makelloser, prozellanfarbener Haut und klaren grünen Augen, die durch dichte Wimpern zu ihm aufschauten. Ihre Haltung hatte etwas Majestätisches. Das und ihre unauffällige, diskrete Eleganz ließen auf ein reiches Elternhaus und eine hervorragende Erziehung schließen. Sie trug ein rosafarbenes Tageskleid mit Perlmuttknöpfen, aber der Spitzenkragen, der ihren zarten Hals umgab, war an den Rändern etwas ausgefranst. Auf der Pritsche neben ihr lag ein breitrandiger Strohhut mit rosa Bändern, und auf dem Hutrand lagen weiße Handschuhe.

Sie hat einen Hut aufgesetzt, um ins Gefängnis zu gehen, dachte Cole und lächelte im stillen. Nur eine Frau aus gutem Hause legte Wert auf solche Kleinigkeiten. Ihr Blick war direkt, offen, neugierig und überhaupt nicht arrogant, und er spürte eine Güte in ihr, die alle widrigen Umstände überwinden würde.

Gleich neben ihr saß die hinreißendste Schönheit, die Cole je gesehen hatte. In ihrem saphirblauen Samtkleid stellte sie einen kühnen Kontrast zu ihrer sanften Nachbarin dar. Auch ihre Züge waren makellos – alabasterfarbene Haut, volle rote Lippen, eine kleine, gerade Nase und blaue Augen. Ihr Kinn schob sich in einer Geste der Verachtung vor. Ihr goldblondes Haar war im Nacken zu einem strengen Knoten aufgesteckt, was die Schönheit jeder anderen Frau beeinträchtigt hätte, aber die ihre höchstens unterstrich. Eine solche Perfektion mußte jedem Mann den Atem rauben. Sie wußte, welchen Effekt sie auf ihn hatte, denn sie warf ihm einen ungeduldigen Blick zu, der eindeutig besagte, er solle aufhören, sie anzustarren, und erledigen, wozu er hergekommen war. Da es offenbar nichts Neues für sie war, bewundernde Blicke auf sich zu ziehen, hatte sie eine gelangweilte, unnahbare Miene aufgesetzt.

Die letzte der drei war sehr verführerisch. Ihr zimtfarbenes Haar war ebenfalls aufgesteckt, aber mehrere widerspenstige Strähnen hatten sich gelöst und umrahmten in sanften Wellen ihr Gesicht. Ihr Stirnrunzeln lenkte den Blick auf die zahlreichen Sommersprossen auf ihrer Nase, und ihre mandelförmigen dunklen Augen blickten ihn so durchdringend an, als ob sie ihn durchbohren wollten. Sie trug ein Kleid, dessen lavendelfarbener Ton bereits stark verblaßt war, und ihre aufgerollten Ärmel ließen darauf schließen, daß sie bei irgendeiner Arbeit gestört worden war, als der Sheriff sie abgeholt hatte. Ihr Blick war beunruhigend … Cole nahm hinter diesem eindringlichen Blick eine ungestüme Leidenschaft wahr, die nicht leicht zu stillen war … was ihn sogar noch mehr entnervte.

Auf ihrem Schoß saß ein kleiner Junge mit lockigem blondem Haar, der neugierig, aber keineswegs bestürzt über diese jähe Wende in seinem Leben zu sein schien.

Sie alle waren kurz davor zu explodieren. Die Feindseligkeit, die diese Frauen ausstrahlten, hätte einen weniger charakterstarken Mann als Cole ganz sicher in die Flucht getrieben. Wenn Blicke töten könnten, dachte er, würden diese drei Schönheiten inzwischen Erde auf mein Grab werfen. Ihre blassen Gesichter bewiesen, daß sie sich nicht wohl fühlten, und er vermutete, daß sie auch verängstigt waren. Das tat ihm leid.

Kopfschüttelnd trat er vor und steckte den Schlüssel in das Schloß. Doch kaum hatte er einen Schritt getan, wandte sich der kleine Junge ab und verbarg das Gesicht am Busen seiner Mutter.

Während er die Tür aufschloß, sagte Cole: »Ich bedaure diese Unannehmlichkeiten aufrichtig, meine Damen. Ich weiß, daß Sie lieber zu Hause wären.«

Die blonde Frau erhob sich als erste. Die beiden anderen folgten ihrem Beispiel.

»Wer sind Sie?« fragte sie.

»Cole Clayborne. Marshal Clayborne.«

»Sind Sie der Beamte, der die Ermittlung leitet?«

Cole schüttelte den Kopf. »Nein, Ma'am. Das ist Marshal Ryan.«

»Ist ihm bewußt, daß der Sheriff dieser Stadt ein kompletter Narr ist?«

Die Frage entlockte Cole ein Lächeln. »Das hat er inzwischen auch schon eingesehen, Ma'am.«

Seine Aufrichtigkeit ließ ihren Zorn etwas verrauchen. »Dann haben also weder Sie noch Marshal Ryan den Befehl gegeben, uns wie gewöhnliche Verbrecher einzusperren?«

»Nein, keiner von uns hat diesen Befehl gegeben.«

»Sheriff Sloan ist machthungrig und dumm. Das ist eine gefährliche Mischung«, murmelte sie. Sie schaute sich nach den beiden anderen Frauen um und nickte dann. »Nun gut. Wir werden unseren Zorn für den Sheriff aufbewahren. Erlauben Sie mir, mich vorzustellen, Marshal Clayborne. Mein Name ist Rebecca James, und ich wurde rüde von Sheriff Sloan aus meinem Krankenbett geholt. Er machte im Foyer eine ziemliche Szene, und ich habe mich furchtbar geschämt und danach sehr, sehr schlecht geführt. Die reizende Dame zu meiner Linken ist Grace Winthrop. Sie ist den ganzen weiten Weg aus England hergekommen, um unser wundervolles Land zu sehen. Und was tun die Leute hier, um ihre Gastfreundschaft zu zeigen? Sie sperren sie ins Gefängnis!«

Sie begann sich wieder aufzuregen. »Miss James, wenn Sie sich bitte beruhigen würden ...«

Sie schnitt ihm das Wort mit einer Handbewegung ab. »Und nun möchte ich Ihnen Jessica Summers und ihren Sohn Caleb vorstellen. Sie wollte ihr Baby gerade füttern, als sie aus ihrem Heim gezerrt und hierhergeschleppt wurde.«

»Ich bin sicher, daß sie weder gezerrt noch geschleppt wurde«, widersprach er, obwohl er Sloan eine solche Dummheit durchaus zutraute. »Wie ich schon sagte, es tut mir aufrichtig leid, daß Sie diese Unannehmlichkeiten ertragen mußten.«

»Unannehmlichkeiten? Es war eine Unverschämtheit!« rief Rebecca.

Grace Winthrop und Jessica Summers nickten zustimmend.

Für Cole war offensichtlich, daß Rebecca für die anderen die Rolle der Sprecherin übernommen hatte, als sie zusammen eingesperrt gewesen waren. Grace und Jessica schienen damit einverstanden zu sein, daß sie das Reden übernahm. Des weiteren war offensichtlich, daß die drei Frauen sich in ihrem Zorn verbündet hatten.

»Sind Sie sicher, daß Marshal Ryan nicht doch den Befehl gegeben hat, uns einzusperren?« fragte sie noch einmal.

»Nein, das war nicht mein Befehl.«

Ryan beantwortete die Frage von der Tür her. Cole sah, daß er die Frauen verwundert anstarrte. Anscheinend hatte der Anblick der drei Grazien ihn ebenfalls überrascht.

»Meine Damen, wenn Sie nichts dagegen haben, wäre ich Ihnen dankbar, wenn Sie noch ein paar Minuten in der Zelle bleiben würden.«

Rebecca trat einen Schritt vor und antwortete für alle drei. »Wir haben allerdings etwas dagegen, Marshal. Kommen Sie, meine Damen. Wir werden diesen schauderhaften Ort verlassen.«

Cole sah das Gewehr in Ryans Hand erst, als Rebecca versuchte, sich an ihm vorbeizudrängen. Sein Arm schoß vor, um sie zurückzuhalten.

»Ich glaube, Sie sollten wirklich lieber noch ein bißchen warten«, meinte Cole.

»Unfaßbar, diese Unverschämtheit!« erklärte sie, bevor sie widerwillig einen Schritt zurücktrat. Jetzt versuchte Jessica ihr Glück. Aber es gelang ihr nicht, an den beiden Männern vorbeizukommen, denn Cole veränderte seine Position und versperrte ihr den Weg.

Auge in Auge standen sie einander gegenüber. Sie wich nicht zurück, und er bedachte sie mit einem Blick, der wie eine stumme Warnung war, sich nicht mit ihm anzulegen.

Sie erwiderte den Blick und gab ihm genau das gleiche zu verstehen. Verdammt, sie war darin sogar noch besser als er selbst! *Mit diesem Blick würde sie eine Klapperschlange in die Flucht schlagen,* dachte er bei sich, und – Gott, wie gut sie roch! Wie frische Luft und Blumen. Er hörte auf, die Stirn zu runzeln. Es nützte sowieso nichts, und es war seine eigene Schuld, weil er sich nicht genügend konzentrierte. Er konnte einfach keinen anderen Gedanken fassen, als daß sie wunderschöne Augen hatte.

»Cole, wir haben draußen ein kleines Problem. Ich könnte Hilfe gebrauchen«, erklärte Ryan.

Das Baby schaute zu ihm auf. Cole zwinkerte ihm zu und zog die Zellentür zu. Ruhig verschloß er sie und kehrte, die wütenden Proteste der Frauen in den Ohren, in das vordere Büro zurück.

12. KAPITEL

Das »kleine Problem« stellte sich als mittlerer Volksauflauf heraus. Ryan hatte die Eingangstür geöffnet und stand auf dem Bürgersteig, das geladene Gewehr an seiner Seite. Mit ruhigen Worten versuchte er, die vierzig bis fünfzig wütenden Männer dazu zu bringen, nach Hause zu gehen.

»Ich befehle Ihnen heimzugehen«, sagte er. »Gehen Sie nach Hause und lassen Sie uns unsere Arbeit tun.«

Ein Mann mitten in der Menge schrie: »Überlassen Sie uns die Frauen! Wir werden sie schon zum Reden bringen!«

Neugierig rief Cole: »Und wie wollen Sie das erreichen?«

»Wir hängen sie, ganz einfach«, brüllte der Mann.

»Das erklärt natürlich einiges«, murmelte Cole.

Ryan warf ihm einen Blick zu. »Man kann mit wütenden Leuten nicht vernünftig reden.«

»Sie sind nicht wütend. Sie sind nur ein bißchen aufgebracht. Das ist alles. Wenn du Wut sehen willst, dann geh hinein und laß diese Frauen frei. Sie werden dich bei lebendigem Leib in Stücke reißen.«

Ryan verbarg ein Lächeln. »Also gut. Du erledigst das hier draußen, und ich kümmere mich um die Frauen.«

»Einverstanden«, stimmte Cole zu. Dann trat er vor und wandte sich an die Männer. »Niemand wird hier aufgehängt. Sie haben alle nur leeres Geschwätz gehört. Wir haben keine Zeugin.«

»In der Zeitung stand, daß Sie eine haben«, schrie ein Mann im vorderen Teil der Menge.

»Die Zeitung irrt.«

»Warum hat der Sheriff dann diese drei Frauen eingesperrt?« brüllte jemand.

»Das sollten Sie ihn selbst fragen«, erwiderte Cole. »Und jetzt gehen Sie bitte heim.«

»Warum gehen Sie und der andere Marshal nicht nach Hause und überlassen unserem Sheriff diese Frauen? Er wird sie schon zum Reden bringen.«

Bevor Cole etwas erwidern konnte, trat ein Mann vor und wandte sich zu seinen Freunden und Nachbarn um, bevor er die Hände hob, um sie zum Schweigen zu bringen. »Ich weiß auf alle Fälle, daß die Frau mit dem komischen Akzent in der Bank war, *bevor* sie überfallen wurde. Ich stand mit ihr in einer Schlange, und ich hörte sie mit dem Kassierer sprechen.«

»Dann muß es eine der beiden anderen sein«, rief ein dritter Mann. »Hat irgend jemand eine der beiden in der Bank gesehen?«

»Ich!« schrie ein Mann im hinteren Teil der Menge. »Ich habe die blonde Frau gesehen, als ich mir von Malcolm Kleingeld geben ließ. Ich erinnere mich noch ganz genau an sie, weil sie das hübscheste Ding war, das ich je gesehen hatte.«

Ein Raunen ging jetzt durch die Menge. »Was ist mit der Frau mit dem Baby?«

»Ich habe sie gesehen«, rief ein Mann. »Der Junge verärgerte MacCorkle, weil er auf seiner Schwingtür schaukelte, und seine Mutter mußte aus der Schlange treten, um ihn davon abzubringen. Sie hat den alten MacCorkle aber ganz schön runtergeputzt, weil er ihren Kleinen angeschrien hatte.«

»Wenn alle drei Frauen in der Bank gesehen wurden, dann haben wir anscheinend doch keine Zeugin«, schloß der Friedensstifter, der die Menge vorher schon zum Schweigen gebracht hatte.

»Vielleicht ist eine von ihnen zurückgeschlichen, um sich unter dem Schreibtisch zu verstecken?« mutmaßte ein anderer.

»Diese Leute sind wirklich nicht sehr helle, nicht?« flüsterte Cole.

»Sloan hat sie aufgestachelt«, sagte Ryan.

»Also gut«, schrie Cole den Männern zu. »Ich werde Ihnen sagen, wie es jetzt weitergeht. Sie alle gehen nun nach Hause und denken bitte noch einmal ganz in Ruhe über alles nach, was Sie am Tag des Banküberfalls getan haben. Falls irgendeiner von Ihnen etwas Ungewöhnliches gesehen oder gehört hat, soll er morgen früh wieder herkommen und es uns erzählen.«

»Sie haben kein Recht, uns Vorschriften zu machen!« schrie ein Mann am Rand der Menge. Cole erkannte ihn. Es war der sensationslüsterne Reporter der *Rockford Falls Gazette,* der Einspruch dagegen erhoben hatte, daß die Leichen mit Tüchern zugedeckt wurden. Cole hatte eine spontane Abneigung gegen diesen Mann entwickelt.

Der Reporter trat einen Schritt vor. Sein Blick glitt unruhig von der Menge zu den Marshals. »Das ist unsere Angelegenheit, Marshal. Sheriff Sloan müßte die Ermittlungen in dieser Sache leiten.«

»Es ist Regierungsgeld gestohlen worden!« antwortete Ryan. »Und das macht es zu unserer Angelegenheit. Tun Sie, was Marshal Clayborne Ihnen gesagt hat. Gehen Sie alle heim, und lassen Sie uns unsere Arbeit tun.«

»Ich gehe nirgendwohin, bis ich mit den Frauen gesprochen habe!« brüllte der Reporter.

Cole hatte keine Lust, noch länger herumzudiskutieren. Schneller als jemand blinzeln konnte, zog er seine Waffe und schoß dem Journalisten den Hut vom Kopf.

»Dazu hatten Sie kein Recht!« kreischte der Reporter.

»Und ob ich das habe«, antwortete er. »Marshal Ryan hat mir gesagt, als U.S. Marshal könne ich nicht wegen Mordes vor Gericht gestellt werden, und deshalb könnte ich vermutlich jeden einzelnen von Ihnen erschießen und ungestraft davonkommen. Das ist das letzte Mal, daß ich Sie auffordere heimzugehen. *Gehen Sie jetzt nach Hause!«*

»Cole?« wisperte Ryan.

Cole löste den Blick nicht von der Menge, als er antwortete. »Ja?«

»Das war gelogen.«

Cole lächelte. »Das wissen sie aber nicht.«

Die Marshals fuhren fort, auf ihrer Forderung zu beharren, bis die Menge sich schließlich auflöste. Während sie enttäuscht vor sich hinmurmelten, zogen die Männer ab. Erst dann ließ Ryan die Damen frei.

Zehn Minuten später kehrte Sloan ins Büro zurück. Er hatte die Frauen heimbegleitet und brachte eine Botschaft von ihnen mit: Falls sie ein Verhör ertragen müßten, hielten sie es für angebrachter, es gleich heute abend hinter sich zu bringen.

Ryan und Cole beschlossen, sich ihrem Wunsch zu beugen. Und so begannen sie bei Rebecca James.

Sie wohnte im Rockford Falls Hotel, wo auch Cole und Ryan abgestiegen waren. Das alte dreistöckige

Gebäude lag ganz in der Nähe des Gefängnisses an der Elm Street. Eine breite Veranda umgab es auf drei Seiten. Eins der Zimmermädchen wurde hinaufgeschickt, um Rebecca mitzuteilen, daß die Marshals draußen auf sie warteten.

Das Tageslicht verblaßte langsam, und eine kühle Brise brachte nach der schwülen Hitze eine willkommene Erfrischung.

»Wir werden nichts Wichtiges erfahren«, prophezeite Cole. »Wir wissen bereits, daß alle drei Frauen an jenem Nachmittag früher in der Bank gesehen wurden. Mit ihnen zu reden ist reine Zeitverschwendung. Was können sie schon gesehen haben?«

»Das werden wir erst wissen, wenn wir mit ihnen gesprochen haben. Es dürfte eigentlich nicht allzu lange dauern.«

Dreißig Minuten später mußte er seine Meinung revidieren. Rebecca ließ sie bis nach acht warten. Cole schlenderte über die Veranda, und Ryan saß in einem der Korbstühle, als Rebecca endlich in Erscheinung trat. Sie entschuldigte sich nicht für ihr Zuspätkommen, und ihrer Miene nach zu urteilen, war sie nach wie vor sehr aufgebracht, als sie über die Veranda auf sie zukam.

Ryan stand auf, sobald er sie näherkommen sah. Er wartete, bis sie Platz genommen hatte, und zog sich dann einen anderen Sessel heran, um sich zu ihr zu setzen. Cole lehnte sich an das Geländer der Veranda und kreuzte die Arme vor der Brust.

Sie saß mit steifem Rücken und mit im Schoß verschränkten Händen auf dem Rand des Sessels. Sie war wirklich wütend – so wütend, daß Cole dachte, es müsse Rauch aus ihren Ohren kommen, wenn man sie noch etwas mehr reizte.

Er lehnte sich zurück und überließ es Ryan, das Verhör zu führen, während er die Frau beobachtete. Er wußte, daß das unhöflich von ihm war, aber das kümmerte ihn jetzt nicht. Diese Frau sah einfach fabelhaft aus. Er suchte nach einem Makel, einem kleinen Schönheitsfehler, weil er hoffte, damit seine Faszination für sie zu überwinden.

Ryan schaute sie ebenfalls eindringlich an, und Cole fragte sich, ob er das gleiche Spielchen spielte.

»Wir sind Ihnen dankbar für Ihre Unterstützung«, begann Ryan. »Und wir bedauern beide sehr die Unannehmlichkeiten dieses Nachmittags.«

»Ich glaube nicht, daß ich Ihnen bei Ihren Ermittlungen weiterhelfen kann«, sagte sie. »Aber ich beantworte natürlich gerne Ihre Fragen. Und dann werde ich diese gräßliche Stadt verlassen, um nie wieder hierher zurückzukehren. Die Stadt ist hübsch, das gebe ich zu, und die Wasserfälle sind phantastisch, aber die Leute sind ein bißchen ... hinterwäldlerisch, und seit die Zeitung dieses alberne Gerücht verbreitet hat, war es nicht einfach hier. Ich bin froh, wenn ich wieder zu Hause bin.«

»Und wo ist dieses Zuhause?«

»In St. Louis. Ich wollte eigentlich schon vor einigen Tagen aufbrechen, um mich mit Freunden in Salt Lake City zu treffen, aber dann erkrankte ich und war gezwungen, meine Reise zu verschieben.«

»Fühlen Sie sich jetzt besser?«

»Ein bißchen, danke. Der Arzt sagte, ich hätte Glück gehabt, daß es nur eine schwache Infektion war.«

»Sind Sie in St. Louis geboren?« fragte Cole.

»Ich bin an der Ostküste aufgewachsen«, erklärte sie. »Später zog ich nach St. Louis, weil ich dort sehr gute Freunde habe.«

Sie wandte sich wieder Ryan zu. »Ich dachte, Sie wollten über den Bankraub sprechen.«

»Das wollen wir auch«, antwortete Ryan. »Erinnern Sie sich, um welche Zeit Sie in der Bank waren?«

Sie zögerte einige Sekunden, bevor sie antwortete. »Ja, ich erinnere mich sogar noch ganz genau. Ich war etwa um zwei Uhr nachmittags dort. Ich stand in einer Schlange an einem der Schalter, erinnere mich aber nicht an die anderen Leute, die dort waren. Ich habe nicht auf sie geachtet. Ich bin sicher, daß jemand sich daran erinnern wird, mich dort gesehen zu haben. Schreiben Sie alles auf, was ich sage?«

Ryan schaute auf und lächelte. »Ich bemühe mich«, sagte er.

»Wozu?«

Er lehnte sich zurück und klappte sein Notizbuch zu, bevor er erklärte: »Es hat so viele Überfälle gegeben, daß ich mir nur so die einzelnen Informationen merken kann. Stört es Sie?«

Sie schüttelte den Kopf. »Nein, es erregte nur meine Neugier, das ist alles.«

Sheriff Sloan unterbrach das Gespräch, als er die Stufen hinaufgepoltert kam. Er sah ein bißchen verlegen aus, und als er die feindseligen Mienen der beiden Marshals sah, wandte er sich ab und wollte wieder gehen.

Ryans Stimme ließ ihn zusammenfahren. »Hinsetzen.«

Schnell wie ein abgerichteter Hund befolgte der Sheriff den Befehl, schnappte sich den nächstbesten Stuhl und ließ sich darauf nieder.

»Sie haben sehr viel Aufregung verursacht, Sheriff«, wandte sich Rebecca an ihn. »Ihretwegen glauben die Bewohner dieser Stadt, daß es eine Zeugin des Überfalls und der Morde in der Bank gibt. Ich habe den Artikel, der in der Zeitung darüber erschienen ist, gelesen. Und alle anderen hier auch. Sie wurden darin mehrfach zitiert, Sheriff. Wissen Sie überhaupt, was Sie damit angerichtet haben? Wenn die Männer, die all diese Leute ermordet haben, die *Rockford Falls Gazette* lesen oder die Gerüchte hören, werden sie hierher zurückkommen und Jessica, Grace und mich umbringen. Mein Gott, begreifen Sie denn wirklich nicht, wozu diese Ungeheuer fähig sind? Sie haben bereits andere Frauen umgebracht. Sie hätten ganz sicher keine Skrupel, drei weitere zu ermorden.«

»Ma'am, ich würde mir keine Sorgen machen, daß die Blackwater-Bande hierher zurückkommt. Sie haben das Territorium inzwischen wahrscheinlich längst verlassen.«

Seine Gedankenlosigkeit erzürnte sie. »Zeugen leben nicht lange!« rief sie. »Jeder weiß, was aus diesem armen Mann in Middleton geworden ist. Ich glaube, sie haben sogar seine Frau getötet, nicht? Falls eine der beiden anderen Damen während des Überfalls in der Bank war – glauben Sie wirklich, daß sie es zugeben würde? Sie würde damit ihr Todesurteil unterschreiben.«

»Es tut mir aufrichtig leid, Sie in diese Situation gebracht zu haben«, murmelte Sloan und errötete vor Verlegenheit. »Aber ich würde mir keine Sorgen machen, daß die Bande unsere kleine Zeitung liest. Niemand außerhalb von Rockford Falls liest die *Gazette*«, fügte er in einem halbherzigen Versuch, sie zu beschwichtigen, hinzu. »Und mir blieb keine andere Wahl, als das Interview zu geben. Dieser Reporter bedrängte mich, Einzelheiten preiszugeben, und ich bin die Autorität in dieser Stadt. Es war meine Pflicht, ihm zu sagen, was ich wußte, aber ich erinnere mich nur, erzählt zu haben, daß die Marshals eine Damentasche unter einem der Schreibtische gefunden haben. Daraus hat er dann wohl seine eigenen Schlüsse gezogen.«

Nach dieser Erklärung stand Sloan auf und entschuldigte sich. »Ich habe einer befreundeten Dame versprochen, mit ihr spazierenzugehen, und sie wartet draußen. Brauchen Sie mich noch, Marshal Ryan?«

»Nein«, antwortete Ryan knapp.

Rebecca wartete, bis Sloan mit der jungen Frau, die mit einem albernen Kichern seinen Arm ergriff, außer Hörweite war, bevor sie fortfuhr. »Der Sheriff hat uns allen das Retikül gezeigt. Es gehört mir nicht. Ich trage nie eins bei mir«, fügte sie hinzu. »Darf ich jetzt gehen? Ich möchte wirklich schlafen gehen. Es war ein anstrengender Tag.«

»Im Moment habe ich keine weiteren Fragen mehr«, erwiderte Ryan, während er sein Notizbuch schloß und Cole anschaute. »Du?«

»Nur eine«, meinte dieser. »Wie lange werden Sie noch in der Stadt bleiben, Miss James?«

»Bis übermorgen, wenn die Postkutsche wieder durch die Stadt kommt.«

Ryan streckte eine Hand aus, um Rebecca beim Aufstehen zu helfen. Sie schien über diese zuvorkommende Geste verblüfft zu sein und nahm nur zögernd seine Hand.

»Sie werden Jessica und Grace doch heute abend nicht mehr stören? Es ist schon nach acht«, erinnerte sie. »Sie waren heute nachmittag beide hundemüde. Und beide fühlten sich nicht wohl«, setzte sie hinzu. »Sie sollten sie wenigstens eine Nacht in Ruhe schlafen lassen, bevor Sie sie mit Fragen bedrängen. Gute Nacht, meine Herren.«

Sie sahen ihr nach, als sie hineinging. Jeder war in seine eigenen Gedanken versunken, bis sie sich in der Tür noch einmal umdrehte. Tränen strömten über ihre Wangen. Da sie während des Verhörs kühl und gelassen gewesen war, waren die beiden Marshals sehr verblüfft, daß sie jetzt plötzlich Gefühle zeigte.

»Werden Sie diese schrecklichen Männer fassen? Haben Sie überhaupt schon eine Spur? Der Sheriff sagte, Sie hätten noch nichts, aber ich hoffe, daß er sich geirrt hat.«

Ryan ließ die Schultern hängen. »Nein, wir haben noch keine Spur, aber das könnte sich bald ändern.«

»Eins steht fest«, warf Cole ein. »Wir kriegen sie. Es ist bloß noch eine Frage der Zeit. Sie können sich ganz fest darauf verlassen.«

»Ja, natürlich werden Sie sie kriegen«, murmelte sie. »Wenn Ihnen noch irgend etwas anderes einfällt, was Sie mich fragen wollen, finden Sie mich hier.«

Sobald sie außer Sicht war, fluchte Cole. »Ich bin nicht gerne Marshal«, sagte er. »Es ist deprimierend.«

»Weißt du, was dein Problem ist? Dir tun die Frauen leid, nicht wahr?«

»Allerdings. Dank Sloans Inkompetenz befinden sich jetzt alle drei in einer höchst bedrohlichen Situation. Sie fürchten sich mit Recht, aber das hätten sie eigentlich gar nicht nötig. Im übrigen ist es ziemlich offensichtlich, daß keine von ihnen während des Überfalls in der Bank war, doch jeder hier in dieser Stadt glaubt jetzt, eine von ihnen wäre dort gewesen. Die Leute hier denken wirklich nicht sehr weit, nicht wahr? Es macht mich wütend, Rebecca so verängstigt zu sehen.«

»Ich kann verstehen, daß sie sich fürchtet«, meinte Ryan. »Sie weiß, wozu die Blackwater-Bande fähig ist.«

»Glaubst du, sie kämen wirklich nach Rockford Falls zurück? Daß sie aufgrund eines bloßen Gerüchts zu derartigen Extremen greifen würden?«

»Die Leute glauben, was sie in der Zeitung lesen. Es wäre ein Glück für uns, wenn sie tatsächlich kämen. Sieh mich nicht so wütend an, Cole. Ich bin nur ehrlich. Es wäre eine Chance für uns, und Gott weiß, daß wir eine brauchen. Wir könnten die Frauen beschützen, Cole. Komm – laß uns jetzt mit Jessica Summers und Grace Winthrop reden.«

»Das erscheint mir ziemlich sinnlos«, meinte Cole. »Sie haben nichts gesehen.«

»Wir müssen die Regeln der Routine befolgen, und wenn auch nur pro forma«, beharrte Ryan. »Und im übrigen solltest du dir doch Notizen während der Vernehmungen machen.«

»Das kannst du tun. Ich hasse Schreibkram. Außerdem erinnere ich mich an alles, was sie sagen.«

»Jetzt vielleicht, aber später, nach ein oder zwei weiteren Überfällen, beginnen sich die Namen, Daten und Orte zu vermischen.«

»Dann sollten wir die Kerle schleunigst fassen, bevor sie wieder zuschlagen.« Hungrig und müde folgte er Ryan widerstrebend die Stufen hinunter. »Rebecca hat gesagt, Jessica und Grace seien sehr müde und fühlten sich nicht wohl. Hast du das vergessen? Vielleicht sollten wir lieber bis morgen warten, um sie zu befragen.«

»Nein, ich will jetzt sofort mit ihnen reden.«

Cole gab es auf, ihm zu widersprechen. Bisher fand er den Marshal-Posten ungeheuer frustrierend. Er wollte *handeln.* All dieser Papierkram und das Gerede mit eventuellen Zeugen war nicht anders, als versuchte man, ein kompliziertes Puzzle zusammenzusetzen. Das erforderte Geduld, und Cole hatte nie gelernt, sich zu gedulden.

ZWEITER TEIL

13. KAPITEL

Tilly MacGuires Pension lag am Ende der Elm Street, einer kurvenreichen Straße, die von hundertjährigen alten Bäumen gesäumt wurde. Das Hotel, in dem Rebecca wohnte, lag der Pension direkt gegenüber, doch der Straßenbiegungen und der Bäume wegen war es unmöglich, ein Gebäude vom anderen aus zu sehen.

Das ehemalige alte Farmhaus war gerade erst mit einem neuen Anstrich versehen worden. Die Wände des Hauses waren weiß getüncht, während die Jalousien der Fenster und die Türen in einem dunklen Burgunderrot gestrichen waren. Es war der gleiche Farbton, in dem auch die Liegestühle und Tische auf der Veranda gestrichen waren. Das schöne alte Haus war von einem weißgestrichenen Lattenzaun umgeben, und obwohl auch dieser kürzlich erst gestrichen worden war, hangelten sich schon wieder Efeuranken an den Holzlatten empor.

Sowohl das Haus als auch die ausgedehnte Rasenfläche vor ihm lagen im Schatten uralter Walnußbäume, die rechts und links von der Veranda wuchsen. Eine leichte Brise strich unbemerkt durch die massiven Äste, die sich über dem Giebeldach miteinander zu vereinen schienen.

Tilly MacGuires Haus war ein gemütlicher, idyllischer Ort, um eine ganze Horde Kinder aufzuziehen, und genau das hatte sie getan. Die resolute Fünfundsechzigjährige hatte mit vierzehn Jahren geheiratet und acht Kinder in die Welt gesetzt – Alles Mädchen –, doch nachdem ihre jüngste Tochter geheiratet hatte und fortgezogen war und ihr dritter Ehemann gestorben war, hatte sie das Haus mit den sechs Schlafzimmern in eine Pension verwandelt.

Sie brauchte das Geld nicht; sie brauchte die Gesellschaft. Sie war eine ausgesprochen kritische Vermieterin und akzeptierte als Pensionsgäste nur solche Damen, denen sie sich irgendwie verbunden fühlte. Sie brüstete sich gern mit ihren strengen, unabänderlichen Regeln. Herren waren im ersten Stock nicht erlaubt, ganz gleich, aus welchem Grund; ihre Damen mußten jeden Abend um zehn zu Hause sein, einschließlich samstags; sonntags morgens mußten sie den Gottesdienst mit ihr besuchen, und keine durfte beim sonntäglichen Mittagessen fehlen. Ihre Gäste ertrugen diese Einschränkungen gern – aus dem simplen Grund, daß sie, solange sie die Regeln befolgten, verhätschelt und verwöhnt wurden. Die Mahlzeiten waren exzellent und üppig; die Schlafzimmer groß und sehr gemütlich eingerichtet, und es gab jeden Tag frische Bettwäsche. Aber viel wichtiger als all diese Annehmlichkeiten war Tilly selbst. Sie war eine warmherzige Frau, die ihre ausgesuchten Gäste wie Familienmitglieder behandelte.

Die Wahrheit war, daß Tilly hinter ihrer strengen, nüchternen Fassade ein weiches Herz verbarg. Sie hatte bereits eine ihrer eisernen Regeln gebrochen, als sie Jessica und ihrem Sohn erlaubt hatte, bei ihr einzuziehen. Da ihre eigenen Kinder längst erwachsen waren, nahm Tilly grundsätzlich keine Kinder oder Babys auf, weil sie die Unordnung fürchtete, die sie ins Haus brachten. Aber für den kleinen Caleb machte sie eine Ausnahme. Der lebhafte Junge stahl ihr das Herz, wenn er sie aus seinen großen braunen Augen anschaute und ihr die Zunge herausstreckte.

Sie lachte gerade über die Mätzchen des Kleinen, als die Marshals an die Moskitonetztür klopften. Das Lächeln verging ihr, als sie die Dienstabzeichen der Männer sah. Sie nahm Caleb an der Hand und kam langsam auf die Tür zu.

»Sie sind hier, um meine Mädchen zu vernehmen, nicht?«

»Ja, Ma'am, so ist es«, antwortete Ryan.

Ihr Stirnrunzeln vertiefte sich. »Sie sind beunruhigt und verängstigt, und beide erholen sich gerade erst von einem schweren Grippeanfall. Die arme Jessica war schon fast wieder gesund und erlitt dann einen Rückfall. Sie hat sich fast den ganzen Mittwochmorgen übergeben. Es ist eine Schande, daß sich die beiden jungen Frauen nun auch noch fürchten müssen. Aber kommen Sie doch herein. Sie sind beide in der Küche und spülen das Geschirr. Ich erlaube meinen Gästen sonst nicht, die Küche zu betreten, aber meine Hausmädchen sind beide krank, und auch ich fühlte mich heute abend so schlecht, daß ich meine eigene Regel gebrochen habe. Ich kann das«, fügte sie rasch hinzu, »weil ich hier die Hausherrin bin. Möchten Sie die beiden zusammen sprechen? Sie können sich dazu an den Küchentisch setzen, wenn Sie wollen.«

Das frischgebadete Baby hielt eine Stoffpuppe an ihren Haaren und schaute neugierig zu Cole auf. Dann entzog es Tilly seine Hand und steckte den Daumen in den Mund.

»Wir würden lieber getrennt mit jeder sprechen«, sagte Ryan. »Wenn es Ihnen nichts ausmacht, Jessica Summers auf die Veranda hinauszubitten, werden wir hier draußen warten.«

»Geh und hol deine Mama, Kind«, forderte sie den Jungen auf. Der Kleine zog den Daumen lange genug aus dem Mund, um »Nein« zu schreien, wandte sich dann um und rannte in den hinteren Teil des Hauses.

Tilly lächelte. »›Nein‹ ist sein Lieblingswort. Er sagt es mindestens hundertmal am Tag. Er ist aber weder frech noch begriffsstutzig, sondern bloß sehr eigensinnig.«

Sie schaute hinter sich, um sich zu vergewissern, daß der Junge außer Hörweite war, bevor sie weitersprach. »Wie ich schon sagte, Jessica und Grace sind furchtbar eingeschüchtert – und das nur dieses dummen Gerüchtes wegen, daß es angeblich eine Zeugin der Morde gibt. Es stand sogar in der Zeitung. Aber meine Mädchen können nichts gesehen haben, weil sie es mir erzählt hätten, wenn sie etwas gesehen hätten. Ich will nicht hören, daß Sie sie mit Ihren Fragen noch mehr verängstigen. Haben Sie gehört?«

»Ja, Ma'am, wir haben Sie gehört«, antwortete Cole.

»Ich hole Jessica«, meinte sie. »Dann werde ich mit dem Tee, den Grace gerade für mich aufbrüht, nach oben gehen, aber um Punkt zehn bin ich wieder da, um die Türen zu verschließen. Bis dahin werden Sie doch fertig sein, nicht wahr?«

»Ja, Ma'am, ich denke schon«, erwiderte Ryan.

Tilly war noch nicht mit ihnen fertig. Sie hatte den Marshals noch etwas anderes zu sagen, und wenn sie etwas auf dem Herzen hatte, sprach sie es aus, weil sie es für Zeitverschwendung hielt, um den heißen Brei herumzureden.

»Es ist eine Schande, wie diese Stadt sich aufführt! Nur weil meine Mädchen noch nicht lange hier wohnen, sind sie das gefundene Fressen für Gerüchte. Auch Miss Rebecca James tut mir sehr leid. Sie war genauso krank wie meine Mädchen. Haben Sie sie auch schon vernommen?«

Ryan antwortete nicht darauf. »Seit wann kennen Sie Rebecca?«

»Seit dem Gottesdienst am letzten Sonntag«, erwiderte sie. »Wir haben uns danach sehr nett unterhalten, und sie erzählte mir, daß sie überlege, in meine Pension zu ziehen, weil ihr Hotelzimmer so klein sei. Ich hätte sie sehr gern aufgenommen«, fügte sie hinzu. »Obwohl ich im Alter ziemlich wählerisch geworden bin, hat sie mir sofort gefallen. Sie hat ein gutes Herz. Stellen Sie sich vor, sie war sogar zu diesem biestigen alten Lemont Morganstaff sehr nett. Sie brachte ihn mit ihren Komplimenten über seinen Garten zum Erröten.«

»Wie viele Gäste nehmen Sie hier auf?« fragte Cole.

»Es ist Platz für fünf, aber im Moment habe ich nur zwei. Nur Grace und Jessica – und das Baby natürlich.«

Caleb kam an Tilly vorbeigerannt, stieß die Tür auf und lief hinaus, bevor sie ihn erwischen konnte. Der Kleine trug ein weißes Baumwollhemdchen, das ihm bis zu den Knöcheln reichte. Er war barfuß und voller Übermut.

»Ich überlasse es Ihnen, ein Auge auf das Kind zu haben, während ich seine Mutter hole. Dann bringe ich Caleb ins Bett, denn ich habe versprochen, ihm eine Geschichte zu erzählen.«

Sie wollte sich gerade abwenden, als Cole noch etwas wissen wollte. »Ma'am? Wer ist der Vater dieses Jungen?«

»Das ist eine gute Frage, und wenn es mir freistünde, darüber zu sprechen, würde ich Ihnen erzählen, wo ich ihn vermute, aber ich habe Jessica mein Wort gegeben, darüber zu schweigen. Ich kann Ihnen nur sagen, daß die Mutter des Kleinen bei der Geburt gestorben ist«, fügte sie hinzu. »Und ihr Mann war nicht bei ihr. O nein, Sir – das war er ganz und gar nicht!«

»Jessica ist nicht die Mutter dieses Kindes?« fragte Daniel.

»Caleb glaubt, sie wäre seine Mama, weil sie schon so lange für ihn sorgt, aber sie ist nicht seine leibliche Mutter.«

»Ist Calebs Vater tot, oder lebt er noch?« fragte Cole.

»Ich weiß es wirklich nicht«, erwiderte sie stirnrunzelnd. »Aber ich hoffe, daß er sich inzwischen zu Tode getrunken hat. Ich sage kein Wort mehr über ihn«, schwor sie. »Sie werden Jessica nach allem anderen fragen müssen.«

Und damit verschwand sie im Eßzimmer. Cole und Ryan schauten beide auf das Kind herab. Caleb stand an den Eingangsstufen und schaute grinsend zu ihnen auf. Ganz unvermittelt ließ er sich auf die Knie fallen und krabbelte zurück. Er trug noch eine Windel, und als er versuchte, die Stufen auf dem Bauch hinabzurutschen, löste sich eins der Bänder, die sie zusammenhielten.

»Wo willst du hin?« fragte Cole, als er sich bückte und das Baby aufhob. Ryan ergriff die Windel, bevor Caleb sie ganz verlieren konnte, und befestigte rasch die Bändchen an den Seiten. Caleb ließ die Stoffpuppe fallen und streckte die Hand nach Ryans Marshalstern aus.

»Du scheinst zu wissen, wie man so was macht«. bemerkte Cole, ohne das Zappeln und Jammern des Kindes, das herunterwollte, zu beachten.

»Ich habe ein bißchen Erfahrung in diesen Dingen.«

»Nichten und Neffen?«

»Nein. Eine Tochter.« Er strich dem Baby noch einmal übers Haar, bevor er ein paar Schritte weiterging. »Er riecht nach Äpfeln und Seife. Das weckt Erinnerungen.«

Langsam überquerte er die Veranda, lehnte sich an einen Pfosten und starrte in die Dunkelheit hinaus. »Ich bin todmüde«, bemerkte er.

»Ich wußte nicht, daß du verheiratet bist.«

»Du hast mich nie danach gefragt.«

Seine Stimme hatte einen harten Tonfall angenommen, der eine unausgesprochene Aufforderung darstellte, das Thema fallenzulassen. Cole war jedoch zu neugierig, um den Hinweis zu beachten. »Wie lange bist du schon verheiratet?«

»Vor einem Monat wären es sieben Jahre gewesen.«

»Gewesen?«

Ryan nickte. »Sie sind beide tot.«

Cole dämmerte ganz plötzlich etwas. »Wann, sagtest du, hast du mit den Ermittlungen in diesem Fall begonnen?«

»Ich habe es dir nicht gesagt.«

»Na gut, dann hast du es eben nicht gesagt. Wann also?«

»Nach einem der Überfälle erhielt ich den Auftrag, die Ermittlungen zu leiten.«

»Hör auf, mir auszuweichen. Sag mir, welcher Überfall es war.«

»Dillon«, antwortete Ryan. »Nach dem Überfall in Dillon.«

»Deiner Heimatstadt.«

»Ja, meiner Heimatstadt.«

Schweigen breitete sich zwischen ihnen aus, als Cole sich in Erinnerung rief, was er über die Geschehnisse in Dillon gehört hatte.

»Sind deine Frau und deine Tochter krank geworden?« fragte er schließlich.

»Hör auf mit deinen Fragen, Cole!«

»Waren sie krank?« beharrte er.

Ryan schüttelte den Kopf. »Nein, sie waren nicht krank. Sie waren bloß zur falschen Zeit am falschen Ort.«

Cole stieß den Atem aus, den er ganz unwillkürlich angehalten hatte. »Oh … verdammt, Daniel! Sie waren es, nicht?«

14. KAPITEL

Jessica Summers stand am Küchenschrank, starrte aus dem Fenster in die Dunkelheit und versuchte, sich zu erinnern, wie es gewesen war, sorglos und unbeschwert zu sein.

Sie konnte sich beim besten Willen nicht entsinnen.

Sie war heute abend müde, und das war vermutlich auch der Grund dafür, daß ihre Bürden und Sorgen ihr so überwältigend erschienen. Es hatten in den letzten beiden Jahren viele Veränderungen in ihrem Leben stattgefunden, und in letzter Zeit gab es Momente, in denen sie sich wie eine alte Frau fühlte.

Dies war einer jener Augenblicke. Es hatte nichts mit Selbstmitleid zu tun – in ihrem geschäftigen Alltag blieb ihr einfach keine Zeit für so etwas –, und obwohl sie müde war, war sie trotz allem in der Lage, Gott für das Geschenk zu danken, das er ihr gemacht hatte, als er ihr den kleinen Caleb gegeben hatte. Sie konnte sich ein Leben ohne ihn gar nicht mehr vorstellen, so chaotisch es oft auch sein mochte.

Mit der Absicht, ihre Arbeit wieder aufzunehmen, nahm sie einen Schwamm und begann einen von Tillys kostbaren Porzellantellern zu spülen. Wasser spritzte auf ihre Röcke. Sie schaute an sich herab und nahm zum erstenmal so richtig wahr, wie alt und verschlissen dieses Kleid schon war. Es paßte auch nicht mehr richtig; das Mieder war über ihren Brüsten viel zu eng, aber sie brauchte nur die Knöpfe zu versetzen, wenn und falls sie die Zeit dafür aufbrachte, und dann würde das Kleid fast wieder so gut wie neu sein. Sie würde es jedenfalls bestimmt nicht wegwerfen, wie Tilly ihr geraten hatte, denn das wäre Verschwendung, und heutzutage konnte sie sich nicht mehr leisten, irgend etwas zu verschwenden. Außerdem war das Kleid praktisch und erfüllte seinen Zweck, und ihr gefiel die Farbe. Der einst kräftige lavendelfarbene Ton war vom vielen Tragen und Waschen sehr viel blasser geworden. Tilly hatte gesagt, es sehe wie ein altes, abgelegtes Kleid aus zweiter Hand aus, aber Jessica hatte nur gleichgültig die Schultern gezuckt. Das Kleid war anständig, und das war alles, was ihr wichtig war.

Gott, wie ihre Prioritäten sich geändert hatten! Sie erinnerte sich an ein anderes Kleid, das sie sich vor langer Zeit gewünscht hatte, als solch frivole Kleinigkeiten noch von Bedeutung für sie gewesen waren. Sie hatte das Kleid in einem Schaufenster gesehen und gedacht, daß es die wundervollste Kreation sei, die sie je gesehen hatte. Das Kleid war aus weißem Brokat gewesen, mit einer breiten roten Schärpe. Jessica lächelte, als sie sich erinnerte, wie sie sich geschworen hatte, genügend Geld zu sparen, um sich irgendwann dieses unpraktische Kleidungsstück leisten zu können.

Heute sahen ihre Träume natürlich völlig anders aus. Sie dachte nicht mehr an Verehrer, Bälle oder Teegesellschaften. Sie war damals ein törichtes, unerfahrenes junges Mädchen gewesen. Heute war sie eine Erwachsene mit Pflichten und Verantwortung. Ihr einziger Traum war es jetzt, Caleb die beste Mutter zu sein, die ein Kind haben konnte.

Tilly brachte sie mit der Ankündigung, daß die beiden Marshals gerne mit ihr reden würden, in die Gegenwart zurück.

»Sie erwarten Sie draußen auf der Veranda«, sagte sie.

»Ich komme gleich«, versprach Jessica.

Fünf Minuten später stand sie noch immer am Küchenschrank. Sie wußte, wie unhöflich es war, die Männer warten zu lassen, aber sie war so nervös und ängstlich, daß sie sich einfach nicht dazu überwinden konnte hinauszugehen. Und deshalb zögerte sie das Unvermeidliche so lange wie nur möglich hinaus, indem sie Grace Winthrop, ihrer neuen Freundin, half, das Geschirr zu spülen und abzutrocknen.

Grace war in einer Küche vollkommen fehl am Platz. Jessica glaubte nicht, daß sie schon einmal in einer gewesen war, bevor sie in Tillys Pension eingezogen war, aber was ihr an Erfahrung fehlte, machte sie durch ihren Enthusiasmus wieder wett. Sie war fest entschlossen zu lernen, wie man eine anständige Mahlzeit kochte, und es gab keine Tätigkeit, die sie für unter ihrer Würde hielt. Gestern hatte sie ihre Handschuhe und ihren Hut abgenommen, eine von Tillys alten Schürzen angezogen und auf Händen und Knien den Fußboden geschrubbt. Sie hatte doppelt so lange dafür gebraucht, als Jessica gebraucht hätte, aber als sie fertig gewesen war, hatte der Dielenboden einen wunderschönen Glanz gehabt.

Die beiden Frauen waren gute Freundinnen geworden. Jede hing ihren eigenen Gedanken nach, während sie Seite an Seite ihre Arbeit taten.

»Ich habe Angst«, wisperte Jessica. »Ich will nicht mit ihnen reden.«

»Ich habe auch Angst«, gab Grace zu. »Wenn sie dich befragt haben, werden sie bestimmt auch mit mir sprechen wollen. Vielleicht könnte Tilly sie dazu überreden, morgen wiederzukommen.«

Jessica schüttelte den Kopf. »Dann würde ich die ganze Nacht vor Sorge keine Ruhe finden. Ich möchte es so schnell wie möglich hinter mich bringen. Denn sonst werde ich kein Auge zutun.«

»Hast du über meinen Vorschlag nachgedacht? Mr. Nelson will wissen, ob ich seinen Wagen kaufen werde oder nicht. Ich habe versprochen, ihm morgen früh

Bescheid zu geben. Er hat mir erlaubt, den Wagen mitzunehmen«, fügte sie hinzu.

»Ich weiß«, flüsterte Jessica. »Ich kann ihn von meinem Fenster aus im Hof sehen. Ja, ich habe mich entschieden, Grace. Wenn du sicher bist, daß Caleb und ich keine Belastung für dich sein werden, begleiten wir dich gern.«

Grace seufzte erleichtert. »Ich bin so froh!« sagte sie. »Natürlich werdet ihr keine Belastung für mich sein. Ich kann dir jetzt ja ruhig gestehen, daß ich gar nicht sicher bin, ob ich die Pferde ohne deine Hilfe lenken könnte.«

»Zusammen wird es uns gelingen«, versprach Jessica.

Tilly kam in die Küche zurück, um zu fragen, wo Jessica so lange blieb. »Sie werden nicht eher gehen, bis sie mit Ihnen gesprochen haben«, erklärte sie. »Also gehen Sie jetzt, und reden Sie mit ihnen, und während Sie ihre Fragen beantworten, nehmen Sie sich die Zeit, darauf zu achten, was für gutaussehende Männer diese beiden Marshals sind. Es ist schon lange her, daß ich zwei so große, maskuline Männer gesehen habe. Sie mögen Ihnen auf den ersten Blick vielleicht ein wenig Angst einflößen mit ihrem rauhen Äußeren, aber wenn Sie in ihre Augen schauen, werden Sie die Güte darin erkennen und Ihre Ängste überwinden. Beide Männer haben wunderschöne blaue Augen.«

Jessica zwang sich zu einem Lächeln, das ihre Nervosität verbergen sollte. »Warum sollte es mich interessieren, wie gut sie aussehen?«

Kopfschüttelnd stützte Tilly die Hände in die Hüften und schnalzte ungeduldig mit der Zunge. »Weil Sie jetzt einen kleinen Jungen aufzuziehen haben und es Ihnen nicht schaden würde, die Unterstützung eines starken Mannes zu besitzen.«

Jessica faltete das feuchte Tuch und legte es auf die Anrichte. »Ich weiß, daß Sie es gut meinen, aber ich brauche keinen Mann, um Caleb aufzuziehen. Wir kommen auch so sehr gut zurecht.«

»Unsinn«, sagte Tilly. »Ich weiß, daß Sie genügend Energie und Herz besitzen, um diesem Kind eine gute Mutter zu sein, aber ein Mann könnte Ihnen diese Bürde sehr erleichtern. Wenn ich vierzig Jahre jünger wäre, wären diese beiden auch vor mir nicht sicher. Obwohl es schrecklich schwierig wäre zu entscheiden, wessen Schuhe ich lieber unter meinem Bett sähe. Ich sage ja nur, daß Sie sich die beiden gut ansehen sollen, Jessica, und ich möchte, daß Sie es auch tun, Grace, denn ein guter Ehemann wäre Gottes Antwort auf die Gebete Ihrer Eltern. Jessica, nehmen Sie die Schleife aus dem Haar. Sie sitzt schief.«

»Ja, Ma'am«, erwiderte Jessica. Gehorsam löste sie die Schleife und strich rasch mit den Fingern durch ihr lockiges braunes Haar. Aber das hatte nichts mit Koketterie zu tun. Sie tat nichts weiter, als Tillys Wünsche zu erfüllen.

»Sie haben so schönes Haar, Jessica. Sie sollten es zeigen, und es würde Ihnen auch nicht schaden, ein bißchen zu flirten, während Sie mit den Männern reden. Ich wette, Sie wissen nicht einmal, wie so was geht. Sie sollten es aber wenigstens versuchen. Oh, ich weiß natürlich, daß die Marshals Sie in einer ernsten Angelegenheit sprechen wollen, aber dennoch sind sie Männer, was bedeutet, daß sie Sie beide durchaus bemerken werden. Während Sie warten, Grace, könnten Sie die Nadeln aus Ihrem Haar entfernen und es kräftig bürsten. Männer lieben es, wenn Frauen ihr Haar offen tragen – und nicht zu einem Knoten aufgesteckt wie eine alte Jungfer!«

Jessica und Grace hatten gelernt, daß es sinnlos war

zu widersprechen, wenn Tilly in einer ihrer »Ich weiß, was am besten ist«-Stimmungen war. Grace lächelte ihre Wirtin an, aber Jessica bemerkte, daß ihre Wangen vor Verlegenheit gerötet waren.

»Ich glaube, ich sollte jetzt lieber gehen«, sagte Jessica.

»Ja, das wird wohl besser sein«, stimmte Tilly zu. »Ich bring Caleb ins Bett, sobald ich ihn gefunden habe.«

»Ich brühe Ihren Tee auf und bringe ihn dann hinauf«, versprach Grace. »Caleb kann auch in der Küche bei mir bleiben. Ich passe auf ihn auf.«

Jessica holte tief Luft und atmete langsam wieder aus. »Gott, wenn ich bloß nicht so nervös wäre!«

Grace nickte. »Ich habe das Gefühl, etwas verbrochen zu haben, obwohl das gar nicht stimmt. O Gott, ich wünschte, ich wäre nie in diese Stadt gekommen! Ich hatte so kühne Hoffnungen ...«

»Ich weiß«, stimmte Jessica ihr zu. »Es war falsch von Mr. Wells' Sohn, das Versprechen seines Vaters nicht zu respektieren. Er hätte dir das Weideland verkaufen sollen, wie sein Vater es dir versprochen hatte. Das Wort eines Mannes sollte ihm heilig sein.«

»Das scheint dem jungen Mr. Wells aber leider nicht bekannt zu sein«. bemerkte Grace.

»Du wirst deine Ranch schon finden«, tröstete sie Jessica. »Wir werden uns zuerst das Land bei Denver ansehen, und falls es nicht das ist, was du dir vorgestellt hast, habe ich gehört, daß es auch sehr gutes Weideland in Kalifornien geben soll.«

»Es ist so viel zu tun, und die Zeit läuft mir davon. Ich habe nur noch sieben Monate, um Land und Vieh zu kaufen. Wenn ich das nicht schaffe, bleibt mir nichts anderes mehr übrig, als meine Niederlage einzugestehen und nach England zurückzukehren. Wenn ich hier nicht so viel Zeit vergeudet hätte, könnte ich längst in Denver sein.«

»Ich bin froh, daß du nach Rockford Falls gekommen bist. Wenn nicht, wären wir uns nie begegnet, und ich glaube, wir sind gute Freundinnen geworden.«

Grace ergriff Jessicas Hand. »Sehr gute Freundinnen sogar.«

»Und jetzt werden Caleb und ich mit dir nach Colorado fahren. Etwas Gutes ist also doch dabei herausgekommen, nicht?«

»Würdet ihr bitte aufhören, euch wie kleine Kinder zu benehmen? Jessica, gehen Sie jetzt endlich zu den beiden Marshals!«

Tillys Ungeduld verhinderte jede weitere Verzögerung. Jessica straffte die Schultern und eilte zur Eingangstür. Sie hatte das Gefühl, zu ihrem eigenen Prozeß zu gehen, was natürlich vollkommen absurd war. Sie brauchte die Marshals bloß davon zu überzeugen, daß sie nichts gesehen hatte.

Ihre Hand zitterte, als sie nach dem Türknauf griff.

»Guten Abend, die Herren. Entschuldigen Sie, daß ich Sie warten ließ.«

Sie blieb in der Tür stehen, aber ihre Hand umklammerte den Türknauf, und sie sah aus, als ob sie jeden Augenblick die Flucht ergreifen würde. Aus Erfahrung wußte Daniel Ryan, daß Ordnungshüter den Leuten Angst einjagten, und deshalb erhob er sich rasch und versuchte, sie zu beruhigen.

»Es wird nur ein paar Minuten dauern«, sagte er freundlich.

Sie schaute von einem Marshal zum anderen. Keiner der beiden lächelte. Marshal Ryan sah ernst aus, aber Marshal Clayborne wirkte her gelangweilt, so, wie er am Geländer der Veranda lehnte. Wahrhaftig, Tilly hatte recht gehabt ... Beide Männer waren ungeheuer maskulin.

»Es ist reine Routine«, bemerkte Cole.

Sie nickte. »Ja, das verstehe ich schon.«

Er lächelte. »Es wäre wahrscheinlich einfacher, wenn Sie auf die Veranda kämen.«

Sie holte tief Luft und ermahnte sich, mit dem Zittern aufzuhören, als sie zu einem der Korbsessel ging und sich hinsetzte. Sie faltete die Hände auf dem Schoß und preßte Knie und Knöchel zusammen, um das Zittern in ihnen zu unterdrücken. Dann schaute sie die beiden Marshals erwartungsvoll an.

»Vielleicht sollten wir uns zunächst einmal richtig vorstellen«, begann Ryan und zog sich einen Stuhl heran, um sich ihr gegenüber hinzusetzen.

»Das ist nicht nötig. Ich weiß, wer Sie sind. Sie sind Marshal Daniel Ryan, und er ist Marshal Cole Clayborne. Wir sind uns im Gefängnis begegnet – oder haben Sie das schon vergessen?«

Ryan hockte sich rittlings auf den Stuhl, und Cole blieb ein paar Schritte hinter ihm stehen.

Sie starrte zu ihm auf. »Sie sehen überhaupt nicht wie ein Ordnungshüter aus«, entfuhr es ihr. Dann richtete sie den Blick auf Ryan. »Sie auch nicht.«

»Und wie sehen wir aus?« fragte Cole.

»Wie Banditen.«

Cole lachte. »Wir sehen wie Banditen aus?«

Daß beide lächelten, half ein wenig, und Jessica begann sich zu entspannen. Es wäre ihr lieber gewesen, wenn auch Cole sich hingesetzt hätte. Der Mann ragte vor ihr auf, und die dunklen Bartstoppeln um sein Kinn ließen ihn noch bedrohlicher erscheinen. Daniel sah genauso verwildert aus. Sie mußte sich ins Gedächtnis rufen, daß beide Männer Marshals waren und es ihre Pflicht war, unschuldige Bürger zu beschützen. Sie brauchte ihnen nur klarzumachen, daß sie in diese Kategorie gehörte.

»Ich habe nichts verbrochen.«

Daniel nickte. »Das wissen wir. Die meisten Leute sind in Gegenwart von Ordnungshütern nervös. Ich weiß nicht, warum das so ist.«

»Ich schon«, entgegnete sie. »Denn schließlich haben Sie die Macht, mich einzusperren«, erklärte sie.

»Nicht ohne einen triftigen Grund«, versetzte er.

Spöttisch zog sie eine Braue hoch. »Ach, wirklich? Ich saß heute nachmittag im Gefängnis, und da hatten Sie auch keinen triftigen Grund, mich einzusperren.

»Wir mußten nicht, daß Sheriff Sloan seine Befugnisse überschreiten würde«, warf Cole ein.

»Er war überzeugt, daß eine von uns dreien log, aber das dürfte trotz allem noch kein Grund sein, einen Menschen einzusperren, oder?« Sie bemerkte, daß Daniel einen Notizblock und einen Stift aus seiner Tasche nahm, und wandte ihm wieder ihre volle Aufmerksamkeit zu.

»Wir wissen, daß Sie am Tag des Überfalls die Bank betreten haben«, begann er.

»Ja, das stimmt. Caleb war bei mir.«

»Wissen Sie noch, um wieviel Uhr das war?«

Sie strich glättend über ihre Röcke und hielt den Blick auf ihren Schoß gerichtet, als sie antwortete. »Ja, ich erinnere mich, daß ich etwa gegen zwei Uhr in der Bank war. Ich ging hinein und stellte mich vor einem Schalter an, aber ich könnte Ihnen nicht sagen, wer außer mir noch in der Bank war. Ich habe nicht ...«

»Darauf geachtet?« fragte Cole.

»Ja, das stimmt«, erklärte sie. »Ich habe auf niemanden geachtet.«

»Sie können sich an niemanden erinnern, der in Ihrer Reihe stand?« fragte Ryan zweifelnd.

»Nein, weil ich zu beschäftigt damit war, auf Caleb aufzupassen. Er kann recht anstrengend sein. Die Schwingtür faszinierte ihn, und er versuchte immer wieder, sie als Schaukel zu benutzen. Mr. MacCorkle wurde sehr wütend und schrie den Kleinen an. Der Bankdirektor hat sich furchtbar aufgeregt. Ich hatte alle Hände voll zu tun, Marshal, und einfach nicht die Zeit, auf irgend jemand anderen zu achten.«

Während sie sprach, schaute sie immer wieder zu Cole auf, um zu sehen, wie er reagierte. Er mußte spüren, wie nervös sie war, so hastig, wie sie ihre Erklärung heruntergerasselt hatte. *Sprich langsamer,* ermahnte sie sich, während sie die Hände zusammenpreßte. *Sprich langsamer und beruhige dich, denn sonst werden sie beide denken, daß ich ihnen etwas verheimliche.*

Cole sah nicht so aus, als ob er irgendeinen Zweifel an ihrer Aussage hegte. Eigentlich hatte sie viel eher den Eindruck, daß die Routinefragen ihn derart langweilten, daß er darüber einzuschlafen drohte.

Sie wandte sich wieder Ryan zu. »Es tut mir leid, daß ich Ihnen nicht weiterhelfen kann.«

»Ich dachte, kleine Kinder schliefen nachmittags«, meinte Cole. »Meine kleine Schwester hat früher immer einen Mittagsschlaf gehalten.«

»Ja, Caleb schläft sonst auch nach dem Mittagessen, aber sein gesamter Zeitplan ist in letzter Zeit durcheinandergeraten. Ich war grippekrank, und da er in meinem Zimmer schläft, habe ich ihn die ganze Nacht wachgehalten. Er steht jetzt morgens später auf und hält ein wenig später seinen Mittagsschlaf. Deshalb ist er auch noch auf.« Sie redete wie ein Wasserfall, erkannte sie, und gab ihnen viel zu viele nutzlose, uninteressante Informationen.

»Hat Sheriff Sloan Ihnen den Beutel gezeigt, den wir gefunden haben?«

»Ja, das hat er«, antwortete sie. »Er sagte, er habe ihn unter einem der Schreibtische entdeckt. Aber er gehört mir nicht«, erklärte sie entschieden. »Ich nehme nie eine Tasche mit.«

Ryan klappte sein Notizbuch zu und schob es mit dem Stift in die Rocktasche zurück. Ihr war aufgefallen, daß er nicht ein einziges Wort geschrieben hatte.

»Sind Sie sich ganz sicher, was die Zeit betrifft?« fragte er.

»Ja – obwohl es natürlich auch zehn Minuten vor oder nach zwei Uhr gewesen sein könnte.«

Die Marshals wechselten einen Blick. Ryan rieb sich seinen Nacken.

»Haben Sie die Absicht, Rockford Falls in nächster Zeit zu verlassen?« fragte er.

»Ja, und zwar sobald wie möglich. Tatsächlich werden Caleb und ich sogar schon morgen abreisen. Tilly wird mir fehlen, aber ich bin froh, aus dieser Stadt herauszukommen. Seit dieses Gerücht aufgekommen ist, habe ich furchtbare Angst, daß die Männer, die diese unschuldigen Menschen ermordet haben, hierher zurückkehren könnten. Vielleicht glauben sie jetzt, eine von uns hätte sie gesehen – und es dürfte Ihnen ja bekannt sein, was aus den Zeugen der anderen Überfälle geworden ist!«

»Ja, das wissen wir«, gab Cole zu.

»Wohin reisen Sie?« fragte Ryan.

»Nach Colorado.«

Jede weitere Frage, die sie ihr vielleicht gestellt hätten, war vergessen, als Caleb auf die Veranda kam. Der Kleine entdeckte seine Stoffpuppe an der Treppe, hob sie auf und wackelte dann auf seinen kurzen Beinchen zu Cole hinüber. Er lehnte sich an ihn und schaute lächelnd zu ihm auf.

Jessica war nicht überrascht. Caleb war anfangs

immer zurückhaltend zu Fremden, aber es dauerte nie lange, bis er Vertrauen zu ihnen faßte. Er mochte Männer. Wahrscheinlich waren es ihre Größe und ihre tiefen Stimmen, die ihn faszinierten.

»Es wird Zeit, daß du ins Bett gehst, Caleb«, meinte sie beruhigend.

Kopfschüttelnd nahm Caleb den Daumen aus dem Mund und streckte die Arme nach Cole aus, der ihn lächelnd aufhob. Als er sah, daß seine Mutter auf ihn zukam, ließ er die Puppe fallen, schlug die Arme um Coles Hals und umklammerte ihn wie einen Rettungsanker.

»Ich glaube nicht, daß dieser junge Mann hier schon schlafen gehen will«, bemerkte Cole.

Jessica trat neben Cole und versuchte, die Hände ihres Sohns vom Hals des Marshals zu lösen. In Gedanken war sie jedoch nicht richtig bei der Sache. Tilly hatte recht. Cole Clayborne hatte auffallend schöne blaue Augen ... Sie wünschte, ihre nette Wirtin hätte nicht so viel Aufhebens um sein Aussehen gemacht, weil Jessica jetzt nämlich an nichts anderes mehr denken konnte als daran, wie gut sie zueinander paßten. Hätte Tilly sie nicht darauf aufmerksam gemacht, wäre es ihr vermutlich überhaupt nicht aufgefallen.

Du bist nicht auf der Suche nach einem Ehemann. Die stumme Ermahnung half ihr, sich auf ihre Aufgabe zu konzentrieren.

»Caleb schläft sonst immer sofort ein, wenn ich ihn mit seiner Puppe schlafen lege«, erklärte sie. »Er ist nur gerade in einer schwierigen Phase und scheint zu glauben, er müsse jedesmal einen Aufstand machen, wenn er ins Bett gebracht wird. Aber er ist ein braver Junge, nicht wahr, Caleb?«

Der Kleine nickte an Coles Hals, und der Marshal schaute mit einem Ausdruck der Belustigung auf Jessica herab. Sie fragte sich, ob er wohl ahnte, daß er sie nervös machte. Ja, wahrscheinlich wußte er es, und sie verstand plötzlich nicht mehr, wie sie ihn je als bedrohlich hatte empfinden können. Seine Hände waren groß, aber auch unendlich sanft, als sie Calebs Rücken streichelten. Caleb rieb seine winzige Faust an seiner Nase, bettete den Kopf an die Brust des Marshals und stieß einen zufriedenen Seufzer aus, als er die Augen schloß.

»Sie können gut mit Babys umgehen«, bemerkte sie.

»Mrs. Summer? Würde es Ihnen etwas ausmachen, Miss Winthrop auf die Veranda hinauszubitten?«

Marshal Ryans tiefe Stimme hinter ihr erschreckte sie. »Ja, natürlich«, stammelte sie verwirrt.

»Es ist doch Mrs. Summers?« fragte Cole. »Oder sollte ich Miss Summers sagen?«

»Nennen Sie mich Jessica«, erwiderte sie und wandte sich ab. »Grace ist in der Küche. Wenn Sie wollen, können Sie hereinkommen und sich an den Tisch setzen, um mit ihr zu sprechen.«

»Das wäre schön«, antwortete Daniel. Er ging voran, um ihr die Tür zu öffnen, und Cole folgte dicht hinter ihm mit Caleb. Er übergab das schlafende Baby Jessica, als sie die Treppe erreichten.

»Die Küche ist am Ende des Korridors«, erklärte sie.

Während Daniel schon ging, blieb Cole am Eingang stehen und beobachtete Jessica, die langsam die Treppe hinaufstieg. Es gefiel ihm, wie sie sich bewegte. Ihre Bewegungen waren sehr weiblich und graziös – und ungemein verführerisch. Er mochte auch ihre Stimme. Es war eine melodische, ein wenig heisere Stimme, die er ausgesprochen sexy fand.

Er sagte sich, daß es vollkommen in Ordnung war, ihr Aussehen und ihre Stimme zu bewundern. Eine so attraktive Frau ließ sich schließlich nicht so einfach ignorieren. Aber das hieß noch lange nicht, daß er beabsichtigte, irgend etwas mit ihr anzufangen. Er war jetzt ein Mann des Gesetzes, und das bedeutete wahrscheinlich, daß er keine private Beziehung zu einer potentiellen Zeugin haben durfte. Es wäre nicht korrekt. Außerdem war Jessica Summers nicht allein und ungebunden. Sie hatte für ein Kind zu sorgen. Ein Mann, der sich mit ihr einließ, würde eine Bindung eingehen müssen. Eine lebenslange. Die Vorstellung behagte ihm nicht. Er liebte seine Freiheit, und niemand würde sie ihm nehmen. Hinzu kam ihre Unerfahrenheit, und eine seiner Regeln war, sich nicht mit unerfahrenen Frauen abzugeben. Sie hatte andere Erwartungen. Jessica war eine Frau, die geheiratet werden wollte. Und er war nicht der richtige Mann für eine Ehe.

So einfach war das.

»Kommst du, Cole?«

Er nickte und folgte Daniel bis zum Ende des langen Korridors. »Was sollte das?« flüsterte Daniel, während er mit dem Kopf in Richtung Eingangshalle deutete.

Cole wußte, was er meinte. »Nichts«, erwiderte er achselzuckend. »Ich habe mich nur umgesehen.«

15. KAPITEL

Grace Winthrop stand am Herd. Als die beiden Marshals eintraten, drehte sie sich langsam um. Daniel blieb wie vom Blitz getroffen stehen, trat dann einen Schritt zurück und prallte gegen Cole.

Er nahm sich rasch zusammen. »Jessica meinte, es würde Ihnen bestimmt nichts ausmachen, wenn wir ...«

»Oh, bitte, kommen Sie doch herein«, erwiderte sie. »Ich koche gerade Tee. Möchten Sie und Marshal Clayborne eine Tasse?«

»Gern«, erwiderte Daniel und nahm auf einem der Stühle um den großen Küchentisch Platz. Cole setzte sich ihm gegenüber. wo er die Tür im Auge behalten konnte.

»Haben die Herren schon zu Abend gegessen?« fragte sie.

»Nein, Ma'am, noch nicht«, antwortete Cole.

»Wir sind nicht hungrig«, sagte Daniel gleichzeitig.

»Doch, das sind wir«, widersprach Cole.

Grace ging zur Anrichte und holte einen Teller mit kalten Bratenresten. Sie stellte ihn auf den Tisch zu einem Korb mit frischgebackenem Brot und einer Schale Butter und ging dann zum Schrank, um Teller, Servietten und Besteck zu holen.

Cole bediente sich. Daniel rührte nichts von dem Essen an. Er hielt den Blick auf Grace gerichtet, die nervös die Hände an der Schürze abwischte. Sie konnte – oder wollte – ihm nicht in die Augen sehen. Die Teetassen klapperten auf ihren Tellern, als sie sie auf den Tisch stellte. Schweigend goß sie ein dickflüssiges schwarzes Gebräu in jede Tasse, das mehr wie Schuhcreme als wie Tee aussah.

»Möchten Sie ihn mit Zucker und mit Sahne?« fragte sie.

Cole schaute mißtrauisch in seine Tasse, aber Daniels Blick wich nicht von Grace.

»Ist das Tee?« wollte Cole wissen.

»Ja«, erwiderte sie rasch. »Stimmt irgend etwas damit nicht?«

»Nein, nein, ich bin sicher, daß er ganz vorzüglich schmeckt.«

Er probierte einen Schluck und war nicht imstande,

seine Reaktion zu verbergen. Es schmeckte wie Haarwasser.

»Ihm fehlt nur ein bißchen Zucker«, schwindelte er.

»Er hat zu lange gekocht, nicht wahr?« fragte sie. »Das ist es, ganz bestimmt. Ich hätte auf die Uhr schauen sollen. Ich werde eine frische Kanne zubereiten.«

»Ich hätte lieber Wasser«, sagte Cole.

Daniel versuchte, nicht zu lächeln. Er wollte sie nicht noch verlegener machen, als sie bereits war, denn sie hatte Coles Grimasse gesehen, als er ihren Tee gekostet hatte, und wenn Daniel lachte, würde sie sich noch unwohler fühlen.

»Ich glaube nicht, daß man die Teeblätter kochen muß«, sagte er behutsam.

Mit einer Geste, die ihm unglaublich feminin erschien, strich sie ihr lockiges dunkles Haar zurück. »Kochen ist viel schwieriger, als ich je gedacht hätte«, bemerkte sie.

»Wer hat denn bei Ihnen zu Hause gekocht?« fragte Cole.

Sie schien über die Frage überrascht zu sein. »Die Köchin natürlich«, antwortete sie. »Sie und ihre Gehilfinnen. Manchmal halfen auch die Dienstmädchen. Zumindest glaube ich, daß sie es taten. Möchten Sie ein paar saure Gurken, Marshal Clayborne? Sie sind hervorragend.«

»Ja, sehr gern«, antwortete er. »Aber Sie können mich Cole nennen und ihn Daniel.«

»Dann müssen Sie mich Grace nennen. Ich bestehe darauf.«

Sie begann die Gurken mit einem langen Fleischmesser zu schneiden und zog die scharfe Klinge auf ihr Handgelenk zu. Es machte Daniel verrückt, ihr dabei zuzusehen, und so stand er schließlich auf und ergriff ihre beiden Hände.

»Schneiden Sie immer so, daß die Klinge von Ihnen abgewandt ist«, wies er sie an. »So.« Langsam zog er das Messer durch die Gurke. »So ist es sicherer.«

Als er sie nicht sofort losließ, starrte sie auf seine großen Hände und wartete ganz einfach. »Danke, Daniel. Ich werde mich bemühen, beim nächsten Mal daran zu denken.«

Er sah die zahlreichen Schnittwunden an ihren Fingern. »Sie sind keine Hausarbeit gewöhnt, nicht wahr?« fragte er, als er endlich ihre Hände losließ und sich zurücklehnte.

»Nein, aber ich bemühe mich, all das zu lernen.«

Wieder beugte sie sich mit dem Messer über die Gurke. Sie runzelte vor lauter Anspannung die Stirn, als sie vorsichtig sehr dünne Scheibchen abschnitt, bis etwa ein halbes Dutzend auf dem Teller angerichtet waren. Dann lächelte sie triumphierend, wusch ihre Hände und präsentierte ihnen stolz den Teller.

Ryan konnte den Blick nicht von ihr abwenden, so fasziniert war er von dieser zarten Frau. Obwohl sie in einer Küche unbeholfen und völlig fehl am Platz war, gab sie sich Mühe und ließ sich nicht entmutigen.

Er mußte sich zwingen, zur Sache zu kommen. »Vielleicht sollten wir jetzt beginnen«, sagte er, während er sein Notizbuch und den Stift herausnahm und beides vor sich auf den Tisch legte.

»Ja, natürlich«, stimmte sie zu.

»Um welche Zeit etwa waren Sie am Tag des Überfalls in der Bank?«

Sie starrte bei ihrer Antwort auf die Tischplatte. »Etwa gegen zwei – aber es könnte auch zehn Minuten früher oder später gewesen sein.«

Cole wollte gerade in sein Sandwich beißen, als sie antwortete. Er legte das Brot wieder auf den Teller und warf Daniel einen Blick zu, um zu sehen, wie er reagierte.

»Sind Sie sicher, daß es zwei Uhr war?« fragte Daniel, und in seiner Stimme klang höchstens leise Neugier mit.

»Ja, ganz sicher. Ich habe auf die Uhr gesehen, während ich darauf wartete, daß ich an die Reihe kam. Hinter den Schaltern der Kassierer hängt eine große Wanduhr.«

»Können Sie uns sagen, wer außer Ihnen noch vor den Schaltern anstand?«

Sie dachte lange über diese Frage nach und schüttelte dann den Kopf. »Nein, eigentlich habe ich niemanden bemerkt. Ich habe aber auch nicht darauf geachtet.«

Was, in Gottes Namen, ging hier vor? Cole wollte Grace gerade diese Frage stellen, als Daniel ihm einen warnenden Blick zuwarf. Er wollte offensichtlich nicht, daß Cole sie darauf hinwies, daß ihre Antwort mit Jessicas und Rebeccas identisch war – beinahe Wort für Wort. Hatten die drei sich darauf geeinigt, was sie sagen würden, während sie zusammen in der Zelle gesessen hatten? Und wenn ja, aus welchem Grund?

Daniel klappte sein Notizbuch zu und steckte es wieder in die Tasche. »Haben Sie irgend etwas Ungewöhnliches bemerkt?«

»Nein.« Grace schüttelte den Kopf.

»Sie stellten sich also vor der Kasse an …«

»Ja, das tat ich«, meinte sie. »Und ich wartete, bis ich an der Reihe war, aber ich habe mich nicht umgesehen. Ich dachte an alles, was ich noch zu erledigen hatte.«

Daniels Frustration nahm zu, aber er achtete darauf, sich nichts anmerken zu lassen. »Das Retikül, das Sheriff Sloan Ihnen zeigte«, sagte er. »Es gehört Ihnen nicht, nicht wahr?«

»Nein, allerdings nicht. Ich nehme nie eins mit. Alle meine Kleider haben Taschen.«

»Das Kleid, das Sie tragen, hat aber keine«, wandte Cole ein.

»Ich … Wie meinten Sie?«

Sie war über seinen Einwand offenbar erschrocken und versuchte, sich eine glaubhafte Erklärung einfallen zu lassen. »Das Kleid, das Sie tragen, hat keine Taschen«, wiederholte Cole.

»Nein, es hat keine«, stimmte sie zu. »Aber das, das ich bei meinem Besuch in der Bank trug, hat welche. Möchten Sie noch etwas Tee?«

Cole warf einen vielsagenden Blick auf seine volle Tasse und schüttelte den Kopf. Aber sie schien es nicht zu bemerken, denn sei drehte sich um und ging zum Herd zurück, holte die Teekanne und stellte sie vor Coles Gedeck. Ein Ausdruck der Erleichterung huschte über ihr Gesicht, als Jessica in die Küche kam.

Überrascht, die Marshals dort noch anzutreffen, blieb Jessica an der Tür stehen.

»Entschuldigen Sie. Ich wollte Sie nicht stören. Ich dachte, Sie wären inzwischen fertig, und ich wollte Grace helfen, die Küche aufzuräumen. Aber das können wir auch später tun.« Damit wandte sie sich zum Gehen, aber Daniel rief sie zurück.

»Kommen Sie und setzen Sie sich zu uns«, schlug er vor.

Grace nickte heftig. Jessicas Blick glitt zu Cole. Er sah ungeduldig und verärgert aus, und sie vermutete, daß es ihretwegen war, weil sie sie gestört hatte.

»Nein, danke. Ich gehe lieber wieder in mein Zimmer.«

»Wir bestehen darauf, daß Sie sich zu uns setzen.« Coles Ton verriet, daß er kein Nein als Antwort akzeptieren würde. Er stand auf und bot Jessica einen Stuhl an seiner Seite an. Auch Daniel hatte sich erhoben und Grace gebeten, sich zu ihm zu setzen.

Die beiden Frauen tauschten einen Blick aus, bevor sie der Aufforderung der Marshals nachkamen.

Nun war es Cole, der die Befragung übernahm. »Grace, Sie haben vor, die Stadt schon morgen zu verlassen, nicht?«

»Ja«, antwortete sie, faltete die Hände auf dem Tisch und bemühte sich, gelassen zu erscheinen. »Woher wissen Sie, daß ich abreise?«

»Ich dachte es mir nur«, antwortete er trocken. »Wohin wollen Sie?«

»Nach Colorado.«

»Jessica sagte uns, daß sie auch nach Colorado will«, warf Daniel ein.

»Ja, das ist richtig«, erwiderte Grace. »Wir werden zusammen reisen.«

»Sind sie auch zusammen nach Rockford Falls gekommen?« hakte Cole nach.

Grace lächelte. »Himmel, nein! Ich bin vor einigen Monaten aus England, genau gesagt aus London, herkommen. Ich war zuerst in Kentucky, Missouri und in Kansas, bevor ich herkam. Ich wollte dort Land kaufen«, erklärte sie.

»Land?« wunderte sich Cole.

»Ich brauche es, um eine Ranch aufzubauen. Und das geht natürlich nicht ohne gutes Weideland ...«

»Für die Rinder, die sie züchten will«, warf Jessica ein.

»Ja, für die Rinder«, stimmte Grace zu.

»Aber dann beschloß Mr. Wells' Erbe, das Land nun doch nicht zu verkaufen«, erzählte Jessica.

»Wer ist Mr. Wells?« fragte Cole.

»Der Herr, mit dem ich von London aus korrespondiert habe«, berichtete Grace. »Ich hatte durch

Freunde, die ihn kannten, erfahren, daß er verkaufen wollte und daß dieses Land wie geschaffen für mich war.«

»Aber das war es nicht?« fragte Cole.

»O doch, es war perfekt«, antwortete Grace. »Viele Hektar üppiges Weideland. Es war geradezu ideal, genau wie meine Freunde es beschrieben hatten. Ich hatte Mr. Wells bereits von London aus ein Angebot gemacht, aber als ich in Kentucky eintraf, um die Verträge zu unterzeichnen, erfuhr ich, daß der arme Mr. Wells in der Zwischenzeit verstorben war. Und sein Sohn weigerte sich, das Versprechen seines Vaters einzuhalten.«

»Grace sah eine Annonce in der *Rockford Falls Gazette*, daß es in der Nähe von Denver Land zu kaufen gibt, und deshalb fahren wir jetzt zusammen hin, um es uns anzuschauen.«

»Verstehen Sie etwas von der Rinderzucht?« erkundigte sich Daniel.

»Nein, aber ich gedenke Männer einzustellen, die wissen, was zu tun ist«, antwortete Grace. »Und ich werde lernen, wie man Rinder züchtet. Ich weiß, daß es nicht leicht werden wird, aber ich bin zuversichtlich, daß ich es schaffen werde.«

Cole bemühte sich, Grace nicht merken zu lassen, wie entsetzt er war. »Ma'am, Rinderzucht ist harte Arbeit«, gab er behutsam zu bedenken.

Daniel war erheblich unverblümter. »Sind Sie verrückt? Sie können keine Rinderfarm leiten.«

Grace versteifte sich. »Nein, ich bin nicht verrückt, und ich versichere Ihnen, daß ich mein Ziel erreichen werde. Ich mag zwar keine Erfahrung haben, aber ich bin hartnäckig.«

Daniel war zu bestürzt, um etwas zu entgegnen. Cole schüttelte den Kopf. »Wie können Sie morgen aufbrechen?« fragte er. »Die Postkutsche kommt erst übermorgen hier vorbei.«

»Wir fahren nicht mit der Postkutsche«, erklärte Jessica.

»Wir haben einen Wagen«, sagte Grace. »Er steht auf dem Hof hinter dem Haus. Sie müssen ihn auf dem Weg hierher gesehen haben.«

»Wir werden heute abend unser Gepäck einladen«, erklärte Jessica.

Grace nickte. »Um morgen in aller Frühe aufzubrechen. Das ist eine gute Idee.«

»Wer wird die Pferde lenken?« wollte Cole wissen.

»Wir beide«, antwortete Grace, und ihr Gesichtsausdruck verriet, daß sie nicht verstand, warum er diese Frage stellte.

Cole starrte Jessicas Hände an. Dann ergriff er eine von ihnen und drehte ihre Handfläche nach oben. »Ihre Hände sind weich.«

Es klang wie eine Anklage. Rasch zog sie die Hand zurück. »Ich werde Handschuhe tragen.«

»Haben Sie schon einmal Zugpferde gelenkt?« mischte sich nun Daniel ein.

»Nun ja ... bisher eigentlich noch nicht«, gestand sie.

Zutiefst verblüfft über ihr Vorhaben, schaute Daniel Cole an, in der Hoffnung, daß er imstande war, die beiden Frauen zur Vernunft zu bringen.

Cole war mindestens ebenso erstaunt, bemühte sich aber, ruhig zu bleiben. »Sie beide – und das Kind – werden also ganz allein einige der wüstesten und gefährlichsten Gegenden dieses Landes durchqueren. Habe ich das richtig verstanden?«

Beide Frauen nickten.

Und nun verlor er die Geduld. »Haben Sie beide vollkommen den Verstand verloren?«

Da er Jessica ansah, nahm sie an, daß er von ihr eine

Antwort auf seine rüde Frage wollte. »Nein, wir haben nicht den Verstand verloren. Wir haben gründlich darüber nachgedacht, und ich versichere Ihnen, wir wissen, was wir tun!«

Grace nickte. »Ja, das wissen wir«, stimmte sie zu. Dann wandte sie sich an Daniel und fügte hinzu: »Außerdem werden wir nicht allein reisen. Wir schließen uns einer Wagenkolonne an.«

»Dazu müssen wir bis spätestens Montag in Gramby sein«, berichtete Jessica.

Daniel sah Grace durchdringend an. Ihr wurde unter seinem Blick so unbehaglich zumute, daß sie ihn am liebsten aufgefordert hätte, sie nicht länger anzustarren. Es war unhöflich, und es verwirrte sie. Ihr war, als versuchte er, in ihren Kopf hineinzuschauen, was natürlich vollkommen absurd war. Wie hätte er auch ihre Gedanken lesen können?

»Warum stellen Sie uns so viele persönliche Fragen?« fragte sie.

»Wir haben schließlich nichts verbrochen«, meinte Jessica.

»Haben Sie keine weiteren Fragen mehr zum Tag des Überfalls?« wollte Grace wissen. »Wir haben beide heute abend noch viel zu tun.«

Daniels Ärger war an seinem Gesichtsausdruck und seiner Stimme zu erkennen, als er antwortete. »Falls Sie irgend etwas über den Raubüberfall wissen und es uns verschweigen, wäre das *Behinderung von Ermittlungen*. Und das ist eine Straftat, meine Damen.«

»Versuchen Sie, uns einzuschüchtern?« wollte Jessica wissen.

Beide Marshals ignorierten die Frage. Daniel wandte sich an Grace. »Mich interessiert nur noch eins: Sind Sie Jessica begegnet, als sie in der Bank waren?«

Sie schaute ihre Freundin an, bevor sie antwortete.

»Ja, ich bin ihr draußen begegnet, als ich die Bank verließ und sie hineinging.«

»Was ist mit Rebecca?« mischte Cole sich ein. »Sind Sie ihr auch begegnet?«

Der Zorn der Männer war fast greifbar. Er mußte die ganze Zeit schon dagewesen sein, das wurde Grace jetzt klar. Irgend etwas, was sie gesagt hatte, mußte ihn geweckt haben. Sie senkte den Kopf, bevor sie Antwort gab. »Rebecca verließ die Bank gerade, als ich hineinging.«

Auch Jessica spürte die Feindseligkeit und war überzeugt, daß sie irgend etwas geäußert hatte, womit sie den Ärger der Marshals auf sich gezogen hatte. Sie war erschöpft von der Anstrengung, sich jedes Wort zu überlegen, und wußte, daß sie, wenn sie noch mehr sagte, alles noch verschlimmern würde. Sie beschloß, die Marshals so schnell wie möglich fortzuschicken. Deshalb schob sie ihren Stuhl zurück, erhob sich und ging zur Tür.

Daniels Stimme hielt sie jedoch auf. »Sie beide werden morgen in der Stadt bleiben.«

Sie fuhr herum und stieß gegen Cole. Aber sie entschuldigte sich nicht und trat auch nicht zurück.

»Warum sollen wir bleiben?« fragte sie.

»Sie können uns nicht zwingen hierzubleiben, oder?« meinte Grace. »Ich kenne mich mit den Gesetzen hier in diesem Land nicht aus, aber jemanden zu etwas zu zwingen, was er nicht will, ist Unrecht … nicht?«

»Ja, das ist es«, stimmte Jessica ihr zu. »Cole, Sie können uns nicht …«

Er unterbrach sie grob. »Doch ich kann Sie zwingen, hierzubleiben. Wir werden morgen im Büro vor dem Gefängnis sein. Sie wissen ja, wo es ist. Wie wäre es, wenn Sie um acht Uhr kämen? Rebecca wird auch da sein.«

Jessica und Grace schienen zu bestürzt zu sein, um etwas zu erwidern. Schweigend folgten sie den Männern in die Eingangshalle.

»Das ist nicht gut«, wisperte Grace.

Daniel hörte sie und drehte sich in der Tür noch einmal um. »Nein, das ist es wirklich nicht, aber morgen werden wir es besser machen, nicht, Grace?«

Cole wandte sich an Jessica. »Ich weiß nicht, welches Spielchen Sie mit uns treiben, aber das ist jetzt vorbei. Habe ich mich klar und deutlich ausgedrückt?«

Er wartete nicht auf eine Antwort. Jessica zitterte am ganzen Körper, als sie hinter ihnen abschloß und den Riegel vorlegte. Dann drehte sie sich um und lehnte sich mit geschlossenen Augen an die Tür.

Tränen stiegen in Grace' Augen auf. »O Gott ... sie wissen es.«

16. KAPITEL

»Diese drei haben, als sie in der Zelle waren, genauestens miteinander abgesprochen, was sie aussagen würden«, bemerkte Cole wutend, als sie zum Hotel zurückgingen.

»Ja, verdammt, sie haben sich vorher darauf geeinigt! Aber sag mir mal, warum!«

»Weil sie Angst haben, denke ich. Zumindest ist das der einzige Grund, den ich mir vorstellen könnte.«

»Sie waren alle sehr nervös. Rebecca hat es am besten vor uns verborgen, aber ich konnte es an ihren Augen sehen.«

»Und an ihren Händen«, sagte Cole. »Sie verschränkte sie, damit wir das Zittern nicht sahen.«

»Ja, das stimmt«, pflichtete ihm Daniel bei. Kopfschüttelnd hob er eine Hand und begann seinen schmerzenden Nacken zu massieren.

»Ich hatte mich geirrt«, meinte Cole. »Ich dachte, es wäre pure Zeitverschwendung, mit Jessica und Grace zu reden. Was für ein verdammtes Spielchen mögen sie wohl mit uns treiben?«

»Ich weiß nicht. Auch ich war ziemlich sicher, daß es Zeitverschwendung war. Ich habe nur die üblichen Schritte befolgt, weil ich hoffte, daß eine von ihnen vielleicht etwas Ungewöhnliches bemerkt hätte. Aber jetzt ist alles nur noch komplizierter, nicht?«

»Das kann man wohl sagen«, gab Cole ihm recht. »Und es ergibt nicht den geringsten Sinn. Sie müssen doch wissen, daß sie in der Bank gesehen wurden. Sie alle standen vor der Kasse mit Männern an, die sich an sie erinnert haben. Warum machten sie sich dann die Mühe, ihre Aussagen aufeinander abzustimmen?«

»Nein, das ergibt wirklich keinen Sinn! Welche der Frauen lügt wohl?«

»Möglicherweise sogar alle drei. Sie scheinen fest entschlossen zu sein, sich gegenseitig zu beschützen.«

»Oder ...«

»Oder was?«

»Sie beschützen jemand anderen, von dem wir noch nichts wissen.«

»Wie sollen wir die Wahrheit herausfinden?«

»Sie werden sie uns morgen sagen«, meinte Daniel. »Rebecca, Jessica und Grace werden uns morgen sagen, was sie wissen, so oder so.«

»Und wenn sie es nicht tun?«

»Ich werde mich durch niemanden in meinen Ermittlungen behindern lassen.« Daniels Stimme bebte vor Entschlossenheit. »Und wenn ich sie alle einsperren muß, werde ich es verdammt noch mal tun!«

»Tu bloß nichts Falsches.«

Cole erkannte die Ironie in seinen Worten und lachte rauh. »Ich glaube, dieser Marshal-Stern verändert mich. Ich bin sonst derjenige, der verrückte Dinge tut, und jetzt warne ich dich davor. Ich weiß, wieviel dir daran liegt, diese Kerle zu schnappen. Verdammt, mir ginge es an deiner Stelle auch so, aber du mußt im Rahmen des Gesetzes handeln.«

Daniel schüttelte den Kopf. »Ich kriege sie, ganz gleich, was es erfordern sollte! Es ist mir egal, ob es legal ist oder nicht. Wirst du mir helfen?«

»Ich habe dir bereits gesagt, daß ich dir helfen werde.«

Das Gespräch endete, als sie das Hotel erreichten und zu ihren Zimmern gingen. Cole riß sein Fenster weit auf, um frische Luft hereinzulassen, dann zog er sich aus und wusch sich, um kurz darauf todmüde ins Bett zu fallen. Auf dem Rücken liegend und die Hände hinter dem Kopf verschränkt, dachte er über die Antworten der Frauen nach. Ein Gedanke führte zum anderen, und plötzlich dachte er an Jessica. Verdammt – sie war aber auch wirklich eine unglaublich verführerische Frau …

Er schlief mit der Hoffnung ein, daß nicht sie es gewesen war, die sich unter dem Schreibtisch verborgen hatte.

Daniel ging nicht sofort schlafen. Er verbrachte eine gute Stunde damit, in seinem winzigen Zimmer herumzulaufen, in dem er sich wie ein gefangenes Tier vorkam. Er versuchte, sich auf die Ermittlungen zu konzentrieren, aber Grace Winthrop kam ihm dabei immer wieder in die Quere.

Er war zutiefst verblüfft über den Eindruck, den sie

auf ihn gemacht hatte, und wußte beim besten Willen nicht, wie er damit umgehen sollte. Bis heute abend hatte er anderen Frauen nicht einmal einen Blick gegönnt und sie ganz gewiß nicht körperlich begeht. Grace hingegen war ihm vom ersten Moment an unter die Haut gegangen, und nun erschien es ihm wie ein Betrug an seiner Frau, daß er in so frivoler Weise an eine andere dachte.

Er konnte einfach nicht verstehen, warum er sich so stark zu Grace hingezogen fühlte. Sicher, sie war hübsch, und ihr Gesicht war vermutlich das bezauberndste, das er seit langer, langer Zeit gesehen hatte. Auch ihre Figur konnte sich sehen lassen. Ja, Grace war ganz ohne Zweifel attraktiv, aber dennoch nicht mit seiner süßen Kathleen zu vergleichen. Keine andere Frau würde ihr je das Wasser reichen können. Als Farmerstochter, die es gewöhnt war, hart zu arbeiten, hatte seine Frau die Gabe besessen, sich an schlichten Dingen zu erfreuen, und erstaunliche Tat- und Willenskraft bewiesen. Er hatte sich vom ersten Augenblick an zu ihr hingezogen gefühlt und sich bis über beide Ohren in sie verliebt. Wie hatte er gestaunt über dieses herrliche Geschenk, das Gott ihm mit ihr gemacht hatte, und wie oft hatte er sie heimlich beobachtet, wenn sie ihren Alltagspflichten nachgegangen war. Ihre starken, tüchtigen Hände hatten den ganzen Tag lang unermüdlich gearbeitet, doch in der Nacht waren sie unendlich sanft und zärtlich gewesen, wenn sie über seinen Körper gestrichen waren …

Grace hingegen war eine sehr zarte, kleine Frau, die ihm nur knapp bis an die Schultern reichte. Sie stammte offenbar aus einer vornehmen und wohlhabenden Familie und hatte in einer Welt gelebt, die etwas völlig Unbekanntes für ihn war. Und dennoch strahlte sie eine Verwundbarkeit und Unschuld aus, die in ihm den Wunsch erweckten, sie zu beschützen.

Aber sie war nicht Kathleen. Gott, wie sehr er seine Frau vermißte! Sein sehnlichster Wunsch war, sie noch einmal in die Arme nehmen zu können, um sie ein allerletztes Mal zu lieben …

Er schüttelte den Kopf und zwang sich, nicht mehr an die Vergangenheit zurückzudenken. Sein Leben hatte geendet, als seine Frau und seine kleine Tochter ihm genommen worden waren – als sie wie Tiere niedergeschossen worden waren … Aber er mußte weitermachen, weiterkämpfen und weitersuchen, bis er jeden einzelnen dieser Teufel fand, die seine Familie auf dem Gewissen hatten. Erst dann würde er wieder Frieden finden.

Mit einem müden Seufzer begann er sich auszuziehen und ging dann im Bett noch einmal die Notizen durch. Er wollte etwas finden, was er vorher übersehen hatte, aber das gelang ihm nicht. Enttäuscht schleuderte er das Notizbuch quer durchs Zimmer und ließ sich seufzend in die Kissen sinken.

O Kathleen, wenn schon einer von uns sterben mußte, warum konnte ich es dann nicht sein?

Beim Einschlafen dachte er an seine Frau, im Traum jedoch erschien ihm Grace.

17. KAPITEL

Cole wußte nicht, was ihn geweckt hatte. Von einem Augenblick zum anderen war er plötzlich hellwach, und sein Körper war fast schmerzhaft angespannt. Selbst daheim in Rosehill hatte er immer nur einen sehr leichten Schlaf, so daß ihm kein Geräusch entging. Er hörte jetzt zwar nichts Ungewöhnliches, nahm aber trotzdem sein Gewehr und ging zur Tür.

Wie er schon erwartet hatte, war niemand auf dem Gang zu sehen. Er schloß die Tür wieder und ging zum Fenster, um auf die Straße hinabzuschauen, weil er dachte, daß vielleicht irgendein Betrunkener draußen ein Geräusch verursacht hatte. Aber auch die Straße war verlassen.

Eine leichte Brise streifte sein Gesicht. Er gähnte und überlegte gerade, ob er wieder schlafen gehen sollte, als er den schwachen roten Schimmer in der Ferne sah und erkannte, daß es schon kurz vor Tagesanbruch sein mußte. Die Sonne begann schon aufzugehen. Verdammt, die Nacht war aber kurz gewesen! Er war noch immer müde, und es kam ihm vor, als hätte er eben erst die Augen zugemacht.

Du wirst alt, mein Junge, dachte er, während er sich ein Glas Wasser holte und es trank, bevor er seine Kleider anzog. Da es noch immer dunkel im Raum war, zündete er die Petroleumlampe an. Seine Taschenuhr lag auf dem Nachttisch neben seinem Kompaß, und als er einen Blick darauf warf, erkannte er plötzlich, daß es in Wirklichkeit erst kurz nach Mitternacht war.

»Was zum …?«

Verblüfft wandte er sich zum Fenster um, betrachtete das Glühen … und stürzte dann zur Tür.

Im Laufen zog er sein Hemd über und knöpfte seine Hose zu.

»Wach auf, Daniel! Du mußte mir helfen!«

Eine Sekunde später öffnete sich die Tür, und Daniel lief mit der gezogenen Waffe in der Hand auf den Korridor hinaus. Er war nur unvollständig angezogen und noch halb im Schlaf. »Was ist los?«

»Es brennt.«

»Wo?« fragte Daniel, während er sich schon wieder umwandte und zurücklief, um sich anzuziehen.

»Es könnte in den Bergen sein, aber das glaube ich nicht ... das Leuchten ist zu nahe. Es könnte unten an der Straße ... O Gott, nein – die Pension ... Um Himmels willen!« schrie Cole, als er die Treppe hinunterrannte.

Daniel war gleich hinter ihm. Der Nachtportier schnarchte in seinem Sessel hinter der Rezeption, Kopf und Arme auf der Theke. Daniel sprang über das Geländer und brüllte ihm zu, die Feuerglocke zu läuten. Erschrocken über diesen jähen Lärm, stieß der Nachtportier sich beim Aufspringen den Kopf an einer Lampe an.

»Was ... Was ist?« rief er.

»Die Feuerglocke«, brüllte Daniel, während er durch das Foyer lief und Cole nach draußen folgte. »Läuten Sie die Feuerglocke!«

Er holte Cole an der Ecke ein. Seite an Seite hasteten die beiden Männer weiter. Außer ihrem Stiefelklappern und Keuchen war nichts zu hören in der stillen Nacht. Sie waren schon halbwegs um den Block gerannt, als sie den Rauch wahrnahmen. Mit Riesenschritten, als ob das Feuer ihnen bereits auf den Fersen wäre, sprinteten sie um die Biegung in der Straße und sahen das Feuer. Der erste Stock der Pension stand bereits lichterloh in Flammen. Rotglühende Funken, die aussahen wie Dämonenaugen, sprühten durch die offenen Fenster in den Garten und schwebten dann zum dunklen Himmel auf. Zerfetzte, rußgeschwärzte Überreste von Gardinen blähten sich bei jedem Ausbruch dichten Rauchs, und die frische weiße Farbe auf den Holzwänden schlug Blasen und kochte in der Hitze.

Niemand war draußen vor dem Haus zu sehen.

Cole und Daniel sprangen gleichzeitig über den

Zaun und rannten über den Vorrasen. Daniel wandte sich zum hinteren Teil des Hauses, weil er hoffte, dort einen Weg hinein zu finden, während Cole zur anderen Seite lief.

Die Vordertür sprang plötzlich krachend auf, und sie sahen Jessica, die langsam rückwärts aus dem Haus kam. Sie ging gebückt und schleifte Grace ins Freie.

Ihre Freundin bewegte sich nicht. Daniel erreichte die Veranda noch vor Cole und hob die ohnmächtige Frau auf seine Arme. Im Schein des Feuers konnte er das Blut an ihrer linken Schläfe sehen. Irgend etwas mußte sie dort hart getroffen haben, und der beachtlichen Schwellung nach zu urteilen, hatte sie verdammtes Glück gehabt, daß sie noch lebte. Daniel hielt sie fest an seine Brust gepreßt und trug sie die Stufen hinunter in den Garten, wo er sie sanft ins Gras legte.

Jessica folgte ihm über die Treppe und hielt dann plötzlich inne. Sie schrie Calebs Namen, drehte sich wie von Sinnen im Kreis und suchte fieberhaft nach ihrem Baby und nach Tilly, als Cole mit einem Satz von der Veranda sprang und sie mit sich zu Boden riß.

Der Sturz war so heftig, daß er Jessica den Atem raubte. Rückwärts wurde sie ins Gras gestoßen, rang nach Atem und begriff nicht, was geschah. Sie konnte nur an ihr Baby denken und daran, daß sie zu ihm mußte. Wo war Caleb?

Jessica versuchte, sich auf die Seite zu drehen, um aufzustehen und ihr Kind zu suchen, doch Cole hielt sie unnachgiebig fest und ließ nicht locker. Und dann begann er plötzlich mit den Handflächen auf ihre Beine einzuschlagen und rief Daniel zu, daß er ihm helfen solle. Jessica schrie auf und verstärkte ihre Bemühungen, ihn fortzustoßen.

Flammen züngelten gierig am Saum ihres Morgenrocks entlang. Cole versuchte, sie zu löschen und ihr den Morgenmantel auszuziehen, bevor sie sich verbrannte. Als es ihm endlich gelang, sie auf den Bauch zu drehen, war Daniel schon bei ihm und half ihm.

Beide Männer zerrten wie verrückt an ihren Kleidern. Calebs Namen schreiend, wehrte sie sich und versuchte aufzuspringen, aber sie hielten sie unerbittlich fest, bis Cole ihr den Morgenrock abgestreift und Daniel ihn weit fortgeschleudert hatte.

Jetzt endlich half Cole ihr auf die Beine. Fieberhaft umklammerte sie sein Hemd und flüsterte: »Ich kann Caleb nicht finden. Sie müssen mir helfen, ihn zu suchen. Er ist bei Tilly ... Sie wollte ihn hinausbringen, während ich Grace suchte. Sie waren oben noch neben mir. Wo sind sie? Ich muß sie finden!«

Plötzlich riß sie sich von ihm los und versuchte, zum Haus zurückzurennen, aber Cole packte sie von hinten und hielt sie fest. Sie kämpfte wie eine Wildkatze, zerkratzte seine Arme und trat nach seinen Beinen, aber es gelang ihr nicht, sich zu befreien.

»Ich werde ihn finden«, versuchte Cole sie zu beruhigen. »Hören Sie mich, Jessie? Ich werde Ihr Baby finden. Sie bleiben solange hier bei Grace. Würden Sie das bitte für mich tun?«

Seine ruhige Stimme drang in ihre Hysterie. »Ja, ja, ich bleibe hier bei Grace. Beeilen Sie sich.«

»Die alte Dame und das Baby sind noch drinnen«, schrie Cole Daniel zu und drehte Jessica am Arm zu sich herum. »Wo sind ihre Zimmer?«

Sie deutete auf das mittlere Fenster über der Veranda. »Das ist Tillys. Calebs und mein Zimmer liegt direkt daneben ... links ... bei diesem Baum dort.«

Daniel war schon auf dem Dach der Veranda. Mit dem Stiefelabsatz trat er das Glas im Mittelfenster ein und sprang zurück, um den Flammen und dem dichten Rauch zu entgehen, die aus dem Fenster drangen.

Dann, als die Luft wieder ein wenig klarer war, sprang er kopfüber in das Zimmer.

Das Dach über der Veranda stürzte keine zwei Sekunden später ein. Cole war zur anderen Seite des Hauses gelaufen, um zu sehen, ob er durch eins der Fenster im Erdgeschoß hineinsteigen konnte, aber er kam nicht nahe genug heran, weil die ausströmende Hitze schon viel zu intensiv war. Seine Augen brannten und tränten, als er zu dem knorrigen alten Baum zurückging, der dem Haus am nächsten stand. Seine dicken Äste reichten fast bis ans Dach heran, und Cole hoffte, daß er nahe genug herankam, um hinüberspringen zu können.

Er begann zu klettern. Sekunden später hangelte er sich an einem Ast zum Haus hinüber und ließ sich auf das Dach fallen. Daniel erschien mit Tilly am Fenster, die, in eine Decke eingewickelt, über seiner Schulter lag. Bevor Cole ihm helfen konnte, sprang Daniel durch die Öffnung und lief zur anderen Seite des Dachs hinüber. Die Äste des alten Nußbaums waren dort niedriger und leichter zu erreichen.

»Caleb war nicht bei Tilly. Verschwinde hier!« schrie Daniel. »Das Dach stürzt ein.«

Doch Cole ignorierte die Warnung – und wandte sich zu dem Fenster, das Jessica ihm gezeigt hatte. Flammen leckten bereits zischend durch die Öffnung, aber die Furcht verlieh ihm ungeahnte Kräfte. Er hatte solche Angst um den kleinen Jungen, daß er ohne das geringste Zögern Daniels Beispiel folgte und sich kopfüber in das brennende Zimmer stürzte.

Er war erstaunt, daß der Boden noch intakt war. Er landete hart auf der rechten Schulter, rollte sich herum und stand rasch auf. Eine dichte Rauchwand stieß ihn wieder auf die Knie zurück. Asche rieselte auf sein Gesicht und seine Wimpern. Seine Augen brannten so stark, daß er nicht sehen konnte, wo er war, nicht atmen konnte und das Gefühl hatte, in der Hitze zu zerschmelzen. Er ließ sich auf den Boden fallen und sog tief die dort noch einigermaßen atembare Luft ein. Dann begann er langsam auf dem Bauch voranzukriechen. Es waren noch fast zehn Zentimeter gute, saubere Luft zwischen den Dielen und dem dichten, todbringenden Rauch. Nachdem er einen weiteren tiefen Atemzug getan hatte, schrie er Calebs Namen.

Der Klang seiner Stimme ging in dem lärmenden Inferno verloren. Langsam kroch er weiter. Er konnte nichts sehen, hoffte aber, auf einen Kleiderschrank zu stoßen. Es gab in jedem Schlafzimmer einen, und er wußte, daß seine kleine Schwester sich darin verborgen hatte, wenn sie sich vor irgend etwas gefürchtet hatte. Er betete zu Gott, daß Caleb es ebenfalls getan hatte.

Das Bett war die zweite Möglichkeit. Als er seitlich gegen die Kopfleiste stieß, legte er sich flach auf den Boden, griff unter das Bett und bewegte seine Hand in einem weiten Halbkreis hin und her.

Sie traf auf keinen Widerstand.

Mit jeder Sekunde, die verstrich, war das Baby dem Tod ein Stückchen näher. Cole betete im stillen und flehte Gott um Hilfe an, als er noch einmal weit die Hand ausstreckte und über den Boden gleiten ließ. Er wollte sie gerade zurückziehen, als Caleb plötzlich nach ihr griff.

Aber genauso schnell ließ der Kleine sie wieder los. Cole quetschte seine Schulter unter den Bettrahmen, hob ihn an und griff nach Caleb. Das Baby kauerte unter der Kopfleiste. Cole ertastete sein Bein und zog daran.

Er konnte Caleb wimmern und schmatzen hören. Offenbar nuckelte der Kleine an seinem Daumen, und Cole dachte, daß es die wundervollsten Geräusche waren, die er je vernommen hatte, weil sie bedeuteten, daß das Kind noch lebte.

Als er Caleb endlich weit genug herangezogen hatte, nahm er ihn auf die Arme und erhob sich auf die Knie. Caleb zappelte und versuchte, seine Stoffpuppe vom Boden aufzuheben. Eine gelbe Stichflamme zuckte zwischen den Dielenbrettern auf, als Cole Caleb zurückzog.

»Laß uns machen, daß wir fortkommen«, flüsterte er dem Kleinen zu.

Er wollte Caleb in eine der Bettdecken wickeln, aber als er danach griff, sah er den Funkenregen, der vom Dach darauf herabsank. Die Decke entzündete sich sofort und begann zu brennen. In seiner Verzweiflung drückte Cole Calebs Kopf an seine Brust, schlang die Arme um ihn und beugte sich nach vorn, in der Hoffnung, das Kind mit seinem eigenen Körper vor dem Rauch zu schützen.

Ihm war klar, daß ihm nur noch wenige Sekunden blieben, um ins Freie zu kommen. Das Zimmer würde jeden Augenblick in Flammen aufgehen. Die Dielen glühten schon, und der Funkenregen, der vom Dach herunterkam, wurde immer heftiger.

Und dann begannen sich plötzlich die Wände zu bewegen, als erwachten sie zum Leben. Sie schoben sich vor und verhielten schwankend; dann glitten sie mit einem unheimlichen Zischen wieder zurück, um sich gleich darauf erneut nach vorn zu drängen. Es war das Unheimlichste, was Cole je gesehen hatte. Er konnte das Herz des Feuers hinter diesen Wänden schlagen hören. Es pulsierte und pochte, während es alle Luft verschlang, die es nur finden konnte.

Cole hockte sich auf den Boden und atmete tief ein, erhob sich wieder und lief auf das Fenster zu. Aber das Ungeheuer verfolgte ihn. Er hörte ein Krachen hinter sich, fühlte, wie sich der Dielenboden unter ihm bewegte, und sprang durch die Öffnung, als der Boden unter ihm zusammenbrach. Die Zimmerwände explodierten einen Herzschlag später. Glassplitter und brennende Holzstücke flogen aus dem Fenster. Die Kraft der Explosion warf Cole nach vorn, aber er drehte sich noch im Sturz, um auf dem Rücken aufzukommen und nicht das Kind in seinen Armen zu zerdrücken. Die Hitze, die dem heißen Dach entströmte, versengte seine Haut, und er wußte, daß es nur noch Sekunden dauern konnte, bis das ganze Haus einstürzte. Er richtete sich mühsam auf, wandte sich suchend in die eine Richtung und dann in die andere, um einen Weg vom ach zu finden. Flammen krochen wie Schlangenköpfe von unten auf ihn zu und bedrängten ihn von den Balken über ihm. Das Feuer schnitt ihm den Fluchtweg ab, den Daniel mit Tilly eingeschlagen hatte, und Cole wußte, daß er es nicht schaffen würde, auf der Seite hinabzusteigen, wo er hergekommen war, weil die Äste zu hoch waren, um sie mit einem Baby in den Armen zu erreichen.

Er saß in der Falle.

Er konnte in der Ferne das schwache Läuten einer Feuerglocke hören. Und dann erklang ein schriller Pfiff. Er drehte sich gerade in diese Richtung um, als Daniel von neuem pfiff. Die Augen gegen den scharfen Rauch zusammenkneifend, entdeckte Cole ihn auf dem dicken Ast, über den er selbst aufs Dach gestiegen war.

Er war zu weit entfernt – unmöglich zu erreichen.

Aber eine andere Alternative blieb ihm nicht. »Halt dich gut fest, Caleb«, flüsterte er dem Kleinen zu. Dann, nachdem er noch einmal tief durchgeatmet hatte, nahm er seine ganze Kraft zusammen und sprang durch den Ring aus Feuer vor ihm. Er spürte, wie das Holz unter seinen Füßen nachgab, und hörte, wie die Balken hinter ihm zusammenkrachten, aber er rannte weiter, bis er das Gefühl hatte, daß seine Lungen explodieren würden.

Daniel sah Cole in seine Richtung laufen. Als er das Dach halb überquert hatte, legte Daniel sich flach auf den Ast und schlang die Beine um einen etwas tiefer liegenderen. Während er mit dem linken Arm den Ast umschlang, auf dem er ruhte, streckte er die rechte Hand so weit wie möglich aus.

Es war ein reiner Verzweiflungssprung. Die Entfernung vom Rand des Dachs zu Daniels Hand war beachtlich. Cole hatte das Gefühl zu fliegen, und für einen kurzen Augenblick war es auch so: Er stürzte in die Nacht hinein und griff nach Daniel.

Ihre Hände fanden sich. Und damit war der Sturz beendet.

Cole schloß die Augen und stieß einen Seufzer der Erleichterung aus.

Daniel stöhnte von der Anstrengung, aber sein Griff blieb fest. Als Cole aufhörte, hin- und herzupendeln, und Daniel sicher sein konnte, daß er ihm nicht entgleiten würde, griff er mit der anderen Hand nach Caleb und ließ Cole auf einen niedrigeren Ast herab. Das Baby schrie, als Daniel ihn vorsichtig in seine Arme nahm. Nur wenige Sekunden später waren alle auf dem Boden und rannten, um sich in Sicherheit zu bringen.

Jessica lief zu Daniel, um ihm Caleb abzunehmen. Aber Cole hinderte sie daran, indem er einen Arm um ihre Taille schlang, sie auf die Arme hob und aus der Reichweite des Feuers trug.

Als sie Grace und Tilly erreichten, stürzten die Außenwände und das Dach des Hauses ein. Die Stadtbewohner, die mit Wassereimern hin- und herliefen und versucht hatten, das Feuer zu löschen, hielten plötzlich inne, um das schaurig-schöne Schauspiel nicht zu verpassen.

Es war eine Nacht, die allen unvergeßlich bleiben würde.

Der Reporter der *Rockford Falls Gazette* lief aufgeregt umher, um jemanden zu suchen, den er interviewen konnte, während John Cletchem, der Fotograf, seine Kamera aufbaute, damit er dieses Bild der Zerstörung festhalten konnte, bevor das Feuer seine Kraft verlor.

Tilly saß im Gras und weinte leise. Grace war noch bewußtlos, aber Tilly hatte ihren Kopf in ihren Schoß gezogen und streichelte ihr Haar. Daniel hockte neben den beiden Frauen und drückte tröstend Tillys Schulter, obwohl sein eigentliches Interesse Grace galt. Er beobachtete ihre Atemzüge und dankte Gott für jeden, den sie tat.

Sie sah unglaublich jung, unschuldig und verwundbar aus. Daniel schrie jemandem zu, den Arzt zu holen. Seine laute Stimme erschreckte Grace, und sie fuhr zusammen. Er war fast soweit gewesen, sich einzureden, sein Herz sei nicht gefährdet, als sie die Augen aufschlug und ihn ansah. Da fing es wie wild zu pochen an, und seine Augen füllten sich mit Tränen der Erleichterung.

Was, in Gottes Namen, war nur los mit ihm? Er konnte gar nicht anders, als sie in die Arme zu nehmen. Vorsichtig stand er mit ihr auf.

»Daniel? Ihr Gesicht ist schmutzig.«

»Ja, ich weiß. Wie fühlen Sie sich?«

»Mein Kopf tut weh«, sagte sie. »Ich weiß aber nicht, warum«, fügte sie mit einem verwirrten Blick hinzu, hob die Hand und ließ ihre Finger über seine Wange gleiten. »Wo haben Sie sich so schmutzig gemacht?«

Er drehte sich um, damit sie sehen konnte, was von der Pension übriggeblieben war. Sie hatte jedoch nur

Augen für ihn, und deshalb erklärte er: »Es hat gebrannt.« Nun wandte sie doch den Kopf und verzog das Gesicht, weil die Bewegung ihr Schmerzen zu bereiten schien. Ihre Augen weiteten sich vor Fassungslosigkeit, und plötzlich schien sie sich ihrer Umwelt wieder klar bewußt zu sein. »Wo sind Jessica und Caleb? Und wo ist Tilly?«

»Sie sind in Sicherheit«, beruhigte er sie. »Alle sind rechtzeitig aus dem Haus gekommen. Niemand ist verletzt … außer Ihnen. Erinnern Sie sich, was geschehen ist?«

Seufzend legte sie den Kopf an seine Schulter. »Nein, ich weiß es nicht. Bitte lassen Sie mich herunter. Ich muß …«

»Sie müssen einen Doktor sehen.« Er schaute sich in der Menge um und wollte gerade schon wieder nach dem Arzt rufen, als der Mann plötzlich vor den Schaulustigen aus der Stadt auftauchte. Rebecca zog ihn zu Tilly und Grace hinüber.

»Daniel?« flüsterte Grace und zwang ihn, sie wieder anzusehen. »Wie bin ich aus dem Haus gekommen?«

»Jessica hat Sie herausgezogen. Wenn sie nicht gewesen wäre … Cole und ich hätten Sie niemals rechtzeitig gefunden.«

»Sie hat mir das Leben gerettet.«

»Ja.«

Als Grace zu weinen begann, schloß Daniel sie noch fester in die Arme, um sie zu trösten und zu beruhigen.

Auch Jessica weinte. Sie hielt Caleb in den Armen und war so froh und dankbar, daß ihrem Baby nichts geschehen war, daß sie nicht aufhören konnte, ihn zu küssen und zu liebkosen. Caleb, der sich von seinem Abenteuer inzwischen längst erholt hatte, zappelte ungeduldig und verlangte, daß sie ihn herunterließ, damit er spielen konnte.

Rebecca entdeckte die beiden in der Menge. »Mein Gott, Jessica, Sie hätten umkommen können in dem Feuer!« rief sie, während sie das Baby aufhob. »Ist alles in Ordnung mit Ihnen?«

Jessica zwang sich, mit dem Weinen aufzuhören, um die Frage ihrer Freundin zu beantworten. »Ja, mir ist nichts passiert, aber Grace hat sich verletzt. Ein herabstürzender Balken muß sie am Kopf getroffen haben«, erklärte sie.

»Der Arzt untersucht sie gerade«, berichtete Rebecca. »Sie erinnert sich nicht, wie es geschehen ist?«

»Ich weiß es nicht«, antwortete Jessica. »Würden Sie bitte einen Moment auf Caleb aufpassen? Lassen Sie ihn nicht aus den Augen, Rebecca! Ich muß jemanden suchen.«

»Jessica, Sie sollten sich vorher etwas überziehen. Wo ist Ihr Morgenrock?«

»Er ist verbrannt«, antwortete sie, während sie sich schon nach Cole umschaute.

»Ich werde etwas suchen, was Sie überziehen können«, versprach Rebecca.

Jessica hörte ihr nicht mehr zu. Sie hatten endlich Cole entdeckt und lief zu ihm hinüber. Er stand ein wenig abseits von der Menge und sah zu, wie die Flammen das einst so hübsche Haus verschlangen. Er wirkte müde und war von Kopf bis Fuß mit Ruß bedeckt.

Jessica dachte, daß er der schönste Mann war, den sie je gesehen hatte. »Cole?«

Sie blieb stehen und schaute ihn nur an. Plötzlich erschien er ihr größer als das Leben selbst. Das Feuer im Hintergrund verstärkte diesen Eindruck noch, denn es verlieh Coles Silhouette eine rotgoldene Aura. Es war, als ob Gott ihn für den Mut, den er angesichts jener teuflischen Gefahr bewiesen hatte, ausgezeichnet hätte.

»Wollten Sie etwas?« fragte er, verblüfft über den

Ausdruck der Freude und des Glücks, den er auf ihren Zügen sah.

In der Absicht, ihm dafür zu danken, daß er ihrem Kind das Leben gerettet hatte, ging sie weiter auf ihn zu. Aber als sie ihn erreichte, schien ihr ein simples Dankeschön plötzlich nicht mehr genug zu sein, und so stürzte sie auf ihn zu und schlang ihm die Arme um den Hals.

Er schwankte ein wenig und legte instinktiv die Arme um sie.

Jessica stellte sich auf die Zehenspitzen und flüsterte: »Danke, Cole!« Dann küßte sie ihn stürmisch.

Es war ganz und gar kein unschuldiger Kuß, und Cole dachte gar nicht daran, diese Gelegenheit ungenutzt verstreichen zu lassen. Wahrscheinlich hätte er überhaupt nicht mehr aufgehört, sie zu küssen, wenn er nicht gespürt hätte, wie sie in seinen Armen erschauerte. Da unterbrach er den Kuß und wollte sich von ihr lösen, aber sie schlang ihm die Arme nur noch fester um den Hals, und das war alles, was er brauchte, um seinen Mund von neuem auf ihre Lippen zu pressen.

Und dann ließ sie den Kopf an seine Schulter sinken und begann zu weinen. All die aufgestauten Emotionen in ihr schienen sich jetzt Bahn zu brechen. Sein Kinn ruhte auf ihrem Haar, während sie immer wieder flüsterte, wie dankbar sie ihm sei.

Er küßte ihre Stirn. »Du brauchst dich nicht zu bedanken, Jessie.«

Der Moment würde für immer unvergeßlich bleiben, denn der Fotograf hatte das Paar bei seiner leidenschaftlichen Umarmung aufgenommen – ihn, von Kopf bis Fuß mit Ruß bedeckt, und sie, die nichts anderes als ein dünnes Nachthemd trug.

Das Bild erschien am nächsten Morgen auf dem Titelblatt der *Rockford Falls Gazette.*

18. KAPITEL

Rebecca war zutiefst bestürzt über den Anblick ihrer Freundin Grace. Die linke Seite ihrer Schläfe war von dem Schlag auf ihren Kopf stark geschwollen. Es war ein wahres Wunder, daß sie überlebt hatte.

Daniel hatte sie auf eine Decke gelegt, die einer der Nachbarn geholt hatte. Dann hatte der Arzt sie untersucht. Rebecca war sonst eigentlich nicht schnell zu beeindrucken, aber das Ausmaß der Verletzung verschlug ihr den Atem. Daniel, der Angst hatte, daß sie in Ohnmacht fallen würde, forderte sie auf, sich hinzusetzen, aber sie bestand darauf, zuerst mit Grace zu sprechen.

»Wie fühlen Sie sich, Grace?« wisperte sie, und ihre Stimme zitterte vor Angst.

Grace starrte zu der Frau auf, die sich zu ihr vorbeugte. Sie fand es sehr erstaunlich, daß Rebecca zu dieser Zeit perfekt frisiert und angekleidet war. *Sie* war nicht in Morgenrock und Pantoffeln herübergestürzt wie alle anderen, als sie von dem Feuer gehört hatte. Nein, sie war perfekt gekleidet; das schlichte schwarze Kleid paßte zu dem tragischen Ereignis und betonte die Blässe ihres hübschen Gesichts, das weiß wie Kreide war.

»Ich fühle mich schon sehr viel besser«, antwortete Grace. »Es wird schon wieder werden, Rebecca. Machen Sie sich keine Sorgen um mich.«

Rebecca raffte ihre Röcke und kniete sich neben Dr. Lawrence nieder.

Der Arzt tätschelte Grace' Hand. »Sie werden wieder ganz gesund«, versprach er. »Sie haben großes Glück gehabt. Mir ist immer noch nicht ganz klar, wie Sie sich die Verletzung zugezogen haben, aber wahrscheinlich war es ein herabstürzender Dachbalken, der Sie getroffen hat.«

Der Arzt richtete sich langsam auf. Seine nächsten Worte galten Daniel. »Dieser heftige Schlag hätte sie eigentlich umbringen müssen, Marshal.«

Rebecca beugte sich über Grace. »Erinnern Sie sich an das, was geschehen ist?«

»Nein, ich kann mich an gar nichts mehr erinnern.«

Rebecca nickte verständnisvoll. »Vielleicht ist es ganz gut, daß Sie sich an nichts erinnern. Sonst hätten Sie wahrscheinlich furchtbare Alpträume. Die arme Jessica war mittendrin im Feuer, aber Sie haben es zum Glück verschlafen.«

Grace kamen wieder die Tränen. »Sie hat mir das Leben gerettet. Wenn sie nicht gewesen wäre, wäre ich jetzt tot.«

Rebecca nahm ihre Hand. »Bitte weinen Sie nicht«, wisperte sie. »Es ist vorbei, und alle sind in Sicherheit.«

»Wo ist Jessica?« fragte Grace.

»Sie ist mit Marshal Clayborne zum Wagen gegangen, um saubere Kleider zu holen«, sagte Dr. Lawrence. »Vielleicht wäre es besser, wenn ich sie auch kurz untersuchen würde.«

Grace versuchte, sich aufzurichten, und Daniel legte einen Arm um ihre Taille, um ihr zu helfen. Ihr Kopf pochte noch immer so heftig, daß sie kaum einen klaren Gedanken fassen konnte. »Gut, daß wir unsere Sachen heute abend schon gepackt hatten! Alles, was wir besitzen, ist in dem Wagen, bis auf das, was wir morgen brauchen. Der Wagen ist doch nicht verbrannt, nicht wahr?«

»Nein, nein, er ist in Ordnung«, versicherte ihr Rebecca.

Das Feuer wütete noch immer, aber auf der Straße dahinter war es dunkel. Jemand in der Menge zündete ein Licht an. Caleb saß auf Tillys Schoß, als der Fremde mit der lodernden Fackel in der Hand den Vorgarten betrat. Erschrocken begann Caleb nach seiner Mama zu schreien. Rebecca lief sofort zu ihm und hob ihn auf die Arme, drückte ihn an sich und versuchte, ihn zu beruhigen.

Daniel packte den Mann am Kragen und befahl ihm, zu verschwinden.

Wieder versuchte Grace, sich aufzurichten. Sie hielt sich am Arm des Arztes fest, um nicht zu stürzen, aber ihr war so schwindlig, daß die ganze Welt sich um sie drehte.

»Was soll der Unsinn?« fragte Daniel. »Setzen Sie sich, Grace, bevor Sie wieder in Ohnmacht fallen!«

»Sie sind kreideweiß«, meinte der Doktor. »Tun Sie, was der Marshal sagt, und setzen Sie sich wieder hin. Sie müssen sich jetzt ausruhen.«

»Ich will zu Jessica. Ich muß mit ihr reden.«

»Ich suche sie«, versprach Daniel.

Als er auf das Feld hinter dem Haus zuging, kam Jessica ihm schon entgegen. Offenbar hatte sie das Weinen ihres Sohnes gehört, denn sie hatte die sauberen Kleider, die sie eben erst aus dem Wagen geholt hatte, fallen lassen und rannte zu dem kleinen Caleb. Cole war dicht hinter ihr. Er sah den Schutt, der überall herumlag, und rief Jessica zu, vorsichtig zu sein und sich nicht zu verletzen, da auch Glas im Gras lag, das die dünnen Sohlen ihrer Pantoffeln mühelos durchschnitten hätte.

Daniel rief Cole etwas zu und blieb am Rand des Grundstücks stehen. Verwundert starrte er auf die beiden leeren Milchflaschen. Es hatte in der vergangenen Woche stark geregnet, und dennoch waren die Flaschen sauber. Neugierig hob er eine auf. Der Geruch nach Petroleum war immer noch sehr stark zu spüren, und als er genauer hinsah, konnte er Reste davon auf dem Flaschenboden sehen.

Er zeigte Cole die Flaschen. Er roch daran und nickte. »Als wir herkamen, fiel mir auf, daß es keinen Ausgangspunkt für das Feuer gab. Der hintere Teil des Hauses brannte genauso lichterloh wie der vordere. Es war, als ob das ganze Haus im selben Augenblick in Flammen aufgegangen wäre.«

»Wer immer das getan hat, muß eine Lunte aus Petroleum rings um die Pension gelegt haben.«

»Glaubst du, daß es die Blackwater-Bande war? Sie könnten den Artikel in der Zeitung gelesen haben. Ein Feuer mitten in der Nacht wäre ein sicherer Weg gewesen, zwei der möglichen Zeugen für immer loszuwerden. Rebecca hat Glück, daß sie nicht hier eingezogen ist.«

»Sie könnte die nächste auf ihrer Liste sein«, erwiderte Daniel mit grimmiger Stimme. »Wir müssen alle drei bewachen, und sobald sie sich ein bißchen ausgeruht haben, werden sie uns die Wahrheit sagen.«

»Wirst du ihnen erzählen, daß das Feuer nicht von selbst entstanden ist?«

Daniel nahm Cole die Flasche ab und stellte beide neben einem Baum auf den Boden. »Noch nicht«, antwortete er. »Ich möchte sie nicht noch mehr verängstigen, als sie es ohnehin schon sind.«

Cole schaute zu den Trümmern des Hauses hinüber. »Was für eine Nacht!« murmelte er.

»Komm, laß uns dafür sorgen, daß die Menge sich zerstreut«, schlug Daniel vor. »Es sind zu viele Leute hier. Das ist gefährlich.«

Die Marshals konnten Rebecca Befehle erteilen hören, als sie in den Vorgarten zurückkehrten. Sie klang wie ein General, der kein Nein als Antwort akzeptierte, und die Leute, die sie herumkommandierte, gehorchten wie Rekruten. Sie taten alles, was sie ihnen auftrug.

Jessica und Grace wußten nicht, was sie getan hätten, wenn ihre Freundin nicht die Organisation in die Hand genommen hätte. Nachbarn wurden heimgeschickt, um Decken für die Frauen und das Kind zu holen. Dr. Lawrence wurde gebeten, Tilly bei sich aufzunehmen, bis sie andere Vereinbarungen treffen konnte; Männer wurden losgeschickt, um den Wagen zum Hotel zu fahren, und eine Brigade wurde zusammengestellt, um Wasser herbeizuschaffen und das Feuer zu löschen, bevor es auf das Feld hinter dem Haus übergriff.

Keinem wurde erlaubt, untätig herumzustehen. Es gab viel zu tun, und Rebecca sorgte dafür, daß alles so schnell wie möglich erledigt wurde.

Eine knappe halbe Stunde später begab sich die erschöpfte Gruppe zum Hotel. Obwohl Grace heftig dagegen protestierte, war Daniel nicht davon abzubringen, sie zu tragen. Cole trug Caleb, der in seinen Armen einschlief, noch bevor sie auf der Straße waren. Rebecca machte den Vorschlag, daß Jessica und Caleb eins der Zimmer der beiden Marshals nehmen sollten und Grace das andere. Da sämtliche Zimmer des Hotels besetzt waren, würden die Marshals im Freien übernachten müssen.

Cole und Daniel hatten jedoch ganz andere Pläne. Sie dachten gar nicht daran, die Frauen aus den Augen zu lassen. Daniel wollte in der Halle Wache stehen, und Cole hatte vor, oben zu bleiben, um die Gänge zu bewachen. Aber ihre Pläne erfuhren eine Änderung, als sie Sheriff Sloan begegneten, der versuchte, das Hotel ungesehen zu verlassen.

Daniel berichtete ihm, was geschehen war, und befahl ihm, sich vor Rebeccas Tür zu setzen. Sloan stimmte hastig zu, denn es war ihm ungeheuer peinlich, daß er nicht einmal etwas von dem Feuer gewußt hatte. Er war anderweitig beschäftigt gewesen, und sein selbstzufriedener Gesichtsausdruck verriet den beiden Marshals, welcher Art diese Beschäftigung gewesen war.

Der Nachtportier war entsetzt, als er die rußgeschwärzten Männer und Frauen sah, aber er war auch überaus fürsorglich und zuvorkommend. Ohne Zögern weckte er zwei Dienstmädchen, damit sie die Zimmer vorbereiteten. Alle badeten. Caleb wachte während seines Bads auf und sprühte geradezu vor Energie.

Jessica und Grace waren beide zu Tode erschöpft und schliefen ein, kaum daß sie in ihren Betten lagen. Daniel lehnte seinen Stuhl an Grace' Tür, und Sekunden später schlief auch er ein, die Hand dicht an seiner Waffe.

Cole war an der anderen Seite des Korridors. Auch er hatte seine langen Beine ausgestreckt und sich mit dem Rücken an Jessicas Türrahmen gelehnt. Er konnte Caleb drinnen plappern hören, und nur wenige Minuten später öffnete sich die Tür, und Caleb kam herausgelaufen.

Cole nahm ihn auf den Arm, um ihn zu seiner Mutter zurückzutragen, blieb dann jedoch auf der Schwelle stehen, als er Jessica erblickte. Sie schlief auf dem Bauch und hatte die Arme seitlich ausgestreckt. Anscheinend war sie zu erschöpft gewesen, um sich zuzudecken. Ihr rosa Nachthemd war bis zu den Knien hinaufgerutscht. Gott, was für einen wohlgeformten Po und schöne Beine sie doch hatte! Cole sah, daß sie auch hübsche Füße hatte und fragte sich, ob sie wohl kitzlig war.

Ihr Gesicht war dem Mondlicht zugewandt, das durch das offene Fenster fiel. Er starrte auf ihren Mund und erinnerte sich, wie weich ihre Lippen gewesen waren, als sie ihn geküßt hatte. Und wie sie sich angefühlt hatte, als sie in seinen Armen gelegen hatte! Am liebsten wäre er zu ihr ins Bett gestiegen, um sie zu …

Unter Aufbietung seiner ganzen Willenskraft unterdrückte er die erotischen Wünsche, die ihr Anblick in ihm weckte. Die arme Frau hatte heute nacht die Hölle durchgemacht, und er besaß kein Recht, sich so wollüstige Gedanken über sie zu machen. Außerdem war er jetzt US Marshal, und dieser Posten brachte Verpflichtungen mit sich. Er konnte nicht einfach seinen Impulsen folgen, ganz gleich, wie mächtig sie auch waren.

Caleb begann in seinen Armen zu zappeln, und Cole merkte, daß der Kleine naß war. Rasch suchte er die Windeln und legte den Jungen aufs Bett zu Jessica.

»Nein!« plärrte Caleb und hob ein Bein, um Cole zu treten. Als er seinen Arm erwischte, versuchte er, sich umzudrehen und ihm zu entwischen.

»O nein, kommt nicht in Frage«, flüsterte Cole. »Ich werde deine Windel wechseln, und danach wirst du schlafen.«

Er befestigte die Strapse um die Windel, hob dann Caleb auf, nahm die Stoffpuppe und drückte sie dem Kleinen in die Hände. Der Junge grinste und plapperte vergnügt, als Cole ihn zu dem schmalen Bett hinübertrug, das der Nachtportier für ihn aufgestellt hatte, ihn hineinlegte, zudeckte und still den Raum verließ.

Caleb war dicht hinter ihm. Jessica hörte Cole etwas murmeln und legte eine Hand vor ihren Mund, damit er nicht ihr Lachen hörte. Sie war entsetzt gewesen, ihn in ihrem Zimmer zu entdecken, aber dann hatte sie ihn mit Caleb flüstern gehört und begriffen, daß er mit durchaus ehrenwerten Absichten gekommen war. Cole war ein anständiger Mann, und ihr Sohn war bei ihm sicher.

Sie schlief ein mit der guten Absicht, Cole von Caleb zu erlösen.

Zum guten Schluß schlief der Kleine ein paar Stunden auf Coles Schoß, wachte munter plaudernd auf und schlief an Daniels Schulter wieder ein. Es erübrigt sich zu sagen, daß die beiden Marshals in dieser Nacht nicht viel Ruhe fanden.

19. KAPITEL

Daniel wurde um sieben Uhr am nächsten Morgen ins Telegrafenamt gerufen.

Cole begegnete Sloan im Foyer und befahl ihm, zwei Deputies zu ernennen, damit sie mithalfen, die Frauen zu bewachen. Er wartete im Hotel, bis der Sheriff kurz darauf mit Robert York und John Carver zurückkehrte. Die beiden Männer waren schwer bewaffnet und sahen gefährlich aus. Sie überzeugten Cole, daß sie wußten, was sie taten, und er erklärte ihnen rasch, was er von ihnen erwartete. Jessica und Rebecca sollten in ihren Zimmern bleiben, bis die Marshals ins Hotel zurückkehrten. Grace war ohnehin befohlen worden, im Bett zu bleiben, bis der Arzt nachmittags nach ihr sah.

»Lassen Sie niemand anderen als Dr. Lawrence in den ersten Stock«, befahl Cole. »York, Sie stellen sich vor Jessicas Tür. Carver, Sie bewachen Rebeccas Zimmer, und Sloan, Sie übernehmen Grace' Tür.«

»Aber ich habe noch nicht gefrühstückt. Könnte ich nicht im Speisesaal schnell etwas essen?« murrte Sloan.

»Nein«, entgegnete Cole entschieden. »Sie werden draußen vor Grace' Zimmer bleiben.«

Der fehlende Schlaf machte Cole noch verdrießlicher als sonst, und Sloan war klug genug, ihn nicht zu provozieren.

Cole verlangte vom Sheriff den Schlüssel zum Gefängnis und machte sich auf den Weg dorthin. Das Büro war stickig, und so ließ er die Tür geöffnet, um frische Luft hereinzulassen. Alles roch für ihn nach Rauch, was vermutlich auch der Grund war, warum er keinen Appetit hatte.

Es war fast acht Uhr, als Daniel endlich kam. Er hielt eine Kanne Kaffee in der einen Hand und einen Stapel Telegramme in der anderen.

Er verschwendete keine Zeit, Cole zu berichten, was er erfahren hatte. »Eins der Mitglieder der Blackwater-Bande ist gefaßt worden.«

»Wo haben sie den Kerl geschnappt?«

»Er hielt sich in einer der Höhlen in der Nähe der texanischen Grenze versteckt. Sie haben ihn nach Blackwater gebracht.«

Cole stand auf, um einen sauberen Becher aus dem Regal auf der anderen Seite des Raums zu holen. Er schenkte sich Kaffee ein, trank und fragte dann: »Lebt er noch?«

»Kaum noch«, antwortete Daniel. »Der Sheriff von Maple Hills hat ihm zwei Kugeln in den Bauch gejagt. Es war reiner Zufall, daß der Sheriff ihm begegnete. Der Mann war von einer Grippe sehr geschwächt, und trotzdem hat er sich wie wild gewehrt. Ich hoffe nur, daß er lange genug lebt, um vor Gericht gestellt werden zu können. Ich wünschte, ich wäre in Blackwater. Ich kann es nicht erwarten, ihn zu sprechen.«

»Du glaubst doch nicht, daß er dir etwas verraten würde!«

»O doch, das glaube ich. Er wird mir alles sagen, was ich wissen will.«

»Möchtest du nur mit ihm reden, oder hast du noch etwas anderes mit ihm vor?« fragte Cole.

»Das kommt darauf an, wie der Prozeß verläuft. Ich

lasse ihn nicht davonkommen«, erwiderte Daniel, um dann kopfschüttelnd hinzuzufügen: »Aber das wird Richter Rafferty sowieso nicht zulassen. Wenn der Kerl zu der Blackwater-Bande gehört, wird er am Galgen enden.«

»Das klingt, als ob du diesen Richter kennst.«

»Und ob ich ihn kenne!« antwortete Daniel. »Jeder in Texas kennt ihn oder hat zumindest schon von ihm gehört. Rafferty besitzt den Ruf, sehr hartnäckig zu sein. Die Leute sagen, neben ihm sei ›Galgenrichter‹ Cyrus Burns ein Heiliger. Man verärgert Rafferty nicht ungestraft. Er hat im übrigen ein persönliches Interesse an den Fällen«, fügte er hinzu. »Rafferty hat bei einem Raubüberfall in Kansas einen guten Freund verloren. Die beiden kannten sich schon lange, und der Tod des Mannes hat ihn sehr getroffen. Er will Rache.«

»Dann ist er nicht objektiv. Ein guter Anwalt könnte einen anderen Richter für den Prozeß verlangen.«

»Vielleicht, aber er würde nicht damit durchkommen«, erklärte Daniel. »Rafferty ist das Gesetz im westlichen Texas. Zum Glück ist er aber auch ein anständiger Mann. Denn wenn er das nicht wäre, hätte er den Kerl längst der Lynchjustiz überlassen.«

»Du glaubst, sie hatten in Blackwater Ärger?«

»Allerdings.«

Cole dachte kurz darüber nach und fragte dann: »Was steht in den anderen Telegrammen?«

»Sie sind alle von Rafferty. Er muß im Telegrafenbüro gestanden haben und in gesprächiger Stimmung gewesen sein. Er wollte wissen, ob wir schon irgendwelche Spuren hätten, und ich telegrafierte ihm zurück, daß wir möglicherweise eine Zeugin haben. Ich schrieb ihm, eine Frau habe sich vermutlich während des Überfalls unter einem Tisch versteckt, und wir glaubten, es müsse eine von insgesamt dreien sein, aber keine sei bereit, es zuzugeben ...«

»Und was hat er darauf geantwortet?«

»Er will, daß wir alle drei nach Blackwater bringen. Er sagt, er werde sie zum Reden bringen.«

»Kann er uns zwingen, sie zu ihm zu bringen?«

Daniel lehnte sich mit dem Rücken an die Wand. »Ja und nein«, erwiderte er. »Da wir mit einem Sonderauftrag hier sind, brauchen wir seine Instruktionen eigentlich nicht zu befolgen.«

»Aber?«

»Rafferty hat mächtige Freunde in Washington. Er könnte durch sie genügend Druck ausüben, um uns zu zwingen, das zu tun, was er verlangt. Ich will ihn nicht verärgern und habe ihn deshalb in dem Glauben gelassen, daß wir mit ihm zusammenarbeiten werden. Ich habe ihm versprochen, ihm bis heute abend endgültig Bescheid zu geben, ob wir eine Zeugin haben oder nicht.«

»Und du glaubst, daß wir es heute herausfinden werden?«

»Teufel, ja, das werden wir!«

»Grace ist vielleicht noch nicht in der Lage, mit uns zu reden. Vielleicht müssen wir bei ihr noch etwas warten.«

»Dann reden wir heute nachmittag mit ihr. Bis heute abend will ich wissen, ob wir eine Zeugin haben oder nicht.«

Cole stieß einen überraschten Fluch aus. Er hatte gerade Rebecca auf der anderen Straßenseite entdeckt. Sie trug ein rosafarbenes Kleid und einen rosa und weiß gestreiften Sonnenschirm dazu. Sie war so hübsch, daß sie buchstäblich den Verkehr zum Erliegen brachte, da viele Männer stehenblieben, um ihr nachzusehen. Ihr Bewacher, Carver, ging dicht hinter ihr und schaute sich wachsam nach allen Seiten um.

»Da kommt Rebecca«, meinte Cole. »O nein – jetzt bleibt sie auch noch stehen, um sich mit diesem Reporter zu unterhalten!«

Ryan warf einen Blick hinaus. »Er hing vor dem Telegrafenamt herum, als ich drinnen war, und als ich herauskam, ging er sofort hinein. Wahrscheinlich ist er inzwischen über alles informiert, und Rebeccas Gesichtsausdruck nach zu urteilen, muß er ihr gerade erzählt haben, daß sie eins der Bandenmitglieder verhaftet haben.«

»Woher wollen sie das wissen?«

Daniel drehte sich zu Cole um. »Was?«

»Daß der Mann, den sie verhaftet haben, zu der Blackwater-Bande gehört.«

»Er hatte eine Menge Geld dabei.«

»Na und? Viele Leute tragen große Summen bei sich, wenn sie auf Reisen sind.«

»Das ist wahr«, gab Daniel zu. »Aber sie fanden auch eine Ausgabe der *Rockford Falls Gazette* in seiner Satteltasche. Das Datum war das vom Tag des Überfalls.«

»Das könnte dennoch Zufall sein, nicht wahr?«

»Habe ich dir gesagt, daß er versucht hat, den Sheriff umzubringen, bevor er verhaftet wurde?«

Cole schüttelte den Kopf. »Nein, das hast du nicht erwähnt. Dann wird er auf jeden Fall nicht ungeschoren davonkommen. Sie werden ihn wegen versuchten Mordes festhalten.«

»Aber ich will ihn wegen der Überfälle festnageln. Falls er einer von der Bande ist, wird er mit mir reden und mir alles sagen, was ich wissen will. Vor allem die Namen der anderen Bandenmitglieder wird er mir nennen.«

»Und wie willst du ihn dazu bringen?«

»Mir wird schon etwas einfallen«, wich Daniel aus.

»Es wäre natürlich leichter, wenn wir eine Zeugin hätte, um ihn zu identifizieren …«

»Darauf würde ich keine allzu großen Hoffnungen setzen, Daniel. Die Frauen könnten uns aus allen möglichen Gründen diese verrückte Geschichte aufgetischt haben. Du glaubst, zwei von ihnen wären fest entschlossen, die dritte zu beschützen. Ich bin mir dessen nicht so sicher. Vergiß nicht, daß wir sozusagen gar nichts über diese Frauen wissen, und ich glaube, es wäre an der Zeit, etwas über ihre Vergangenheit herauszufinden.«

»Ich werde ihnen kein Wort glauben, bis ich alles gründlich überprüft habe.«

»Gut«, erwiderte Cole und schaute noch einmal aus dem Fenster – gerade rechtzeitig genug, um zu sehen, wie Rebecca mit ihrem Sonnenschirm nach dem Reporter schlug. Selbst aus der Entfernung, die sie trennte, konnte Cole erkennen, wie blaß und aufgebracht sie war. Ohne darauf zu achten, was sie tat, raffte sie die Röcke und stürzte in Richtung Straße, auf der sie fast mit einem Pferd und einem Wagen zusammenstieß. Carver zog sie im letzten Augenblick zurück.

Eine Minute später kam sie in das Büro gestürmt und befahl ihrem Wächter, draußen vor der Tür zu bleiben. Cole und Daniel warteten geduldig ab, bis sie wieder zu Atem gekommen war.

Daniel bot ihr einen Stuhl an, aber sie lehnte ab und begann unruhig durch das Büro zu gehen. Es war mehr als offensichtlich, daß sie ausgesprochen wütend war.

»Warum haben Sie mir einen Bewacher an die Fersen geheftet?« fragte sie.

»Zu Ihrem eigenen Schutz«, erwiderte Cole.

»Aber warum glauben Sie, daß ich Schutz brauche?«

»Nach den Geschehnissen von gestern nacht hielten

wir es für besser, Wächter für Sie alle abzustellen, um sicherzugehen, daß niemand Sie belästigt.«

»Stört Mr. Carver Sie?« erkundigte sich Cole.

»Nein«, antwortete sie. »Ich bin verärgert, aber nicht wegen Mr. Carver. Er tut nur seine Pflicht.«

»Was ist es dann, was Sie beunruhigt?« fragte Cole.

»Ich habe gerade die unglaublichsten Neuigkeiten von diesem widerwärtigen Zeitungsmann gehört. Er sagte, eins der Mitglieder der Blackwater-Bande sei verhaftet worden. Hat der Reporter gelogen, oder ist es die Wahrheit?«

Da sie Daniel ansah, trat er vor, um ihre Frage zu beantworten. »Es stimmt. Einer von ihnen ist festgenommen worden.«

»Tot oder lebendig?« rief sie.

»Lebendig«, gab Daniel Auskunft. »Aber er ist schwer verwundet.«

»Ich hoffe, daß er stirbt«, wisperte sie und senkte dann den Kopf. »Nein, das sollte ich nicht sagen. Es ist nur, weil so viele unschuldige Menschen ermordet worden sind, und falls er etwas damit zu tun hat, sollte er für seine Verbrechen büßen. Kennen Sie den Namen dieses Mannes?«

»Ich weiß nicht, ob die Behörden schon herausgefunden haben, wie er heißt«, erwiderte Daniel. »Ich habe nicht danach gefragt.«

»Werden Sie ihn nach Rockford Falls bringen, um ihm den Prozeß zu machen?«

»Nein, nach Blackwater in Texas.«

»Ist das weit von hier?«

»Ja«, antwortete Cole.

Sie schien erleichtert zu sein. »Gut«, flüsterte sie. »Dann brauche ich mir keine Sorgen zu machen, daß er entkommen könnte und Jessica, Grace und mir nachjagt.«

Sie nahm auf einem der Stühle Platz und begann sich mit ihrem Taschentuch Luft zuzufächeln. »Der Mörder hat seine Verbrechen doch gestanden, nicht?«

»Nein, das hat er nicht.«

»Aber Sie sind sicher, daß er einer von ihnen ist? Sie werden ihn doch nicht wieder freilassen?«

Sie klang bei dem Gedanken an diese Möglichkeit so bestürzt, daß Daniel sich beeilte, sie zu beruhigen. »Nein, sie werden ihn auf keinen Fall freilassen«, versicherte er ihr.

Sie schaute auf die Hände in ihrem Schoß. »O Gott, sehen Sie nur, wie meine Hände zittern! Ich bin solche Aufregungen nicht gewohnt, und die letzte Woche war die reinste Hölle. Zuerst die Morde in der Bank, dann wurde ich als Zeugin in der Zeitung erwähnt, und gestern nacht das Feuer ... Es war zuviel! Es ist einfach zuviel für mich!« schloß sie mit brechender Stimme.

Daniel hockte sich auf den Rand des Schreibtischs, um sie anzusehen. »Ich weiß, wie furchtbar dies alles für Sie sein muß, aber ...«

»Nein, Sie wissen gar nichts!« unterbrach sie ihn. »Ich ... ich habe solche Angst.«

Nach diesem geflüsterten Geständnis brach sie in Tränen aus und barg das Gesicht in ihren Händen. »Ich war ein Feigling, aber jetzt werde ich endlich das Richtige tun. Sie brauchen Jessica und Grace nicht länger zu belästigen, denn ...«

Sie war nicht in der Lage fortzufahren. Daniel beugte sich zu ihr vor und bemühte sich um eine verständnisvolle Miene, während Cole ihr ein Glas Wasser gab.

»Hier, trinken Sie das«, riet er.

Sie tupfte mit einem Taschentuch ihre Tränen ab und schaute aus feuchten Augen zu ihm auf. »Versuchen Sie bitte, mich zu verstehen. Ich wollte nicht, daß irgend jemand es erfährt ... Ich bin mit einem wundervollen

Mann verlobt. Er ist ein angesehener Geschäftsmann und sehr besorgt um seinen guten Ruf. Ein Skandal würde ihn ruinieren. Es hat fünf lange Jahre gedauert, bis er genügend Mut gesammelt hatte, um mich um meine Hand zu bitten. Ich dachte, ich könnte heimkehren und so tun, als ob nichts von all dem je geschehen wäre. Irgendwann würden Sie die Männer ja gefaßt haben. Mein Verlobter verkehrt in sehr vornehmen und wohlhabenden Kreisen. Verstehen Sie jetzt, warum ich geschwiegen habe?«

»Rebecca, was wollen Sie uns eigentlich sagen?« fragte Cole.

»Daß ich Ihre Zeugin bin. Ich war es, die sich unter diesem Tisch versteckte, als die Blackwater-Bande in der Bank war. Das Retikül, das Sie gefunden haben, gehört mir.«

Beide Marshals versuchten, die Gefühle, die diese Neuigkeit in ihnen auslöste, zu verbergen. Erleichterung erfaßte Cole, und das flößte ihm Gewissensbisse ein. Aber er war verdammt froh, daß nicht Jessica die Augenzeugin war.

Daniel spürte, wie eine Welle der Erregung ihn durch zuckte. Sie *hatten* eine Zeugin, und mit ein bißchen Glück hatte sie alle Männer genau gesehen!

»Sie werden versuchen, mich zu töten, nicht?« wisperte sie.

»Wir werden Sie beschützen«, schwor ihr Cole.

»Ich glaube Ihnen, daß Sie es versuchen werden. Aber diese Verbrecher werden dennoch einen Weg finden, mich zum Schweigen zu bringen.«

»Wir werden nicht zulassen, daß Ihnen etwas zustößt«, versicherte auch Daniel.

Sie wischte sich noch einmal die Tränen ab, bevor sie weitersprach. »Ich weiß, daß ich mich schon früher hätte melden sollen, aber ich war zu verängstigt. Ich wollte einfach so tun, als wäre es nie geschehen, und hoffte, daß Sie diese Mörder auch ohne meine Aussage finden würden … irgendwann. Es tut mir so leid, daß ich Sie belogen habe! Ich bin sonst nicht so feige.«

»Sie hatten Angst«, sagte Cole verständnisvoll.

»Ja«, flüsterte sie. »Und jetzt sind die arme Jessica und Grace in diesen Alptraum mit hineingezogen worden. Keine der beiden war kurz vor Geschäftsschluß in der Bank. Ich weiß es, weil ich dort war, und wenn ich den Mut besessen hätte, es Ihnen schon früher zu gestehen, müßten sie jetzt nicht in Angst und Schrecken leben.«

»Sie sind auch schon früher an jenem Nachmittag in der Bank gesehen worden«, sagte Cole.

»Ja, ich war da, aber ich bin noch einmal zurückgegangen. Ich hatte etwas vergessen. Ich dachte, ich laufe rasch noch einmal hin und …«

Ein resignierter Ausdruck huschte über ihr Gesicht. »Ich werde Sie nach Blackwater begleiten und mir den Mann ansehen, den sei verhaftet haben«, sagte sie leise. »Falls er einer aus der Bande ist, werde ich ihn identifizieren und vor Gericht als Zeugin aussagen.«

Sie wischte eine weitere Träne ab, bevor sie fortfuhr. »Ich flehe Sie an – lassen Sie Jessica und Grace in Ruhe! Sie wollen heute nachmittag die Stadt verlassen, und ich finde, daß man es ihnen erlauben sollte«, fügte sie hinzu. »Sie sollten nicht länger belästigt werden und für meine Feigheit büßen. Sie brauchen sich keine Sorgen zu machen, daß die Bande sie verfolgen wird. Ich habe lange und gründlich darüber nachgedacht, und ich glaube, ich weiß jetzt, was ich tun muß, um zu erreichen, daß man sie in Ruhe läßt.«

»Und was wäre das?« fragte Daniel.

»Ich werde dem Zeitungsreporter sagen, daß ich die Zeugin bin. Ich bin sicher, daß er die Nachricht morgen früh schon auf der Titelseite bringen wird. Ich gehe von hier aus sofort in die Redaktion.«

Daniel schüttelte den Kopf. Cole stellte seinen Kaffeebecher auf den Tisch und trat näher. »Das können wir Ihnen nicht erlauben.«

»Sie können mich nicht daran hindern!« rief sie. »Ich werde Jessica und Grace beschützen, so gut ich kann. Es ist meine Schuld, daß sie auch in diesem Alptraum gefangen sind. Ich hoffe bloß, daß einer der Banditen den Artikel liest und die Bande diese armen unschuldigen Frauen dann in Ruhe läßt.«

»Ich kann Sie sehr wohl daran hindern«, sagte Daniel ruhig. »Sie werden mit *keinem* Reporter reden, klar?«

»Aber ich muß die Leute wissen lassen, daß Grace und Jessica nichts damit zu tun haben! Verstehen Sie das denn nicht? Sie werden in der Stadt wie Aussätzige behandelt, und sie haben sich nichts zuschulden kommen lassen.«

Sie klang beinahe hysterisch. Cole versuchte rasch, sie zu beschwichtigen. »Sie haben auch nichts verbrochen, Rebecca. Sie waren einfach bloß zur falschen Zeit am falschen Ort.«

»Wissen Jessica und Grace, daß Sie sich gemeldet haben?« hakte Daniel nach. »Als Sloan Sie alle in der Zelle eingesperrt hat, haben Sie ihnen da erzählt, daß Sie die Zeugin sind? Ist das der Grund, warum Sie uns alle drei die gleiche Geschichte aufgetischt haben?«

Sie schien verblüfft zu sein. »Sie waren beide sehr verängstigt. Ich erinnere mich, ihnen gesagt zu haben, was ich Ihnen erzählen würde. Wieso? Haben sie die gleiche Aussage gemacht?«

Keiner der Marshals beantwortete ihre Frage. »Haben Sie ihnen gesagt, sie hätten den Überfall und die Mörder gesehen?« beharrte Cole.

»Nein, aber ich glaube, das wußten sie. Sie beschützten mich, indem Sie Ihnen ihre Vermutungen verschwiegen. Sie sind beide sehr rücksichtsvolle Damen, und sie wollten mir in meiner Not beistehen. Ich könnte packen und in einer Stunde fertig sein. Ich würde gern so schnell wie möglich aufbrechen.«

Mit einer Kopfbewegung gab Daniel seinem Partner zu verstehen, daß er ihn draußen sprechen wollte. Sie ließen die Tür offen, unterhielten sich aber so leise, daß Rebecca sie nicht verstehen konnte.

»Sie darf nicht in die Nähe des Reporters«, flüsterte Daniel.

»Ganz meine Meinung«, stimmte Cole zu. »In einer Hinsicht muß ich ihr allerdings recht geben – wir sollten heute noch aufbrechen. Wir müssen sie so schnell wie möglich von hier fortbringen.«

»Ich wollte warten …«

»Worauf?« unterbrach ihn Cole.

»Ich erwarte Marshal Cooper und zwei Deputies aus Salt Lake City. Sie kommen zu unserer Unterstützung her. Sie könnten jeden Augenblick hier eintreffen. Sobald sie da sind, werde ich Jessica und Grace ihrer Obhut übergeben, und dann können wir beide mit Rebecca nach Blackwater aufbrechen.«

»Und wenn Jessica und Grace in der Zwischenzeit die Stadt verlassen wollen? Glaubst du, daß das nicht gefährlich wäre?«

»Nein«, erwiderte Daniel. »Cooper und seine Deputies werden sie begleiten, um sicherzugehen, daß niemand sie belästigt.«

»Vertraust du diesem Cooper?«

»Ja«, antwortete Daniel ohne Zögern. »Er ist ein guter Marshal. Ich habe schon in anderen Fällen mit ihm zusammengearbeitet. Vertrau mir. Er weiß, was er zu tun hat.«

Beide Marshals eilten wieder an Rebeccas Seite, als sie erneut in Tränen ausbrach.

»Sie werden nicht eher ruhen, bis sie mich getötet haben, nicht?«

Cole hätte sie gern belogen, aber Daniel war schneller und auch ehrlicher. »Ja, Sie werden es versuchen, aber wir werden in jeder Minute bei Ihnen sein und Sie beschützen.«

»Wir müssen sofort aufbrechen«, verlangte sie. »Ich bleibe keine Minute länger in dieser Stadt. Es ist zu gefährlich«, schloß sie.

»Bevor wir irgendeine Entscheidung treffen, sollten Sie uns genauestens beschreiben, was in der Bank geschehen ist – von Anfang an.«

»Nein, wir müssen los. Ich erzähle Ihnen alles unterwegs im Zug, wenn ich mich etwas sicherer fühle.«

»Rebecca, wir müssen jetzt die Einzelheiten wissen«, beharrte Daniel.

Sie schluchzte nun so heftig, daß ihre Schultern zitterten. Mit halberstickter Stimme flüsterte sie: »Es war schrecklich! Ich erinnere mich, daß ich es eilig hatte und verärgert war, weil ich mich schon wieder anstellen mußte. Ich habe mit keinem der anderen Kunden gesprochen, während ich wartete. Es war kurz vor Geschäftsschluß, und die Kassierer waren entnervend langsam. Ich hatte Angst, mir würde keine Zeit mehr bleiben, alles zu erledigen, was ich noch zu tun hatte. O Gott, der gute Franklin bediente mich, und jetzt ist er tot! Ich hatte ihn in der Kirche kennengelernt. Er war so ein netter Mann!«

Bevor sie fortfahren konnte, kam ein Hotelbote herein. Er war ein großer, schlaksiger Junge mit Pockennarben mit Gesicht. »Marshal Ryan? Entschuldigen Sie die Störung, aber die Nachricht, die ich Ihnen überbringen soll, ist dringend.«

Er starrte Rebecca an, während er Daniel einen versiegelten Umschlag überreichte. »Warum weint sie?« fragte er verwundert.

Niemand hielt es für nötig, seine Frage zu beantworten. »Ma'am, kann ich irgend etwas für Sie tun?« erkundigte er sich freundlich.

Sie schüttelte den Kopf. Der Junge zuckte mit den Schultern und fragte dann Daniel, ob er auf Antwort warten solle.

Daniel überflog die Nachricht rasch, bevor er antwortete. »Sagen Sie Miss Winthrop, daß ich gleich zu ihr komme.«

»Sie erklärte, es sei dringend, Marshal«, wiederholte der Bote. »Sie möchte die Stadt verlassen. Sie hat es mir selbst gesagt, bevor Dr. Lawrence kam, um nach ihr zu sehen.«

»Gehen Sie ins Hotel zurück, und richten Sie ihr aus, ich käme, sobald ich hier alles erledigt habe.«

»Es ist übrigens nicht *Miss* Winthrop«, erklärte der junge Mann, als er zur Tür ging. »Richtig heißt es *Lady* Winthrop. Sie ist von adliger Geburt«, fügte er wichtigtuerisch hinzu. »Das hat mir der Nachtportier erzählt.«

Daniel beachtete den Jungen nicht mehr. Rebecca benutzte Coles Taschentuch, um ihre Tränen abzuwischen. Sobald die Tür hinter dem Boten zugefallen war, begann Daniel, Rebecca mit Fragen zu bedrängen.

»Wie viele Männer waren es?«

»Sieben«, antwortete sie. »Sieben Männer. Ich habe aber nicht alle Gesichter gesehen.«

»Fangen Sie noch einmal ganz von vorne an, und erzählen Sie uns alles«, forderte Cole sie auf.

Sie senkte den Kopf und schloß die Augen, bevor sie ihnen eine genaue Beschreibung dessen gab, was in der Bank geschehen war. Als sie ihren Bericht beendet hatte, schluchzte sie wieder heftig und umklammerte Coles Hand.

»Diesen Alptraum in der Erinnerung noch einmal zu durchleben, ist fast so schlimm wie da zu sein ...«

Cole klopfte ihr beruhigend auf die Schulter. »Wir wissen, wie schwer das für Sie war«, versicherte er verständnisvoll.

»Sie waren uns eine große Hilfe«, sagte Daniel.

Cole nickte zustimmend. »Hast du noch weitere Fragen?« fragte er Daniel.

»Nein, sie hat uns alles erzählt, was wir wissen müssen.«

Rebecca stand auf, atmete tief durch, um sich zu beruhigen, und meinte: »Sie werden sie doch fassen, nicht? Versprechen Sie mir, daß Sie nicht eher ruhen werden, bis Sie sie haben!«

»Sie können sich darauf verlassen«, erwiderte Cole.

Daniel begleitete sie zur Tür. »Warum ruhen Sie sich nicht ein bißchen aus, bevor Sie packen?«

»Ob es Ihnen paßt oder nicht, ich werde diese Stadt heute noch verlassen«, drohte sie. »Und wenn Sie auch nur einen Funken Anstand besitzen, werden Sie Grace und Jessica nicht verraten, daß ich die Zeugin bin, denn das würde sie nur aufregen, und ich will nicht, daß sie mich hassen, weil ich mich nicht schon früher gemeldet habe.«

»Ich bin sicher, daß sie beide verstehen würden, warum Sie geschwiegen haben, aber machen Sie sich keine Sorgen, Rebecca. Cole und ich haben nicht die Absicht, es ihnen zu verraten. Und wir werden heute noch die Stadt verlassen«, versprach er.

»Danke, Marshal. Ich werde in einer Stunde fertig sein.«

Carver wartete draußen, um Rebecca zum Hotel zurückzubegleiten. Er schlug vor, den Weg zu ändern und eine der Parallelstraßen zum Hotel zu nehmen. Er war mit zwei sechsschüssigen Revolvern und einer Flinte bis an die Zähne bewaffnet. Daniel sah, wie scharf er die Straße beobachtete, und stellte fest, daß Rebecca in guten Händen war.

»Was kann Grace wollen, das so dringend ist?« wandte sich Cole an seinen Partner.

»Sie schrieb nur, sie wolle mich im Hotel sprechen, bevor sie die Stadt verlasse. Sie glaubt doch tatsächlich, sie würde von ihrem Krankenlager aufstehen und einen Wagen fahren! Diese Frau besitzt aber auch wirklich nicht einen Funken Vernunft.«

»Aber dafür ist sie hartnäckig«, schmunzelte Cole. »Ich habe das Gefühl, daß sie es sogar schaffen würde, wenn wir sie fahren ließen.«

»Wir werden sie nirgendwo allein hinfahren lassen«, versetzte Daniel. »Cooper wird bei beiden Frauen bleiben, bis sämtliche Mitglieder der Blackwater-Bande hinter Schloß und Riegel sitzen.«

»Das könnte verdammt lange dauern!«

»Das glaube ich nicht«, widersprach Daniel. »Wenn die Bande herausfindet, daß Rebecca die Zeugin ist, werden sie versuchen, sie zu töten, und dann, so Gott will, kriegen wir sie alle!«

»Du wirst sie als Köder benutzen?«

»Ich werde sie lebend nach Blackwater bringen.«

Cole nickte zustimmend. »Ich dachte mir schon, daß Rebecca die Zeugin sei, aber sicher war ich mir natürlich nicht. Nein – das ist nicht wahr. Eigentlich hatte ich nur gehofft, es sei nicht Jessica.«

»Das kann ich gut verstehen. Sie hat schon genug Probleme mit diesem Kind, das sie so ganz alleine aufziehen muß.«

Cole starrte aus dem Fenster auf die Straße. »Sagtest du nicht, Grace wolle dich im Hotel sprechen?«

»So stand es jedenfalls in ihrem Brief«, entgegnete Daniel.

»Sie überquert gerade die Straße – mit Sloan dicht auf den Fersen.«

»Verdammter ...«

Daniel stürzte aus der Tür, als Grace eilig den Bürgersteig hinunter kam. Rasch packte er sie an der Hand und zog sie ins Büro.

»Warum, in Gottes Namen, bist du aufgestanden?« Sein Gesicht verriet, wie besorgt er um sie war. Er fand, daß sie blaß wie eine Tote war, und rechnete jeden Augenblick damit, daß sie in Ohnmacht fallen würde. Die linke Seite ihres Gesichts war noch immer leicht geschwollen. Am liebsten hätte Daniel sie aufgehoben und ins Hotel zurückgetragen. Er zog sie hinter sich und warf einen prüfenden Blick auf die Straße. Sloan lehnte dort an einem Pfosten.

»Ich mußte Sie sprechen«, erklärte sie. »Der Sheriff frühstückte gerade im Speisesaal, und da habe ich die Chance genutzt und bin durch eine Seitentür hinausgeschlüpft.«

»Ich sah sie aus dem Augenwinkel die Treppe hinuntergehen«, warf Sloan von draußen ein. »Ich mußte einen vollen Teller stehenlassen, um ihr nachzujagen.«

Grace sah aus, als ob sie jeden Augenblick die Geduld verlieren würde. »Daniel, ich muß mit Ihnen reden! Es tut mir leid, falls ich Sie störe, aber es ist von größter Wichtigkeit.« Sie schaute sich im Büro um und fragte dann: »Ist Jessica noch nicht gekommen? Sie baten uns doch, heute morgen hier zu sein.«

»York ist mit ihr zu Dr. Lawrence' Haus gegangen, weil sie nach Tilly sehen wollte«, erklärte Sloan. »Sie hat den Jungen mitgenommen.«

»Was, zum Teufel, habt ihr Frauen euch eigentlich dabei gedacht?« fragte Cole entrüstet. »Drei potentielle

Zeuginnen, die völlig unbekümmert durch die Stadt spazieren! Es ist wirklich nicht zu fassen! Ich gehe jetzt sofort zu Dr. Lawrence und bringe Jessica ins Hotel zurück.« Mit einem wütenden Blick auf Sloan fügte er hinzu: »Selbst wenn ich sie an den Haaren zurückschleifen muß!«

Der Sheriff ging Cole rasch aus dem Weg und sah ihm nach, als er die Straße überquerte. Daniel knallte die Tür vor Sloans Nase zu, um ungestört mit Grace reden zu können.

»Warum ist Cole so aufgebracht?«

»Er ist wütend, weil Rebecca, Jessica und Sie es uns nahezu unmöglich machen, für Ihren Schutz zu sorgen.«

»Sie glauben doch nicht, daß am hellichten Tag jemand versuchen würde ...«

Er unterbrach sie ungeduldig. »Ich begleite Sie jetzt zum Hotel zurück.«

»Nein, nein«, beharrte sie. »Ich muß Ihnen etwas sagen. Es ist wichtig, Daniel.«

Sie ermahnte sich, seine Hand endlich loszulassen, da sie es als Schwäche ansah, sich an einem Mann des Gesetzes festzuhalten, aber es gelang ihr einfach nicht, ihre Hand zurückzuziehen. Sie hatte solch furchtbare Angst, daß sie kaum ihre Gedanken sammeln konnte. Was sie im Begriff war zu tun, würde ihre Zukunft unwiderruflich verändern und all ihre kühnen Zukunftsträume ein für allemal vernichten. Aber es blieb ihr keine andere Wahl. Sie mußte tun, was richtig war.

Daniel seufzte und gab nach. »Also gut, Grace. Was ist es, was Sie mir zu sagen haben?«

»Ich bin Ihre Zeugin!« stieß sie rasch hervor, bevor sie den Mut verlieren konnte. »Ich bin die Frau, die sich unter dem Schreibtisch verborgen hatte.«

Bis auf das Zucken eines Muskels an Daniels Wange ließ er nicht die geringste Reaktion erkennen.

»Sie sind die Zeugin?« wiederholte er.

»Ja. Es tut mir so leid, daß ich vorher nicht den Mut besaß, es Ihnen zu gestehen, aber ich hatte solche Angst! Jessica und Rebecca hatten die Bank bereits verlassen. Sie haben Ihnen die Wahrheit gesagt. Ich aber nicht, und damit habe ich sie in große Schwierigkeiten gebracht. Sie werden sie jetzt gehen lassen, nicht?«

Daniel erwiderte nichts. Sein Instinkt verriet ihm, daß sie log. Je länger er sie ansah, desto aufgebrachter wurde er.

»Wie viele Männer waren da?«

Ohne Zögern antwortete sie: »Sieben.«

Tränen schimmerten in ihren Augen, und Daniel verspürte plötzlich das Bedürfnis, sie zu trösten, und zugleich auch den Impuls, sie kräftig durchzuschütteln. Aber er gab weder dem einen noch dem anderen nach. »Also gut, ich bringe Sie jetzt ins Hotel zurück, und dann können Sie mir alles ausführlich erzählen.«

»Aber ich mache mir Sorgen um Jessica und Rebecca!« rief sie. »Ich glaube, ich habe einen Weg gefunden, wie ich erreichen könnte, daß man sie in Ruhe läßt!«

Daniel ahnte, was nun kam, und stieß einen lauten Seufzer aus. »O nein, verdammt – Sie haben doch wohl hoffentlich nicht mit diesem Zeitungsfritzen gesprochen?«

Die Frage überraschte sie, denn die Idee war ihr eben erst gekommen. »Nein, aber das möchte ich gern«, meinte sie. »Ich dachte, ich gehe jetzt zur Redaktion, um die Herren dort zu bitten, dic Wahrheit morgen in der Zeitung abzudrucken. Ich bin sicher, daß der Reporter sich für das, was ich zu sagen habe, interessieren wird.«

»Sie werden nicht mit dem Reporter reden«, erwiderte er hart und drückte ihre Hand, um ihr zu zeigen, daß er meinte, was er sagte.

Sie war über seinen Wutausbruch vollkommen verblüfft. Denn wütend war er, das konnte sie an seinen blauen Augen sehen, die eiskalt geworden waren. Betroffen senkte sie den Kopf. »Ich dachte, Sie würden sich über mein Geständnis freuen. Ich verstehe Ihren Ärger nicht, Daniel.«

Er atmete tief durch. »Grace«, begann er. »Sagen Sie die Wahrheit?«

Sie entriß ihm die Hand und versuchte, um ihn herumzukommen. »Da ist noch etwas anderes, was Sie wissen sollten.«

»Ja?«

»Das Feuer ... es war kein Unfall«, entfuhr es ihr. »Ich weiß jetzt wieder, was geschehen ist, und erinnere mich an ... Äpfel.«

»Äpfel?« wiederholte er verständnislos.

Sie nickte. »Ich konnte nicht schlafen. Das ist bei mir nichts Ungewöhnliches«, fügte sie rasch hinzu. »Ich schlafe nie die ganze Nacht durch. Irgendwann hörte ich ein merkwürdiges Geräusch im Erdgeschoß. Es klang wie das Klirren von Gläsern.«

»Ich verstehe nicht.«

»Sie wissen schon ... wenn man einen Toast auf jemanden ausbringt und mit ihm anstößt ... Es war dieses Geräusch, was ich zu hören glaubte.«

»Und was haben Sie da getan?«

»Tilly fühlte sich nicht wohl, und da ich sie nicht stören wollte, zog ich meinen Morgenrock und meine Pantoffeln an und ging hinunter, um nachzusehen. Falls jemand an die Tür geklopft hätte, hätte ich natürlich nicht geöffnet, sondern ihm gesagt, er solle morgen wiederkommen. Als ich die Halle erreichte, fiel mir auf, daß das Eßzimmerfenster weit geöffnet war. Der Wind blähte die Gardinen. Das beunruhigte mich, denn ich erinnerte mich, es geschlossen zu haben, bevor ich schlafen ging, und ich war die letzte, die hinaufgegangen war.«

»Was haben Sie dann getan?« hakte Daniel nach.

»Ich ging ins Eßzimmer, um das Fenster zu schließen, und da roch ich plötzlich Heizöl.«

»Sie meinen Petroleum?«

»Ja, Petroleum«, antwortete sie. »Ich legte meine Hand auf das Fensterbrett, und es war voller Öl. Es war, als ob jemand es dort ausgeschüttet hätte.«

»Und was geschah dann?«

»Tilly hatte nach dem Abendessen einen Korb Äpfel auf den Tisch gestellt. Eine ihrer Töchter hatte ihn gebracht.«

»Was haben Äpfel mit dem Brand zu tun?«

»Ich konnte Äpfel riechen. Ich weiß, es klingt verrückt, aber ich glaube, jemand aß gerade einen. Ich wollte hinauflaufen und Tilly und Jessica wecken, aber plötzlich konnte ich mich vor lauter Angst nicht mehr bewegen. Ich fühlte an meinen Armen den Luftzug von der Schwingtür, die die Küche und das Eßzimmer verbindet, und hörte, wie sie in den Angeln quietschte. Ich wußte, daß jemand auf mich zukam. Ich konnte seine Nähe spüren. Da drehte ich mich um und schrie, aber ich weiß nicht, ob ein Geräusch über meine Lippen kam oder ob es nur ein stummer Schrei war.«

»Und da wurden Sie niedergeschlagen, nicht?«

»Ich erinnere mich nicht an den Schlag. Ich weiß nur, daß ich mich umdrehte, und dann beugten Sie sich plötzlich über mich, Daniel, und ich war draußen ... im Gras. Wenn Jessica mich nicht gefunden und hinausgezogen hätte, wäre ich im Feuer umgekommen. Ich bin Ihre Zeugin«, wiederholte sie noch einmal. »Ich will nicht, daß sie Jessica oder Rebecca etwas antun. Sie sind unschuldig.«

Daniel konnte nicht anders, als sie zu berühren. Sanft wischte er die Träne ab, die über ihre Wange rollte. »Sie sind auch unschuldig, Grace.«

Lange starrten sie einander schweigend in die Augen. Ein überwältigendes Bedürfnis, sie vor allem Unheil zu beschützen, erfaßte Daniel plötzlich. Bei seiner Frau und seiner Tochter hatte er versagt, weil er nicht dagewesen war, um sie zu schützen. Angesichts dieser Erkenntnis beschloß er, Grace keine Sekunde mehr aus den Augen zu lassen. Jeder, der versuchte, ihr etwas anzutun, würde sich zuerst mit ihm anlegen müssen.

»Daniel, was haben Sie?«

»Nichts. Wieso?«

»Sie sehen … schrecklich wütend aus.«

»Ich will nicht, daß Ihnen etwas zustößt, Grace.«

In einer besitzergreifenden Geste umfaßte er ihre Schultern und hielt sie so fest umklammert, daß es schmerzte. Er tat ihr weh, aber sie wußte, daß er sich schrecklich schämen würde, wenn sie es ihm sagte. So entfernte sie nur behutsam seine Hände und hielt sie fest. »Mir wird schon nichts geschehen.«

»Nein, weil ich Sie beschützen werde.«

»Ja, das werden Sie«, stimmte sie zu. »Und ich muß Jessica und Caleb schützen.«

Fragend zog er eine Braue hoch. »Warum?«

»Weil Jessica ihr Leben für mich aufs Spiel gesetzt hat«, erwiderte sie ernst.

»Und was ist mit Rebecca? Fühlen Sie sich auch für sie verantwortlich?«

»In gewisser Weise, ja. Sie war so nett und fürsorglich!«

Behutsam legte er einen Arm um ihre Schultern.

»Kommen Sie. Ich bringe Sie heim, Miss Winthrop. Nein, das stimmt ja gar nicht«, scherzte er. »Es heißt richtig *Lady* Winthrop, nicht?«

»Nein, Daniel, für Sie bin ich Grace. Schlicht und einfach Grace.«

»Ah, Grace, es ist nichts Schlichtes oder Einfaches an Ihnen. Ganz und gar nicht.«

20. KAPITEL

Das Baby war in seiner Schußlinie. Er hätte den Jungen gern zuerst getötet, gab der Versuchung dann aber nicht nach, weil das der Mutter Zeit gegeben hätte, Deckung zu suchen, und sie war schließlich vorrangig für ihn. Es war unerläßlich, daß sie starb. Ein Deputy, der schwer bewaffnet und sehr wachsam war, ging an ihrer Seite, so daß also Gefahr bestand, daß auch er noch einen gezielten Schuß abgab, falls er die Gelegenheit dazu bekam..

Mr. Johnson rollte sich auf den Bauch, fest entschlossen abzuwarten, bis alle drei die Straße überquerten. Von seinem Platz auf dem Dach des Warenhauses aus konnte er die ganze Straße überblicken, und mit seiner Winchester würde er sie nicht verfehlen. *Geduld,* ermahnte er sich, als die wohlbekannte Erregung in ihm aufstieg. Zuerst der Deputy, dann die Frau und dann den Jungen. Eins, zwei, drei – so einfach kann das sein.

Ihm war ganz schwindlig vor Erwartung. Die lustvolle Erregung, die er vor einem Mord verspürte, war fast so schön, wie bei einer Frau zu liegen. Nein, besser noch, dachte er. Viel besser.

Sie ließen sich Zeit, schlenderten über den Bürgersteig und ahnten nicht, daß sie nur noch wenige Sekunden zu leben hatten. Ihr Henker kicherte wie ein kleiner Junge, während er auf seine Chance wartete.

Jessica diskutierte mit ihrem Bewacher über die Richtung. Sie wollte zum Gefängnis hinübergehen, aber York bestand darauf, sie zum Hotel zurückzubringen. Der mürrische Deputy, den Sloan ernannt hatte, war ein ziemlich unscheinbarer Mann, an dem das einzig Auffällige sein dicker Schnurrbart war. Die langen schwarzen Haare auf der Oberlippe bogen sich nach oben und reichten an den Ecken bis an seine Nasenflügel. Die Pomade, die er benutzt hatte, machte jedes Haar so steif, daß der Schnurrbart sich nicht einmal dann bewegte, wenn York redete.

Jessica ergriff Calebs Hand, als sie den Bürgersteig verließ. York hielt ihren Ellbogen und versuchte, sie zu führen. Es war kein Verkehr auf der Straße hinter Dr. Lawrence' Haus, weil sie an einer Scheune endete. Als Caleb voranlaufen wollte, vergewisserte Jessica sich, daß es ungefährlich für ihn war, und ließ den Kleinen los.

Cole war eben um die Hausecke gebogen und kam über die Straße auf sie zu, als Caleb ihn entdeckte. Der Kleine begann zu laufen. Zweimal stolperte er, fing sich aber wieder und lief weiter. Jessica und York beschleunigten ihre Schritte, um ihn einzuholen. Caleb plapperte unaufhörlich, und Jessica lächelte wie eine stolze Mutter, als sie die Kapriolen ihres Kleinen sah. Als Caleb noch etwa zehn Schritte von Cole entfernt war, hob er beide Arme und brüllte so laut, daß es über die ganze Straße schallte: »Hoch!«

Mr. Johnson richtete sich auf die Knie auf, brachte seine Winchester in Position und feuerte. Der Deputy fiel um. Wo er sich eben noch bewegt hatte, lag er jetzt tot am Boden.

Jessica schrie. York lag mit dem Gesicht im Straßenschmutz. Die Kugel hatte ihn direkt ins Herz getroffen, genau wie Mr. Johnson es geplant hatte. Er verfehlte sein Ziel nie.

Jessica fiel auf die Knie und versuchte, den Mann umzudrehen, um ihm zu helfen. Überall war Blut. »Mr. York«, wimmerte sie. »Nein ... nein ... Mr. York ...«

Sie griff nach der Waffe in seinem Halfter und hatte sie gerade herausgezogen, als ein zweiter Schuß den Staub neben ihr aufwirbelte. Wieder schrie sie, ließ die Waffe fallen und ergriff sie dann rasch wieder.

»Runter!« brüllte Cole, als er zu ihr rannte. Die Schüsse kamen vom Dach des Warenhauses, aber er konnte nicht die genaue Position des Schützen ausmachen. Er schrie Jessica zu, von der Straße zu verschwinden, sich zu ducken und irgendwo Schutz zu suchen, doch sie hörte nicht auf ihn.

Mit zusammengekniffenen Augen schaute sie zum Dach hinauf, hob mit beiden Händen die schwere Waffe und versuchte abzudrücken. Sie zitterte jedoch so heftig, daß sie den Revolver beinahe wieder fallen ließ, und als sie dann endlich schoß, schlug die Kugel in das Glas des Fensters im ersten Stockwerk ein.

Die Schüsse hatten Caleb erschreckt, und er begann zu seiner Mutter zurückzulaufen. »Nein!« schrie Jessica entsetzt.

Mr. Johnson beobachtete grinsend, wie sie ihrem Kind entgegenlief. Er spielte mit ihr. Dies alles bereitete ihm einen solchen Spaß, daß er gar nicht anders konnte, als Katz und Maus mit ihr zu spielen. Da er den Ausdruck des Entsetzens auf dem Gesicht der Frau so sehr genoß, wollte er den Moment so lange wie möglich auskosten. Der Junge stellte jetzt ein leichtes Ziel dar. Das war gut. Mr. Johnson lächelte, als er überlegte, ob er den Jungen nicht doch vor der Mutter töten sollte, um ihren Gesichtsausdruck zu sehen. Der würde unbezahlbar sein.

Aber sie bewegte sich zu schnell, und das gefiel ihm nicht. *So geht das nicht,* dachte er kichernd und jagte direkt vor ihr eine Kugel in die Erde. Abrupt verhielt sie ihren Schritt. »Schon besser«, flüsterte er, aber dann bewegte sie sich wieder, und er mußte noch einmal vor ihr in die Erde schießen, um sie aufzuhalten. Der Staub spritzte ihr bis ins Gesicht.

Doch dieses verdammte Frauenzimmer lief trotz allem weiter! Gott schütze sie – *und dazu wird er bald Gelegenheit bekommen,* dachte Mr. Johnson. Ob sie so tugendhaft sein mochte, wie sie aussah? Mr. Johnson bezweifelte es. Es gab keine tugendhaften Frauen, und diese hier würde er noch nicht in den Himmel oder in die Hölle schicken. Nein, vorher würde er sie noch ein bißchen leiden lassen. Nach seinen Regeln, nicht nach Gottes Regeln, obwohl er sich genauso allmächtig fühlte, weil *er* nicht die Macht besaß, darüber zu entscheiden, wer lebte oder starb …

»Die Zeit ist abgelaufen«, wisperte er, als er den Lauf des Gewehrs auf ihren Oberkörper richtete.

Nur wenige Sekunden waren seit dem ersten Schuß verstrichen, aber es kam Cole wie eine kleine Ewigkeit vor, bis er Jessica erreichte. Wortlos stürzte er sich auf sie und riß sie mit sich zu Boden. Während er sie mit seinem Körper schützte, rollte er sich mit gezogenen Waffen auf den Rücken und schaute aus schmalen Augen zu dem Dachrand auf, wo sich sein Ziel befinden mußte.

Dort … an der Ecke … ein Aufblitzen von Metall! »Ich hab' dich«, murmelte er und begann das Feuer zu eröffnen.

Sein zweiter Schuß traf schon ins Schwarze. Der

Heckenschütze fuhr zusammen, taumelte zurück, fiel auf die Knie und rutschte über den Rand des Dachs. Cole gab noch drei weitere Schüsse auf ihn ab, während er in den Tod stürzte.

Ohne den Banditen aus den Augen zu lassen, richtete Cole sich langsam auf und begann, auf den Toten zuzugehen. Ein wilder Zorn beherrschte ihn. Calebs Schreie hallten ihm in den Ohren. Der Kleine saß im Schmutz der Straße und schrie nach seiner Mama.

Jessica rappelte sich mühsam auf und lief zu ihm. Sie war jedoch zu schwach, um Caleb aufzuheben, und ließ sich neben ihm auf die Knie sinken. Er umklammerte ihren Rock und warf sich in ihre Arme. Sie zog ihn an sich und wiegte ihn an ihrer Brust, während heftige Schluchzer ihren Körper schüttelten.

Daniel, der die Schüsse vom Gefängnis aus gehört hatte, kam schon auf sie zugerannt. Er sah Jessica und Caleb auf der Straße, hielt kurz inne, um nachzusehen, ob sie unverletzt waren, und lief dann zu Cole weiter, der vor dem toten Banditen stand. Keuchend schaute Daniel zu, wie Cole den Mann mit dem Fuß anstieß und ihn auf den Rücken drehte. Sämtliche Knochen im Gesicht des Mannes waren bei dem Sturz zerschmettert worden. Es war so schlimm zugerichtet, daß seine eigene Mutter ihn nicht mehr erkannt hätte.

»Weißt du, wer er ist?« fragte Daniel.

Cole schüttelte den Kopf. »Vielleicht kann Rebecca es uns sagen – falls sie in der Lage ist, ihn zu erkennen. Er gehörte bestimmt zu dieser Bande.«

»Ja, das ist schon möglich, aber ... Grace hat mir gerade erklärt, sie sei in der Bank gewesen. Sie schwört, sie sei die Zeugin.«

Cole war so verblüfft, daß er im ersten Augenblick nichts zu erwidern wußte. »Wer sagt denn nun die Wahrheit?« fragte er dann.

»Ich will verdammt sein, wenn ich es weiß«, murmelte Daniel, während er sich neben die Leiche hockte und die Taschen des Mannes zu durchsuchen begann. Er hoffte, daß er irgendwelche Papiere fand, anhand derer sie die Leiche identifizieren konnten.

Cole wartete noch ein, zwei Minuten ab, bis er sicher sein konnte, daß er seine Wut wieder unter Kontrolle hatte. Dann ging er langsam über die Straße zu Jessica, die noch immer mit Caleb auf dem Boden saß und leise weinte. Vorsichtig legte er die Arme um sie und half ihr auf die Beine. Jessica versuchte, sich von ihm loszureißen, und da bemerkte er den sechsschüssigen Revolver in ihrer Hand, den er ihr rasch entriß und hinter sich auf den Boden warf.

Caleb streckte die Hände nach ihm aus, aber Jessica wollte den Jungen nicht loslassen. Sie zitterte noch immer am ganzen Körper und atmete sehr schnell und flach.

»Warum, zum Teufel, hast du nicht getan, was ich dir gesagt habe?« fragte Cole mit gefährlich sanfter Stimme.

Seine Wortwahl und sein Ton verwirrten sie. »Ich ... ich verstehe nicht ...«

»Ich bat dich zu erklären, warum du nicht in Deckung gegangen bist, als ich es dir befahl«, wiederholte er.

»Du bist wütend.«

»Ja, das bin ich.«

»Du würdest mich am liebsten anbrüllen, nicht wahr?«

»So ist es«, gab er zu. »Aber ich werde es nicht tun, weil es Caleb nur noch mehr erschrecken würde und sowieso nichts nützen würde. Das nächste Mal, Jessica, tust du, was ich dir sage. Ich kann dich nicht beschützen, wenn du es nicht tust.«

»Das nächste Mal?« schrie sie.

Caleb fing wieder an zu weinen.

»Oh, verdammt, da siehst du, was du angerichtet hast«, murmelte Cole.

Daniel kam zu ihnen herüber. Ohne lange nachzudenken, nahm er Jessica den kleinen Jungen ab und drehte sich um, damit Caleb nicht die Leiche hinter ihnen sah.

»Armer Kleiner«, flüsterte er zärtlich, während er Calebs Rücken klopfte.

Auf diese Weise beruhigt und getröstet, legte das Kind den Kopf an Daniels Schulter und steckte den Daumen in den Mund.

»Hast du irgendwelche Papiere bei ihm gefunden?« fragte Cole.

»Nein«, antwortete Daniel grimmig. »Seine Taschen waren leer.«

Jessica ergriff Coles Hand. Ihr war jetzt endlich klargeworden, was er ihr vorhin hatte sagen wollen. »Ich habe nicht getan, was du befahlst, weil ich in jenem Augenblick nicht fähig war zu denken, Cole. Ich wollte nur zu meinem Sohn, um ihn vor diesem Wahnsinnigen zu beschützen.«

»Das verstehe ich«, erwiderte er. »Aber ich verstehe nicht ...«

Sie drückte seine Hand, als sie ihn unterbrach. »Es tut mir leid, wenn mein Verhalten dich verärgert hat, aber ich schwöre dir, daß ich wieder genauso handeln würde. Niemand wird meinem Kleinen etwas antun. Großer Gott – ich muß ständig daran denken, was um ein Haar geschehen wäre! Caleb hätte sterben können.«

Er brauchte nicht die Hände nach ihr auszustrecken. Sie schmiegte sich ganz von selbst in seine Arme, weil sie jetzt verzweifelt Trost suchte.

Er hielt sie fest umfangen. »Du wirst jetzt nicht mehr

weinen, hörst du?« bat er schroff. »Das würde Caleb nur noch mehr verwirren.«

»Nein, ich werde nicht mehr weinen. Aber du verstehst mich nicht«, flüsterte sie. »Es ist meine Schuld, daß Mr. York tot ist. Er war so ein netter Mann. Er würde noch leben, wenn ich nicht gewesen wäre.«

»Pst«, befahl er sanft. »Nichts davon war deine Schuld. Es ist vorbei. Ich weiß, daß es eine furchtbare Erfahrung für dich war.«

»Du verstehst nicht.«

»Was verstehe ich nicht, mein Liebling?«

Es verblüffte ihn noch mehr als sie, daß er das Kosewort benutzt hatte. Noch erstaunlicher jedoch war für ihn die Tatsache, daß es ihm so leicht über die Lippen kam.

»Ich wußte nicht, wie man mit so einer Waffe schießt.«

»Dafür hast du es ganz gut gemacht.«

»Nein, das stimmt nicht«, widersprach sie. »Und ich muß es lernen.«

»Jessie, ich weiß, wie knapp es war, aber ich habe den Kerl erwischt. Ich kann dich beschützen. Hab Vertrauen zu mir, und laß mich meine Arbeit tun!«

»Ich habe Vertrauen zu dir, aber ich muß trotzdem lernen, mein Baby selbst zu schützen..«

Daniel brachte Caleb zu seiner Mutter zurück. »Alles in Ordnung mit ihr?« fragte er Cole.

»Ja, sie ist nur ein bißchen durcheinander.«

»Ich war es!« rief sie plötzlich. »Ich war dort.«

»Was? Wo?« fragte Daniel.

Cole begann allmählich zu begreifen, was sie ihnen sagen wollte. »Laß mich raten«, murmelte er.

Über Coles Schulter hinweg schaute sie zu Daniel auf. »Ich bin Ihre Zeugin.«

»Ach, verdammt«, flüsterte Ryan und stieß einen tiefen Seufzer aus.

Caleb ahmte ihn prompt nach.

»Was jetzt?« fragte Cole, während er Jessica ganz unbewußt noch fester an sich zog. Sie war freiwillig zu ihm gekommen, und er dachte nicht daran, sie loszulassen.

»Was wird hier eigentlich gespielt?« fragte Daniel, und seinem Ton war anzuhören, daß er langsam wieder wütend wurde.

»Weißt du, was ich denke?« meinte Cole und drückte Jessica kurz an sich, bevor er fortfuhr: »Daß es verdammt eng gewesen sein muß unter diesem Schreibtisch.«

21. KAPITEL

Im Büro vor dem Gefängnis wurden Cole und Daniel schon erwartet. Marshal Jack Cooper aus Salt Lake City und zwei junge Deputies namens Spencer und Cobb waren eben erst in der Stadt eingetroffen. Die drei Männer waren ohne Unterbrechung geritten und waren von Kopf bis Fuß mit Schweiß und Staub bedeckt.

Cooper war ein guter Freund von Daniel. Die beiden Männer hatten früher schon verschiedentlich zusammengearbeitet, obwohl die Fälle, in denen sie ermittelt hatten, bei weitem nicht so kompliziert gewesen waren. Wie Daniel, kannte auch Cooper die Gefahren ihrer Arbeit. Jack Cooper war ein Experte für das oft bizarre Verhalten Krimineller. Er hatte einmal einen selbsternannten Reverend verhaftet, der auf brutalste Weise sechzehn rothaarige Männer umgebracht und verstümmelt hatte, weil er glaubte, die Farbe ihres Haars bewiese, daß sie Abkömmlinge des Teufels wären. Dieser Irre hatte ständig falsch die Bibel zitiert und behauptet, jeden Mittag um Punkt zwölf die Stimme Gottes zu vernehmen. Er hatte sich geweigert, einen Rechtsbeistand zu akzeptieren. Denn der Herrgott selbst, hatte er erklärt, werde vortreten und zu seinen Gunsten aussagen. Ironischerweise war der Richter, der den Vorsitz führte, selbst rothaarig gewesen, und daher hatte es nicht lange gedauert, bis er den Geschworenen empfohlen hatte, den Schuldigen zu hängen.

Es gab nichts, was Cooper noch nicht gesehen oder erlebt hätte. Mit seiner sonnengebräunten Haut und dem vorzeitig ergrauten Haar sah er eher wie ein Senator als wie ein Ordnungshüter aus. Nichts konnte ihn aus der Ruhe bringen. Nachdem er Daniels Notizen überflogen hatte, gab er ihm den Block zurück und setzte sich. Die beiden Deputies lehnten hinter ihm an der Wand.

»Ich habe den Eindruck, daß du deine Ermittlungen von diesen drei Frauen führen läßt«, bemerkte er, während er seine langen Beine ausstreckte und die Stiefel übereinanderlegte.

Cole hörte die Bemerkung, als er eintrat. Er kam gerade vom Hotel zurück.

Daniel stellte ihn Cooper und seinen Deputies vor. »Das ist Marshal Clayborne«, meinte er. »Er ist noch neu in diesem Job.«

Die Deputies traten vor, um ihm die Hand zu schütteln. Spencer wirkte richtig ehrfürchtig, als er fragte: »Ist Ihr Vorname Cole? Sind Sie *dieser* Clayborne-Bruder?«

»Ja«, antwortete Cole.

»Ich habe schon viel von Ihnen gehört, Sir.«

»Tatsächlich?« entgegnete Cole und fragte sich, was er gehört haben mochte.

»Ja, Sir«, sagte Spencer, schaute den anderen Deputy an und flüsterte ihm zu: »Clayborne ist in Montana eine Legende.«

Cobb war sehr beeindruckt. Cooper sah, wie Cole die Augen verdrehte, und grinste amüsiert.

»Warum geht ihr jetzt nicht ins Hotel und nehmt ein Bad?« wandte er sich an seine Männer. »Wenn ihr gegessen habt, könnt ihr den Sheriff und seine Leute für eine Weile ablösen.«

»Ja, Sir«, meinte Spencer und zog Cobb zur Tür, wo er jedoch noch einmal innehielt und sich nach Cole umsah. »Marshal Clayborne? Stimmt es, was die Leute über Springfield erzählen?«

»Glauben Sie nicht alles, was Sie hören«, erwiderte Cole.

»Aber es stimmt doch, nicht? Sie haben alle vier Mitglieder der Murphy-Bande erschossen, bevor auch nur einer seine Waffe ziehen konnte. So war es doch, Sir?«

»Gehen Sie jetzt, Spencer«, befahl Cooper. »Sie bringen Marshal Clayborne in Verlegenheit.«

Cole lachte. Kaum war die Tür hinter den Deputies ins Schloß gefallen, sagte er: »Die beiden kommen mir sehr jung vor.«

»Das sind sie auch«, stimmte Cooper zu. »Aber sie sind schnell mit einer Waffe und möchten Marshals werden. Sie sind härter, als sie aussehen.«

Daniel wandte sich nun an Cole. »Ich hielt es für besser, unsere Pläne zu ändern. Cooper wird Rebecca nach Blackwater begleiten, und wir beide bringen Grace und Jessica hin. Wir reisen getrennt und treffen uns dann alle am Donnerstag in Red Arrow, falls nichts dazwischenkommt.«

»Ich habe nichts dagegen«, meinte Cole.

»Ich war eigentlich dafür, daß wir zusammen reisen«, warf Cooper ein. »Aber Daniel hält es für sicherer, wenn jeder einen anderen Zug nimmt.«

»Drei schöne Frauen würden zu viel Aufmerksamkeit erregen«, stimmte Cole zu.

»Cooper hat mir gerade erzählt, daß er einen von Judge Abbott unterzeichneten Befehl hat«, bemerkte Daniel.

»Wer ist Abbott?«

»Ein Richter in Salt Lake«, antwortete Daniel. »Der Richter in Blackwater bat Abbott telegrafisch darum durchzusetzen, daß wir mit ihm zusammenarbeiten. Da wir in einen Sonderauftrag unterwegs sind, brauchen wir nicht zu tun, was sie verlangen, aber ich halte es für besser mitzumachen. Eine dieser Frauen hat die Mörder gesehen, und ich werde dafür sorgen, daß sie aussagt.«

»Der Richter in Blackwater ist stinksauer«, warf Cooper ein. »Ich kann ihn gut verstehen. Zuerst telegrafiert Daniel ihm, daß er möglicherweise eine Zeugin habe. Dann sagen die Frauen, sie waren nicht dagewesen, und jetzt behaupten sie auf einmal *alle*, sie wären dabeigewesen. Habt ihr inzwischen herausgefunden, welche von ihnen wirklich in der Bank war?«

»Noch nicht«, gab Daniel zu. »Ich dachte, ich würde es wissen, sobald jede mir den Überfall genauestens beschrieben hat.«

»Aber?« hakte Cooper nach.

»Jede hat ihre eigene Version. Es ist zum Verrücktwerden.«

»Wenn du raten müßtest, auf welche würdest du dann tippen?« fragte Cooper.

Daniel und Cole sprachen den Namen gleichzeitig aus. »Rebecca.«

»Das ist ja interessant!« erklärte Cooper.

»Was sie aussagte, klang überzeugend. Sie war in der Lage, einige der Männer zu beschreiben, und sie wußte sogar zwei ihrer Namen.«

»Jessica hat uns noch nicht viel sagen können. Sie ist von der Schießerei noch immer ziemlich durcheinander.«

Cooper schüttelte den Kopf. »Eins muß ich gestehen: Diese Frauen verwirren mich. Ich kann verstehen, daß sie abstreiten, in der Bank gewesen zu sein. Es ist verständlich, daß sie Angst haben, denn schließlich wissen sie, was die Blackwater-Bande mit den anderen Zeugen angestellt hat. Was ich allerdings nicht verstehe, ist, warum sie plötzlich alle drei ihre Version abändern und jede von ihnen behauptet, sie wäre dabeigewesen.«

»Daniel denkt, daß sie sich miteinander abgesprochen haben«, erzählte Cole. »Sheriff Sloan hat sie alle drei zusammen in einer Zelle eingesperrt, und Daniel glaubt, da hätten sie ihren Plan ausgeheckt.«

»Was wissen Sie über diese Frauen?«

»Nicht viel ... noch nicht«, gab Daniel zu. »Ich lasse alle drei gerade überprüfen. Es dauert allerdings seine Zeit, und wir werden wahrscheinlich schon in Blackwater sein, bevor wir die Information erhalten. Ich weiß bisher nur wenig, und auch das ist noch nicht bestätigt worden.«

»Und was wäre das?« erkundigte sich Cooper.

»Die Leute, die Rebecca hier kennengelernt hat, sagen, sie stamme aus New York City und habe dort mit ihren Eltern und ihren Cousins in einer Mietskaserne gewohnt. Neun Menschen in zwei Zimmern. Die Eltern seien beide Trinker gewesen und schon früh gestorben. Rebecca sei Autodidaktin. Vor etwa drei Jahren sei sie nach St. Louis gezogen und habe jede Verbindung zu ihren Angehörigen abgebrochen. Sie habe dort einen Geschäftsmann kennengelernt, den sie im Herbst zu heiraten gedenke. Sie geht angeblich jeden Sonntag in die Kirche und arbeitet in der Bibliothek.«

»Wenn sie verliebt ist, will sie ihn vermutlich schützen. Sie muß wissen, daß die Bande ihn benutzen könnte, um an sie heranzukommen«, meinte Cooper. »Was ist mit Jessica und Grace? Was wißt ihr über diese beiden?«

»Über Grace weiß ich noch gar nichts – bis auf die Tatsache, daß sie aus England hergekommen ist, um eine Ranch zu kaufen. Ich habe einigen Leuten in London telegrafiert, aber noch keine Antwort von ihnen erhalten.«

»Und Jessica?« fragte Cooper.

»Ihre Mutter starb vor etwa zwei Jahren. Ihr Vater verließ seine Familie, als sie noch ein kleines Mädchen war. Jessica kam aus Chicago nach Rockford Falls, um ihrer Tante bei der Geburt ihres Kindes beizustehen. Die Tante war die Schwester ihrer Mutter und die einzige Verwandte, die Jessica noch hatte.«

»Das klingt, als ob sie tot wäre«, bemerkt Cooper.

»Ja, das ist sie«, antwortete Daniel. »Sie starb wenige Stunden nach der Geburt an einer Blutung. Sie und ihr Mann waren über fünfzehn Jahre verheiratet gewesen, als sie endlich schwanger wurde. Ihr Mann wollte das Baby aber nicht. Nachdem seine Frau gestorben war, blieb er nicht einmal lange genug, um seinem Kind einen Namen zu geben. Er verließ die Stadt am nächsten Tag und ist seitdem nicht mehr gesehen worden.«

»Was ist aus dem Kind geworden?« wollte Cooper wissen.

»Jessica hat sich seiner angenommen«, antwortete Daniel. »Sie ist noch sehr jung, aber der Kleine könnte sich keine Mutter wünschen, die besser für ihn sorgt als sie.«

»Das ist eine schwere Bürde für eine alleinstehende Frau«, bemerkte Cooper.

»Sie schafft es«, versicherte Cole. »Jessica ist stark.«

»Ja, das klingt, als wäre sie es«, stimmte Cooper zu. »Ihr Baby wäre ein guter Grund für sie zu schweigen, falls sie die Zeugin ist. Sie würde wahrscheinlich alles tun, um das Kind zu schützen.«

»Grace will vermutlich auch jemanden beschützen«, warf Cole ein.

»Allerdings«, bestätigte Daniel. »Ihre Eltern.«

»Woher weißt du das alles?«

»Von Tilly MacGuire«, antwortete Daniel lächelnd. »Aber wie ich bereits sagte, nichts davon ist bisher überprüft worden. Diese alte Dame ist eine Quelle der Information. Sie scheint alles über jeden in dieser Stadt zu wissen – und über alle, die hier durchgereist sind. Sie war wirklich eine große Hilfe.«

Cooper stand auf und streckte seine Arme.. »Wann wirst du nach Blackwater aufbrechen?« fragte er Daniel.

»Nicht vor morgen. Der Arzt möchte, daß Grace noch einen Tag im Bett bleibt. Es ist schade, daß dir keine Zeit mehr bleibt, dich auszuruhen, bevor du aufbrichst. Du siehst schrecklich aus.«

»Du siehst auch nicht besonders gut aus, Daniel.«

»Ich komme schon zurecht«, erwiderte er. »Cole, wann wirst du mit Jessica aufbrechen?«

»Moment mal!« sagte Cole. »Ich kann unmöglich Caleb mitnehmen. Das ist völlig ausgeschlossen.«

Daniel nickte. »Was sollen wir mit ihm tun?«

Cole hatte bereits darüber nachgedacht. »Ich will ihn nicht hier in der Stadt lassen. Alle wissen, zu wem er gehört«, erklärte er. »Ich möchte ihn irgendwo verstecken, und ich glaube, ich habe den perfekten Ort dafür gefunden.«

»Du denkst an Rosehill?«

»Was ist Rosehill?« wollte Cooper wissen.

»Meine Ranch«, erklärte Cole. »Meine Mutter lebt dort, und meine Brüder und meine Schwester kommen und gehen. Mama Rose ist momentan mit meiner Schwester und ihrem Mann in Schottland, und sie werden noch mindestens einen Monat bleiben.«

»Wo willst du dann Caleb unterbringen?«

»Bei Tom und Josey Norton.«

Daniel lächelte. »Das ist eine gute Idee, Cole. Tom wird nicht zulassen, daß dem Kind etwas geschieht, aber Josey ist imstande, ihn mit ihrem Essen umzubringen.«

»Das ist ein Risiko, das wir eingehen müssen«, erwiderte Cole. »Ich werde Tom bitten, mit Caleb für eine Weile zu verschwinden. Falls Jessica die Zeugin ist, möchte ich nicht, daß die Blackwater-Bande sich auf die Fährte ihres Sohnes setzt.«

Er deutete auf die Landkarte, die ausgebreitet auf dem Schreibtisch lag. »Wo ist Red Arrow?« fragte er. »Ich habe noch nie davon gehört.«

»Das wundert mich nicht«, erwiderte Cooper. »Es ist nichts als ein winziges Loch im Boden und die Endstation der Eisenbahn. Die Stadt hat einen Saloon, ein Bordell und einen Mietstall. In Red Arrow schläft man draußen, weil sie dort nicht einmal Hotels haben. Ein gottverlassenes kleines Nest, dieses Red Arrow.«

»Aber es ist von riesigen Höhlen umgeben«, warf Daniel ein. »Es ist eine öde, karge Gegend, die aber auch durchaus ihre Reize hat.«

»Ich glaube, ich lasse Jessica bei Cobb und Spencer, während ich Caleb zu den Nortons bringe. Danach komme ich wieder, um sie abzuholen.«

»Das wird nicht klappen«, meinte Daniel.

»Es ist sicherer für Jessica.«

»Es wird trotzdem nicht funktionieren.«

»Warum nicht?« fragte Cole.

»Weil Jessica dich begleiten wird.«

Die Idee behagte Cole überhaupt nicht. »Sie würde mich behindern«, murmelte er. »Und wie gesagt, es wäre sicherer, wenn sie hierbliebe. Wenn ich Caleb bei den Nortons abgegeben habe, werde ich eine Abkürzung durch sehr schwieriges Gelände nehmen. Es wird ein anstrengender Ritt.«

»Sie sind nicht verheiratet, mein Sohn?« wollte Cooper wissen..

»Nein, ich bin nicht verheiratet, und ganz gewiß auch nicht Ihr Sohn. Sie mögen zwar alt sein, Cooper, aber *so* alt sind Sie nicht.«

Cooper lachte. »Ich selbst war nie verheiratet«, gestand er. »Daniel hätte mich zu dieser Untersuchung gar nicht zugelassen, wenn ich Familie hätte. Er will nur Junggesellen, für den Fall, daß einer von uns erschossen wird. Aber mein Bruder ist verheiratet.«

»Ach, ja?« versetzte Cole und fragte sich, wieso Cooper ihm von seiner Familie erzählte.

Jack Cooper nickte. »Er hat fünf Mädchen und zwei Jungen, und ich schwöre Ihnen, daß ihre Mutter einen Riesenaufstand veranstalten würde, falls Sie versuchen würden, ihr eins der sieben Kinder wegzunehmen. Was glauben Sie, wie Calebs Mama reagieren würde, wenn Sie versuchten, sie von ihrem Kind zu trennen?«

Cole schüttelte den Kopf. Er rechnete nicht mit Schwierigkeiten. »Ich werde ihr die Lage erklären..«

Er hielt einen Moment lang inne, als er den zweifelnden Blick in Coopers Augen sah, doch dann fuhr er entschieden fort: »Mir ist klar, daß es für Jessica nicht leicht sein wird, sich von ihrem Sohn zu trennen, und natürlich erwarte ich auch Widerspruch von ihr, aber ich weiß, daß sie mir letzten Endes zustimmen wird. Ich habe sie in den letzten beiden Tagen recht gut kennengelernt und weiß, daß sie vernünftig sein wird, wenn ich ihr die Lage erklärt habe.«

22. KAPITEL

Sie drohte, ihn umzubringen. Jessica war alles andere als vernünftig. Cole hatte geglaubt, sie werde tun, was er von ihr verlangte, weil er ein Marshal war. Das war sein erster Fehler. Sie zu nahe an sich heranzulassen, war sein zweiter. Ihm war nicht bewußt gewesen, wie arrogant sein Standpunkt war, bis sie seine Waffe ergriff und drohte, ihm eine Kugel in sein schwarzes Herz zu jagen, falls er sich ihrem Jungen näherte.

Nachdem er seine Satteltaschen gepackt hatte, war er zu ihrem Zimmer gegangen und als sie ihn eingelassen hatte – ohne die Tür zu schließen, damit der Deputy, der sie bewachte, sehen konnte, daß nichts Ungehöriges im Zimmer vorging –, hatte er ihr rasch erklärt, er werde Caleb noch am selben Tag nach Norden bringen. Sie solle in Rockford Falls auf seine Rückkehr warten, weil sie dann zusammen nach Texas fahren würden.

Zum Glück schlief Caleb während der gesamten geflüsterten Diskussion, die darauf folgte. Der Kleine sah wie ein Engel aus, wie er da in seinem Bettchen lag – aber das Feuer in den Augen seiner Mutter war alles andere als engelhaft. Sie führte sich auf wie eine Wölfin, die fest entschlossen war, ihr Junges zu beschützen.

»Du mußt verrückt sein, wenn du glaubst, ich ließe mir mein Baby wegnehmen!«

»Jessica, hör auf, mit meiner Waffe herumzufuchteln. Sie könnte losgehen. Gib sie mir zurück.«

Deputy Spencer trat jetzt ein. »Brauchen Sie Hilfe, Marshal?«

Cole schüttele den Kopf. »Nein, es ist schon in Ordnung, Deputy.«

Jessica stand am Fuß des Doppelbetts und ließ die Waffe sinken, so daß ihr Lauf nun auf den Boden zeigte. Sie war nervös und abgespannt, und dunkle Schatten lagen unter ihren Augen. Der Aufregung der letzten Tage begannen ihren Tribut zu fordern.

»Du mußt vernünftig sein«, mahnte Cole.

Sie schüttelte den Kopf. »Ich fahre nicht nach Blackwater, und du wirst Caleb nicht von mir trennen.«

»Ich weiß, daß es nicht leicht für dich ist, mir deinen Jungen anzuvertrauen, aber ich verspreche dir, daß er in Sicherheit und gut aufgehoben sein wird.«

»Geh!«

Er ignorierte den Befehl und ging durch das Zimmer, um sich neben ihr auf das Bett zu setzen. Sein Arm streifte ihren, als er an ihr vorbeiging, und er hätte ihr jetzt mühelos die Waffe abnehmen können, aber er verzichtete darauf.

»Ich sagte, du sollst gehen!«

»Ich gehe nirgendwohin, bis du vernünftig wirst.«

Sie schaute von dem Deputy zu Cole und dann wieder zurück. Cole hatte eine Waffe in seinem anderen Halfter, was ihn bewaffnet und gefährlich machte, und Spencers Hand lag dicht an seiner Waffe.

»Ich kann mich nicht entscheiden, wen von euch beiden ich zuerst erschießen soll.«

Spencer schaute Cole an, um zu sehen, wie er auf ihre Drohung reagierte.

Cole ignorierte den Deputy und hielt den Blick auf Jessica gerichtet.

»Bitte geh, bevor ich etwas tue, was ich bereuen würde.«

»Schließen Sie die Tür, Spencer«, befahl Cole. »Jessica und ich haben etwas miteinander zu besprechen.«

»Nein, das haben wir nicht«, wisperte sie.

»Sind Sie sicher, daß ich nicht bleiben soll, Marshal?« fragte der Deputy, als er sich zum Gehen wandte.

»Ja.«

Spencer schien enttäuscht zu sein. Cole wartete, bis die Tür geschlossen war, und forderte Jessica dann auf, sich hinzusetzen. Sie schüttelte den Kopf, blieb stehen und hörte nicht auf, ihn wütend anzustarren.

Er lächelte sie an und konnte den Blick nicht von ihr abwenden. Sie hatte sich umgezogen und sah jetzt sogar noch hübscher aus als vor einer Stunde. Sie trug ein altes, honigfarbenes Kleid, das früher einmal goldfarben gewesen sein mußte. Das Kleid war an den Ellbogen schon ziemlich verschlissen und an den Ärmeln ausgefranst, aber an ihr sah es noch immer wunderschön aus. Ihr Haar war mit einem dünnen weißen Band im Nacken zusammengebunden. Einige Strähnen hatten sich gelöst und fielen ihr lockig ins Gesicht. Sie war ein Inbild der Sinnlichkeit und Weiblichkeit, und als sie einen Schritt auf Cole zuging, brachte sie den schwachen Duft von Lilien mit.

Sie war entzückend.

»Was starrst du mich so an?« fragte sie.

Cole lächelte. »Du bist eine bezaubernd schöne Frau, Jessica.« Das Kompliment nahm ihr den Wind aus den Segeln. Diesmal befahl er ihr nicht, sich zu setzen, sondern bat sie darum.

»Ich möchte, daß du dir anhörst, was ich dir zu sagen habe, und wenn ich fertig bin und du mich dann noch immer erschießen willst, dann kannst du es von mir aus tun.«

»Du weißt, daß ich dich nicht erschießen würde«, murmelte sie, als sie ihm die Waffe zurückgab. »Ich würde es natürlich gern«, berichtigte sie sich rasch. »Aber ich kann es nicht. Der Krach würde das Baby wecken.«

Er lachte. »Du hast einen großen Mund, Jessica.«

»Du kannst mich nicht zwingen, nach Texas zu fahren.«

»O doch, das kann ich«, erwiderte er, und seine Stimme wurde hart und unnachgiebig.

Sie barg das Gesicht in ihren Händen. »Ich habe nichts verbrochen, Cole. Warum läßt du mich und meinen Jungen nicht in Frieden?«

»Du weißt, daß ich das nicht kann.«

Sie legte ihren Kopf an seine Schulter und weinte leise. Er zog sein Taschentuch heraus und gab es ihr. Er bat sie nicht, mit dem Weinen aufzuhören, weil er wußte, daß die Tränen ihre innere Anspannung ein wenig lindern würden, aber er haßte den Gedanken, daß er zu einem Teil die Schuld an ihrem Unglück trug.

Lange Minuten verstrichen, bevor sie die Kontrolle über sich zurückgewann. Cole hielt sie derweil in den Armen und dachte, wie unglaublich weich und nachgiebig sie sich anfühlte.

»Ich weiß, daß du nichts verbrochen hast«, flüsterte er. »Der Richter in Texas will, daß du nach Blackwater kommst.«

»Aber was ist mit Rebecca und Grace?« rief sie. »Sind sie ...«

»Pst, du wirst das Baby wecken«, ermahnte er sie. »Du brauchst wegen deiner Freundinnen nicht beunruhigt zu sein. Daniel wird sie beschützen.«

»Wie sollte ich mir keine Sorgen um sie machen?«

»Vertrau mir«, erwiderte er.

»Ich werde es versuchen. Aber ich kann nicht aufhören, an Rebecca und Grace zu denken. Meinetwegen sind sie in Gefahr, nicht wahr?«

»Ja, das sind sie. Sie wurden in der Zeitung als mögliche Zeuginnen erwähnt, und ich glaube, daß die Männer, die all diese unschuldigen Menschen getötet haben, nicht eher aufhören werden, bis sie euch alle drei erwischt haben. Ich kann verstehen, warum keine von euch zugeben wollte, in der Bank gewesen zu sein, aber ...«

Sie begann wieder zu weinen. Cole kam sich wie ein Schuft vor, als er ihre Tränen sah. Er streckte die Hand nach ihr aus, zog sie dann jedoch rasch wieder zurück.

»Ich mag es nicht, wenn Frauen weinen«, sagte er.

»Dann mußt du mich ja hassen. Ich weine ständig. Nur vor Caleb nicht, weil es das Kind verwirren würde. Manchmal ... spät nachts, wenn der Kleine schläft, ziehe ich mir die Decke über den Kopf, damit mich niemand hören kann, und weine stundenlang.

Nun legte er doch den Arm um sie und zog sie an sich. »Das gefällt mir aber nicht. Was ist es, was dich nachts zum Weinen bringt?«

»Die Angst.«

»Wovor?«

»Daß ich versagen könnte.«

»Du hast ein schweres Leben, Jessica.«

»O nein, ich habe ein schönes Leben mit dem Baby«, widersprach sie. »Ich bin zufrieden. Nur manchmal bin ich ... müde. Alles klappte wunderbar – bis zu dem Tag, als ich zur Bank ging. Ich werde dir erzählen, was geschah, wenn du bereit bist zuzuhören«, fügte sie hinzu. »Dann wirst du mir glauben, Cole. Ich weiß, daß ich dich belogen habe. Ich hätte dir nicht sagen sollen, ich sei nicht dort gewesen, aber ich versuchte nur, den kleinen Caleb zu beschützen.«

»Ich werde dir helfen, deinen Sohn zu schützen. Ich

habe ein sicheres Versteck für ihn gefunden, Jessica. Du kannst ihn nicht nach Blackwater mitnehmen, und du weißt, daß du hinfahren mußt.«

Endlich schickte sie sich in das Unvermeidliche. »Ja, ich weiß. Könnte ich ihn nicht bei Tilly lassen? Sie liebt ihn und würde gut für ihn sorgen. Caleb kennt sie. Er hätte keine Angst und würde sich nicht im Stich gelassen fühlen.«

Cole wollte nichts davon hören. »Jessie, in dieser Stadt weiß jeder, zu wem Caleb gehört, und es wäre ein Leichtes, ihn zu entführen. Tilly ist eine alte Frau, sie kann ihn nicht beschützen. Ich möchte ihn nicht in Rockford Falls lassen.«

»Warum sollte ihn jemand entführen wollen?« fragte sie.

»Deinen Sohn als Geisel zu benutzen wäre ein gutes Mittel, um dich an einer Aussage zu hindern.«

»O Gott!«

»Jessica, das Ehepaar, an das ich dachte, wird sich gut um den Kleinen kümmern. Laß mich dir etwas über sie erzählen. Sie sind schon älter ... wie Großeltern ...«

Eine Viertelstunde verbrachte er damit, ihr alles zu erzählen, was er über Tom und Josey Norton wußte. Er klärte sie über Toms Vergangenheit auf und vergaß nicht zu erwähnen, daß er als hervorragender Schütze galt und heute ein Mann des Gesetzes war, aber er sagte nichts von Joseys mangelnder Begabung in der Küche. Als er seinen Bericht beendete, hatte er das Gefühl, daß Jessica seinem Vorschlag nicht mehr ganz so ablehnend gegenüberstand.

»Du sagtest, sie hätten sich immer Kinder gewünscht?« fragte sie.

»Ja«, antwortete er.

»Wenn du einen Sohn hättest, würdest du ihn den Nortons anvertrauen?«

»Bedenkenlos«, erwiderte er.

»Ich muß sie kennenlernen, bevor ich mich entscheide. Wenn ich sie nicht mag und nicht das Gefühl habe, daß Caleb gut bei ihnen aufgehoben ist, werde ich ihn nicht bei ihnen lassen.«

Sie war fest entschlossen, ihn zu begleiten, und nichts, was er ihr sagte, hätte etwas daran ändern können.

»Wann brechen wir auf?« fragte sie. »Nach Norden, meine ich?«

»Ach, Jessica, fang nicht schon wieder an zu weinen. Es wird alles gut. Du willst doch, daß er sicher ist, nicht wahr?«

»Ja, ja, natürlich will ich das. Aber ich kenne die Nortons nicht und weiß nicht ...«

Er erhob sich und wandte sich zum Gehen. »Pack nur das Nötigste, Jessica. Eine Satteltasche für dich und eine für Caleb.«

»Ich muß mit Grace reden, bevor wir aufbrechen.«

»Das kommt nicht in Frage.«

»Werden wir nach Rockford Falls zurückkehren, wenn wir Caleb bei den Nortons abgegeben haben?«

»Nein, wir fahren direkt nach Texas weiter.«

»Und meine Sachen? Alles, was ich auf dieser Welt besitze, ist in Grace' Wagen.«

»Ich lasse ihn zum Mietstall bringen. Der Besitzer kann darauf aufpassen. Du kannst doch reiten, oder?«

»Ja«, sagte sie, verschwieg ihm aber, daß sie keine besonders gute Reiterin war. »Ich würde gerne eine Waffe für mich kaufen, bevor wir aufbrechen, und du wirst mir beibringen, wie man sie benutzt. Ich möchte schießen lernen.«

Es gefiel ihm nicht, daß sie eine Waffe haben wollte. »Du brauchst nur zu zielen und zu schießen«, sagte er. »Das ist alles. Aber du brauchst keine eigene Waffe.«

»Doch, die brauche ich«, widersprach sie. »Wirst du mir Unterricht im Schießen geben?«

»Du hast Yorks Waffe doch schon abgefeuert.«

»Ich will imstande sein, ein Ziel zu treffen«, beharrte sie.

Er verschwendete keine Zeit mehr mit Diskussionen über dieses Thema. »Wir reiten los, sobald der Kleine aufwacht. Was ist denn jetzt schon wieder?« fragte er, als sie den Kopf schüttelte.

»Er muß vorher etwas essen.«

»Gut«, sagte er. »Wir reiten los, sobald er etwas gegessen hat. Und vergiß nicht, etwas einzupacken, was er gerne ißt«, fügte er dann rasch hinzu.

»Wie lange wird es dauern, bis wir bei den Nortons sind?«

»Nicht lange«, versprach er. »Und noch etwas, Jessie: Du darfst niemandem erzählen, wohin wir Caleb bringen. Erwähne von jetzt an auch nicht mehr den Namen der Nortons, für den Fall, daß jemand uns belauscht. Hast du das verstanden?«

»Ja.«

Er war schon an der Tür, als sie ihn noch einmal rief. »Cole?«

»Ja?«

»Versprichst du mir, daß Caleb nichts geschehen wird?«

»Ich verspreche es.«

DRITTER TEIL

23. KAPITEL

Rebecca saß auf der steinernen Bank in dem kleinen Patio des Hotels. Ihre gepackten Taschen standen neben ihr auf dem Boden. Es war hier um diese Tageszeit still und ruhig, da die anderen Gäste des Hotels die heiße Nachmittagssonne scheuten. Der Innenhof war auf allen Seiten von einer hohen Backsteinmauer und einer dichten Hecke umgeben. Spencer und Cobb hielten Wache an der Tür, die in den Garten führte, während ihr Vorgesetzter, Marshal Cooper, mit nervösen Schritten auf- und abmarschierte, während er auf die Kutsche wartete, die sie für die Fahrt gemietet hatten.

Rebecca hatte Angst, daß Grace und Jessica sie abfahren sehen würden.

Nachdem sie zum wiederholten Mal auf die Uhr geschaut hatte, drehte sie sich zu Marshal Cooper um. »Es tut mir leid, mich nicht von Grace und Jessica verabschieden zu können, aber ich möchte nicht, daß sie etwas von dieser Reise erfahren. Sie würden sich nur Sorgen machen, wenn sie wüßten, daß ich mir den Mann ansehen werde, den sie dort verhaftet haben. Ich hoffe, wir begegnen ihnen nicht, wenn wir das Hotel verlassen.«

»Darüber brauchen Sie sich keine Sorgen zu machen«, sagte Cooper. »Keine der beiden Damen wird Sie sehen.«

»Wie können Sie so sicher sein?«

»Grace hat auf Anweisung des Arztes bis morgen das Bett zu hüten, und Marshal Ryan hat einen Wachtposten vor ihre Tür gestellt. Er läßt sie nicht heraus, und er wird auch keinen Besuch gestatten.«

»Und was ist mit Jessica?«

»Sie ist vor ein paar Stunden mit Marshal Clayborne abgereist.«

»Was soll das heißen, abgereist? Wo will sie hin?« rief Rebecca. »Hatte sie etwas zu erledigen? Wird sie heute wiederkommen?«

»Nein.«

»Wo ist sie?«

»In guten Händen«, versicherte Cooper. »Sie brauchen sich keine Sorgen um sie zu machen.«

»Wie lange ist sie schon fort? Sagten Sie, seit ein paar Stunden?«

»Ja«, antwortete er. »Wir müßten eigentlich auch längst unterwegs sein, aber es war nicht leicht, eine vernünftige Mietkutsche zu finden. Sind Sie sicher, daß Sie nicht bis zum Bahnhof reiten wollen?«

»Ganz sicher. Ich bin in der Großstadt aufgewachsen, Marshal, und wie ich Ihnen bereits sagte, habe ich noch nie auf einem Pferd gesessen. Ich würde mir den Hals brechen.«

»Na schön«, erwiderte er ergeben. »Es wird sicher nicht mehr lange dauern, bis die Kutsche kommt. Dann warten wir eben noch ein bißchen.«

»Sie haben mir immer noch nicht gesagt, wohin Jessica gefahren ist.«

Cooper wappnete sich im stillen, bevor er Rebecca direkt ansah. Er wollte nicht, daß sie bemerkte, welche Wirkung sie auf ihn hatte, aber Gott – es war wirklich nicht einfach, sie nicht anzustarren! Sie war eine bezaubernd schöne Frau mit ihrem weizenblonden Haar, das in der Sonne schimmerte wie reines Gold. Es hatte ihm buchstäblich die Sprache verschlagen, als er ihr engelhaft schönes Gesicht zum erstenmal gesehen hatte. Daniel hätte mich warnen müssen, dachte er. Dann hätte ich mich gegen ihren Anblick wappnen können.

Spencer und Cobb führten sich bei allen drei Frauen

wie verliebte kleine Jungen auf. Seit sie sie gesehen hatten, benahmen sie sich, als hätten sie das andere Geschlecht gerade erst entdeckt. Es war richtiggehend peinlich.

Mit gesenktem Blick forderte er Rebecca auf, ihre Frage noch einmal zu wiederholen.

»Ich möchte wissen, wohin Jessica und Cole gefahren sind.«

»Ich kenne ihr Reiseziel nicht.«

»Sie wollten nach Norden«, warf Spencer ein.

Cooper warf seinem Deputy einen Blick zu, der ihm verbot, auch nur ein einziges weiteres Wort zu sage. »Cole und Jessica haben das Kind zu einem Freund gebracht.«

»Einer von Coles Freunden?« fragte sie. »Ja, so muß es sein«, fügte sie hinzu. »Jessicas Freunde sind in Chicago ... bis auf Grace und mich. Wir sind ihre liebsten Freundinnen. Warum hat sie Caleb fortgebracht? Und warum wollen Sie mir nicht sagen, wohin sie will? Sie sind ein Marshal. Sie müßten es doch wissen.«

»Tut mir leid, aber ich weiß es wirklich nicht.«

»Ich mache mir doch nur Sorgen um sie.«

»Sie stehen sich sehr nahe, nicht?«

»Tragische Umstände brachten uns zusammen, und es stellte sich heraus, daß wir viel gemeinsam haben.«

Rebecca tat Cooper leid. Sie klang so traurig und sah so verdammt verwundbar aus. »Sie werden Ihre beiden Freundinnen schon sehr bald wiedersehen«, tröstete er sie.

»Wirklich?« fragte sie erfreut. »Wann?«

»Jessica und Cole und Grace und Daniel werden bald mit uns zusammentreffen.«

Sie runzelte verwirrt die Stirn. »Das verstehe ich nicht ... Soll das heißen, daß Grace und Jessica auch nach Texas fahren?«

»Ja.«

»Aber wozu? Ich bin die Zeugin.«

»Das weiß ich«, erwiderte er. »Aber wir müssen die anderen beiden Frauen beschützen, bis die Verhandlung stattgefunden hat. Sobald Sie Ihre Aussage gemacht haben, wird diese unangenehme Situation beendet sein. Bis dahin brauchen Sie jedoch alle unseren Schutz. Außerdem will Richter Rafferty Sie alle drei sprechen.«

»Wann werde ich sie wiedersehen?«

»Wir treffen uns in Red Arrow«, antwortete er. »Ich denke, daß wir noch vor Cole und Jessica dort eintreffen, aber es könnte auch sein, daß sie uns überraschen und in unseren Zug einsteigen.«

»Dann ist Red Arrow die letzte Haltestelle? Soll das heißen, daß ich auf einem Pferd bis Blackwater weiterreiten muß?«

Ihre Besorgnis entlockte ihm ein Lächeln. »Sie können bei mir mitreiten, oder ich besorge Ihnen einen Wagen.«

Sie starrte auf ihre Hände und schüttelte den Kopf. »Es war falsch von mir. Wenn ich mich schon früher gemeldet hätte, bräuchten Jessica und Grace jetzt nicht in Angst zu leben.«

»Warum haben Sie eigentlich gelogen? Aus Angst?«

»Ja«, gestand sie leise.

»Sie können ernsthafte Schwierigkeiten kriegen, Ma'am, wenn Sie einen Vertreter des Gesetzes belügen«, rief Deputy Cobb, und sein Freund Spencer nickte zustimmend.

»Sie könnten sogar dafür ins Gefängnis gehen«, meinte Spencer.

»Und wenn schon?« fragte Rebecca. »Ich habe bereits Schwierigkeiten. Diese Verbrecher werden mich jetzt jagen, und es wird ein wahres Wunder sein, wenn ich es überlebe. Ich verstehe nicht, wieso sie noch nicht versucht haben, mich zu töten. Worauf warten sie? Warum haben sie noch nicht versucht, mich zum Schweigen zu bringen?«

»Weil sie zu beschäftigt sind«, antwortete Daniel von der Tür her.

Er kam die Treppe hinunter und überreichte Cooper ein Telegramm. »Eine weitere Bank ist überfallen worden«, sagte er. »Etwa sechzig Meilen südöstlich von hier.«

Cooper fluchte. »Saubere Arbeit?«

»Nein«, erwiderte Daniel grimmig.

»Was meinten Sie mit ›sauber‹?« wollte Rebecca wissen.

Daniel wandte sich ihr zu, um ihre Frage zu beantworten. »Er wollte wissen, ob es Tote gab.«

Rebecca erblaßte. »Wie viele sind getötet worden?«

»Drei Männer«, antwortete Daniel. »Alle von ihnen waren Angestellte dieser Bank.«

»O Gott, wie furchtbar!« wisperte Rebecca.

Daniel gab Cooper ein Zeichen, ihm in eine entfernte Ecke des Innenhofes zu folgen. Dort sagte er leise: »Diesmal war etwas anders.«

»Was?« fragte Cooper.

»Alle Schreibtische in der Bank waren umgekippt, und an der Wand hing eine blutverschmierte Ausgabe der *Rockford Falls Gazette*.«

»Damit wollen sie uns sagen, daß sie von unserer Zeugin wissen.«

Daniel nickte. »Wir sollten so schnell wie möglich hier verschwinden.«

24. KAPITEL

Mit einem Baby zu reisen war nicht nur schwierig – es war ein Alptraum. Der Kleine konnte einfach nicht stillsitzen und plapperte unaufhörlich. Das meiste, was er sagte, ergab keinen Sinn, aber er erwartete natürlich trotzdem eine Antwort, und Cole war ziemlich sicher, daß er so viel redete, um seine eigene Stimme durch die Wälder schallen zu hören. Sein liebstes Wort war *Nein*. Er wisperte es, schrie es, jammerte es und sang es, und als sie abends anhielten, um zu lagern, war Cole sicher, daß Caleb das Wort mindestens zweihundertmal gesagt hatte.

Die Sonne ging schon unter, als sie an einer geschützten Stelle an einem kleinen See ihr Lager aufschlugen. Große Felsen, die an einigen Stellen bis weit über das Wasser ragten, boten Schutz vor Wind und Regen. Aber noch wichtiger war, daß sich niemand während der Nacht ungesehen dem Lager nähern konnte. Es gab nur einen Zugang, und das war der schmale Pfad, auf dem sie gekommen waren.

Während Cole die Pferde versorgte, fütterte Jessica ihr Baby. Caleb fand seine Umgebung jedoch viel interessanter, und seine Mutter hatte große Mühe, ihn dazu zu bringen, überhaupt etwas zu essen.

Cole sorgte sich nicht wegen des Lärms, den Caleb machte, weil er wußte, daß niemand ihnen folgte. Er war zweimal zurückgeritten, um sich davon zu überzeugen. Der kleine Junge brauchte nach dem langen Ritt Bewegung. Er war fast den ganzen Tag gezwungen gewesen stillzusitzen, und diese verlorene Zeit versuchte er jetzt wieder aufzuholen. Er lachte und plapperte sinnlose Worte, während er im Kreis über die kleine Lichtung rannte. Ab und zu brach er über irgend etwas, das weder Cole noch Jessica verstanden, in helles Gelächter aus, und seine Schultern zucken vor Belustigung.

Der kleine Junge war entzückend, selbst als er einen Wutanfall bekam, weil Jessica ihn nicht ins Wasser lassen wollte. Es erforderte all ihre Energie, den Kleinen zur Räson zu bringen, doch seltsamerweise gehorchte Caleb Cole aufs Wort. Als er ihm sagte, daß er sich setzen solle, tat er es. Caleb hatte bereits seine Schuhe und Socken ausgezogen und hockte auf einem der Sättel unter dem Felsvorsprung, während Cole die Pferde striegelte. Das Unterhemd des Babys war bis zum Bauch raufgerutscht, die Windel hing tief auf seinen Hüften, und er sah unglaublich glücklich und zufrieden aus.

Seine Mutter hingegen sah entsetzlich aus. Sie war ganz offenbar am Ende ihrer Kräfte. Sie erinnerte Cole an die Stoffpuppe seiner kleinen Schwester, wenn sie zu lange im Regen und in der Sonne geblieben war. Ihr Haar war strähnig, ihre weiße Bluse voller Staub und Marmelade, die Caleb darauf geschmiert hatte, als er seine Kekse gegessen hatte, und auf ihren Wangen waren dunkle Schmutzflecke. Trotz allem jedoch sah sie unglaublich sexy aus …

Jessica war zu müde, um zu essen, bis Cole ihr klarmachte, daß sie die Nahrung brauchte. Er überredete sie beinahe auf die gleiche Weise, wie sie ihren Sohn zum Essen überredet hatte, war aber klug genug, sie nicht darauf hinzuweisen. In ihrem gegenwärtigen Zustand wäre sie bestimmt nicht amüsiert gewesen.

Er selbst war hungrig und nahm sich zweimal von dem kalten Braten, den Bohnen dem Brot und den Zuckerplätzchen. Während er aß, beobachtete er Jessica. Die steile Falte zwischen ihren Brauen ließ auf ziemlich schlechte Laune schließen. Nachdem er ihr beharrliches Schweigen einige Minuten ertragen hatte, gab er es auf und bat sie, ihm zu sagen, was sie störte.

»Warum hast du mir nicht gesagt, daß wir heute abend im Freien übernachten würden? Du hättest es mir sagen sollen.«

»Wieso? Hättest du irgend etwas anders gemacht, wenn ich es dir erzählt hätte?«

Sie begann zu nicken und hielt dann wieder inne. »Ich weiß nicht ... Aber ich hätte darauf bestanden, daß du einen sichereren Platz aussuchst.«

»Dieser hier ist der sicherste, den ich finden konnte«, entgegnete er. »Niemand kann sich von hinten an uns heranschleichen, und ich kann jeden hören, der den Weg hinunterkommt.«

»Das meinte ich nicht«, entgegnete sie. »Und jetzt hast du auch noch ein Feuer angezündet. Ich kann nicht überall zugleich sein.«

Er verstand nicht ganz, warum sie so verärgert war. Nachdenklich lehnte er sich an einen Felsen und schaute sie an. »Wir brauchen das Feuer später«, erklärte er. »Es wird hier oben in den Bergen nachts ziemlich kalt.«

Sie strich sich mit den Fingern durch das Haar und schloß die Augen. »Mußten wir ausgerechnet neben einem See lagern?«

»Die Pferde brauchen Wasser, Jessica, genau wie wir«, erwiderte er.

»Ist dir eigentlich klar, was für eine Versuchung dieser See für Caleb darstellt? Ich werde heute nacht vor lauter Sorge um ihn kein Auge zutun. Was ist, wenn er erwacht und aufsteht? Er könnte sich im Wald verirren, im See ertrinken oder auf eine Schlange treten ...«

»Jessica, beruhige dich! Ich werde dafür sorgen, daß ihm nichts geschieht.«

Sie tat, als hätte er kein Wort gesagt. »Er könnte in

das Feuer fallen oder sich daran verbrennen«, fuhr sie fort. »Was hast du dir dabei gedacht?«

Obwohl er ihre Sorge durchaus verstand, kränkte es ihn ein wenig, daß sie ihm nicht zutraute, auf sie und Caleb aufzupassen. »Ich werde schon aufpassen, daß er nicht ertrinkt oder verbrennt, gebissen wird oder sich im Wald verirrt.«

»Trotzdem werde ich kein Auge zutun«, flüsterte sie mit einem besorgten Blick auf Caleb. Als sie sah, daß der Kleine mit einem Stöckchen, das er gefunden hatte, in der Erde wühlte, richtete sie den Blick wieder auf den See. Im Schein der untergehenden Sonne sah das Wasser aus, als stünde es in Flammen. Es war ein wundervoller Anblick.

»Weißt du, was ich denke?« versuchte Cole das Gespräch wieder in Gang zu bringen.

»Nein, was?« erwiderte sie mit einem müden Seufzer.

»Du brauchst ein Bad.«

Verblüfft wandte sie sich wieder zu ihm um. »Was?«

»Ich sagte, du brauchst ein Bad. Zieh deine Kleider aus und geh schwimmen. Du bist erhitzt und müde, und das Wasser wird dir guttun. Geh nur. Ich passe in der Zwischenzeit auf Caleb auf. Ich drehe mich sogar um, falls es dir lieber ist. Aber hier draußen muß man praktisch sein.«

Über die Schulter schaute sie sehnsüchtig zum See hinüber. »Das ist es nicht. Ich habe keine Angst, daß du die Situation ausnutzen könntest. Das kannst du gar nicht.«

Wäre diese letzte Bemerkung nicht gewesen, hätte er ihre Worte vielleicht als Kompliment betrachtet, denn seiner Ansicht nach hatte sie gerade zugegeben, daß sie ihm vertraute.

»Ich kann es nicht?« wiederholte er, denn seine Neugier war geweckt. »Warum nicht?«

»Warum du die Situation nicht ausnutzen kannst?«

»Ja.«

Ihr Lächeln war entwaffnend. Sie war wirklich bezaubernd, diese Frau, und allmählich wurde ihm klar, wie schwer es sein würde, sich von ihr fernzuhalten.

»Weil du ein Marshal bist«, erinnerte sie ihn geduldig.

»Und das bedeutet?« beharrte er.

»Es bedeutet, daß du einen Schwur getan hast. Du bist hier, um mich zu beschützen, und nicht, um ...«

...mich zu verführen, hatte sie eigentlich sagen wollen, überlegte es sich dann aber schnell noch anders. »Du weißt schon.«

Er wußte nicht, ob er lachen oder wütend werden sollte. Aber er knirschte mit den Zähnen, weil er nun endlich begriff, was sie ihm sagen wollte, und beschloß, sie zu berichtigen.

»Jessica, ganz im Gegensatz zu dem, was du darüber denken magst, werden Marshals nicht zu einem Neutrum, wenn sie ihren Schwur ablegen. Keinen Sex zu haben ist keine Voraussetzung für diesen Posten.«

Ihre Augen wurden groß. »Soll das heißen ...«

»Allerdings.«

Er erwartete, daß sie erröten oder zumindest jedoch das Thema wechseln würde. Doch statt dessen zuckte sie nur die Schultern. »Darüber werde ich mir keine Sorgen machen«, erklärte sie und schaute noch einmal verlangend zum See hinüber, bevor sie nervös hinzufügte: »Meinst du, ich sollte wirklich schwimmen gehen?«

Je länger er über die Unterhaltung und ihre bizarren Vorstellungen nachdachte, desto ärgerlicher wurde er.

»Ich werde dir schon sagen, wann du dir Sorgen machen sollst. Einverstanden?«

Sie lachte. »Einverstanden.«

»Willst du nun baden oder nicht?« fragte er. »Caleb, hör auf, in der Erde zu buddeln, und komm her!«

Prompt ließ der Junge das Stöckchen fallen und kam zu ihnen herübergelaufen. Cole setzte ihn auf seinen Schoß und zog ihm das Hemdchen aus.

»Ist das Wasser tief?« fragte Jessica.

»Ich weiß es nicht«, antwortete Cole, während er die Bändchen an Calebs Windel löste. »In der Mitte wahrscheinlich schon. Warum? Kannst du nicht schwimmen?«

»Nicht besonders gut«, gestand sie. »Ich hatte nicht viel Gelegenheit zu üben.«

»Bist du als kleines Mädchen nicht schwimmen gegangen?«

Sie schüttelte den Kopf. »Für solchen Luxus hatte ich keine Zeit.«

Cole schaute sie an. »Wieso hattest du keine Zeit?«

»Weil ich mit anderen Dingen beschäftigt war.«

Ihr Tonfall ließ erkennen, daß sie nicht über ihre Kindheit sprechen wollte. Wenn er ein einfühlsamerer Mann gewesen wäre, hätte er den Hinweis respektiert und das Thema fallenlassen. Aber Einfühlsamkeit gehörte nicht zu seinen Stärken. »Womit denn?« hakte er nach.

Sie seufzte. »Ich mußte meiner Mutter in dem Laden helfen, in dem sie arbeitete. Es war ein Geschäft für Damenmode«, fügte sie hinzu. »Als ich jünger war, blieb ich bei Nachbarn oder in der Schule. Zum Spielen hatte ich nicht viel Zeit.«

»Du warst allein mit deiner Mutter, nicht? Dein Vater hatte euch verlassen.«

»Ja.«

»Weißt du, was aus ihm geworden ist?«

»Ich hörte, er sei gestorben, aber ich weiß nicht, ob es stimmt. Wirst du jetzt mit Caleb baden?«

»Ja.«

»Du wirst ihn doch richtig festhalten?« vergewisserte sie sich. »Er rutscht einem sehr leicht aus den Händen, wenn er naß ist.«

Cole zog sein Hemd aus und legte es beiseite. Dann nahm er seinen Waffengurt ab und stand auf. Jessica drehte sich rasch zum See um, aber erst, nachdem sie gesehen hatte, wie muskulös seine Brust und Oberarme waren. Seine Haut war braungebrannt, und das bedeutete, daß er viele Stunden mit nacktem Oberkörper in der Sonne verbracht haben mußte. Weiches dunkelblondes Haar zog sich in einer schmalen Spur von seiner Brust zu seinem Bauchnabel hinunter und ... O Gott, eigentlich hätte sie gar nicht hinsehen dürfen! Cole war ein gutaussehender Mann. Sie hätte schon blind sein müssen, um nicht seine schönen blauen Augen zu bemerken, aber was ihn noch viel attraktiver für sie machte, war sein Verhalten ihrem kleinen Jungen gegenüber. Er besaß eine unglaubliche Geduld, war sanft und liebevoll zu Caleb. Nichts, was der Kleine tat, schien ihn zu stören.

Er würde einen wundervollen Vater abgeben. Kaum war ihr der Gedanke gekommen, verdrängte sie ihn rasch wieder. Du brauchst weder ihn noch irgendeinen anderen Mann, ermahnte sie sich streng. Sie und Caleb kamen auch so sehr gut zurecht.

»Ich wünschte, ich hätte vor dem Aufbruch noch Gelegenheit gehabt, mit Grace zu sprechen. ich hatte ihr versprochen, ihr zu helfen, eine Ranch für sie zu finden. Sie wollte mir Arbeit geben, und eine Ranch wäre der ideale Ort gewesen, um Caleb aufzuziehen. Da hätte er Platz genug gehabt, um herumzutoben und zu spielen.«

»Was hättest du auf einer Ranch tun können?«

Sie versteifte sich. »Eine ganze Menge. Ich habe keine Angst vor harter Arbeit«, fügte sie hinzu.

»Du brauchst nicht gleich ärgerlich zu werden. Ich wollte dich nicht beleidigen oder kränken. Ich war bloß neugierig.«

»Ich wünschte, ich hätte Grace gesagt, wohin wir reiten. Ich hätte sie bitten können, schon allein vorauszufahren, und sich dann später mit mir und Caleb irgendwo zu treffen. Sie steht unter enormem Druck; die Zeit läuft ihr davon.«

Cole verstand nicht, was sie meinte, aber Jessica dachte nicht daran, es zu erklären. »Wenn Grace dich über ihre privaten Angelegenheiten informieren möchte, wird sie es dir selbst erzählen. Ich hätte meine Sachen aus dem Wagen holen sollen. Hoffentlich denkt Grace jetzt nicht, sie müsse darauf aufpassen.«

»Hör auf, dir den Kopf darüber zu zerbrechen«, meinte er. »Sie kommt schon klar, und ihr werdet euch bald wiedersehen.«

Jessica war einen Moment lang abgelenkt, als Caleb sich in ihre Arme warf. Er war splitternackt und ziemlich schmutzig.

»Ich hole die Seife«, sagte sie.

»Jessie.«

»Ja?« antwortete sie, während sie das Baby von ihrem Schoß hob.

»Du solltest jetzt vielleicht für einen Moment die Augen schließen.«

Sie fragte nicht, warum, sondern kniff nur schnell die Augen zu. Aber dann war ihre Neugier stärker, und sie mußte es einfach wissen. »Du hast doch nicht etwa alle deine Sachen ausgezogen?«

»Natürlich«, erwiderte er vergnügt. »Caleb und ich sind splitterfasernackt.«

Sie hätte so gerne hingesehen ... und rechtfertigte ihre Neugier damit, daß sie noch nie einen nackten Mann gesehen hatte. Obwohl das natürlich Unsinn war, nicht wahr – denn hatte sie nicht einen kleinen Sohn? Sie riskierte einen Blick, aber nur mit einem Auge, und wurde enttäuscht, weil sie zu lange gewartet hatte. Alles, was sie sah, waren Coles Po und Oberschenkel, als er in das Wasser stieg. Sie fand es ziemlich eigenartig, daß sein Po genauso braungebrannt war wie sein Oberkörper. Was machte dieser Mann? Arbeitete er nackt? Der Gedanke war so absurd, daß Jessica lächeln mußte.

Caleb hatte seine Arme um Coles Hals geschlungen und plapperte vergnügt. Er sah überhaupt nicht ängstlich aus, und Jessica konnte sich plötzlich nichts Schöneres vorstellen, als bei ihnen zu sein.

Statt dessen holte sie die Seife. Während sie in ihren Satteltaschen kramte, hörte sie ein lautes Plätschern, gefolgt von einem entzückten Schrei des Babys. Nichts schien Caleb zu erschrecken, was wiederum bedeutete, daß er sich sicher fühlte – das hoffte sie zumindest.

»So weit, so gut«, flüsterte sie, froh, daß Caleb bisher durch ihre mangelnde Erfahrung noch keinen Schaden davongetragen hatte. Jeden Tag lernte sie ein bißchen mehr dazu, und wenn er erst fünf oder sechs Jahre alt war, würde sie sich ohne Schwierigkeiten in der Mutterrolle, die sie übernommen hatte, zurechtfinden. Sie würde sich natürlich immer um ihn sorgen – aber taten das nicht alle Mütter? Sie wollte das Richtige für ihren Sohn tun, damit er mit schönen Kindheitserinnerungen und ausgeprägtem Selbstvertrauen aufwuchs. Anders als die anderen Männer in ihrem Leben würde Caleb Wertmaßstäbe haben.

»Jessie, kannst du uns die Seife bringen?«

Beim Klang von Coles Stimme zuckte sie zusammen.

Rasch nahm sie den unförmigen Klumpen selbstgemachter Seife und eilte an das Seeufer.

»Soll ich sie dir zuwerfen?«

»Klar«, rief er.

Sie zielte und verfehlte ihn um etwa einen Meter. Es gelang ihm aber, die Seife aufzuheben, bevor sie auf den Boden des Sees sank. »Du wirfst wie ein Mädchen«, lachte er.

»Ich bin ein Mädchen«, rief sie, während sie ihre Schuhe auszog und sich ans grasbewachsene Ufer setzte.

Sie zog auch ihre Strümpfe aus, doch mehr wagte sie nicht, solange Cole im Wasser war. Es schickte sich nicht für sie, das zu tun, was sie jetzt gern getan hätte. Als Mutter hatte man anständig zu sein. Und so schaute sie nur zu, als Cole ihren Sohn von Kopf bis Fuß abschrubbte und mit ihm spielte, und wünschte sich, bei ihnen zu sein.

Das Herz blieb ihr stehen, als Cole Caleb plötzlich in die Luft warf und ihn dann untergehen ließ. Bevor sie eine Warnung schreien konnte, hatte Cole ihn schon wieder aufgehoben, wartete, bis er aufhörte zu spucken, und warf ihn noch einmal hoch.

Caleb quietschte vor Vergnügen, und Jessica hoffte, daß die Toberei ihn müde machte. Sie saß am Ufer und spielte mit den Zehen im Wasser, bis es fast dunkel war und es rasch kühler wurde. Da stand sie auf, holte ein Handtuch für Caleb und wartete, bis Cole zu ihr herüberschwamm, um ihr ihren Sohn zu geben.

Die Unterlippe des Kleinen zitterte vor Kälte, aber er wehrte sich trotzdem, als sie ihn aus dem Wasser hob. Er wollte unbedingt wieder hinein. Jessica trug ihn zum Feuer, trocknete ihn rasch ab und zog ihm warme Sachen an. Sie hatte bereits eine Decke ausgebreitet und seine Stoffpuppe daraufgelegt, und kaum lag der

Kleine, griff er nach der Puppe, steckte den Daumen in den Mund und schloß die Augen.

»Ich passe auf ihn auf, wenn du jetzt baden möchtest, Jessica«, erklang Coles Stimme hinter ihr.

»Danke«, flüsterte sie.

Es klang belustigt, als er sagte, sie könne sich jetzt ruhig umdrehen. »Ich bin fertig angezogen, Jessica.«

Wohl kaum, dachte sie, als sie sah, daß er nichts weiter trug als enganliegende Rehlederhosen. Sein Haar war glatt aus dem Gesicht gestrichen, und auf seiner Brust und seinen Armen glitzerten noch Wassertropfen.

Ein Bad zu nehmen erschien ihr ungemein verlockend. Sie wartete, bis Caleb eingeschlafen war, und holte dann saubere Kleider, Seife und ein Handtuch aus den Satteltaschen. Sie entfernte sich weit genug vom Lager, um nicht von Cole gesehen zu werden, legte ihre Sachen auf einen großen Busch und zog langsam ihre Kleider aus. Sämtliche Muskeln in ihrem Nacken und in ihren Schultern schmerzten, und sie war plötzlich so müde, daß sie sich kaum noch auf den Beinen halten konnte. Das Wasser fühlte sich herrlich an ihrer nackten Haut an. Sie seufzte zufrieden, als sie vorsichtig tiefer in den See hineinging.

Es war einfach paradiesisch. Nicht einmal die Kälte störte sie, aber als sie sich endlich eingeseift und abgewaschen hatte, waren ihre Lippen blau und ihre Finger schrumpelig wie Pflaumen.

Es wäre schön gewesen, jetzt einfach in ihr Nachthemd schlüpfen zu können, aber das wäre in Coles Anwesenheit unschicklich gewesen, und so zog sie ein sauberes Hemd und ein dunkelgraues Kleid an, das mindestens zwei Größen zu weit war. Jessica hatte noch keine Zeit gehabt, es abzunähen, weil sie abends, wenn sie den ganzen Tag lang hinter Caleb hergerannt war, immer viel zu müde gewesen war, um noch irgend etwas anderes zu tun. Als sie das Kleid über den Kopf zog, schwor sie sich, ihre Zeit in Zukunft besser einzuteilen, und machte sich auf den Weg zurück zum Lager.

Caleb schlief dicht neben Cole, den Kopf an seine Hüfte geschmiegt. Im ersten Augenblick dachte Jessica, auch Cole sei eingeschlafen, denn er lag auf dem Rücken und hatte sich einen der Sättel als Kopfkissen herangezogen.

Leise setzte sie sich ihm gegenüber an das Lagerfeuer. Nachdem sie die Schuhe abgestreift und die Füße unter ihren Rock gezogen hatte, begann sie ihr langes Haar zu bürsten. Sie liebte diese Tageszeit, wenn alles still und friedlich war und sie ein paar Minuten für sich selbst hatte. Die Hitze des Feuers wärmte ihr Gesicht, und sie legte den Kopf schief, so daß ihr Haar über eine Schulter fiel, und beugte sich vor, um es zu trocknen.

»Dur wirst noch Feuer fangen«, bemerkte Cole.

Rasch zog sie den Kopf zurück. »Ich dachte, du schläfst«, flüsterte sie, um Caleb nicht zu wecken.

»Du brauchst nicht leise zu sein. Dein Sohn schläft wie ein Stein. Nichts wird ihn stören.«

»Es war ein langer Tag für ihn«, sagte sie mit einem Lächeln in der Stimme.

Einige Minuten herrschte Schweigen, dann sprach Cole wieder. »Du bist eine gute Mutter, Jessica.«

Sie ließ ihre Bürste sinken. »Nein, das bin ich nicht, aber ich versuche es zumindest«, sagte sie. »Ich hatte keinerlei Erfahrung mit Babys, als ich Caleb bekam, und weiß, daß ich Fehler bei ihm gemacht habe. Heute bin ich nicht mehr ganz so verkrampft wie anfangs und kann nur hoffen, nichts getan zu haben, was ihm auf Dauer schaden wird. Ich weiß, daß ich ihn verwöhnt habe, aber das bereue ich nicht. Babys sollten verwöhnt werden, finde ich.«

»Der Junge braucht einen Vater«, meinte Cole. »Wirst du einen Vater für ihn suchen?«

Darauf antwortete sie prompt und sehr entschieden: »Nein. Caleb hat schon einen Vater. Und der hat ihn verlassen.«

»Wie dein Vater dich verließ?«

Sie ignorierte die Frage. »Ich werde nie heiraten. Es wäre viel zu kompliziert.«

»Hast du eine Ahnung, wie kompliziert es sein wird, Caleb ganz alleine aufzuziehen?«

»Wir werden es schon schaffen.«

Cole starrte lange ins Feuer und dachte über Jessicas Lage nach. Sie war noch viel zu jung, um so zu denken. »Nicht alle Männer lassen ihre Familie im Stich.«

»Aber die meisten.«

»Nein, die meisten nicht«, widersprach er. »Du hast Courage, das gestehe ich dir zu, aber du mußt auch praktisch sein. Du bist eine gutaussehende Frau, und die Männer werden dich begehren.«

Du bist dazu geschaffen, um geliebt zu werden, dachte er, sagte es aber nicht, um nicht den Eindruck zu erwecken, er sei interessiert. Klar – natürlich hätte er gern mit ihr geschlafen und wußte, daß es eine Nacht sein würde, die er nie vergessen würde, aber er war nicht interessiert an einer Ehe.

»Wie kommst du darauf, daß ich Hilfe brauche, um Caleb aufzuziehen?« wollte sie wissen.

Jetzt ignorierte er die Frage. »Ich mag die Farbe deines Haares.«

Das Kompliment verblüffte sie. »Wirklich? Die meisten Männer mögen kein braunes Haar.«

»Wie kommst du denn darauf? Wenn ein Mann eine Frau zum erstenmal bemerkt, ist es sowieso nicht ihr Haar, was ihn am meisten interessiert.«

»Nein? Was denn?«

Cole lächelte. »Nun ja ... alles. Es gibt nichts, was uns entgeht.«

Sie errötete und mußte sich zusammennehmen, um nicht zu lachen. »Du solltest nicht so reden.«

»Wieso? Ich habe nur deine Frage beantwortet. Dein Haar ist übrigens gar nicht braun. Es ist zimtfarben.«

Es behagte ihr nicht, daß er so viel Interesse für sie zeigte. Es war falsch von ihm, ihr den Kopf mit Komplimenten zu verdrehen, die nicht wahr waren. Sie war keine gutaussehende Frau, wie er behauptet hatte. Sie fand sich selbst eher unscheinbar.

»Warum hast du nie geheiratet?« fragte sie.

»Weil ich es nie wollte«, erwiderte er. »Und in meinem Beruf heiratet man sowieso nicht.«

»Aber warum hast du es nie gewollt?« beharrte sie.

»Weil ich mich nicht binden will. Ich will keine Verpflichtungen eingehen.«

Sie nickte zustimmend. »Ich verstehe. Das will ich auch nicht.«

»Du bist noch viel zu jung für eine solche Einstellung.«

»Willst du damit sagen, ich sei zynisch? Denn das bin ich, weißt du?«

»Der richtige Mann wird deine Einstellung schon ändern«, prophezeite er.

»Und die richtige Frau die deine«, versetzte sie.

Er starrte sie einen Moment lang an und richtete den Blick dann auf das Feuer. Ein düsterer Ausdruck, der sie sehr verwirrte, prägte seine Züge, und sie fragte sich, was er jetzt wohl denken mochte.

Sie stand auf, um ihre Brüste einzupacken, suchte in ihren Satteltaschen nach einem ihrer Haarbänder und setzte sich auf die Decke neben Caleb.

»Ich werde Calebs Handgelenk an meinem festbinden«, erklärte sie. »Dann weckt er mich, falls er versuchen sollte aufzustehen.«

»Das ist nicht nötig, Jessie. Ich werde ihn schon hören, falls er erwacht.«

Sie war nicht bereit, das Risiko einzugehen. Schweigend schlang sie das gelbe Band um Calebs linkes Handgelenk und befestigte es an ihrem. Dann legte sie sich hin und schloß die Augen.

»Ich werde keine Ruhe finden vor lauter Sorge um mein Baby …«

Keine zwei Minuten später war sie eingeschlafen. Cole legte noch ein wenig Holz nach und löste dann vorsichtig das Band um Calebs Handgelenk. Jessica hatte einen ziemlich großen Spielraum zwischen ihnen gelassen, aber Cole befürchtete, daß der Junge sich das lange Band im Schlaf um den Hals wickeln und ersticken könnte. Das war ein Risiko, das er nicht eingehen konnte. Außerdem würde er Caleb hören, falls er aufwachte. Wenn Cole nicht daheim auf seiner Ranch war, schlief er nie sehr fest. Er hörte alles, was um ihn herum vorging.

Jessica seufzte im Schlaf und drehte sich zu ihm herum. Lange betrachtete er ihr bezauberndes Gesicht und wußte plötzlich tief in seinem Innersten, daß sie die richtige Frau für ihn gewesen wäre – falls eine solche überhaupt existierte – und das war eine Erkenntnis, die ihn sehr verstimmte. Denn sie machte alles nur noch schwieriger, und er haßte Schwierigkeiten.

Er streckte sich wieder auf dem Rücken aus, schloß die Augen und ließ die kühle Nachtluft das Feuer in ihm lindern, während er sich seine wichtigsten Prinzipien ins Gedächtnis rief.

Keine Bindungen. Keine Verpflichtungen.

25. KAPITEL

Sheriff Tom Norton und Josey, seine Frau, lebten in einem zweistöckigen, graugetünchten Haus auf Grant Lane, nur zwei Blocks entfernt vom Marktplatz, an dem Toms Büro und das Gefängnis lagen. Drei steinerne Stufen führten zur Eingangstür hinauf, und frischgestrichene schwarze Korbsessel standen auf der Veranda. Zwei große schwarze Blumentöpfe mit roten und weißen Geranien flankierten rechts und links den Eingang. Efeu rankte sich an dem kleinen, aber sehr, sehr hübschen Haus empor.

Es war schon dunkel, aber Cole bestand darauf, zur Hintertür zu gehen. Er trug auf dem einen Arm das Baby, und mit der anderen Hand zog er Jessica mit in den Garten.

»Sie sind doch sicher schon im Bett. Es ist schon spät.«

»Es ist noch nicht spät«, widersprach er. »Und sie hätten nicht alle Lichter angelassen, wenn sie schon zu Bett gegangen wären. Komm schon, Jessie. Wir müssen jetzt mit ihnen sprechen.«

Sie zerrte an seinem Arm, als er versuchte, sie mitzuziehen.

»Wenn ich diese Leute nicht mag, lasse ich Caleb nicht bei Ihnen. Das ist dir doch klar, nicht wahr?«

Cole bemühte sich, geduldig zu sein. »Wie oft haben wir darüber schon gesprochen? Ich habe es dir vor zwei Stunden zum letztenmal versprochen, nicht?«

»Ich wollte nur nicht, daß du es vergißt.«

Er legte den freien Arm um ihre Schultern und drückte sie einen Moment lang an sich. »Du wirst schon sehen, daß alles so ist, wie ich es dir versprochen habe.«

Er wollte gerade anklopfen, als sie ihn bat, noch

einen Augenblick zu warten. Rasch hob sie die Hand, um über Calebs Haar zu streichen, aber der Kleine zog den Kopf zurück und wich ihr aus.

»Bist du soweit?«

Sie atmete tief ein. »Ja«, antwortete sie. »Ich hoffe nur, daß wir nicht stören. Es ist schon spät«, beharrte sie.

Die Nortons waren entzückt über den Besuch und überhaupt nicht verärgert über die späte Störung. Josey spülte gerade das Geschirr, als Cole an der Hintertür klopfte, und Tom Norton saß bei ihr am Tisch und trank Kaffee.

Cole mußte Jessica einen sanften Schubs versetzen, damit sie eintrat und er ihr mit Caleb in die gemütliche kleine Küche folgen konnte.

Josey war entzückt, als sie das Baby sah, aber Caleb war plötzlich so scheu und verlegen, daß er das Gesicht an Coles Hals verbarg.

»So ein hübscher kleiner Junge – und sieh dir nur diese wunderschönen Locken an, Tom! Ich wußte gar nicht, daß du Kinder hast, Cole, aber diese hübsche junge Dame muß wohl deine Frau sein. Ich freue mich, Sie kennenzulernen«, fügte sie an Jessica gewandt hinzu.

»Ich bin nicht seine Frau«, erklärte Jessica. »Aber das hier ist mein Sohn. Er heißt Caleb.«

Tom Norton trat vor, um Cole die Hand zu schütteln, bevor er ihm und Jessica einen Stuhl anbot.

»Setzen Sie sich und sagen Sie mir, was Sie nach Middleton führt«, bat er. »Sie rechnen doch wohl hoffentlich nicht mit einem weiteren Bankraub, Cole?«

»Nein«, erwiderte Cole, während er Platz nahm und Caleb auf seinen Schoß setzte. »Wir sind hergekommen, um mit Ihnen zu reden.«

»Mit mir?« fragte Tom. »Ich habe in den letzten

Tagen oft an Sie gedacht. Wie ich sehe, tragen Sie den Stern noch. Haben Sie sich inzwischen damit abgefunden, ein U. S. Marshal zu sein?«

»Bis auf weiteres, ja«, antwortete Cole und dankte Josey für den Kaffee, den sie ihm eingeschenkt hatte, bevor er sich wieder Tom zuwandte.

»Ich bin noch nicht lange genug Marshal, um zu wissen, ob mir die Arbeit gefällt.« Nach dieser Bemerkung schaute er zu Jessica hinüber. Sie beobachtete Josey prüfend und schien jede Geste der älteren Dame kritisch abzuwägen.

Caleb griff nach der heißen Kaffeekanne. Bevor Jessica oder Cole reagieren konnten, hatte Josey sie schon außer Reichweite geschoben.

»Darf der Kleine ein Plätzchen haben? Ich habe heute nachmittag welche gebacken. Es sind aber Nüsse darin, und einige Kinder mögen keine Nüsse. Wie wäre es mit einem Becher Milch? Ich habe genug im Haus.«

»Er hätte sicher gern ein Plätzchen und ein bißchen Milch«, sagte Jessica. »Aber er wird bestimmt kleckern. Stört Sie das?«

»Nein, natürlich nicht. Er ist doch noch so klein!« erwiderte sie lächelnd. »Haben sie beide schon gegessen? Ich könnte Ihnen rasch etwas in die Pfanne ...«

»Nein, wir haben schon gegessen«, warf Cole rasch ein. »Aber trotzdem vielen Dank, Mrs. Norton.«

»Ich bin auch nicht hungrig, vielen Dank«, antwortete Jessica.

»Tom, könnte ich dich einen Moment allein sprechen?« fragte Cole.

Der Sheriff nickte und ging voran ins Wohnzimmer. Caleb, der noch immer ein bißchen unsicher in der neuen Umgebung war, wollte Coles Hand nicht loslassen. Er hob ihn auf und gab ihn Jessica, bevor er den Raum verließ.

Jessica schlang die Arme um den kleinen Jungen und drückte ihn beschützend an sich. Die Küche war blitzsauber. Sie konnte nirgendwo ein Fleckchen Schmutz entdecken. Josey war offenbar eine gute Hausfrau – doch blieb das auch so, falls sie und Tom sich bereiterklärten, Caleb bei sich zu behalten? War er nicht eine zu große Belastung für dieses ältere Ehepaar? Und konnte Josey überhaupt genug Geduld für ihn aufbringen?

Jessica wünschte, sie hätte mehr Zeit, um herauszufinden, was sie alles wissen mußte. Sie verließ sich auf Coles Urteil, aber er war ein Mann und setzte andere Prioritäten als eine Mutter. Er vertraute den Nortons. Sie nicht – zumindest jetzt noch nicht –, und sie dachte nicht daran, ein unschuldiges Kind in den Händen von Ungeheuern zurückzulassen.

Sie waren aber keine Ungeheuer, diese Nortons. Joseys gütiger, verständnisvoller Blick verriet ihr, daß sie Kinder liebte. Den kleinen Caleb hatte sie ganz offensichtlich schon ins Herz geschlossen, und auch er begann sich für sie zu erwärmen. Obwohl er nach wie vor an seinem Daumen lutschte, lächelte er sie bereits an.

Aber was wußte er schon? Er war doch nur ein Baby. Es lang an ihr, Jessica, dafür zu sorgen, daß er gut versorgt war, und – o Gott, wie könnte sie ihn einfach so bei Fremden lassen? Niemand konnte ihn so lieben wie sie selbst.

Josey stellte einen Teller Plätzchen auf den Tisch und schenkte Milch ein, ein großes Glas für Jessica und ein etwas kleineres für Caleb. Dann setzte sie sich ihnen gegenüber und seufzte schwer.

»Es war heute sehr heiß, nicht wahr?«

»Ja, das war es«, gab Jessica ihr recht. Sie lächelte Josey an und hielt Caleb fest, als er von ihrem Schoß hinunterrutschen wollte. »Sie haben ein sehr schönes Zuhause.«

»Sie haben bisher nur die Küche gesehen«, entgegnete Josey lachend.

»Haben Sie Kinder?«

»Nein, leider nicht. Wir haben uns immer eine große Familie gewünscht, aber dieser Wunsch ist leider unerfüllt geblieben. ich habe einen ganzen Schwarm von Nichten und Neffen, die ich sehr oft hüte, und kenne mich daher mit kleinen Kindern aus. Aber mein größter Wunsch wäre, ein eigenes Kind aufziehen zu können.«

»Sie könnten noch immer Kinder haben. Wie alt sind Sie?«

Es war eine kühne Frage, die Josey jedoch nicht zu stören schien. »Zu alt, um noch Kinder zu bekommen. Ich werde im nächsten Monat siebenundvierzig. Ich finde es etwas eigenartig, daß Sie mir diese Frage stellen.«

»Es war sehr unhöflich von mir«, erwiderte Jessica. »Und ich möchte Sie um Verzeihung bitten, falls ich ein bißchen kurz angebunden bin. Aber mir bleibt so wenig Zeit, mich zu entscheiden, und ich ...«

Sie konnte nicht weiterreden. Sie wäre in Tränen ausgebrochen, wenn sie versucht hätte, alles zu erklären. Nachdem sie mehrmals tief durchgeatmet hatte, um sich zu beruhigen, begann sie Josey wieder Fragen zu stellen.

Die ältere Frau beobachtete Jessica prüfend. Sie sah, wie blaß sie war und wie traurig ihre Augen blickten. Sie hätte sie gern gefragt, ob sie Probleme hatte, und wenn ja, ob sie und Tom ihr helfen konnten. Aber da ergriff Jessica schon das Wort.

»Glauben Sie, daß Sie Geduld besitzen?«

»Verzeihung, aber ich verstehe nicht ...«

»Sind Sie geduldig?«

»Tom scheint das jedenfalls zu glauben«, antwortete sie.

»Was tun Sie, wenn Sie sich ärgern?«

Josey lehnte sich auf ihrem Stuhl zurück. Sie war vollkommen perplex über die merkwürdigen Fragen, die ihr Gast ihr stellte.

»Ich mache sauber.«

»Was?« fragte Jessica verständnislos.

»Ich mache sauber«, wiederholte Josey. »Wenn ich mich über irgend etwas aufrege, schrubbe ich die Böden und die Wände und tue, was sonst noch alles zu erledigen ist, bis mein Zorn verraucht ist. Dann rede ich mit Tom darüber. Aber wollen Sie mir nicht sagen, warum Sie mir all diese Fragen stellen?«

Jessicas Augen wurden feucht. »Ja, ich werde es Ihnen erklären, sobald Cole mit Ihrem Mann gesprochen hat. Bewahren Sie Lauge unter Ihrem Spülstein auf?«

»Ob ich was?«

»Ich fragte, ob Sie Lauge unter Ihrem Spülstein aufbewahren?«

»Um Himmels willen, nein!« antwortete Josey. »Ich sagte Ihnen ja schon, daß ich oft meine Nichten und Neffen hüte. Einige von ihnen sind im Alter Ihres Kindes. Lauge könnte sie töten, und deshalb bewahre ich sie oben im Schrank auf, wo sie nicht drankommen. Sie haben Probleme, Jessica, nicht wahr?«

»Ja«, wisperte sie. »Es tut mir leid, daß ich so ... so mißtrauisch war, aber ich mußte es einfach wissen.«

»Was?«

»Cole wird es Ihnen erklären«, erwiderte Jessica. »Aber ich verspreche Ihnen, daß ich Ihnen keine weiteren Fragen mehr stellen werde.«

Josey legte ihre Hand auf Jessicas und drückte sie. »Sie haben einen guten, starken Mann an Ihrer Seite, der Ihnen bei all Ihren Problemen helfen wird.«

»Cole ist U. S. Marshal und ein Teil meines Problems.

Wenn er nicht wäre, müßte ich jetzt nicht nach Texas fahren.«

Joseys Stirnrunzeln vertiefte sich. »Dann werde ich wohl warten müssen, bis Tom mir erzählt, was los ist. Der Kleine versucht jetzt schon seit fünf Minuten, an die Plätzchen heranzukommen«, wechselte sie das Thema, weil Jessica den Tränen wieder nahe war. »Warum lockern Sie nicht Ihren Griff um ihn und lassen ihn eins stibitzen? Kann er schon aus einem Glas trinken?«

Jessica richtete ihre Aufmerksamkeit auf ihren Sohn. Sie zog das Glas zu ihm heran und forderte ihn auf, Josey zu zeigen, wie gut er schon damit umgehen konnte. Sie lobte ihn gerade für seine Geschicklichkeit, als er die Milch verschüttete.

Josey lachte. »Sonst ist es mein Tom, der kleckert«, bemerkte sie. Nachdem sie mit einem feuchten Tuch die Milch aufgewischt hatte, hielt sie dem Kleinen Jessicas Glas hin, damit er trinken konnte.

Caleb begann zu zappeln und wollte unbedingt vom Schoß seiner Mutter herunter, um die Küche zu erforschen. Jessica folgte ihm und hielt die Schubladen geschlossen, damit er sie nicht ausleeren konnte.

»Setzen Sie sich wieder, und lassen Sie ihn spielen«, schlug Josey vor.

»Er wird Ihre Küche durcheinanderbringen«, warnte Jessica. »Caleb ist sehr neugierig.«

Josey öffnete die Türen unter den Schubladen. »Mein Nichten und Neffen spielen gern mit den Pfannen und den Töpfen. Ja, siehst du, das ist gut«, lobte sie, als sich Caleb auf den Boden hockte und nach einem der hölzernen Löffel griff.

Jessica setze sich wieder zu Josey, und während sie einander besser kennenlernten, klapperte Caleb mit den Töpfen und Pfannen. Zehn Minuten später fühlte er sich schon so vertraut in seiner neuen Umgebung, daß er sich von Josey aufheben und küssen ließ.

Im selben Augenblick betraten Cole und Tom die Küche, und Cole nickte Jessica rasch zu.

»Josey, wir werden den kleinen Jungen für eine Weile bei uns behalten«, sagte Tom zu seiner Frau.

Josey strich dem Kind über den Kopf und schaute Jessica an. »Kein Wunder, daß Sie mir so viele Fragen gestellt haben! Es wird mir eine Ehre und ein Vergnügen sein, auf Ihren Jungen aufzupassen«, fügte sie hinzu. »Und es wird ihm bei Tom und mir nichts geschehen.«

»Jessica ist eine Zeugin, und sie muß nach Texas, um dort auszusagen«, erklärte Tom. »Cole hält es nicht für ratsam, den Kleinen mitzunehmen.«

»Wie lange werden Sie in etwa bleiben?« fragte Josey Cole.

»Ich weiß es nicht«, antwortet er. »Vielleicht zwei Wochen ... oder sogar noch länger.«

»Bis dahin wird er sich nicht mehr an mich erinnern.«

Alle drehten sich zu Jessica um.

»Natürlich wird er sich an Sie erinnern«, widersprach Josey. »Wir werden nicht zulassen, daß er Sie vergißt.«

Tom schlug vor, daß Jessica und Cole die Nacht in ihrem Haus verbrachten, um dem Kind die Umstellung zu erleichtern. Jessica ließ Caleb von Josey baden, blieb aber in der Nähe, um jede ihrer Bewegungen zu verfolgen. Aber sie hätte sich nicht zu sorgen brauchen: Josey kannte sich mit Babys aus. Sie füllte im Spülstein eine Schüssel und ließ Caleb planschen und Wasser verspritzen, soviel er wollte, während sie ihn einseifte.

»Sie können sehr gut mit ihm umgehen«, lobte Jessica.

Sie folgte Josey über die Treppe in das Gästezimmer. Caleb, der jetzt in ein dickes Handtuch eingewickelt war, schaute seine Mutter über Joseys Schulter an.

»Er schläft immer mit seiner Puppe. Sie ist in der Tasche mit seinen Sachen«, erklärte Jessica. »Oh, und er haßt Karotten. Er wird sie ausspucken, falls Sie versuchen, sie ihm aufzuzwingen.«

»Das würde ich nie tun«, versicherte Josey. »Ich mag auch keine Karotten. Ich weiß, daß Sie sich sorgen werden, ganz gleich, was ich Ihnen sage, aber ich verspreche Ihnen, daß ich dieses Kind lieben werde, als wäre es mein eigenes. Warum gehen Sie nicht hinunter zu den Männern und geben Caleb ein bißchen Zeit, sich an mich zu gewöhnen? Ich rufe Sie, falls ich Ihre Hilfe brauche.«

»Ja, das ist eine gute Idee«, meinte Jessica. Und es war ein Test. Caleb ins Bett zu bringen, erforderte Geduld und Durchsetzungsvermögen. Wenn er übermüdet war, weigerte er sich oft zu schlafen. Und heute war er übermüdet, was bedeutete, daß ein solcher Aufstand zu erwarten war. Jessica ließ die Satteltasche auf dem Bett liegen und zog die Tür hinter sich zu.

Als sie hinunterkam, fand sie Cole im Wohnzimmer, wo er am Fenster stand und nachdenklich hinausschaute. Sie warf ihm einen ärgerlichen Blick zu, bevor sie ihm den Rücken zukehrte.

»Was hat das jetzt wieder zu bedeuten?«

Unruhig begann sie auf und ab zu schreiten. »Das ist alles nur deine Schuld«, flüsterte sie. »Kannst du nicht sehen, daß es mir das Herz bricht?«

Er kam zu ihr herüber, aber sie streckte eine Hand aus, um ihn aufzuhalten. »Ich kann ihn nicht hierlassen. Es tut mir leid, aber so ist es nun einmal. Er wird vollkommen verwirrt sein ohne mich, wird Angst haben und unglücklich sein und …«

Wie um sie zu verspotten, schallte Calebs helles Lachen durch das Haus. Cole schüttelte den Kopf. »Das klingt ganz und gar nicht so, als wäre er unglücklich.«

»Ich tue es nicht. Mein Entschluß steht fest«, wisperte Jessica.

Sie wandte sich ab, um hinaufzugehen, aber Cole ergriff ihre Hand und zog sie an sich.

»Tom?« rief er. »Jessica und ich gehen ein bißchen nach draußen an die frische Luft.«

Die Art, wie er ihre Hand drückte, verriet, daß Widerspruch nichts nützen würde. Sie ließ sich von ihm zur Tür und in den Garten ziehen. Cole hörte nicht auf, sie hinter sich herzuziehen, bis sie eine Stelle erreichten, die weder von der Straße noch vom Haus aus zu sehen war.

»Jetzt hör mir mal gut zu ...«, begann er.

Sie ließ ihn nicht ausreden. »Wage es nicht, in diesem Ton mit mir zu reden! Ich werde mein Kind nicht bei Fremden lassen. Tut mir leid, Cole, aber so ist es nun einmal.«

Sie versuchte, ihm ihre Hand zu entziehen, aber er umklammerte sie noch fester und zog Jessica an seine Brust. Sein Gesicht war nur noch Zentimeter von dem ihren entfernt. Er wollte ihr einen strengen Vortrag halten, weil sie so störrisch war, aber dann sah er ihre Tränen und verzichtete darauf. Jetzt war nicht der richtige Moment für Vorhaltungen.

»Ich weiß, wie schwer es für dich ist ...«

»Nein, das weißt du nicht! Du bist keine Mutter.«

»Das ist wahr«, stimmte er ihr zu. »Aber du mußt vernünftig sein. Ich kenne Tom Norton, und ich sage dir, daß er vertrauenswürdig ist. Als Luke MacFarland und seine Frau ermordet worden waren, wollten Tom und Josey ihre Kinder aufziehen.«

»Und warum haben sie es nicht getan?«

»Weil Lukes Verwandte es nicht erlaubten. Sie haben die Kinder unter sich verteilt.«

»Sie haben die Geschwister getrennt?« flüsterte sie.

»Ja, aber Tom wollte sie zusammen aufziehen. Ich schwöre dir, daß er ein guter Mensch ist. Und Josey auch. Sie pflegte mich, als ich erkrankte. Ich war für sie ein Fremder, und dennoch hat sie mich gesund gepflegt. Die Nortons werden nicht zulassen, daß deinem Baby ein Leid geschieht. Sie werden Caleb vergöttern, Jessie, und wir können ihn nicht mitnehmen. Das weißt du doch, nicht wahr?«

»Ich fahre nicht nach Texas.«

»Mußt du so eigensinnig sein? Die Entscheidung darüber liegt nicht mehr bei dir. Du mußt nach Texas, und Caleb muß hier bei den Nortons bleiben.«

»Ich hasse das!« rief sie.

Er schlang die Arme um sie und zog sie an sich. »Ich weiß, Jessie.«

»Und langsam fange ich an, auch dich zu hassen, Cole! Es ist alles deine Schuld.«

»Na schön. Dann ist es eben meine Schuld«, flüsterte er. Er legte das Kinn auf ihr Haar und hörte nicht auf, sie zu umarmen und zu streicheln, bis sie sich beruhigt hatte. Und dabei kam ihm auch der Gedanke, wie unwahrscheinlich gut sie sich in seinen Armen anfühlte …

Sie hingegen konnte nicht aufhören, an die Gefahr zu denken, in der Caleb sich befunden hatte, als dieses Ungeheuer ihren Bewacher erschossen hatte. Auch Caleb hätte sterben können.

Bei den Nortons würde er sicher sein. Im Grunde ihres Herzens wußte sie, daß es so war. Ganz plötzlich löste sie sich von Cole. »Nichts von alldem ist deine Schuld. Du tust nur deine Arbeit. Und du hast recht. Ich darf Caleb nicht gefährden.«

Sie straffte die Schultern, wandte sich ab und ging zum Haus zurück.

Josey wartete am Küchentisch. Sie wollte Jessica eigentlich nur sagen, daß Caleb sofort eingeschlafen war, doch als sie den Kummer der jungen Mutter sah, stand sie auf und ging zu ihr. »Ich werde gut auf Ihren Kleinen aufpassen. Ich verspreche es Ihnen, Jessica. Tom und ich werden ihn wie unseren eigenen Sohn behandeln.«

»Ich bin Ihnen sehr dankbar, daß Sie ihn bei sich behalten, und weiß, daß ich kein Recht habe, von Ihnen zu verlangen …«

»Sie können verlangen, was Sie wollen. Wenn es in meiner Macht steht, werde ich Ihren Wunsch erfüllen.«

»Wenn ich nicht zurückkehre …«

»So dürfen Sie nicht reden«, fiel Josey ihr ins Wort.

»Du wirst ganz bestimmt zurückkehren«, ließ Cole sich hinter ihr vernehmen.

Jessica ignorierte beide Einwände. »Wenn ich nicht zurückkehre, Josey, würden Sie meinen Jungen dann aufziehen?«

Josey schaute über Jessicas Kopf hinweg zu Cole. Er nickte ihr rasch zu. »Ja, Tom und ich werden ihn aufziehen. Ich gebe Ihnen mein Wort darauf.«

»Danke«, murmelte Jessica. »Des weiteren möchte ich Sie bitten, seinen Namen zu ändern, damit er sich nicht wie ein Außenseiter fühlt. Ich möchte, daß er in dem Bewußtsein aufwächst, zu einer Familie zu gehören.«

»Um Himmels willen, Jessica, so dürfen Sie nicht reden! Es wird Ihnen nichts geschehen.«

»Ich muß Vorkehrungen treffen, falls doch etwas geschieht. Das bin ich Caleb schuldig.«

Josey nickte. »Wir werden ihn adoptieren«, versprach sie. »Ich gebe Ihnen mein Wort darauf.«

Jessica nahm ihre Hand. »Ein letztes Versprechen noch, Josey, damit ich in Ruhe ziehen kann: Bitte, lassen Sie meinen Jungen nie im Stich!«

26. KAPITEL

Daniel stand vor einigen sehr schwierigen Entscheidungen. Seine wichtigste Verpflichtung war, Grace nach Texas zu begleiten, und genau das tat er auch, aber er wollte auch nach Clarkston reiten, wo der letzte Banküberfall stattgefunden hatte, um sich nach Spuren umzusehen, die ihm bei seinen Ermittlungen weiterhelfen würden.

Cooper konnte er nicht an seiner Stelle hinschicken, da dieser bei Rebecca war, um dafür zu sorgen, daß sie lebend und unverletzt in Texas ankam. Beide hatten vor einer guten Stunde den Zug bestiegen, nachdem Cooper seine beiden jungen, unerfahrenen Deputies nach Clarkston geschickt hatte, damit sie dort den Sheriff unterstützten. Rebecca hatte darauf bestanden, ein Telegramm nach Salt Lake City zu schicken, um die Reservierung des Hotels rückgängig zu machen und ihren Freunden mitzuteilen, daß ihre Pläne sich geändert hatten. Sobald sie das Telegrafenamt verlassen hatte, hatten sie und Cooper sich auf den Weg gemacht.

Cooper hatte Daniel angeboten, mit Rebecca zu warten, bis Grace in der Lage war, die Reise anzutreten, und dann beide Frauen mitzunehmen, damit Daniel nach Clarkston fahren konnte, aber diesen Vorschlag hatte Daniel abgelehnt. Beide Frauen glaubten, die einzige zu sein, die behauptete, den Überfall gesehen zu haben, und er war fest entschlossen, alle drei auf der

Reise nach Red Arrow getrennt zu halten, weil er verhindern wollte, daß sie sich wieder miteinander absprachen. Obwohl er persönlich glaubte, daß Rebecca die wahre Zeugin war – sie hatte Einzelheiten und Beschreibungen geliefert, die bewiesen, daß sie dagewesen war –, wollte er dem Richter in Blackwater die Entscheidung überlassen, wer von den drei Frauen die Wahrheit sagte.

Er hatte Cole nicht mehr gesehen, bevor dieser mit Jessica und Caleb die Stadt verlassen hatte. Sie waren etwa eine Stunde, nachdem der Heckenschütze versucht hatte, sie umzubringen, losgeritten. Daniel wußte immer noch nicht, wer der Tote war, aber er war sicher, daß er zu der Blackwater-Bande gehörte. Aus früheren Berichten wußte er, daß die Bande aus sieben Männern bestand. Einer saß in Blackwater im Gefängnis, ein anderer war jetzt tot, und fünf lauerten noch irgendwo dort draußen ... und warteten auf eine Gelegenheit die drei Frauen zum Schweigen zu bringen.

Es gab noch einen anderen Grund dafür, daß Daniel Grace nicht mit Cooper schicken wollte, aber das war etwas, was er niemals zugegeben hätte. Obwohl er Cooper durchaus zutraute, seine Arbeit gut zu erledigen, wollte er Grace nicht aus den Augen lassen. Er war der festen Überzeugung, daß niemand sie so gewissenhaft beschützen würde wie er selbst. Und dann war da natürlich noch die Tatsache, daß er sich zu ihr hingezogen fühlte und daß er hoffte, diese bizarre und unerklärliche Neigung für sie überwunden zu haben, bis sie ihr Reiseziel erreichten.

Daniel blieb in jener Nacht in Rockford Falls und schlief in einem Sessel vor Grace' Tür. Am nächsten Morgen ging er schon früh hinunter, obwohl er die Stadt erst sehr viel später, wenn die Kutsche kam, verlassen wollte.

Grace hatte andere Ideen. Daniel kam gerade aus dem Badehäuschen, wo er sich gewaschen und umgezogen hatte, und unterhielt sich auf der Veranda mit Dr. Lawrence, als Grace die Treppe hinunterkam. Mit einem blaßrosa Rock und einer passenden Bluse bekleidet, die weißen Handschuhe und den Hut noch in den Händen, ging sie zur Rezeption, um dort Bescheid zu geben, daß sie abreiste. Sloan folgte ihr langsam und schleppte ihren Koffer.

Daniel war beunruhigt über die vielen Menschen in der Halle. Neue Gäste zogen ein, und alte zogen aus, was ein unübersichtliches Durcheinander schuf. Rasch ging er zu Grace und befahl ihr, wieder hinaufzugehen.

»Sie können sich ausruhen, bis heute nachmittag die Kutsche kommt.«

»Ich will mich nicht mehr ausruhen. Es geht mir gut«, protestierte sie. »Haben Sie es sich mit Texas anders überlegt?«

»Nein.«

»Das dachte ich mir schon, aber ich mußte fragen. Ich muß mit Ihnen reden, Daniel.«

»Oben.«

»Nein, nicht oben. Wir werden es jetzt gleich erledigen – und danach werden Sie mich dann wohl ins Gefängnis bringen.«

»Ich bringe Sie nach Texas«, flüsterte er, als er sie in eine stille Ecke zog.

»Sheriff Sloan hat mir gerade erzählt, daß sie in Blackwater einen Mann verhaftet haben, von dem sie glauben, daß er zu der Bande gehört. Ist das richtig?«

»Ja.«

»Warum haben Sie mir nichts davon gesagt?« entgegnete sie ärgerlich. »Dann hätte ich Sie nicht ...«

»Was hätten Sie dann nicht?«

»Dann hätte ich Sie nicht belogen!« rief sie. »Ich bin

nicht Ihre Zeugin. Ich habe es nur gesagt, um Rebecca und Jessica zu schützen. Es war falsch von mir, das weiß ich jetzt. Es tut mir leid. Bitte seien Sie mir nicht böse. Werde ich lange im Gefängnis bleiben müssen?«

»Sie werden überhaupt nichts ins Gefängnis gehen«, murmelte er.

»Aber ich habe einen Vertreter des Gesetzes angelogen.«

»Sie haben alle drei nichts anderes getan, als uns zu belügen«, meinte er. »Ich weiß wirklich nicht mehr, wem ich glauben soll.«

»Ich sage jetzt die Wahrheit. Ich war nicht in der Bank.«

»Es ist mir egal, ob Sie dort waren oder nicht. Der Richter hat befohlen, Sie alle drei nach Blackwater zu bringen, und dahin werden wir fahren, sobald die Kutsche eintrifft.«

»Warum fahren die anderen hin?«

»Ich sagte doch gerade, daß Richter Rafferty Sie alle drei dort sehen will.«

»Wird er mich wegen meiner Lügen ins Gefängnis stecken?«

Die Vorstellung von ihr hinter Gittern war so absurd, daß sein Ärger ein wenig nachließ.

»Sie haben dringendere Sorgen als das Gefängnis. Kommen Sie. Sie werden oben in Ihrem Zimmer warten, bis die Kutsche eintrifft.«

Sie schüttelte den Kopf. »Wenn ich schon hinfahren muß ...«

»Sie müssen.«

»Dann will ich nicht auf eine Kutsche warten. Könnten wir nicht reiten? Der Sheriff sagte, es ginge schneller, weil wir dann Abwege nehmen könnten.«

Daniel lächelte. »Abkürzungen«, berichtigte er sie.

Eine stämmige ältere Dame drängte sich durch die

Menge bis zu Grace. Daniel bemerkte sie aus dem Augenwinkel und stellte sich vor seinen Schützling.

»Ich bitte um Verzeihung«, begann die Dame. »Gehen Sie mir bitte aus dem Weg, Sir. Ich möchte Lady Winthrop sprechen.«

Grace gab Daniel einen kleinen Schubs und trat vor. »Guten Morgen«, grüßte sie.

Die Frau machte einen ungeschickten Knicks vor ihr. »Ich freue mich, Sie kennenzulernen«, sagte sie. »Ich bin Winifred Larson«, erklärte sie errötend. »Und ich konnte gar nicht anders, als auf Ihren wunderschönen Hut zu starren. Könnten Sie mir sagen, wo Sie ihn gekauft haben? Ich hätte gern auch so einen. Würde es Sie stören, wenn ich ihn mir genauer ansehe?«

Grace lächelte und überreichte Winifred den mit Spitze und Blumen besetzten Strohhut, den zwei purpurrote Federn schmückten.

»Er ist phantastisch«, schwärmte Winifred. »Ich muß unbedingt so einen haben. Ich habe ein purpurrotes Kleid im gleichen Farbton, und der Hut würde wunderbar dazu aussehen.«

Ein großer, dünner Mann kam zu ihnen herüber, und rasch stellte Winifred ihn vor. »Das ist Lionel, mein Mann«, erklärte sie und flüsterte ihrem Mann dann zu, sich vor Lady Winthrop zu verbeugen.

»Das ist nicht nötig«, meinte Grace.

»Wären Sie so freundlich, mir zu sagen, wo Sie dieses bezaubernde Modell gekauft haben?« bat Winifred noch einmal.

Grace lächelte. »Ich habe nur den Hut gekauft und ihn selbst verziert.«

»Dann gibt es keinen zweiten auf der Welt wie diesen hier?«

»Ich weiß, wo das hinführt«, warf ihr Mann lachend ein.

Grace verstand nicht. »Verzeihen sie?«

»Wenn Winifred sich in den Kopf gesetzt hat, daß sie etwas haben will ...«

»Würden Sie mir den Hut verkaufen?« fragte Winifred. »Es würde mich unendlich glücklich machen, ein Lady-Winthrop-Modell zu besitzen. Ich muß diesen Hut einfach haben. Wieviel wollen Sie dafür? Fünf Dollar? Wäre das genug?«

Grace war fassungslos. Sie schaute Daniel an, um zu sehen, wie er reagierte, und lächelte, als sie seine verblüffte Miene sah.

»Eigentlich hatte ich nicht vor, ihn zu verkaufen, Mrs. Larson ...«

»Es ist ein Original, Liebling«, flüsterte Lionel. »Du mußt ihr mehr anbieten.«

»Ja, ja, du hast ja recht! Zehn Dollar also. Würde das genügen?«

Daniel beschloß, daß es Zeit wurde, sich einzumischen. Grace war errötet, und er war ziemlich sicher, daß ihr die Situation peinlich war.

»Ich glaube nicht, daß die Dame ...«

»Er gehört Ihnen«, rief Grace. »Für zehn Dollar.«

Lionel gab ihr rasch das Geld. Sie steckte es ein, wünschte Winifred viel Spaß mit ihrem neuen Hut und verabschiedete sich von den beiden.

»Sollten wir jetzt nicht zu den Ställen gehen?« fragte sie Daniel.

Das Funkeln in ihren Augen war ein Zeichen dafür, daß sie fest entschlossen war, ihren Willen durchzusetzen. »In Ihrem Zustand sollten Sie nicht reiten. Sie sollten bequem in einer Kutsche sitzen und sich ausruhen.«

»Ich brauche mich nicht auszuruhen.«

Er fühlte sich verpflichtet, ihr noch einige Minuten lang zu widersprechen, bevor er nachgab. Aber ihm war natürlich klar, daß sie sehr viel schneller vorankommen würden, wenn sie statt der kurvenreichen Straßen Abkürzungen nahmen. Vielleicht würden sie sogar noch rechtzeitig am Bahnhof eintreffen, um am späten Nachmittag den Zug zu nehmen.

Während er überlegte, wie er sich entscheiden sollte, stand er da und betrachtete sie prüfend. Ihr Haar umrahmte ihr Gesicht in weichen Wellen, und sanft strich er es zurück, um einen Blick auf die Beule an ihrer Stirn zu werfen. Die Schwellung war zurückgegangen und sah längst nicht mehr so schlimm wie gestern nacht aus.

Langsam strich er mit der Fingerspitze über ihre Wange. »Sind Sie sicher, Grace?«

Sanft, aber entschieden schob sie seine Hand fort. »Ganz sicher.«

Er musterte sie sehr eindringlich, und sie dachte, daß er vielleicht nach einem Anzeichen von Schwäche bei ihr suchte. Sie straffte die Schultern, lächelte und wiederholte ihren Vorschlag, endlich aufzubrechen.

»Glauben Sie, uns bliebe Zeit, noch kurz am Wagen anzuhalten? Ich muß mir einen anderen Hut holen«, erklärte sie. »Eine Dame sollte nicht ohne Kopfbedeckung in der Öffentlichkeit erscheinen. Das tut man einfach nicht.«

»Warum haben Sie dann den anderen Hut verkauft?«

»Sie hat mir *zehn* Dollar dafür gegeben, Daniel!«

Er grinste. »Das hat Sie überrascht, nicht wahr?«

»Nicht wirklich«, gab sie zu. »Es ist der dritte Hut, den ich seit meiner Ankunft hier verkauft habe. Und ohne daß ich es versucht hätte«, fügte sie hinzu. »Die armen Damen hier haben nicht die Läden, die wir in London haben. Sie müssen per Katalog bestellen, aber das, was sie zu kaufen glauben, und das, was sie bekommen, sind oft ganz verschiedene Dinge. Das kann sehr enttäuschend sein.«

»Ja, das kann es wohl«, bestätigte er trocken.

Sie lachte. »Hüte sind wichtig für Damen, aber nicht für Männer. So ist es doch?«

»Dann kommen Sie«, forderte er sie lächelnd auf. »Ich habe den Wagen in den Mietstall bringen lassen. Sie können sich dort einen neuen Hut aus Ihren Schachteln holen.«

Er nahm ihren Arm und versuchte, sie zur Eingangstür zu ziehen. Aber sie widersetzte sich ihm.

»Es wäre sehr unhöflich von mir abzureisen, ohne mich von Jessica und Rebecca verabschiedet zu haben.«

»Sie sind nicht mehr im Hotel. Jessica ist gestern mit Cole fortgeritten, um Caleb zu einem Freund zu bringen, und Rebecca ist mit Marshal Cooper weggefahren. Sie werden beide in Red Arrow wiedersehen«, erklärte er, während er ihre Reisetasche nahm, ihren Arm ergriff und sie wieder zur Tür hinüberzog.

»Sollen wir zum Mietstall *rennen*?«

Er entschuldigte sich und ging ein wenig langsamer. Kaum waren sie draußen, galt seine ganze Aufmerksamkeit der Straße.

»Glauben Sie, wir schafften es, Rebecca oder Jessica einzuholen?«

»Nein.«

»Es wäre nett gewesen, mit ihnen zusammen im Zug zu sitzen.«

»Selbst wenn wir denselben Zug nähmen, würde ich Sie nicht zusammensitzen lassen.«

»Warum nicht?«

»Das erklär ich Ihnen später«, wich er aus.

Ärgerlich entzog sie ihm den Arm. »Daniel, es ist sehr unhöflich wegzuschauen, wenn man mit jemandem redet.«

Er lächelte über ihren vorwurfsvollen Tonfall. Sie klang wie eine Lehrerin, die einem kleinen Jungen

Manieren beibringt. »Grace, ich versuche nur, dafür zu sorgen, daß niemand auf Sie schießt. Aber wenn es Ihnen lieber ist, daß ich Sie ansehe ...«

»Nein, nein, beobachten Sie die Straße, das ist besser. Glauben Sie, da könnte wirklich jemand sein, der mich erschießen will?«

»Außer mir?«

»Das ist nicht witzig.«

Kurz darauf erreichten sie den Mietstall. Der Wagen stand im hinteren Teil der großen Scheune, und Grace suchte in ihren Schachteln, bis sie drei weitere Hüte gefunden hatte, die sie mitnehmen wollte. Daniel ermahnte sie, sich von der Tür fernzuhalten, solange er damit beschäftigt war, sein Pferd zu satteln.

Der Stallbesitzer, ein kleiner, korpulenter Mann mit Stiernacken und umfangreichem Bauch, kam zu ihr hinüber, um sich vorzustellen. Er hatte ein aufrichtiges Lächeln und roch nach Pferden. »Ich bin Harry, und ich würde Ihnen gern die Hand geben, Miss, aber sie ist schmutzig. Kann ich Ihnen irgendwie behilflich sein?«

Sie lächelte den eifrigen jungen Mann an. »Ja, das könnten Sie tatsächlich«, antwortete sie.

»Die Dame braucht ein Pferd«, rief Daniel. Er sattelte gerade sein eigenes, einen schönen grauen Hengst mit einem erstaunlich ausgeglichenen Charakter, aber er ließ auch Grace nicht aus den Augen.

Sie wirkte hier völlig fehl am Platz. »Rosa Seide«, murmelte er kopfschüttelnd. So, wie sie gekleidet war, mit diesem auf absurde Weise femininen Hut und diesen unpraktischen Lederschuhen, gehörte sie in einen eleganten Salon. Aber Harry schien sie zu gefallen. Der Mann starrte sie hingerissen an und versuchte, noch näher an sie heranzutreten. Wahrscheinlich weil sie so gut riecht, dachte Daniel, aber Harrys Gründe kümmerten ihn nicht. Er wollte nur, daß er Grace in Ruhe ließ.

»Wie wäre es, wenn du der Dame ein Pferd holen würdest, Harry?« rief Daniel, und seine Stimme klang schärfer, als er beabsichtigt hatte.

»Ihr Mann ist aber sehr besitzergreifend«, flüsterte Harry, bevor er sich zu Daniel umwandte. »Ich werde Ihrer Frau das beste geben, das ich habe.«

Einige Minuten später kam Harry mit einem mageren Wallach zurück, der so aussah, als ob er keinen einzigen Zahn mehr hätte. Das arme Tier hätte längst sein Gnadenbrot verdient, dachte Grace mitleidig.

Nach einem Blick auf diese bedauernswerte Kreatur lehnte sie höflich ab. »Nein, danke.«

Harry rieb sich das Kinn, während er überlegte, welches seiner anderen Pferde er ihr zeigen sollte. »Ich habe diesen Mietstall erst vor kurzem von meinem Bruder übernommen und kenne mich mit den Tieren noch nicht so gut aus«, murmelte er. »Aber ich erinnere mich an eine hübsche kleine Stute. Die wird Ihnen bestimmt gefallen«, versprach er, als er sich abwandte und davoneilte. »Man könnte sagen, daß ich das Beste bis ganz zum Schluß aufgehoben habe.«

Grace lehnte auch die kleine Stute höflich, aber entschieden ab.

»Was haben Sie denn gegen dieses Tier?« wollte Harry wissen.

»Sie ist zu schwach«, erklärte Grace. »Sie gehört zum Grasen auf die Weide. Mit diesen spindeldürren Beinen hätte sie ja nicht einmal genügend Kraft für einen Ausritt durch den Park. Darf ich mir die anderen Pferde ansehen?«

Harry straffte ärgerlich die Schultern. »Nein, das dürfen Sie nicht. Sie bleiben hier, und ich bringe Ihnen das beste Tier, das ich habe.«

Grace hielt es für keine gute Idee, Harry daran zu erinnern, daß er ihr das ›beste‹ bereits gezeigt hatte.

Geduldig wartete sie ab, und als er ihr einen weiteren mageren Klepper zeigte, schüttelte sie den Kopf.

Harry hob resignierend die Hände. »Dann gehen Sie, und sehen Sie sich in Gottes Namen selber um, Ma'am. Sie können sich aussuchen, was sie haben wollen.«

Sie brauchte nur ein paar Minuten, um ein gesundes Pferd zu finden – eine kräftige Stute, die Harry in einer der hinteren Boxen versteckt hatte.

Harry versuchte prompt, sie umzustimmen. »Ich gestehe Ihnen ja zu, daß sie ein hübsches Tier ist, aber für eine Dame ist sie viel zu temperamentvoll«, erklärte er. »Sie werden doch nicht zulassen, daß die Dame dieses Pferd reitet?« wandte er sich an Daniel.

»Grace?«

»Ja, Daniel?«

»Glauben Sie, daß Sie mit ihr fertig werden?«

»Ja.«

»Nun ja, sie wird Sie hinbringen, wo Sie hinwollen«, gab Harry zu. »Aber ...«

Grace hob ihre behandschuhte Hand und kraulte die Stute hinter den Ohren. »Sie ist wunderschön. Wir werden uns gut verstehen. Wie heißt sie?«

»Verdammt.«

Grace machte große Augen. »Harry, wenn Sie sie nicht verkaufen wollen, dann sagen Sie es doch einfach. Es ist nicht nötig, daß Sie fluchen.«

»Ich fluche nicht. Es ist ihr Name«, sagte er. »Ihr früherer Besitzer hat mir ihren Namen erst genannt, als der Handel schon perfekt war. Ich sage Ihnen, wie es ist. Sie heißt ›Verdammt‹.«

»Das gefällt mir nicht«, erklärte Grace. »Ich werde sie Daisy nennen.«

Harry verdrehte die Augen. »Ich glaube, Sie verstehen nicht, Ma'am. Sie können sie nennen, wie Sie wollen, aber sie hört nur auf ›Verdammt‹. Wollen Sie sie noch immer kaufen?«

»Ja, bitte. Daniel, ist sie nicht entzückend?«

Daniel versuchte, nicht zu lachen. Als Harry ihnen den Namen des Pferdes genannt hatte, war Grace errötet. Aber sie fand Verdammt »entzückend«, und er erhob keine Einwände, denn er wollte endlich fortkommen.

Nachdem Daniel Pferd und Sattel bezahlt hatte, kamen Harry von neuem Zweifel.

»Sind Sie sicher, daß Ihre Frau mit einem so temperamentvollen Tier zurechtkommt?«

»Natürlich ist er sicher«, antwortete Grace, bevor Daniel etwas erwidern konnte.

Harry gab es auf. »Dann hole ich Ihnen noch eine Reitgerte. Sie werden sie bei diesem Satansbraten brauchen.«

»Nein, danke«, sagte Grace.

»Ich versichere Ihnen, daß sie nicht tun wird, was Sie wollen, wenn Sie sie nicht schlagen! Sie brauchen eine Reitgerte.«

Die Diskussion hätte sich vielleicht noch endlos lange hingezogen, wenn Daniel sich nicht eingemischt hätte. Harry, dachte er, war in der falschen Branche. Der Mann hatte Angst, sich einem Pferd zu nähern. Daniel sattelte die Stute rasch und führte sie hinaus zu Grace.

Harry flehte und bettelte inzwischen, aber Grace weigerte sich, die Reitgerte zu nehmen, selbst als er ihr erklärte, er wolle nicht einmal Geld dafür.

»Es wird Zeit, daß wir aufbrechen«, sagte Daniel. Er hatte ihre Reisetasche hinter dem Sattel festgebunden und Grace hinaufgehoben, damit er die Steigbügel richtig einstellen konnte.

Sie fühlte sich leicht wie eine Feder an. Es gelang ihm nicht, sein Lächeln zu verbergen, als sie ihren Strohhut aufsetzte. Weiße Seidenbänder fielen auf ihren Rücken. Sie sah aus, als wäre sie auf dem Weg zu einem sonntäglichen Spazierritt in den Park.

Aber er wußte, daß Äußerlichkeiten täuschen konnten. Sie hatte ihn überrascht, als sie bewiesen hatte, daß sie sich mit Pferden auskannte, und die Art, wie sie im Sattel saß, verriet ihm, daß sie nicht übertrieben hatte, als sie sich als gute Reiterin bezeichnet hatte.

»Warum lächeln Sie?« fragte sie.

»Wir schaffen es vielleicht doch noch bis zum Abendzug«, erwiderte er. »Das dachte ich gerade.«

Ein kleiner Schmutzfleck war an seinem Kinn. Bevor sie es sich anders überlegen konnte, streckte sie die Hand aus und wischte ihn ab.

Er reagierte, als hätte sie ihm einen harten Schlag versetzt. Er fuhr zusammen und wandte sich von ihr ab.

»Auf geht's«, befahl er. »Harry, öffnen Sie uns die Hintertüren. Wir werden dort hinausreiten.«

»Wie lange werden wir in Texas bleiben?« erkundigte sich Grace.

Daniel wollte sich gerade in den Sattel schwingen, als sie die Frage stellte. Langsam wandte er sich zu ihr um. Sein Arm lag entspannt auf seinem Sattel, er neigte den Kopf etwas zur Seite, und sie dachte, daß er aussah wie einer dieser wilden, rauhen Burschen aus dem Westen, über die sie schon so viel gelesen hatte. Große, starke Männer, die auf der Suche nach Abenteuern das Land durchstreiften und gebrochene Herzen zurückließen. Ob Daniel wie diese Männer war? Das ist sehr gut möglich, dachte sie. Er sah wie jemand aus, der sich nie irgendwo fest niederlassen würde.

»Das kann ich noch nicht sagen«, antwortete Daniel, während er sich fragte, was diese steile Falte zwischen ihren Brauen zu bedeuten hatte. »Warum wollen Sie es wissen?«

»Weil ich noch andere Verpflichtungen habe«, erwiderte sie. »Persönliche. Könnten Sie mir nicht wenigstens ungefähr sagen, wie lange wir dort bleiben werden? Ich muß es wirklich wissen.«

»Wir werden etwa ein, zwei Wochen für die Reise brauchen«, erklärte er. »Dann müssen Sie in Blackwater bleiben, bis der Prozeß vorüber ist und die anderen Männer verhaftet worden sind …«

»Warum?« unterbrach sie ihn. »Das kann ja Monate dauern!«

»Ich kann Sie erst gehen lassen, wenn ich sicher bin, daß keins der anderen Bandenmitglieder mehr frei herumläuft und Ihnen etwas antun kann.«

Sie schloß die Augen. »Na schön«, erwiderte sie ergeben. »Das heißt also, daß ich für mindestens zwei Wochen oder sogar bis zu zwei Monaten in Texas bleiben muß.«

»Vielleicht sogar noch länger«, warnte er.

Ihre Reaktion verblüffte ihn. In ihren Augen schimmerten plötzlich Tränen. »Dann ist es also schon entschieden.«

»Was ist entschieden?« fragte er, verwirrt über den Kummer, der in ihre Stimme mitklang.

Sie war so niedergeschlagen, daß sie kaum noch einen vernünftigen Gedanken fassen konnte. »Es ist vorbei«, flüsterte sie. »Ich habe verloren.«

»Was reden Sie da, Grace?«

»Ich gebe Ihnen nicht die Schuld daran, Daniel. Wirklich nicht.«

»Würden Sie mir bitte erklären, was Sie meinen?« verlangte er. »Sagen Sie mir, warum Sie so bestürzt sind.«

»Meine Zukunft«, rief sie. »Sie ist ruiniert! Selbst ein Monat wäre viel zu lange. Verstehen Sie das nicht? Nein, natürlich verstehen Sie es nicht, aber das ist auch nicht wichtig. Ich allein bin schuld daran, weil ich so lächerliche Träume hatte. Ich habe schon zuviel Zeit verschwendet und hätte es in der kurzen Zeit, die mir noch bleibt, sowieso nicht mehr geschafft.« Sie stieß einen tiefen, müden Seufzer aus. »Ich muß noch rasch ein Telegramm aufgeben, bevor wir die Stadt verlassen.«

»Nein«, sagte Daniel.

»Tut mir leid, aber ich muß darauf bestehen.«

»Sagen Sie mir, warum«, beharrte er.

»Wenn man etwas fürchtet, ist es dann nicht am besten, es so schnell wie möglich hinter sich zu bringen, damit man sich nicht mehr davor fürchten muß?«

Daniel hatte keine Ahnung, wovon sie sprach. Harry jedoch offensichtlich schon, denn er trat vor, um seine Meinung kundzutun.

»Sie meinen, wie wenn man sich einen Zahn ziehen lassen muß?« fragte er.

»Ja, genau so ist es«, stimmte sie ihm zu.

»Sie sagt, sie muß ein Telegramm abschicken, damit sie aufhören kann, sich davor zu fürchten«, erklärte er Daniel.

»Ich brauche keinen Übersetzer«, versetzte Ryan ärgerlich. »Sie können in Blackwater telegrafieren. Und jetzt kommen Sie.«

Sie schüttelte den Kopf. »Warten würde das Unvermeidliche nur verschieben.«

Nach dieser rätselhaften Feststellung wendete sie die Stute und versuchte, durch das vordere Tor hinauszureiten. Daniel stieß eine Verwünschung aus, bevor er ihr nacheilte.

Harry ergriff die Zügel ihrer Stute und hielt sie fest. »Ihr Mann ist ziemlich aufgebracht, Ma'am. Was haben Sie denn zu erledigen, was so wichtig ist, daß es nicht warten kann?«

Sie brach in Tränen aus. »Ich muß heiraten.«

27. KAPITEL

»Ich will nicht darüber reden.«

»Es ist mir egal, ob Sie es wollen oder nicht«, erklärte Daniel. »Sie werden mir jetzt sagen, warum Sie heiraten müssen.«

Grace beschloß, ihn nicht mehr zu beachten. Mit einem müden Seufzer lehnte sie sich an die gepolsterte Rückenlehne ihres Sitzes in dem privaten Eisenbahnabteil und schaute aus dem Fenster auf die vorüberfliegende Landschaft. Der Zug fuhr mit halsbrecherischer Geschwindigkeit, und da sie im letzten Wagen saßen, schwankte das Abteil jedesmal sehr heftig, wenn der Zug vor einer Kurve abbremste. Die Bewegung verursachte ihr Übelkeit. Daniels ungesunde Blässe und der harte Zug um seinen Mund verrieten, daß es ihm nicht sehr viel anders ging.

»Ist Ihnen nicht gut, Daniel?«

»Ich könnte mich gar nicht besser fühlen«, erwiderte er mürrisch.

»Sie brauchen nicht so unfreundlich zu sein.«

Sie saßen sich in dem winzigen Abteil gegenüber. Es war eigentlich für vier Erwachsene gedacht, aber Daniel beanspruchte auf seiner Seite den gesamten Platz. Seine langen Beine hatte er vor sich ausgestreckt, was es ihr unmöglich machte aufzustehen, ohne ihn belästigen zu müssen. Aber wozu hätte sie auch aufstehen sollen? Die Tür ihres Abteils war von innen verriegelt, damit niemand zu ihnen hereinkommen konnte.

»Ich glaube nicht, daß sich das schickt«, bemerkte sie.

»Was schickt sich nicht?«

»Daß wir zusammen reisen. Es würde in England heftige Kritik auslösen.«

»Ich bin ein Vertreter des Gesetzes«, erinnerte er sie. »Das ist etwas anderes.«

»Sie sind trotzdem ein Mann.«

»Ja, das letzte Mal, als ich nachgesehen habe, war ich es noch«, bestätigte er grinsend.

Sie schaute wieder aus dem Fenster, aber er hatte gesehen, daß sie lächelte. »Wären Sie jetzt bereit, mir zu erzählen, warum Sie heiraten müssen, Grace?«

»Nein. Ich werde es Ihnen nicht erzählen.«

»Haben Sie Probleme, Grace?«

Sie schaute ihn nicht an, als sie erwiderte: »Ja, ich glaube, die habe ich.«

In Gedanken ging er alle Möglichkeiten durch, aber sie erschien ihm nicht wie eine Frau, die sich vor der Ehe von einem Mann berühren lassen würde. Er war überzeugt davon, daß sie noch Jungfrau war.

»Sie sind nicht schwanger.«

»Um Himmels willen, nein!« stammelte sie. »Wie können Sie nur denken, ich ...«

»Sie sagten, Sie müßten heiraten, und gaben zu, daß Sie Probleme haben. Ich habe bloß zwei und zwei zusammengezählt. Aber dann bin ich zu dem Schluß gekommen, daß es etwas anderes sein muß. Es ist eine lange Reise bis nach Texas, Grace, und irgendwann werden Sie mir sowieso verraten, was ich wissen will. Da könnten Sie es genausogut auch gleich tun.«

»Ich wußte gar nicht, daß Männer solche Nervensägen sein könnten! Also gut, Daniel – Sie haben gewonnen. Ich hatte meinen Eltern versprochen, Lord Nigel Edmonds zu heiraten, falls es hier nicht klappen sollte. Und das ist ja leider der Fall«, fügte sie hinzu.

»Ich weiß immer noch nicht, wovon Sie reden. Was hat nicht geklappt?«

Verärgert runzelte sie die Stirn. »Meine Eltern tragen einen Titel und nehmen eine hohe Stellung in der englischen Gesellschaft ein. Sie sind aber keine reichen Leute, und es war sehr schwer für sie, ihren Status aufrechtzuerhalten. Sie haben Darlehen auf ihre Ländereien aufgenommen, konnten dann aber nicht die Zinsen dafür zahlen. Das war eine furchtbare Demütigung für sie.«

»Hat denn niemand Ihrem Vater geraten, darüber nachzudenken, ob er sich nicht Arbeit suchen soll?«

»O nein, das wäre undenkbar für einen Aristokraten!«

»Ein Adelstitel bringt kein Essen auf den Tisch.«

»Nein, da haben Sie wohl recht«, stimmte sie seufzend zu.

»Wenn er nicht arbeiten will oder kann, wird er sein Land und alles andere, was er besitzt, verkaufen müssen.«

»Deshalb werde ich ja heiraten.«

»Ich verstehe es noch immer nicht.«

»Meine Eltern haben nur noch mich, Daniel ...«

Ungläubig beugte er sich vor. »Wollen Sie damit sagen, daß er Sie verkauft?«

»Nein, nein, natürlich nicht! Er hat nur eine standesgemäße Ehe für mich arrangiert.«

»Und diese Ehe würde seine finanziellen Probleme lösen?«

»Ja, das wird sie.«

»Dann verkauft er Sie.«

»Nein, das tut er nicht!« erwiderte sie erbost. »Standesgemäße Ehen, von denen beide Familien profitieren, werden schon seit Jahrhunderten arrangiert. Mein Vater tut nichts Unkorrektes. Im Gegenteil – er hat sogar unglaubliche Geduld mit mir bewiesen. Ich bat ihn um ein Jahr Bedenkzeit, weil ich die Hoffnung hegte – und den Traum, so dumm er auch gewesen sein mag –, daß ich es hier schaffen würde. Ich wollte mit dem Geld, das mir ein Onkel hinterlassen hatte, Land kaufen ...«

»Und Sie dachten, Sie würden genug damit verdienen, um Ihre Eltern im gewohnten Stil zu unterhalten?«

»Nein, das sehen Sie nicht richtig. Meine Eltern sind schon ziemlich alt. Sie waren schon um die Vierzig, als ich geboren wurde«, erklärte sie. »Aber sie sind nicht engstirnig. Wenn die Ranch sie ernähren könnte, würden sie England verlassen und zu mir kommen. Ist das nicht großartig von ihnen? Sie würden meine Eltern mögen, Daniel. Sie sind sehr praktisch, genau wie Sie.«

»Sie sind noch viel zu jung, um eine derartige Verantwortung zu tragen.«

»Alter hat nichts damit zu tun. Vom Tag meiner Geburt an war meine Zukunft schon entschieden.«

»Wieso?«

»Weil ich mit dem Titel einer Lady auf die Welt gekommen bin.«

»Ich weiß, daß Sie eine Dame sind.«

»Nein, Sie verstehen nicht. Ich kam schon als Lady Grace Winthrop auf die Welt. Der Titel bringt gewisse Verpflichtungen mit sich, und ich würde meine Eltern sehr beschämen, wenn ich ihre Wünsche nicht respektieren würde.«

Daniel war verblüfft über die enormen kulturellen Unterschiede zwischen ihnen. Was in England wichtig war, war in Amerika vollkommen nebensächlich.

»Titel bedeuten hier nicht viel.«

»Das weiß ich«, meinte sie. »Aber was ist hier denn wichtig? Das Geld?«

»Für manche Leute schon«, räumte er ein.

»Und was ist für Sic das Wichtlgste?«

»Ehre.«

»Aber das sage ich doch die ganze Zeit! Meine Ehre steht auf dem Spiel. Ich muß das Richtige tun.«

»Das Wort eines Mannes hat in Amerika sehr viel mehr Gewicht als seine gesellschaftliche Stellung.«

»Verantwortungsbewußt zu handeln ist etwas ungeheuer Wichtiges für mich«, entgegnete sie. »Ich habe bestimmte Pflichten zu erfüllen.«

»Und dazu gehört es auch, sich an einen Mann mit Geld und Macht zu binden?«

»Wenn es meiner Familie hilft, dann ja.«

»Aber Ihnen ist nicht wohl bei dem Gedanken, Grace?«

Sie weigerte sich, etwas darauf zu erwidern.

»Nein, es paßt Ihnen ganz und gar nicht«, erkannte er. »Sie hätten nicht um einen Aufschub der Hinrichtung gebeten, wenn Sie mit der Entscheidung Ihrer Eltern einverstanden gewesen wären. Lieben Sie den Mann, den sie für Sie ausgesucht haben?«

»Ich bin sicher, daß ich lernen werde, ihn zu lieben. Er scheint ein anständiger Mensch zu sein.«

»Aber Sie wissen es natürlich nicht?«

Sie errötete. »Ich kenne ihn nicht gut. Die Wahrheit ist, daß ich ihn bisher erst einmal gesehen habe. Ich wurde ihm auf einem Wohltätigkeitsball vorgestellt, und ich muß zugeben, daß er keinen großen Eindruck auf mich machte. Aber so dürfte ich nicht reden, nicht?«

»Es ist nicht verwerflich, aufrichtig zu sein«, versicherte er ihr. »Sie müssen ihn sehr beeindruckt haben.«

»Ja, so muß es wohl gewesen sein«, stimmte sie zu. »Er bat meinen Vater schon am nächsten Tag um eine Unterredung. Mutter sagte, es sei bei Nigel Liebe auf den ersten Blick gewesen, aber einen solchen Unsinn glaube ich natürlich nicht.«

»Wenn Sie Liebe gegen ›Lust‹ austauschen, könnte die Bemerkung stimmen.«

»Ich denke, wir sollten das Thema jetzt beenden. Es scheint Sie zu sehr aufzuregen.«

»Ich rege mich nicht auf«, erwiderte er ungehalten. »Ich finde es nur unglaublich barbarisch von Ihrem Vater.«

»Daniel, Ehen zu arrangieren, ist in bestimmten Gesellschaftskreisen etwas ganz Normales.«

»Und Sie sind eine pflichtbewußte Tochter.«

Sie versteifte sich. »Allerdings, das bin ich. Es war sehr großzügig von meinen Eltern, mir ein Jahr ...«

»...Aufschub zu gewähren?«

»Bedenkzeit«, berichtigte sie ihn. »Sie wollten mir die Chance geben, meine Träume zu verwirklichen. Sie glauben an mich.«

Er schaute sie aus seinen blauen Augen eindringlich an. »Aber *Sie* glauben nicht an sich, nicht wahr, Grace?«

»Natürlich glaube ich an mich!«

»Warum geben Sie dann auf?«

»Weil ich nach Texas muß«, antwortete sie. »Ich kann schließlich nicht an zwei Orten zugleich sein. Ich habe schon vier Monate vergeudet, und diese Reise und der Prozeß in Texas könnten noch zwei weitere erfordern. Ich werde nicht eher mein normales Leben fortsetzen können, bis alle Mitglieder der Blackwater-Bande verhaftet sind – weil Sie sonst nämlich darauf bestehen würden, mich auch weiterhin zu schützen, und es noch monatelang so weitergehen könnte.«

»Sie geben also auf«, wiederholte er.

Er hatte einen wunden Punkt berührt, und das gefiel ihr ganz und gar nicht, weil er sie zwang, sich einzugestehen, was sie bisher zu ignorieren versucht hatte. Sobald der Weg ein bißchen holprig wurde, versuchte sie, sich zu drücken.

»Ich bin kein Drückeberger.«

»Mir kommt es aber ganz so vor.«

»Ach, was wissen Sie schon? Für Sie ist alles anders.«

»Weil ich in den Vereinigten Staaten lebe.«

»Weil Sie ein Mann sind«, entgegnete sie. »Sie brauchen nie zu heiraten, wenn Sie es nicht wollen, und ich bezweifle, daß das je geschehen wird. Sie sind einfach nicht der Typ, der heiratet und eine Familie gründet.«

Er veränderte seine Haltung und brauchte nun noch mehr Platz für seine langen Beine.

»Ich war verheiratet.«

Sie war erstaunt. »Im Ernst?«

Er nickte. »Fast sieben Jahre. Wir hatten eine Tochter namens Bridget.«

Sie stellte ihm keine Fragen mehr, aber das Schweigen, das auf seine Worte folgte, flößte ihm kein Unbehagen ein. Er wußte nicht, was ihn dazu veranlaßt hatte, ihr von seiner Vergangenheit zu erzählen, aber die Worte waren über seine Lippen gekommen, bevor er es hatte verhindern können.

»Sie sind beide tot ... zwei Jahre schon.«

»Das tut mir leid, Daniel.«

»Ja. Mir auch.«

Es war, als ob er über Fremde redete, so flach und emotionslos klang Daniels Stimme, doch die Qual war da. Sie spiegelte sich in seinen Augen wider, und sie war herzergreifend. Grace hätte ihn am liebsten in die Arme genommen, um ihn zu trösten, und der einzige Grund, warum sie es nicht tat, war die Gewißheit, daß er ihren Trost nicht akzeptieren würde.

Sie wollte ihm nicht zeigen, wie erschüttert sie war, und so wandte sie sich ab und schaute wieder aus dem Fenster.

Eine Weile sprach sie nicht, dann fragte sie: »Wie war der Name Ihrer Frau?«

»Kathleen.«

»Ein schöner Name! Sie haben Sie sehr geliebt, nicht wahr, Daniel?«

»Ja«, antwortete er ohne Zögern. »Ich habe sie geliebt. Ich liebe sie noch immer.«

»Glauben Sie, daß Sie je wieder heiraten werden?«

»Nein.«

»Mit der Zeit ...«

Er schüttelte den Kopf. »Jetzt erzählen Sie mir bloß nicht, die Zeit heile alle Wunden!«

Sie verstand nicht, wieso er plötzlich so angriffslustig war. »Das wollte ich nicht sagen.«

»Was dann?«

»Daß Sie mit der Zeit wieder werden lächeln können, wenn Sie an Kathleen und Bridget denken, weil Sie sich an die schöne Zeit erinnern werden, die Sie mit ihnen hatten. Der Schmerz wird niemals weichen, aber er wird nachlassen.«

»Woher, zum Teufel, wollen *Sie* das wissen?«

Sie gab sich Mühe, seine Feindseligkeit zu ignorieren. »Ich weiß es nicht aus eigener Erfahrung. Ich hoffe es nur für Sie.«

»Es ist heiß hier drinnen, nicht?«

Sie nickte zustimmend und streckte die Hand aus, um das Fenster zu öffnen. Aber es gelang ihr nicht. »Ich glaube, es ist verriegelt«, sagte sie.

Daniel griff an ihr vorbei und versetzte dem Rahmen einen kräftigen Stoß. Das Fenster glitt nach oben. Eine warme Brise drang in das Abteil.

»Erzählen Sie mir, wie Kathleen war«, bat Grace.

»Warum wollen Sie das wissen?«

»Aus reiner Neugierde, mehr nicht.«

Daniel legte seine Füße auf die Bank neben Grace, lehnte sich zurück und schloß die Augen. Seine Arme waren über der Brust verschränkt, und er sah aus, als ob er vorhätte zu schlafen.

»Sie war das genaue Gegenteil von Ihnen«, antwortete er. »In jeder Hinsicht.«

»Wie sah sie aus?«

»Sie war groß und hatte braunes Haar und braune Augen. Und sehr viele Sommersprossen«, fügte er hinzu. »Sie machte sich ständig Sorgen um ihr Gewicht, aber das war nicht nötig, weil sie perfekt war, wie sie war. Kathleen war eine schöne Frau, äußerlich und innerlich. Und das war unsere Tochter auch. Sie sah genau wie ihre Mutter aus.«

Mehrere Minuten verstrichen, bevor Grace eine weitere Frage stellte. »Wie lernten Sie sich kennen?«

»Ich hielt auf dem Weg nach Dillon an der Farm ihres Vaters, und sie arbeitete im Garten. Sie lag in der heißen Sonne auf den Knien und jätete Unkraut, und als sie zu mir aufschaute und lächelte, habe ich mich auf der Stelle in sie verliebt.«

»Ich liebe Gartenarbeit«, sagte Grace, die glaubte, nun doch eine Gemeinsamkeit mit Kathleen entdeckt zu haben. »Ich hatte wundervolle Blumen – in allen Farben, die man sich nur vorstellen kann.«

Daniel schüttelte den Kopf. »In Kathleens Garten gab es nur Gemüse. Sie war auf einer Farm aufgewachsen und hatte keine Zeit für Blumen. Sie bauten Gemüse an, um etwas auf dem Tisch zu haben. Sie sind in der Stadt aufgewachsen, nicht?«

»Wir hatten auch einen Landsitz«, erzählte sie. »Wenn die Hitze in der Stadt unerträglich wurde, zogen wir uns dahin zurück.«

Er runzelte bei der Vorstellung die Stirn. »Kathleen kannte solche Privilegien nicht, und sie hatte keine Zeit, um über die Hitze oder die Gesellschaft nachzudenken. Sie arbeitete von Sonnenaufgang bis Sonnenuntergang, ganz gleich, bei welchem Wetter. Sie hatte keinen Schrank voll eleganter Ballkleider, aber dafür besaß sie Ehre, Anstand, Mut und Treue.«

»Und ich nicht? Ist es das, was Sie mir sagen wollen,

Daniel? Sie erzählten, Kathleen sei das genaue Gegenteil von mir gewesen. Sie besaß also Ehre, und ich nicht?«

»Ich wollte damit nur andeuten, daß Sie anders sind.«

Sie schaute ihm in die Augen und fragte leise: »Wollten Sie mich absichtlich verletzen?«

Er antwortete nicht darauf, und sie schaute aus dem Fenster, um ihm nicht zu zeigen, wie sehr er sie gekränkt hatte. Was hatte sie getan, um ein solch geringes Urteil zu verdienen? Und wieso bedeutete seine Meinung ihr so viel?

Sie kniff die Augen zusammen, um nicht zu weinen. Wenn er auch nur eine Träne sah, würde er es als Schwäche deuten. Aber sie war nicht schwach! Sie hatte zwar noch nie einen Garten umgegraben oder Gemüse angepflanzt, aber das hieß noch lange nicht, daß sie es nicht konnte.

Ärger verdrängte ihren Schmerz. Wie konnte er es wagen, sie derart vorschnell zu beurteilen?

»Es tut mir leid, Grace. Ich wollte Sie nicht kränken.«

Sie schaute ihn nicht an, als sie erwiderte: »Das haben Sie aber.«

»Verdammt, Sie werden doch jetzt nicht weinen, oder?«

Sie bedachte ihn mit einem ärgerlichen Blick. »Nein, das werde ich nicht!« versetzte sie. »Aber belügen Sie mich nicht! Sie *wollten* mich verletzen, und Sie könnten wenigstens so ehrlich sein, es zuzugeben.«

»Also gut. Ich wollte Sie verletzen. Würden Sie bitte das Fenster schließen? Es wird hier drinnen kalt.«

»Es ist heiß wie in einem Backofen«, widersprach sie.

»Schließen Sie es bitte.«

Sie stand auf, um seine Bitte zu erfüllen, und wandte sich dann wieder zu ihm um. »Haben Sie sich erkältet, Daniel?«

»Nein«, murmelte er. »Ich bin bloß müde.«

»Eben war Ihnen noch heiß, und jetzt frieren Sie.«

Sie setzte sich neben ihn auf die Bank, und bevor er sie daran hindern konnte, hob sie die Hand und berührte seine Stirn. »Sie haben Fieber, Daniel. Ich glaube, Sie haben sich mit der Influenza angesteckt.«

»Grace, gehen Sie zu Ihrem Platz zurück, und lassen Sie mich in Ruhe. Bitte.«

Sie ging zu ihrem eigenen Sitz zurück und betrachtete ihn sorgenvoll. »Jetzt verstehe ich, warum Sie so mürrisch sind. Es geht Ihnen nicht gut.«

Der Zug schlingerte in den Schienen um eine weiter Kurve, das Abteil schwankte, und Daniels Magen revoltierte.

»Ich bin nicht mürrisch«, knurrte er. »Ich habe das alles nur gesagt, damit Sie mich in Ruhe lassen. Es war dumm und gemein von mir, und ich hätte es nicht tun sollen, aber Sie müssen Abstand zu mir halten, Grace. So ist es nun einmal. Warum, in Gottes Namen, fährt dieser Zug so schnell?«

»Er fährt nicht schnell. Er verringert seine Geschwindigkeit. Und wie, in Gottes Namen, sollte ich Abstand zu Ihnen halten? Wir sind zusammen in diesem winzigen Abteil eingeschlossen, und Sie lassen mich nicht aus den Augen. Was habe ich falsch gemacht, daß Sie jetzt so verärgert sind?«

»Ach, verdammt Grace, Sie haben überhaupt nichts falsch gemacht. Sie sind bloß verdammt hübsch und verführerisch.«

Sie wußte nicht, was sie davon halten sollte. Seine Worte waren schmeichelhaft, aber die Art, wie er sie betonte, ließ sie wie einen Vorwurf klingen. Wieso verärgerte es ihn so, daß er sie hübsch fand?

»Daniel, es ergibt überhaupt keinen Sinn, was Sie da sagen.«

Er spürte Galle in seiner Kehle aufsteigen und atmete tief ein, um seinen Magen zu beruhigen. »Wissen Sie, es ist eigentlich ganz simpel.«

»So?« fragte sie ruhig.

»Ja«, knurrte er. »Seit Kathleen tot ist, habe ich keine Frau mehr begehrt, aber in letzter Zeit ... seit ich Sie kenne ...«

Sie schwieg und hoffte, daß er fortfuhr, und als er es nicht tat, ermunterte sie ihn leise: »Ja, Daniel?«

Er schätzte, daß ihm höchstens fünfzehn Sekunden blieben, um den Waschraum am Ende des Waggons zu erreichen, als er aufsprang und auf die Tür zustürzte.

»Ich begehre Sie, Grace. Kapieren Sie es jetzt? Verriegeln Sie die Tür, und lassen Sie niemanden herein!«

Sie war so verblüfft, daß sie sich nicht bewegen konnte. Er brüllte noch einmal ihren Namen, damit sie tat, was er ihr aufgetragen hatte, und blieb dann draußen vor der Tür stehen, bis er sie den Riegel vorlegen hörte.

Beim erstenmal schaffte er es bis in den Waschraum, bevor er sich erbrach. All die anderen Male schaffte er es jedoch nicht und übergab sich auf den Boden und in den Eimer, den der Schaffner brachte. Ihm war, als hätte er sich auch über Grace erbrochen, hoffte aber, daß er sich das nur eingebildet hatte. Er konnte sich nicht entsinnen, sich jemals zuvor so furchtbar schlecht gefühlt zu haben. Die Krankheit hatte ihm all seine Kraft geraubt. Er konnte kaum den Kopf heben, und ganz gleich, in wie viele Decken Grace ihn einhüllte, er fror entsetzlich.

Grace machte ihm ein Bett und saß die ganze Nacht bei ihm, hielt seinen Kopf in ihrem Schoß und kühlte seine Stirn mit feuchten Tüchern, und er war überzeugt, daß er gestorben wäre, wenn sie nicht dagewesen wäre.

Gegen Mitternacht hatte er endlich aufgehört, sich zu erbrechen und war eingeschlafen. Bei Tagesanbruch rüttelte sie ihn wach, um ihm zu sagen, daß sie den Bahnhof erreicht hatten und die Züge wechseln mußten. Er verstand beim besten Willen nicht, wie er es schaffte, von einem Abteil ins andere zu kommen, und war verblüfft, als er bemerkte, daß das Gepäck schon umgeladen war. Hatte Grace es hergebracht? Nein, unmöglich! Sie war vollauf damit beschäftigt gewesen, ihn festzuhalten. Er war nicht einmal imstande, sich ohne ihre Hilfe auf den Beinen zu halten. Als er begriff, was für eine leichte Zielscheibe sie während des Umsteigens gewesen war, lief es ihm wieder kalt den Rücken hinunter.

Kaum war die Tür ihres Abteils verriegelt, legte er sich wieder hin und schlief. Auch diesmal ruhte sein Kopf in Grace' Schoß, als er erwachte. Sie lehnte mit geschlossenen Augen am Fenster und sah sehr ernst und ruhig aus.

Er bemühte sich, leise zu sein, um sie nicht zu stören. Nachdem er sich gewaschen und das Hemd gewechselt hatte, setzte er sich ihr gegenüber auf die Bank.

Erst da bemerkte er, daß sie sich umgezogen hatte. Sie trug jetzt eine weiße Bluse mit einer hübschen Brosche am Hals und einen dunkelblauen Rock. Auch die Schuhe hatte sie gewechselt. Sie hatten den gleichen Farbton wie ihr Rock.

Wann mag sie Zeit dazu gefunden haben? Fragte er sich. Und wieso hatte sie sich die Mühe überhaupt gemacht?

»Guten Morgen, Daniel. Fühlen Sie sich heute besser?«

»Ja, sehr viel besser. Habe ich Sie geweckt?«

»Nein, ich habe nicht geschlafen. Ich habe mich nur ein bißchen ausgeruht. Sie sehen aber nicht so aus, als fühlten Sie sich besser. Beugen Sie sich vor, damit ich Ihre Stirn berühren kann.«

»Das ist nicht nötig, Grace. Es geht mir gut.«

Sie blieb von seiner schroffen Antwort völlig ungerührt. »Wo habe ich das nur schon gehört?«

»Was?«

»Sie haben mir die ganze Nacht erzählt, es ginge Ihnen gut, aber das stimmte ganz und gar nicht. Und jetzt beugen Sie sich vor.«

Seufzend tat ihr Daniel den Gefallen. »Sie sind sehr beharrlich«, murmelte er.

Sie legte ihre Hand an seine Stirn und schüttelte den Kopf. »Schwer zu sagen«, gab sie zu. »Wenn Sie Fieber haben, ist es nicht viel. Sie dürfen aber noch nichts essen oder trinken, weil Ihnen sonst wahrscheinlich wieder übel wird. Sie haben großes Glück gehabt.«

Er lehnte sich mit dem Rücken an die Kissen und verschränkte die Arme vor der Brust. »Wie meinen Sie das?«

»Sie haben nur eine leichte Grippe. Es hätte viel, viel schlimmer kommen können. Jessica hat sich drei Tage lang fast unablässig übergeben. Ich dachte schon, sie würde sterben.«

»Ich wäre gestern nacht am liebsten gestorben«, gab er zu. »Übrigens, auch vielen Dank für … Na ja, Sie wissen schon.«

»Gern geschehen.«

Neugierig fragte er: »Warum haben Sie sich umgezogen? Habe ich Ihre Kleider zerknittert, als ich mit dem Kopf auf Ihrem Schoß lag? Ja, das muß es wohl gewesen sein«, meinte er, bevor sie etwas erwidern konnte. »Aber die Mühe hätten Sie sich eigentlich sparen können. Niemand außer mir wird Sie sehen.«

»Es war nötig.«

»Warum?«

Sie stieß einen kleinen Seufzer aus. »Weil Sie sich auf mir erbrochen haben.«

»O Grace, das tut mir leid!«

Sie lachte. »Sie haben es doch nicht absichtlich getan, Daniel.«

»Hat der Schaffner Ihnen geholfen …«

Er führte die Frage nicht zu Ende, weil Jessica den Kopf schüttelte.

»Ich habe den Schaffner nicht hereingelassen, weil ich Ihnen versprochen hatte, niemandem zu öffnen. Erinnern Sie sich nicht daran?«

»Nein«, gestand er. »Ich erinnere mich an gar nichts mehr. Wenn er nicht hereingekommen ist, wer hat dann den Fußboden gesäubert?«

»Ich.«

Er schien bestürzt zu sein, und sie bereute plötzlich, ihm die Wahrheit gesagt zu haben. »Warum reden wir nicht über etwas anderes?«

»Worüber?«

»Über das Wetter«, schlug sie vor.

»Sie scherzen.«

»Etwas anderes fiel mir so schnell nicht ein. Hätten Sie etwas dagegen, wenn ich das Fenster öffne, um ein bißchen frische Luft hereinzulassen?«

Er stand auf und schob das Fenster für sie hoch. Die leichte Brise, die hereinwehte, war angenehm kühl auf seiner Haut. Er setzte sich wieder hin und schaute Jessica an. »Möchten Sie etwas essen oder trinken?«

»Würde Ihnen nicht wieder übel werden, wenn Sie mich essen sähen?«

»Vielleicht sollten Sie wirklich noch ein bißchen warten.«

Grace hatte seit gestern morgen nichts mehr gegessen, doch obwohl sie sehr hungrig war, nickte sie zustimmend. »Ich warte gern, Daniel.«

»Möchten Sie ein Glas Wasser? Ich habe Durst.«

»Sie bekommen aber keins«, sagte sie in diesem befehlshaberischen Ton, den er allmählich haßte.

»Warum nicht?«

»Das wissen Sie. Weil Ihnen wieder übel würde. Ich habe keine Lust, noch einmal alles aufzuwischen.«

»Also, wer ist jetzt hier mürrisch?«

Er klang wie ein gereizter Bär. Mit den dunklen Bartstoppeln an seinem Kinn ähnelte er auch äußerlich einem Bär. Sein Haar fiel ihm wirr ins Gesicht, sein Hemd hing aus der Hose, und es ging jetzt etwas entschieden Bedrohliches von ihm aus. Und trotz allem fand sie ihn unwiderstehlich attraktiv.

Er begehrte sie. Sie konnte es noch gar nicht richtig fassen und hätte wirklich gern mit ihm darüber gesprochen. Aber sie wagte nichts zu sagen, zumindest nicht, solange er in dieser gereizten Stimmung war. Vermutlich war es besser, das Thema noch ein bißchen aufzuschieben – und vielleicht fand sie bis dahin auch heraus, wieso sein Eingeständnis sie so verblüfft und aus der Fassung gebracht hatte.

Nein, sie würde es jetzt nicht erwähnen, weil es taktlos wäre.

Daniel hatte solche Hemmungen scheinbar nicht. »Was ich gestern sagte …«

»Was sagten Sie gestern?«

»Sie wissen schon … Daß ich Sie begehre.«

Sie faltete die Hände. »Das haben Sie bestimmt nicht ernst gemeint. Ist es das, was Sie mir sagen wollen? Es war das Fieber, das aus Ihnen sprach.«

»Nein, es war mir durchaus ernst damit.«

»Wirklich?« flüsterte sie, erstaunt, daß er so offen war. Sie hatte ihm einen Ausweg angeboten, aber er hatte ihn nicht genutzt.

»Ja«, gab er zu. »Aber ich werde deswegen nichts

unternehmen. Also machen Sie sich bitte keine falschen Hoffnungen.«

Betroffen starrte sie ihn an. »Wie darf ich das verstehen?« murmelte sie.

Daniel merkte, daß er einen Fehler gemacht hatte, als er das empörte Funkeln ihrer Augen sah. »Ich wollte damit bloß sagen, daß Sie meine Bemerkung zwar als Kompliment auffassen können, ihr aber ansonsten keine Beachtung schenken sollten, weil ich nicht die Absicht habe, irgend etwas mit Ihnen anzufangen.«

»O ja, es war ein wunderbares Kompliment! Zuerst erzählen Sie mir, Sie begehrten mich, und dann erbrechen Sie sich über mich!«

Er begann zu lachen. »Es tut mir wirklich leid, Grace.«

»Ach, gehen Sie und strecken Sie Ihren Kopf in einen Eimer!«

Wieder lachte er. »Jetzt habe ich Sie verärgert, was? Ich hätte nicht gedacht, daß Sie jemals wütend werden, aber das sind Sie jetzt, nicht wahr? Ein beachtliches Temperament scheint sich hinter dieser damenhaften Fassade zu verbergen, Lady Winthrop. Ich frage mich, was der gute alte Nigel davon halten würde.«

»Müssen Sie so abscheulich sein?«

»Wollen Sie noch immer Ihren Eltern telegrafieren, daß Sie bereit sind, Ihr Versprechen zu erfüllen?«

»Könnten wir bitte das Thema wechseln?«

»Klar«, stimmte er grinsend zu. »Möchten Sie wieder über das Wetter reden?«

»Wir haben noch gar nicht darüber geredet, und das will ich auch jetzt nicht. Ich dachte an Jessica und Rebecca. Ich hatte gehofft, ihnen beim Umsteigen zu begegnen, aber ich habe sie nicht gesehen.«

»Cole und Jessica können uns unmöglich eingeholt haben. Wir hatten einen ganzen Tag Vorsprung, und

Cooper und Rebecca sind gestern aufgebrochen.«

»Aber wir haben doch durch das Reiten Zeit gewonnen, und sie könnten gestern ihren Zug verpaßt haben.«

»Ja, aber das ist ziemlich unwahrscheinlich«, meinte er. »Ich habe mich auch nach ihnen umgesehen und sie nicht bemerkt.«

»Natürlich nicht. Sie lagen schließlich auf meinem Schoß und konnten kaum die Augen offenhalten.«

»Ich bin sicher, daß es Ihrer Freundin gut geht. Machen Sie sich keine Sorgen! Cooper wird auf sie aufpassen.«

»Glauben Sie das wirklich?«

»Ja«, beharrte er. »Und jetzt zerbrechen Sie sich nicht mehr den Kopf darüber. Wie ich Cooper kenne, hat er ihr wahrscheinlich längst das Pokerspielen beigebracht. Ich wette, daß die beiden eine Menge Spaß haben.«

28. KAPITEL

Rebecca hatte das Gefühl, allmählich aus der Haut zu fahren. Sie war überzeugt, daß sie den Verstand verlieren würde, wenn sie noch länger mit Marshal Cooper in diesem verschlossenen Abteil zusammen sitzen mußte. So attraktiv und aufmerksam er war, trieb er sie dennoch zur Verzweiflung. Er tat alles mögliche, um ihr die Zeit so gut wie möglich zu vertreiben. Sie spielten Poker, plauderten und aßen mittags einen Imbiß, den der Schaffner ihnen ins Abteil brachte. Aber dann begann sich Langeweile einzustellen, und Rebecca konnte an nichts anderes mehr denken als an ihren

Wunsch, wenigstens ein paar Minuten allein zu sein. In ihrer Verzweiflung dachte sie sich schließlich einen plausiblen Vorwand aus, um Cooper fortzuschicken. Sie bat ihn, ihren braunen Koffer zu holen, den der Schaffner in den Gepäckwagen gebracht hatte, weil sie angeblich unbedingt die Medizin aus diesem Koffer brauchte. Ihre Kopfschmerzen würden noch viel schlimmer werden, wenn sie nicht schnellstens ihre Tropfen nähme, erklärte sie, und dann würde sie an der nächsten Haltestelle den Zug verlassen müssen, um sich ins Bett zu legen.

Es bereitete ihr Gewissensbisse, ihn zu belügen, weil er so nett und verständnisvoll war.

»Ich weiß, daß ich die Tropfen in die kleine Tasche hätte packen sollen, aber ich habe es in der Eile ganz vergessen.«

»Sind die Schmerzen schlimm?« erkundigte Cooper sich besorgt.

»Sie werden allmählich unerträglich«, schwindelte sie. »Wenn ich nicht bald etwas dagegen tue, werde ich eine Woche mit Migräne im Bett liegen. Der Schmerz ist so stark, daß ich schon fast nichts mehr sehen kann.«

Cooper hätte nicht fürsorglicher sein können. Nachdem er versprochen hatte, sich zu beeilen, forderte er sie auf, die Tür hinter ihm zu verriegeln, und genau das tat sie auch. Dann stand sie mitten in dem winzigen Abteil und stieß einen Seufzer der Erleichterung aus, weil sie endlich allein war und es so herrlich still war. Sie brauchte Zeit für sich allein, um Pläne zu schmieden und über ihre Zukunft nachzudenken. Gott wußte, wieviel sie innerhalb kürzester Zeit zu erledigen hatte!

Sie rechnete damit, daß Cooper mindestens eine Viertelstunde fortbleiben würde, vielleicht sogar noch länger. Der Gepäckwagen befand sich am Ende des Zuges, und wenn er ihn erreicht hatte, mußte er zwischen all den Gepäckstücken nach ihrem Koffer suchen. Und doch war kaum eine Minute verstrichen, als es schon wieder an der Tür klopfte.

»Was ist denn jetzt schon wieder?« murmelte sie unwillig, weil sie annahm, daß der Marshal ihr noch etwas sagen wollte, bevor er ging, um seinen Auftrag zu erledigen. Sie zwang sich zu einem Lächeln, als sie den Riegel zurückschob und die Tür einen Spaltbreit öffnete.

Krachend flog sie auf und prallte an die Wand, um gleich darauf wieder zurückzuschlagen. Rebecca konnte nicht einmal einen Schrei ausstoßen, so schnell ging es. Alles, was sie sah, als sie zurückfuhr, war der Lauf einer schwarzen Pistole, die in ihre Richtung zeigte.

Sie stolperte und fiel rückwärts auf die Bank. Keuchend vor Angst und Schrecken rief sie: »Was machst du denn hier?«

Statt zu antworten, trat der Mann ein und stieß mit dem Fuß die Tür zu. Er trug einen eleganten schwarzen Anzug und glänzend polierte schwarze Schuhe. Er sah überhaupt nicht wie ein Mörder aus.

»Steh auf, du Flittchen«, zischte er.

Sie bewegte sich nicht schnell genug. Grob packte er ihren Arm, riß sie an sich und preßte die Waffe an ihren Bauch. Als er ihren Arm losließ, versuchte sie, einen Schritt zurückzutreten, und schüttelte in einer stummen Bitte, ihr nicht weh zu tun, den Kopf, aber er ließ sich nicht von ihrer Furcht erweichen.

»Bitte«, wimmerte sie.

Ihr Flehen steigerte seine Erregung nur. »Ja, das ist gut, du Flittchen! Fleh mich nur an«, verlangte er grinsend. »Ich habe es gern, wenn du mich anflehst.«

Er streckte die Hand aus, zerriß das Kleid über ihrer Brust und grinste wieder, als sie aufschrie. Bevor sie ihre Blöße bedecken konnte, schloß er roh eine Hand um ihre Brust.

»Nein – bitte nicht!« wisperte sie.

Lachend warf er die Waffe auf die Bank und zog Rebecca an sich. Seine Finger glitten durch ihr Haar, während seine Lippen ihren Mund bedeckten. Der Kuß war hart, brutal und alles andere als liebevoll. Er biß sie in die Unterlippe, bis sie blutete, und leckte dann gierig die kleinen roten Tropfen ab.

Wieder und wieder küßte er sie auf diese Weise und hielt sie unerbittlich fest, wenn sie sich wehrte. Als er sich endlich von ihr löste, schaute er ihr in die Augen, zog langsam ihre Hand an seine Hose und zwang sie, ihn auf intimste Weise zu liebkosen.

»Ich will dich.«

In lustvoller Verzückung schloß sie die Augen und ließ sich an ihn sinken. Ihr Lachen klang nun kehlig und verführerisch. »Du willst mich immer.«

Sein Griff verstärkte sich, er keuchte jetzt an ihrem Ohr. Der Ton erregte sie. Sie schlang die Arme um seinen Nacken und rieb ihre Hüften an ihm. »Du hast meine Bluse ruiniert. Du bist zu grob.«

»Du magst es grob.«

Ein Erschauern durchzuckte sie. »Ja, ich mag es so«, flüsterte sie.

Er begann ihren Hals zu küssen. Sie schnurrte wie eine zufriedene Katze. »Wir sollten nicht ... Der Marshal wird gleich zurückkommen ... O Gott – wie gut das tut ...«

Sie bog den Kopf zurück, um ihn anschauen zu können. »Ich sehe, daß du mein Telegramm erhalten hast. Sind die Jungs bei dir?«

Er küßte sie noch einmal, bevor er antwortete. »Johnson ist in Rockford Falls und wartet auf eine Gelegenheit, die beiden Frauen umzubringen. Die anderen sind schon nach Red Arrow vorausgeritten. Falls Johnson es nicht schafft, bringen sie die Frauen um, wenn sie den Zug verlassen. Bist du wirklich sicher, daß sie nach Red Arrow wollten?«

»Ja, ganz sicher«, erwiderte sie stolz.

»Hast du schon herausgefunden, welche von ihnen in der Bank war?«

»Nein«, antwortete sie. »Beide waren viel zu verängstigt, um mir etwas zu verraten. Es ist schade, daß sie bei dem Brand nicht umgekommen sind«, fügte sie hinzu, als sie mit den Fingern durch das Haar in seinem Nacken strich. »Nach all der Mühe, die ich mit dem Feuer hatte.«

»Keine Sorge«, beschwichtigte er sie lachend. »Wenn Johnson sie nicht erwischt, werden die anderen sich in Red Arrow um sie kümmern.«

»Und dann bin ich die Zeugin.«

Ihr heiseres Lachen erregte ihn. »Ja, ja«, murmelte er. »Oh, das ist gut … sehr gut.«

Ihre Hand glitt langsam über seine Brust und dann noch tiefer, bis sie wieder seinen erigierten Penis streichelte. Sie wußte, welche Wirkung sie auf ihn hatte, und empfand ihre Macht über ihn als ungemein erregend.

Er griff nach ihren Röcken, doch sie schüttelte den Kopf. »Nein, das dürfen wir nicht«, wisperte sie, als er an den Knöpfen zerrte. »Wir haben keine Zeit. Es ist zu gefährlich.«

»Wir nehmen uns die Zeit. Ich will dich, Rebecca. Und zwar auf der Stelle.«

Mit einem leisen Lachen gab sie nach und trat zurück, um sich langsam für ihn zu entkleiden. Ihre Bluse war zerfetzt. Sie streifte sie rasch ab, bevor sie ihren Rock aufknöpfte und ihn achtlos auf den Boden fallen ließ. »Wir sind verrückt, ein solches Risiko einzugehen, Donald«, sagte sie, als sie langsam den Unterrock über die Hüften zog.

Er keuchte vor Erregung, als er ihr beim Ausziehen zusah. Er wartete, bis nur noch ein dünnes Seidenhemdchen ihre nackte Haut vor ihm verbarg, und dann war es um seine Geduld geschehen. Jäh trat er vor, schob seine Hand zwischen ihre Schenkel und stieß sie auf die Bank am Fenster. Mit zitternden Händen streifte sie ihr Hemd ab und schleuderte es beiseite, streckte sich auf der breiten Sitzbank aus und spreizte einladend die Beine. Er befeuchtete erwartungsvoll die Lippen, als er gierig ihre nackten Brüste anstarrte. Dann kniete er sich zwischen ihre Schenkel. Er konnte keine Sekunde länger warten, weil er vor Verlangen den Verstand verlieren würde, wenn er sie nicht auf der Stelle in Besitz nahm.

»Du weißt, daß du mich verrückt machst, du schamloses Flittchen?«

Sie lachte. »O ja, das weiß ich«, flüsterte sie. »Wer hätte gedacht, daß so ein vornehmer und biederer Herr wie du einen solch unersättlichen Appetit besitzen könnte?«

»Wieviel Zeit bleibt uns?«

»Mindestens ein Viertelstunde«, antwortete sie, ohne lange zu überlegen.

Donald hatte gerade begonnen, seine Hose aufzuknöpfen, als ein Klopfen an der Tür ertönte. Hatte er sie verriegelt? Er erinnerte sich nicht mehr. Er richtete sich gerade auf und drehte sich um, als Cooper in der Tür erschien.

»Rebecca, ich hatte Sie doch gebeten ...«, begann er unwillig, als er die Tür aufstieß. Aber dann war er so verblüfft, sie nackt zu sehen, daß er abrupt den Schritt verhielt. Im ersten Augenblick war er so fassungslos, daß er kein weiteres Wort hervorbrachte.

Donald stand hinter der Tür und wartete darauf, daß der Marshal das Abteil betrat. Währenddessen schaute er sich fieberhaft nach seiner Waffe um.

»Was in aller Welt ...?« murmelte Cooper, als er vortrat.

Rebecca stütze sich auf einen Ellbogen, schaute mit wild klopfendem Herzen zu Donald auf und flehte ihn mit ihren Blicken an, schnell etwas zu unternehmen. Cooper sah jedoch, wohin sie schaute, und drehte sich im selben Moment um, als Donald vortrat.

»Verdammter Hurensohn!« schrie Cooper.

Rebecca geriet in Panik. Als sie Donalds Waffe auf der Bank ihr gegenüber sah, rollte sie sich zur Seite, griff nach der Pistole und feuerte sie ab.

Cooper wollte gerade seinen Revolver ziehen, als der Schuß ihn traf. Der Einschlag war so hart, daß er auf den Gang zurückgeschleudert wurde und an das Fenster prallte. Die Scheibe klirrte, als er dagegenstieß.

Rebecca rappelte sich hastig auf. Um nicht zu schreien, schlug sie eine Hand vor den Mund und gab noch einen zweiten Schuß ab. Doch diesmal hatte sie zu hoch gezielt. Cooper brach zusammen und rutschte langsam an der Wand entlang zu Boden. Die Kugel verfehlte ihn, zersplitterte aber das Glas, das klirrend auf ihn herabfiel.

»O Gott ... O Gott«, wimmerte Rebecca. »Habe ich ihn auch wirklich umgebracht? Sieh nach, ob er tot ist, Donald! Schnell – beeil dich!«

Mit einem Knurren, das an ein gehetztes Tier erinnerte, stürzte Donald auf den Gang hinaus und schaute sich rasch nach beiden Seiten um, um sicherzugehen, daß sich niemand sonst im Gang aufhielt.

»Wenn er noch nicht tot ist, wird er es gleich sein«, murmelte er. »Hör auf zu weinen, und zieh dich an. Wir müssen aus dem Zug verschwinden.«

»Ja, ja«, wimmerte sie, bevor sie tat, was er verlangte.

Donald zog den bewußtlosen Marshal rasch zu der Tür zwischen den Waggons. Der Zug fuhr nun etwas langsamer, weil er sich einer Brücke näherte, die über einen großen, dunklen See führte, als Donald die schwere Eisentür aufriß. Auf der gegenüberliegenden Seite des Sees lag eine kleine Stadt. Rasch bückte er sich, um Cooper anzuheben, stöhnte unter seinem Gewicht und stieß und zerrte ihn hinaus. Während der Zug über die Brücke ratterte, stand Donald in der Tür und verfolgte grinsend, wie der Marshal in das dunkle Wasser stürzte.

Niemand hatte ihn gesehen, dessen war er sich ganz sicher, und er bezweifelte, daß jemand die Schüsse gehört hatte. Das Rattern des Zuges war so laut, daß es jedes andere Geräusch erstickte.

Wieder einmal war er nach einem Mord davongekommen. Wilde Erregung wallte in ihm auf, und er begann vor Begeisterung zu keuchen. Einmal glaubte er, aus dem Augenwinkel eine Bewegung wahrzunehmen, aber er konnte sich dessen nicht ganz sicher sein. Aus Vorsicht, damit niemand sein Gesicht sah, wandte er sich ab und schlenderte dann langsam wieder zu Rebeccas Abteil zurück. Der Teppich auf dem Gang hatte Coopers Blut inzwischen aufgesogen und sah so aus, als ob die Flecken schon sehr lange darin wären. Niemand würde merken, wie frisch sie waren, solange er sich nicht auf die Knie niederließ und ihre Feuchtigkeit spürte.

Diesmal vergaß Donald nicht, die Tür zu verriegeln. Rebecca hatte sich noch nicht angezogen. Frische Kleider lagen auf der Bank bereit, und sie stopfte fieberhaft die alten, zerrissenen in ihre Reisetasche. Donald packte sie von hinten, stieß sie gegen die Wand und nahm sie.

Niemand hörte ihre Schreie.

29. KAPITEL

Die Trennung konnte nicht länger aufgeschoben werden. Jessica sah aus, als ob es ihr das Herz zerrisse, als sie von Caleb Abschied nahm. Sie vergoß jedoch nicht eine Träne, und auch der Kleine weinte nicht. Ihr Aufbruch beunruhigte ihn nicht, da er inzwischen große Zuneigung zu Josey und Tom gefaßt hatte. Ungeduldig zappelte er in Jessicas Armen, als sie ihn zum Abschied küßte. Er winkte ihr nicht einmal zu und schaute ihr auch nicht nach, als sie das Haus verließ. Es war viel aufregender für ihn, Joseys Küchenschränke auszuräumen.

Jessica überraschte Cole. Er wußte, daß sie vor dem Kleinen keine Szene machen würde, hatte aber mit Tränen und Vorwürfen gerechnet, sobald sie im Freien waren. Er hatte sich sogar schon einen kleinen Vortrag für sie zurechtgelegt. »Es ist für alle so am besten«, lautete die Hauptaussage. Aber Jessie sagte nichts, als sie sich vom Haus entfernten. Auch während der weiteren Reise hörte er von ihr keine Klagen, obwohl sie die ganze Zeit sehr ernst und schweigsam blieb.

Sie verdiente eine Belohnung dafür, daß sie sich so gut gehalten hatte. Sie waren den ganzen Tag lang hart geritten und hatten nur zweimal eine kurze Rast gemacht, damit ihre Pferde sich ausruhen konnten. Bei Sonnenuntergang war offensichtlich, daß Jessie körperlich und seelisch am Ende ihrer Kräfte angelangt war.

Als es langsam dunkel wurde, lenkte Cole sein Pferd neben ihres und machte sich im stillen Vorwürfe, ihr so viel abverlangt zu haben. Sie war keine erfahrene Reiterin, und der lange Ritt mußte überaus anstrengend für sie gewesen sein, aber trotz allem hatte sie sich nicht ein einziges Mal beklagt.

»Wir werden morgen früh in Edwardsville den Zug nehmen«, meinte er. »Die Stadt liegt etwa fünf Meilen südlich von hier. Ich bezweifle, daß es dort gute Hotels gibt, aber du wirst wenigstens in einem Bett schlafen können«, erklärte er. »Oder wir machen einen kleinen Umweg und übernachten draußen bei den Wasserfällen.«

»Du hast doch nicht etwa vor, nach Rockford Falls zurückzureiten?« fragte sie und schüttelte bereits den Kopf.

»Wir sind weit weg von Rockford Falls«, versicherte er ihr. »Der Ort, den ich meine, hat einen kleinen Wasserfall, der sich in einen klaren, blauen See ergießt. Es ist sehr stil und friedlich dort.«

»Wie groß ist der Umweg?« fragte sie müde. Als sie ihr Haar zurückstrich, sah sie den Schmutz an ihren Händen, und ein Bad erschien ihr plötzlich sehr verlockend.

»Etwa eine Meile«, antwortete er. »Wenn wir allerdings hier draußen übernachten, heißt das, daß wir etwas früher aufstehen müssen.«

»Was ist dir lieber?«

Er zog es immer vor, im Freien zu übernachten, fern vom Lärm und vom Verkehr der großen Städte, aber das würde er Jessica nicht sagen. Es war ihre Wahl, nicht seine.

»Was immer du willst, Jessie. Ich bin mit allem einverstanden.«

»Ich würde sehr gern ein Bad nehmen ...«

»Ich bin sicher, daß wir in Edwardsville eine Badewanne für dich finden.«

»Aber ich würde lieber draußen schlafen. Ist es wirklich sehr ruhig und still beim Wasserfall?«

»Ja, das ist es.«

»Dann kann ich dort üben.«

»Üben? Was?« wunderte er sich.

»Du wirst schon sehen«, meinte sie. »Ich kann es nicht allein. Du mußt mir dabei helfen.«

Er zog eine Braue hoch. »Werde ich dich dazu berühren müssen?«

Er scherzte nur und war ganz sicher, daß sie jetzt erröten würde. Aber das tat sie nicht, sondern stimmte ihm statt dessen zu.

»O ja, du wirst deine Arme um mich legen müssen. Zumindest denke ich, daß du es mußt. Ich bin mir nicht ganz sicher. Ich habe keine Erfahrung in diesen Dingen.«

Er trieb sein Pferd zu einem leichten Trab an und ritt über einen schmalen Weg voran. Jessie blieb dicht hinter ihm.

In Gedanken verwarf er einen Gedanken nach dem anderen. Was, in aller Welt, mochte sie nur mit ihm *üben* wollen?

Er warf einen Blick zurück. »Was du üben willst … Müssen wir dazu allein und ungestört sein?«

Sie verbarg ein Lächeln. »O ja, unbedingt.«

»Warum?«

»Weil ich eine Menge Lärm dabei machen werde. Wenn andere Leute in der Nähe wären, hätte ich Hemmungen.«

Er zügelte sein Pferd und wartete, bis sie ihn eingeholt hatte. Er konnte das Funkeln ihrer Augen sehen und wußte, daß sie scherzte.

»Du meinst doch nicht das gleiche, was ich meine?«

Sie schlug kokett die Augen nieder. Er lachte schallend.

»Was glaubst du denn, wovon ich rede?« erwiderte sie mit unschuldiger Miene.

»Über Sex.«

»Nein«, sagte sie rasch, bevor auch sie zu lachen begann.

»Männer lassen sich nicht gern zum Narren halten, Jessie. Vergiß das nicht.«

Wieder trieb er sein Pferd an und übernahm die Führung. Jessica ritt hinter ihm, wie sie es in den letzten acht Stunden schon getan hatte. Lange Zeit sprach sie kein Wort mehr, bis ihre Neugier schließlich die Oberhand gewann.

»Cole?«

»Ja?«

»Warst du enttäuscht?«

»Worüber?«

»Daß ich nicht Sex meinte.«

»Nein«, erwiderte er knapp. »Das war ich nicht.«

Enttäuscht ließ sie die Schultern hängen. »Dann hast du also noch nie daran gedacht – bei mir?«

Er konnte es nicht fassen, daß sie eine solche Unterhaltung führten. Wußte sie denn nicht, welche Wirkung sie auf ihn hatte? Nein, wahrscheinlich nicht, überlegte er. Es war offensichtlich, daß sie noch unschuldig und unberührt war, aber sie würde es nicht lange bleiben, wenn sie nicht aufhörte, ihn mit solchen Fragen zu bedrängen.

»Ja, ich habe schon einmal daran gedacht.«

»Und?«

»Und was? Es wird nicht dazu kommen, Jessica.«

»Nein, natürlich nicht«, stimmte sie ihm hastig zu. »Aber wenn ich ehrlich sein soll, muß ich zugeben, daß ich auch schon mal daran gedacht habe.«

Er fiel beinahe von seinem Pferd. »Würdest du bitte aufhören, davon zu reden?«

»Du brauchst mich nicht so anzuschreien! Ich war nur ehrlich. Man kann sehr gut mit dir reden, zumindest wenn du nicht gerade wütend bist. Zuzugeben, daß ich schon einmal daran gedacht habe, mit dir zu schlafen, ist schließlich kein Verbrechen, oder? Ich tue es ja nicht. Ich meine, ich wüßte ja nicht einmal, wie ich mich verhalten müßte.«

»Dann brauche ich mir ja keine Sorgen zu machen, daß du irgend etwas Dummes tust.«

»Was zum Beispiel?«

Cole beantwortete ihre Frage nicht. Er schwor sich, kein weiteres Wort zu sagen und sich auch nicht mehr nach ihr umzusehen – zumindest so lange nicht, bis er den heftigen Wunsch bekämpft hatte, sie vom Pferd zu ziehen, ihr die Kleider vom Leib zu reißen und sie zu lieben.

»Ich hoffe, daß das Wasser warm ist«, bemerkte sie.

Er hoffte, daß es kalt war – eisig kalt.

Die letzte Meile kam ihr wie zwanzig Meilen vor, und als sie endlich den Wasserfall erreichten, war sie todmüde.

Cole half ihr beim Absitzen. Dabei ließ er die Hände viel länger als nötig um ihre Taille liegen, und sie, dankbar für seine Unterstützung, lehnte sich seufzend an ihn. Sie fühlte sich so unsicher auf den Beinen, daß sie vermutlich hingefallen wäre, wenn er sie nicht festgehalten hätte.

Sie schaute auf, um ihm zu danken, aber dann sah sie den harten Zug um seinen Mund und trat zurück. Er war über ihre unpassenden Bemerkungen offenbar noch immer wütend.

Sie beschloß, ihn zu ignorieren, bis seine Laune sich gebessert hatte. Ihre Umgebung faszinierte sie, denn alles war so herrlich grün. Um die Steifheit aus ihren Beinen zu vertreiben, begann sie am Ufer des kleinen Teichs entlangzugehen. Dieser Wasserfall war anders als in Rockford Falls, kleiner und nicht annähernd so grandios, aber mindestens genauso hübsch. Ein stetiger Strom von Wasser ergoß sich von einem überhängenden Felsen in den flachen Teich darunter, und in den letzten Strahlen der untergehenden Sonne leuchteten die Wassertropfen in allen Regenbogenfarben.

Während Cole die Pferde versorgte, bereitete Jessica das Lager vor. Nachdem sie für ein Feuer trockene Zweige gesammelt hatte, legte sie die Schlafsäcke zurecht und packte das Picknick aus, das Josey ihnen mitgegeben hatte.

»Das Essen ist fertig«, rief sie Cole zu.

»Ich esse später«, erwiderte er.

Er striegelte die Pferde und ließ sie dann in dem üppigen Gras weiden. Das Rauschen des nahen Wassers war ungemein beruhigend und verlockend, und während Jessica beim Essen saß, ging Cole zum Rand des Teichs, streifte seine Kleider ab und sprang hinein.

Das kalte Wasser lenkte ihn ein wenig von Jessica ab, und plötzlich wußte er auch wieder, warum er nichts mit ihr anfangen wollte. Verpflichtungen, dachte er bei sich. Sie war ungemein begehrenswert, aber sie brachte Verpflichtungen mit sich. Außerdem war sie keine Frau, mit der ein Mann ins Bett gehen und sie dann verlassen konnte. Sie verdiente mehr als das – und einen besseren Mann als ihn, fand er. Aber warum machte es ihn dann so furchtbar wütend, wenn er sie sich mit einem anderen vorstellte? Er besaß kein Recht zur Eifersucht, aber genau das war es, was ihn quälte.

»Willst du die ganze Nacht im Wasser bleiben?«

Die Frage riß ihn aus seinen düsteren Überlegungen. Er watete aus dem Teich, trocknete sich hastig ab und zog seine Hosen an. Als er ins Lager zurückkehrte, legte er ihre Schlafsäcke, für den Fall, daß es während der Nacht zu regnen anfing, unter einen Felsvorsprung und hielt ein Streichholz an die trockenen Zweige, die sie gesammelt hatte. Als das Feuer brannte, setzte er sich, um zu essen.

Da er wußte, daß Josey das Essen zubereitet hatte, überraschte es ihn nicht, daß es so schlecht schmeckte. Jessica hatte sich nicht beschwert, aber ihrem fast noch vollen Teller nach zu urteilen, konnte sie nicht viel gegessen haben.

Sie aß jedoch fast alle Pfefferminzstangen, die Josey eingepackt hatte. Sie kaute noch an einer, als sie saubere Kleider, ein Handtuch und ein Stück Seife aus den Satteltaschen holte. Am Rand des Teichs zog sie sich aus, stieg in das kühle Wasser und trat hinter den Wasserfall, um nicht von Cole gesehen zu werden. Das Wasser war kalt, aber erträglich. Sie hob mit einer Hand ihr langes Haar an und trat unter den Wasserfall, wo sie den Kopf zurücklegte und die Augen schloß. Die sanfte Massage entspannte sie, und nach kurzer Zeit fühlte sie sich schon wie neugeboren. Wie Eva im Paradies.

Cole hingegen kam sich wie im Fegefeuer vor, doch daran trug kein anderer als er selbst die Schuld. Warum mußte er ihr auch beim Baden zuschauen. Es war dreist und aufdringlich. Aber er brachte es nicht über sich, sich abzuwenden, und wenn ihn das zu einem Wüstling oder Voyeur machte, war daran eben nichts zu ändern. Sie war hinreißen schön; ihre Bewegungen waren von einer Sinnlichkeit und Anmut, wie er sie noch bei keiner anderen Frau gesehen hatte. Er schaute zu, wie sie ihren Nacken und ihre Arme einseifte, dann mußte er die Augen schließen, um nicht dem Impuls zu folgen, zu ihr zu gehen. Vielleicht wäre eine feste Bindung ja doch gar nicht so schlecht … Er verdrängte den Gedanken rasch und öffnete die Augen wieder. Aber das Bild vor ihm war so erotisch, daß es ihm den Atem raubte.

Eine lustvolle Vorstellung nach der anderen begann ihn zu bedrängen, und er erkannte, daß er ernsthafte

Probleme haben würde, wenn er seine Gedanken nicht schnell wieder unter Kontrolle brachte. Stöhnend streckte er sich auf seinem Schlafsack aus und verschränkte die Hände im Nacken. Er hatte nur einen leichten Schlaf, und falls Jessica seine Hilfe benötigte, brauchte sie ihn nur zu rufen.

Er zählte Rinder, erzählte Schafe. Dann, als dies alles nichts nützte, begann er über die vielfältigen Möglichkeiten nachzusinnen, wie er sie lieben konnte.

»Cole, schläfst du schon?«

Er öffnete nicht die Augen. »Nein.«

»Hast du etwas? Du klingst so heiser.«

»Es geht mir gut. Was willst du?«

»Ich wollte dich nur fragen, ob es dich stört, wenn ich ein bißchen Krach mache.«

»Wieso? Wobei?«

»Bei meinen Schießübungen.«

Er richtete sich auf und sah die Waffe auf ihrem Schoß. »Woher hast du die?«

»Tom Norton hat sie mir gegeben.«

»Leg sie weg.«

»Ich möchte lernen, einigermaßen zielsicher zu schießen.«

»Nein. Vergiß es!«

»Ich will mich selbst beschützen können. Ich mag zwar eigentlich keine Waffen und hätte mir auch nie gewünscht, eine zu besitzen, aber die Blackwater-Bande hat meine Einstellung dazu geändert. Es ist meine Aufgabe, für meine und Calebs Sicherheit zu sorgen, und ich werde nicht zulassen, daß uns irgend jemand verletzt.«

»Trockne deine Haare und geh schlafen!«

Sie schob eine feuchte Strähne über ihre Schulter, öffnete die Schachtel mit den Patronen, die Tom für sie gekauft hatte, und begann die Waffe zu laden.

Cole bemühte sich, seinen Ärger zu unterdrücken, als er zusah, wie sie ein unmögliches Ziel auswählte. Es machte ihn verrückt, als er sie schießen sah, weil sie immer wieder den gleichen Fehler machte. Als er es schließlich nicht mehr zu ertragen glaubte, erhob er sich.

Er trat hinter sie, schlang den Arm um ihre Taille und zog sie an sich, bevor er die Hand ergriff, in der sie ihre Waffe hielt.

»Worauf schießt du eigentlich?«

Auf diesen Baum dort. Was glaubst du denn, worauf ich schieße?«

»Auf die Sterne. Du zielst zu hoch, Jessie.«

Die nächsten zwanzig Minuten gab er ihr Unterricht, obwohl es ihm im Grunde seines Herzens widerstrebte. Sie hätte so etwas nicht lernen sollen. Sie war eine Dame, und Damen trugen keine Waffen.

Er machte den Fehler, ihr zu sagen, was er dachte. Heftig widersprach sie ihm. »Ich habe dir bereits erklärt, daß ich nicht begeistert von dem Gedanken bin, eine Waffe bei mir zu tragen. Aber bis die Blackwater-Bande verhaftet ist, werde ich es tun – und wenn ich deshalb keine Dame mehr für dich bin, ist das leider nicht zu ändern.«

»Du bist entzückend, wenn du wütend bis und deine Augen funkeln.«

»Viele Frauen tragen Waffen ... Was hast du gesagt?«

Sie wandte den Kopf, um sich nach ihm umzusehen, und stieß mit der Stirn gegen sein Kinn. »Ich sagte, du bist entzückend, wenn du wütend bist«, wiederholte er.

Er verwirrte sie mit seinem Kompliment. »Danke«, murmelte sie und mußtc wegsehen, um sich konzentrieren zu können.

»Frauen, die im Wilden Westen leben, tragen Waffen, weil es alle möglichen ... Was tust du da?«

Er hatte den Kopf gesenkt und strich mit seinen Lippen über ihren Nacken. »Ich küsse dich – aber laß dich davon nicht unterbrechen. Was meintest du gerade?«

»Es gibt wilde Tiere hier ... wie Bären und andere Raubtiere ... und ...« Seufzend hielt sie inne und neigte dann den Kopf ein wenig, um ihm mehr Spielraum für seine Zärtlichkeiten zu geben. Sein warmer Atem streifte ihre Haut, und das war ein so wundervolles Gefühl, daß sie erschauerte. Sie wußte, daß sie ihn daran hindern mußte, sich solche Freiheiten zu nehmen – und sie würde es auch tun, versprach sie sich. Aber vorher wollte sie dieses herrliche Gefühl noch ein bißchen genießen ...

»Raubtiere?« fragte er, als sie nicht fortfuhr.

»Ja, es gibt viele Raubtiere.«

»Wo?«

Sie hatte schon vergessen, was sie sagen wollte. »Ich weiß nicht ... irgendwo.«

Er lachte leise. »Du bist nicht immun gegen mich, nicht wahr?«

Während er die Frage stellte, drehte er sie langsam zu sich herum und senkte den Kopf, um ihr einen richtigen Kuß zu geben. Aber sein Körper hatte andere Ideen. Kaum schlang Jessica die Arme um seinen Nacken, zog er sie so heftig an sich, daß ihre Brüste sich an seinen Oberkörper preßten, und begann sie mit unverhohlener Leidenschaft zu küssen. Für einen langen, atemlosen Augenblick liebte er sie mit seinem Mund und seiner Zunge. Ihr Körper paßte sich so perfekt dem seinen an, als wäre er ausschließlich für ihn geschaffen worden. Sie war phantastisch: sinnlich, leidenschaftlich und ...

Noch unschuldig. Die Erinnerung daran brachte ihn wider zur Besinnung, und obwohl er sich noch nicht dazu überwinden konnte, sie loszulassen, ließ er sie wenigstens einen Moment zu Atem kommen. Und nachdem er sie noch einmal sehr intensiv geküßt hatte, gab er sie endlich frei.

Sie wollte ihn jedoch nicht loslassen. Bebend vor Verlangen, küßte sie ihn mit all der Leidenschaft und Sehnsucht, die sich in ihr aufgestaut hatten. Sie ergriff jetzt die Initiative und küßte ihn so, wie er sie geküßt hatte, zunächst noch ein wenig zaghaft, doch als er sie wieder in die Arme schloß, schon sehr viel kühner. Ein leises Stöhnen stieg aus seiner Kehle auf, als ihre Zunge streichelnd über die seine glitt.

Sie war schlicht unwiderstehlich. Ihre Hingabe erschütterte ihn, und er wußte, daß es ihm mühelos gelingen würde, sie zu verführen, wenn er jetzt so weitermachte. Sie war zu unerfahren, um sich über die Konsequenzen ihrer Handlungsweise im klaren zu sein.

Einer von ihnen mußte jedoch an die Folgen denken, und diese Aufgabe war seine. Sanft löste er ihre Arme von seinem Nacken und trat einen Schritt zurück.

»Das hätte ich nicht tun sollen«, sagte er schroff.

Betroffen schaute sie ihm nach, als er sich von ihr entfernte. »Ich bin froh, daß du es getan hast«, flüsterte sie. »Ich wollte wissen, wie es ist …«

Abrupt drehte er sich wieder zu ihr um. »Ich bin kein Experiment, Jessica.«

An seinem Blick und seiner Haltung erkannte sie, daß er verärgert war. Schüchtern tat sie einen Schritt in seine Richtung und blieb dann wieder stehen. »Nein, das bist du nicht. Es ist nur so, daß ich dich schon seit langem küssen wollte.«

»Das mag sein, aber es wird nicht wieder vorkommen.«

»Warum nicht?«

Fassungslos schüttelte er den Kopf. »Weißt du nicht, wohin das führt?«

Langsam nickte sie. »Ich glaube schon, aber da ich noch nie …«

Er ließ sie nicht ausreden, weil das Thema nur wieder das dringende Bedürfnis in ihm weckte, sie zu berühren, und weil er wußte, daß er nicht mehr damit aufhören würde, wenn er es tat.

»Wir werden eine Zeitlang ein wenig Abstand halten müssen. Verstehst du das, Jessie?«

Sie nickte, dann schüttelte sie den Kopf. »Wie, in aller Welt, sollen wir uns voneinander fernhalten? Wir reisen doch zusammen.«

»Faß mich einfach nicht mehr an.« Kaum waren die Worte ausgesprochen, lachte er rauh. Noch nie hatte er so etwas zu einer Frau gesagt, und er konnte es fast nicht glauben, daß er es zu Jessica gesagt hatte.

Es ist das verfluchte Abzeichen, dachte er. Es macht mich verantwortungsbewußter.

Sie faltete nervös die Hände. »Wenn es das ist, was du willst, werde ich deinen Wunsch natürlich gern erfüllen«, erwiderte sie steif.

Plötzlich war er wütend auf sie. »Nein, es ist überhaupt nicht das, was ich will! In Wirklichkeit will ich nichts anderes, als dir die Kleider vom Leib zu reißen, dich ins Gras zu legen und all das mit dir tun, wovon ich schon so lange träume.«

Sie machte große Augen. »Du träumst von mir?«

»Laß es gut sein, Jessie.«

»Ich habe auch von dir geträumt. Cole, möchtest du … mich lieben?«

»Nein, nicht lieben«, berichtigte er sie. »Mit dir schlafen. Verstehst du den Unterschied? Wenn wir miteinander schlafen würden, würdest du morgen früh erkennen, was für einen Fehler du gemacht hast, und ihn dein Leben lang bereuen.«

Jetzt spürte auch sie, wie Wut in ihr hochstieg. »Und

du? Würdest du auch denken, daß es ein Fehler war?«

»Ja, natürlich würde ich das.«

»Und du würdest ihn auch dein Leben lang bereuen?«

»Bereuen würde ich ihn, aber nicht sehr lange. Kapierst du es jetzt? Es wäre für mich nicht ganz so wichtig wie für dich.«

Jessica sah die leere Waffe auf dem Boden, hob sie auf und ging an Cole vorbei.

»Du bist der arroganteste ...«

»Ich bin nur ehrlich, Jessie. Die meisten Männer würden lügen, um eine Frau wie dich ins Bett zu locken.«

»Eine Frau wie mich?«

Er folgte ihr zum Lagerfeuer. »Ja«, meinte er. »Wie dich – wohlerzogen, unberührt und unglaublich sexy. Mit deinem schönen Körper kannst du es dir nicht leisten, naiv zu sein. Das wäre dumm und gefährlich.«

»Also bin ich jetzt dumm? Daß ich noch keine Erfahrung habe, heißt noch lange nicht, daß ich auch dumm bin.«

Sie ließ die Waffe auf den Schlafsack fallen und starrte ihn wütend an. »Beantworte mir nur eine Frage, dann sprechen wir nie wieder über dieses Thema.«

»Was?«

»Wieso bist du so sicher, daß ich es für den Rest meines Lebens bereuen würde? Weil ich eine Frau bin – oder weil ich dumm bin?«

»Glaubst du etwa, daß du es nicht bereuen würdest?«

Sie antwortete nicht darauf.

»Natürlich würdest du es bereuen«, erklärte er. »Frauen wollen eine feste Bindung.«

»Eine feste Bindung?«

»Heirat. Ehe«, erklärte er. »Aber Männer nicht.«

»Dann sind also alle verheirateten Männer gefesselt und geknebelt vor den Altar gezerrt worden?«

Er fand, daß das eine sehr treffende Beschreibung war. »Ja, ich denke schon.«

»Wurde dein Schwager gezwungen, deine Schwester zu heiraten?«

Er hatte vergessen, daß er ihr von seiner Familie erzählt hatte. »Mary Rose und Harrison?«

Bevor sie noch etwas sagen konnte, schüttelte er den Kopf. »Harrison wollte sie heiraten.«

Jessica setzte sich und begann ihre Schnürsenkel zu lösen. Er stand da und schaute ihr zu, während er sich fragte, wie es zu so einer erregten Diskussion gekommen war.

»Hör mal, Jessie, ich wollte dir damit nur sagen ...«

»Daß du dich nicht binden willst.«

»Genau.« Er schrie beinahe.

»Dann halte dich jetzt gut fest, Cole. Ich will es nämlich auch nicht«, wisperte sie. »Ich will nicht heiraten und werde es auch niemals tun.«

»Eines Tages wirst du heiraten«, prophezeite er und runzelte bei dem Gedanken unbewußt die Stirn.

»Weil das Leben dann leichter wäre?«

Er streckte sich auf seinem Schlafsack aus und schaute zu den Sternen auf, während er über eine Antwort nachdachte.

»Ja, es wäre leichter, und es wäre auch gut für Caleb, wenn er einen Vater hätte.«

»Mein Sohn und ich brauchen keinen Mann, um unsere Familie vollständig zu machen. Oh, du ahnst ja nicht, wie wütend du mich machst, Cole! Du bist wie all die anderen Leute, die mir im Laufe meines Lebens begegnet sind und mir ihre Ansichten und Erwartungen aufzwingen wollten.«

»Es ist nicht leicht, eine alleinstehende Mutter zu sein.«

»Ich weiß, wie schwierig es ist, aber ich bin glücklich – wirklich glücklich, und wenn ich jemanden heiraten würde, nur um Ansehen zu gewinnen, wäre ich unglücklich und könnte niemand anderem als mir selbst die Schuld daran geben.«

»Ansehen? Was hat das damit zu tun?«

»Ach vergiß es!«

»Du hast es erwähnt. Also erklär mir auch, wie du das meinst.«

»Sobald die Leute erfahren, daß ich nicht verheiratet bin, ist Caleb für sie ein uneheliches Kind, und dann …«

»Und dann?« beharrte er.

»Dann lassen sie mich spüren, wie sie über diese Dinge denken.«

Er beobachtete sie scharf. »Und wie tun sie das? Nenn mir ein Beispiel.«

Sie zuckte die Schultern und bemühte sich, so zu tun, als hätten all die Kränkungen, die sie erlitten hatte, sie nie belastet. »Als Grace und ich einkaufen gingen, schlug eine Frau mich ins Gesicht, als sie erfuhr, daß ich noch unverheiratet bin. Ich hatte Caleb bei mir, und als sie fragte, zu wem der Junge gehöre, sagte Grace, er sei mein Sohn.«

Cole war über den Vorfall empört. »Und was hast du getan?«

»Ich habe Caleb hinausgebracht.«

»Schade, daß du nicht zurückgeschlagen hast.«

Sie lächelte. »Das wollte ich, habe es aber nicht getan, weil sich so etwas für eine Dame nicht schickt und ich Caleb bei mir hatte. Ich wollte nicht, daß er ein derartig unmanierliches Verhalten bei seiner Mutter sieht. Grace hat es ihr allerdings gegeben«, fügte sie hinzu und schlug kichernd die Hand vor den Mund. »Das hättest du sehen müssen! Ich beobachtete es von draußen durch das Fenster.«

Er lächelte in Erwartung dessen, was jetzt kam. »Und was hat Grace getan?«

»Sie hat sich ein Holzmaß von der Theke genommen und die Frau damit an eine Wand gedrängt. Sie hat sie nicht geschlagen, aber der Vortrag, den sie ihr hielt, war mindestens genauso schmerzhaft, denn die Frau weinte, als Grace mit ihr fertig war. Die Szene war eigentlich ziemlich komisch, weil Grace nur halb so groß war wie die andere Frau. Später haben wir darüber gelacht.«

»Aber es hat trotzdem weh getan, nicht wahr?«

Sie erwiderte nichts darauf. »Grace ist die erste richtige Freundin, die ich habe«, murmelte sie. »Ich würde alles für sie tun.«

»Und sie für dich, nicht wahr?«

»Ja«, sagte sie zustimmend. »Hast du auch Freunde, die dir nahestehen?«

Cole nickte. »Meine Familie«, antwortete er. »Meine Brüder stehe mir sehr nahe. Sie treiben mich manchmal in den Wahnsinn, aber ich würde jeden umbringen, der versuchte, ihnen etwas anzutun.«

Jessica konnte sich nicht vorstellen, Geschwister zu haben, und bat ihn, ihr zu erzählen, wie es war, in einer so großen Familie aufzuwachsen. Sie war sehr erstaunt, als sie erfuhr, daß seine Brüder, seine Schwester und seine Mutter nicht seine Blutsverwandten waren.

Er sprach über eine Stunde von seiner Familie und flocht immer wieder lustige Anekdoten und Geschichten in seine Erzählung ein. Die Wärme in seinem Blick und seiner Stimme verriet, wie sehr er seine Familie liebte, und als er seinen Bericht schloß, kam Jessica wieder einmal zu Bewußtsein, wie allein und einsam sie doch war. Sie sehnte sich so sehr nach Angehörigen, nach Menschen, die sie lieben konnte und die sie liebten.

»Wir haben uns zusammengetan und eine Familie gegründet«, erzählte Cole. »Und keiner von ihnen hat mich je im Stich gelassen. Denn das ist es doch, wovon du glaubst, daß es unweigerlich geschehen muß, nicht wahr?«

»Die Erfahrung hat mich gelehrt, niemandem zu vertrauen.«

»Auch deiner Freundin Grace nicht?«

»O doch, ihr vertraue ich natürlich!«

»Und Rebecca?«

»Ich kenne sie nicht gut, aber ich glaube schon, daß ich ihr vertrauen könnte. Sie war sehr nett zu mir und Caleb.«

»Ihr drei wart sehr loyal zueinander.«

»Keine von ihnen hat je den Verdacht geäußert, daß Caleb ein uneheliches Kind sein könnte«, berichtete sie. »Wenn ich mit Grace nach Denver fahre, werde ich mich dort als Witwe ausgeben. Ich glaube, das wird für uns alle das beste sein.«

»Eine Lüge würde nur zu weiteren Lügen führen«, sagte er. »Bedenk doch nur, in was für schreckliche Schwierigkeiten ihr euch gebracht habt, als ihr in dieser Zeugensache gelogen habt. Wenn ihr alle drei von Anfang an die Wahrheit gesagt hättet, bevor der Reporter euch auf die Titelseite brachte, wäre euer Leben jetzt erheblich einfacher. Der Richter hätte nie verlangt, dich, Grace und Rebecca nach Blackwater zu bringen, und wahrscheinlich wärst du inzwischen längst mit Grace in Denver.«

»Ich habe dir gesagt, daß ich die Zeugin bin«, erinnerte sie ihn. »Grace und Rebecca fahren auch nach Blackwater?«

»Sie sind schon unterwegs.«

Sie war fassungslos. »Warum hast du mir das nicht schon früher erzählt?«

»Weil du genug andere Sorgen hattest, als du die schwere Entscheidung treffen mußtest, deinen Sohn zurückzulassen«, antwortete er.

»Warum will dieser Richter und alle drei sehen? Ich habe dir doch gesagt, daß ich die Zeugin bin.«

»Ja, aber das haben deine Freundinnen auch behauptet.«

»Aber das ist doch ausgeschlossen!« rief sie.

»Ihr habt uns alle drei erzählt, ihr hättet euch unter jenem Schreibtisch in der Bank verborgen.«

»Nein.«

»Doch«, entgegnete er.

»Kein Wunder, daß du mir nicht glaubtest! Du hast nicht einmal zugehört, als ich dir erzählen wollte, was ich in der Bank gesehen habe. Ich habe wirklich versucht, es dir zu sagen, Cole.«

»Ich wollte keine weiteren Lügen hören.«

Sie holte tief Luft und bemühte sich, nicht ärgerlich zu werden, denn schließlich hatte er allen Grund, an ihr zu zweifeln. Sie war nicht immer aufrichtig zu ihm gewesen.

»Warum sollten Rebecca und Grace aussagen, sie wären dagewesen?«

»Verrate du es mir.«

Sie dachte eine Weile nach, bevor sie eine Vermutung äußerte. »Grace glaubt wahrscheinlich, daß sie mich beschützen muß ... Sie weiß, daß ich es auch für sie tun würde. Aber ich verstehe nicht, warum Rebecca lügen sollte.«

»Sie lügt nicht, Jessie. Sie ist unsere Zeugin. Und jetzt schlaf. Ich bin müde und nicht in der Stimmung für lange Diskussionen.«

Jessica legte sich hin und drehte sich auf die Seite, um ins Feuer schauen zu können. Tausend Fragen gingen ihr durch den Kopf. Cole schien sich absolut sicher zu sein, daß Rebecca die wahre Augenzeugin war, und Jessica konnte einfach nicht verstehen, woher er diese Überzeugung nahm.

»Cole?«

»Was ist denn jetzt schon wieder?«

»Ich habe den Mann auf dem Dach in Rockford Falls gesehen ... Du weißt schon, diesen Heckenschützen, der Mr. York erschossen hat ...«

»Ja, ich weiß. Was ist mit ihm?«

»Ich hatte ihn schon vorher schon einmal gesehen und habe ihn sofort wiedererkannt.«

Er stieß einen müden Seufzer aus. »Und wo hast du ihn zuvor gesehen?«

»In der Bank. Sein Name ist Johnson, Mr. Johnson. Ich habe gesehen, wie er diese unschuldigen Leute in der Bank erschossen hat.«

30. KAPITEL

Jessica erzählte ihm alles. Sie erinnerte sich an jedes Wort, das gefallen war, jedes Lachen, jeden Schrei. Als sie Cole den korrekten Verlauf der Ereignisse beschrieb, angefangen von ihrem losen Schnürsenkel, vergoß sie nicht eine einzige Träne und blieb ganz ruhig. Zu ruhig, dachte Cole, denn nicht die kleinste Emotion klang in ihrer leisen Stimme mit. Er stellte ihr keine Fragen, und als sie ihren Bericht beendet hatte, stand sie auf und ging zum Teich hinüber.

Er wußte nicht, ob sie allein sein wollte oder nicht,

aber es kümmerte ihn auch nicht, weil er gar nicht anders konnte, als ihr nachzugehen. Sie stand mit steifen Schultern am Rand des Teichs, die Arme vor der Brust verschränkt, und als er versuchte, sie an sich zuziehen, wich sie vor ihm zurück.

»Laß das.«

Ohne ihren Einwand zu beachten, trat er vor sie hin, bis sie das Wasser nicht mehr sehen konnte, und zog sie in die Arme.

»Du brauchst mich nicht zu trösten«, sagte sie ärgerlich, und es war das erste Mal, seit sie ihm die Wahrheit erzählt hatte, daß sie wieder ein Gefühl erkennen ließ. Er war so froh darüber, daß er sie noch fester an sich zog.

»Aber ich möchte es gern«, gestand er leise.

Sie versuchte immer noch, sich loszureißen, und widerstrebend ließ Cole sie schließlich gehen.

»Du verstehst es nicht. Ich war ein jämmerlicher Feigling. Ich hätte etwas unternehmen sollen, aber ich habe einfach nur zugesehen. Ich habe nichts getan. Ich ließ es geschehen. Ich habe nur da gehockt und zugesehen.«

Sie atmete tief ein, um sich zu beruhigen, und hob abwehrend die Hand, als er einen Schritt in ihre Richtung machte.

»Also gut, ich bin bereit, dir zuzustimmen, wenn es das ist, was du willst«, meinte er. »Du hättest also etwas unternehmen sollen, um es zu verhindern. Und jetzt sag mir bitte, *was* du hättest unternehmen sollen?«

Sie schüttelte den Kopf. »Ich weiß es nicht. Ich hatte solche Angst, daß ich nicht denken konnte. Mein Gott, als sie in die Bank kamen, dachte ich zuerst nur an mein dummes Geld. Ich hätte gleich ...«

»Was?« beharrte er. »Was hättest du schon tun können? Außer mit Franklin und den anderen zu sterben, meine ich. Ist es das, was dich belastet? Daß du überlebt hast und sie nicht? Glaubst du, du hättest dein Versteck verlassen und dich neben die anderen knien sollen, um dich mit ihnen erschießen zu lassen?«

»Nein, aber ... wenn ich geschrien hätte, hätte mich draußen vielleicht jemand gehört ...«

»Hör jetzt auf, Jessie.« Fast grob zog er sie wieder in die Arme und war froh, daß sie sich nicht wehrte. »Du hättest überhaupt nichts tun können.«

»Du hättest aber etwas unternommen«, flüsterte sie an seiner Brust.

»Ja, vielleicht hätte ich das tatsächlich«, räumte er ein. »Wenn ich eine Waffe gehabt hätte – aber dann wäre ich jetzt tot. Ich hätte sie nicht alle erwischt.«

»Aber du hättest es wenigstens versucht. Ich habe nichts getan.«

»Hattest du denn eine Waffe?«

»Nein, natürlich nicht, aber ...«

»Dann konntest du als gar nichts tun, und irgendwo in deinem sturen Kopf weißt du, daß das die Wahrheit ist.«

Zitternd schlang sie die Arme um ihn und preßte sich an ihn. »Ich möchte ...«

»Was, Jessie?« fragte er, als er sich vorbeugte und ihren Scheitel küßte.

Sie schmiegte den Kopf an seine Brust und schloß die Augen. Sie brauchte heute nacht seine Stärke und sehnte sich nach seinem Trost ... und seiner Liebe.

»Du solltest jetzt ein bißchen schlafen«, murmelte er und hob sie auf die Arme, um sie zum Lagerfeuer zurückzutragen. Sanft legte er sie dort auf ihren Schlafsack, kniete neben ihr nieder und musterte sie sorgenvoll. »Du wirst es mit der Zeit schon überwinden«, sagte er.

Als er sich von ihr abwenden wollte, ergriff sie seine Hand. »Schlaf bei mir«, flüsterte sie.

Rein äußerlich war ihm keine Reaktion auf ihre Bitte anzumerken. Doch tief in seinem Innersten war ihm, als stürzte er in einen bodenlosen Abgrund.

»Nein«, antwortete er mit schroffer Stimme, weil alles in ihm danach schrie, sie zu berühren.

Im Schein des Feuers schimmerte ihr Haar wie rotes Gold, und das einzige, woran er denken konnte, war der Wunsch, seine Finger in diesen seidigen Strähnen zu vergraben und sich in ihrem wundervollen weichen Körper zu verlieren …

»Das kommt nicht in Frage.«

»Nur ein bißchen«, bettelte sie. »Ich will jetzt nicht allein sein.«

»Du bist nicht allein. Ich liege neben dir. Ich schwöre dir, daß es ein Fehler wäre.«

»Warum?«

»Muß ich es dir wirklich sagen? Also gut. Natürlich will ich bei dir bleiben – aber ganz bestimmt nicht, um zu schlafen!«

»Du willst mich lieben?«

»Teufel, ja!«

Seine Augen hatten sich verdunkelt, und die Hand, die Jessica in ihrer hielt, ballte sich zu einer Faust. »Ich möchte nicht, daß du etwas tust, was du nicht willst.« Sie ließ seine Hand los, drehte sich um und kehrte ihm den Rücken zu. »Gute Nacht.«

Er rührte sich nicht. Eine kleine Ewigkeit kniete er nur da und focht einen stummen Kampf mit sich aus, bevor er endlich nachgab.

Vorsichtig streckte er sich neben ihr aus, schloß die Augen und versuchte, so zu tun, als ob sie gar nicht da wäre.

Egal, was auch passieren mochte, er würde sie nicht berühren, schwor er sich. Obwohl sie ihn bis an die Grenze seiner Selbstbeherrschung trieb, war ihr vermutlich nicht einmal bewußt, was sie ihm antat. Sie brauchte ihn – aber nicht auf die gleiche Art, wie er sie brauchte und begehrte, ermahnte er sich. Sie fühlte sich allein und sehnte sich nach Nähe.

Ihr Haar kitzelte seine Nase. Als er die seidigen Strähnen wegschob, richtete sie sich auf und zog seinen Arm unter sich, so daß sie ihren Kopf darauf betten konnte. Sie duftete heute nacht wie Rosen, und das ließ ihm plötzlich an zu Hause denken. Das ist es, dachte er. Er wollte an all das denken, was er zu erledigen hatte, wenn er nach Rosehille heimkehrte.

Aber nicht eine einzige Aufgabe fiel ihm ein.

»Fünf Minuten, Jessie. Ich bleibe höchsten fünf Minuten bei dir«, sagte er und verzog wegen des harten Tonfalls seiner Stimme das Gesicht.

Seine Schroffheit ließ sie völlig unberührt. Sie rutschte noch näher an ihn heran, bis ihr Rücken an seiner Brust ruhte und ihr Po an seinem Unterleib.

Cole begann zu schwitzen. Es war die reinste Hölle, der Frau, die er begehrte, so nahe zu sein und sie nicht anfassen zu dürfen. Sein einziger Trost war der Gedanke, daß es nicht mehr viel schlimmer kommen konnte.

Doch darin hatte er sich geirrt. Jessica bewegte sie, und eine heiße Welle des Verlangens durchzuckte ihn.

»Lieg still«, befahl er. »Schlaf!«

Seine Grobheit schien keinen Eindruck auf sie zu machen, denn sie ergriff seine Hand und zog seinen Arm um ihre Taille. Er konnte nicht anders, als sie noch näher zu sich heranzuziehen. Seine Hand ruhte unter der sanften Wölbung ihrer Brüste, und er brauchte nur die Finger zu spreizen, um …

Die erotische Phantasie fand ein Ende, als sie versuchte sich in seinen Armen umzudrehen.

Er hatte ihr fünf Minuten versprochen. Er mußte verrückt gewesen sein, aber er hatte ihr sein Wort gegeben, und deshalb begann er die Sekunden mitzuzählen. Wenn er eine volle Minute ertrug, ohne sie zu küssen, würde er es vielleicht sogar ein ganzes Leben lang ertragen. Er wollte ein Leben mit ihr.

Die Erkenntnis verblüffte ihn. Er sah jetzt ein, daß er die Wahrheit lange ignoriert hatte, es aber irgendwo – ganz tief in seinem Innersten – die ganze Zeit gewußt und akzeptiert hatte. Er konnte sich sogar an den Moment erinnern, in dem ihm klargeworden war, daß er sie liebte. Das war, als dieser Johnson versucht hatte, sie zu töten. Cole hatte noch nie in seinem Leben einen so wilden Zorn verspürt. Als er auf sie zugelaufen war und geglaubt hatte, sie nicht mehr rechtzeitig zu erreichen, hatte ihn die Möglichkeit sie zu verlieren, zu Tode erschreckt. Dann, als alles vorüber gewesen war, war er vor Angst noch so erschüttert gewesen, daß er zornig – nicht liebevoll – reagiert hatte.

Wenn das die wahre Liebe war, wollte er nichts damit zu tun haben. Und dennoch wollte er sie nie wieder gehen lassen …

Es schien ihm das Natürlichste der Welt, ihre Schulter zu küssen, ihren Nacken und ihr Ohr. Obwohl er sich nach wie vor befahl, mit dieser Tortur aufzuhören, waren seine Sinne längst erwacht. Sie roch so gut und fühlte sich ganz wunderbar in seinen Armen an.

Waren fünf Minuten schon vergangen? Vielleicht ist sie eingeschlafen, dachte er und klammerte sich so verzweifelt an diese Hoffnung wie ein Mann, der an einem Tau über einer steilen Klippe baumelt.

Sie versuchte noch einmal, sich in seinen Armen umzudrehen. »Beweg dich nicht«, flüsterte er.

»Ich möchte dir nur einen Gutenachtkuß geben.«

Sein Herz bedrängte ihn, ihre leise, schüchterne Bitte zu erfüllen. »Nein«, entgegnete er schroff.

»Bitte.«

Er seufzte an ihrem Haar. »Wenn du mich jetzt küßt, werde ich nicht mehr aufhören. Also laß mich in Ruhe, und schlaf endlich.«

Er strafte seine eigenen Worte Lügen, indem er wieder ihren Nacken küßte. Er liebte das Gefühl ihrer weichen Haut an seinen Lippen. Und er liebte die leisen, erstickten Töne, die sich ihr entrangen und die wie lustvolle Seufzer klangen.

Jessica verhielt sich einen Moment ganz still, und als sie sich langsam zu ihm umdrehte, wußte sie, was sie tat und wohin es führen würde. Ohne die Konsequenzen zu bedenken, streichelte sie sein Gesicht, schaute in seine schönen blauen Augen und schlang ihren Arm um seinen Nacken.

»Ich möchte diese eine Nacht mit dir … nur diese eine.«

»Jessica«, murmelte er rauh, »du weißt nicht, was du sagst. Morgen wirst du es bereuen …«

»Ich brauche dich, Cole. Lieb mich heute nacht.«

Er war nicht länger in der Lage, rücksichtsvoll zu sein. Aufstöhnend suchte er ihre Lippen und küßte sie, von dem fast verzweifelten Wunsch beherrscht, sie endlich zu besitzen.

Eine Weile begnügte er sich damit, sie mit seinem Mund zu lieben, während seine Hände zärtlich ihre Brüste umfaßten. Aber sie zerrte ungeduldig an den Knöpfen seines Hemds.

Seufzend barg er das Gesicht in ihrem Haar. »Langsam, Liebling«, raunte er ihr zu. »Sonst …«

Er wollte, daß das erste Mal so schön wie möglich für sie war, aber ihr Eifer erregte ihn so sehr, daß es ihm unmöglich war, seine eigenen Anweisungen zu befolgen. Seine Hände zitterten, als er ihr hastig die Kleider abstreifte, und als er die Träger ihres Hemds über ihre

Schultern streifte und ihre wundervollen Brüste sah, stieß er ein rauhes Stöhnen aus. Die Qual, sie schon so lange zu begehren, wich purer Ekstase, als er sich langsam auf sie rollte und ihre glatte Haut an seiner spürte.

Ein leises Stöhnen entrang sich ihr, das ihn in sinnlicher Vorfreude erschauern ließ. Ihre Zärtlichkeiten wurden nun genauso kühn wie seine, und als ihre Nägel über die Rückseite seiner Schenkel strichen, löste das so lustvolle Gefühle in ihm aus, daß er zu sterben glaubte.

Er wollte jeden Zentimeter ihres Körpers küssen, und genau das tat er auch. Als seine Hand zwischen ihre Schenkel glitt, versuchte sie, sie fortzuschieben, doch er gab nicht nach und wurde Sekunden später schon belohnt, als sie ihn flehend bat, nicht aufzuhören.

Die Leidenschaft, mit der sie auf seine Zärtlichkeiten reagierte, war der seinen durchaus ebenbürtig. Er küßte ihren Bauchnabel, lächelte, als sie verblüfft nach Luft schnappte, und glitt tiefer an ihr hinab, um sie noch intimer zu liebkosen.

»Jetzt, Cole!« rief sie.

Sie war mehr als bereit für ihn, aber er wollte die süße Qual verlängern, bis Jessica so überwältigt war, daß sie den Schmerz des Eindringens nicht spürte.

Sie wand sich unruhig in seinen Armen, als er sich zwischen ihre Schenkel kniete. »Sieh mich an«, verlangte er mit einer Stimme, die ganz rauh vor Leidenschaft war.

»Das ist für immer, Jessica.«

»Bitte ...«

»Sag es«, verlangte er und schaute ihr prüfend in die Augen, während er auf ihre Antwort wartete.

»Für immer«, keuchte sie.

Seine Lippen suchten ihren Mund zu einem heißen Kuß, und so behutsam, wie es ihm nur möglich war, drang er in sie ein. Und als er ihre süße Wärme spürte, barg er sein Gesicht in ihrem Haar und schloß die Augen.

Sie war so, wie er sie sich schon immer vorgestellt hatte: perfekt. Er hatte ihren leisen Schrei gehört und wußte, daß er sie verletzt hatte. Für einen Moment verhielt er sich ganz still und ließ ihr Zeit, sich an ihn zu gewöhnen. Dabei flüsterte er ihr liebevolle Worte zu, doch sein Verlangen nach ihr war so überwältigend, daß er selbst nicht wußte, ob seine Worte einen Sinn ergaben.

Wie konnte etwas so schmerzhaft sein und gleichzeitig so schön?

»Der Schmerz ist gleich vorbei«, versprach er ihr.

Jessica schlang die Arme um seinen Nacken, und diese kleine Bewegung löste erstaunlich lustvolle Gefühle in ihr aus. Vorsichtig bewegte sie sich noch einmal, hörte Coles Stöhnen und erkannte, daß es ihm genausoviel Lust bereitete wie ihr selbst.

Langsam zog er sich aus ihr zurück und drang dann genauso langsam wieder in sie ein.

»Würdest du bitte aufhören, mich zu necken!« rief sie.

Er lachte rauh. »Ich bemühe mich nur, sanft zu sein.«

»Hör auf damit«, bat sie. »Ich will …«

Er brachte sie mit einem Kuß zum Schweigen und begann sich wieder zu bewegen. Ihre Leidenschaft verblüffte ihn. Er war noch nie mit einer Frau zusammengewesen, die ihr Verlangen so aufrichtig und unverhohlen gezeigt hatte, und die Tatsache, daß sie sich ihm freiwillig und aus Liebe hingegeben hatte, war sicherlich der Grund dafür, daß auch er sich nicht länger zurückhielt.

Um ihr Liebesspiel jedoch so lange wie möglich auszudehnen, versuchte er, sich noch langsamer zu bewegen. Aber das ließ Jessica nicht zu, und als sie sich in seinen Armen aufbäumte, verlor auch er den letzten Rest seiner Kontrolle über sich.

Ihre Umarmung war stürmisch, wild und völlig anders als alles, was er in dieser Hinsicht je erlebt hatte. Er spürte, wie Jessica sich dem Gipfel der Erregung näherte, hörte sie heiser seinen Namen rufen, und als sie den Höhepunkt der Lust erreichte, drang er noch ein letztes mal tief in sie ein, um sich dann seiner eigenen Ekstase zu überlassen.

Aufstöhnend sank er auf sie nieder und fand nicht mehr die Kraft, sich aufzurichten.

Sie weinte leise. Er spürte ihre heißen Tränen auf der Schulter und hob den Kopf ein wenig, um sie anzusehen.

»Ich habe dir weh getan, nicht wahr, mein Liebling?«

Er haßte sich dafür und warf sich vor, in seinem Verlangen zu grob gewesen zu sein, zu wild und ungestüm. Es war ihr erstes Mal gewesen, und er hätte behutsamer sein sollen und viel, viel zärtlicher …

»Jesse, sag doch etwas!«

Die Unruhe, die in seiner Stimme mitschwang, ließ sie aus ihrer Benommenheit erwachen. Sie öffnete die Augen und schaute ihn an, und die Wärme, die sie sah, ließ sie vor Zärtlichkeit erschauern.

»Nein, nein, du hast mir nicht weh getan … Nun ja, ein bißchen schon, aber es war nicht … Es war *erstaunlich*!«

Er lächelte zufrieden. Gott, wie er ihr Gesicht liebte! Ihre Augen glänzten noch vor Leidenschaft, ihr Mund war rot und geschwollen von seinen Küssen. Sie sah durch und durch zufrieden aus – wie hätte er eine solche Frau nicht lieben können?

»Ja, es war erstaunlich.« Widerstrebend löste er sich von ihr. »Aber …«

Rasch legte sie eine Hand auf seinen Mund. »Sag nichts«, bat sie. »Keine Reue bitte.«

»Keine Reue«, stimmte er zu.

Da schmiegte sie sich in seine Arme und legte den Kopf an seine Schulter.

Nichts währt ewig.

Fest kniff sie die Augen zu, um nicht zu weinen. wie gern sie ihm geglaubt hätte. Cole liebte sie, das wußte sie – bis morgen, übermorgen oder nächstes Jahr, doch irgendwann, früher oder später, würde er sie verlassen.

»Ich liebe dich auch«, flüsterte sie. Immer und ewig.

31. KAPITEL

Sie hatte Cole verführt. Diese Erkenntnis kam ihr, als sie am Wasser stand und über ihr Verhalten der vergangenen Nacht nachdachte. Und mit dem Eingeständnis, ihn verführt zu haben, kam ihr noch eine weitere Erkenntnis, die mindestens ebenso schockierend war: Sie bereute nichts. Wenigstens würde sie jetzt für den Rest ihres Lebens die Erinnerung an seine Zärtlichkeiten und liebevollen Worte haben, und das mußte ihr genügen.

Cole trat hinter Jessica, schlang die Arme um ihre Taille und küßte ihre Schulter.

Er wußte sofort, daß etwas nicht in Ordnung war, als er sie berührte, denn sie versteifte sich.

»Was ist, Jessie?«

»Es ist Morgen. Das ist es.«

»Es heißt ›Guten Morgen‹, nicht: ›Es ist Morgen‹,« erklärte er, während er sie zu sich herumdrehte.

Sie wich seinen Lippen aus, als er versuchte, sie zu küssen.

»Also gut, Jessie, heraus damit. Was hast du?«

»Gestern nacht …«

Als sie abbrach, hob er ihr Gesicht zu sich empor, um ihre Stimmung besser einschätzen zu können. Sie schien verärgert zu sein, und er glaubte auch, den Grund dafür zu kennen.

»Du bereust jetzt, was geschehen ist, nicht wahr?«

Heftig schüttelte sie den Kopf. »Nein. Es war ernst gemeint, was ich gestern abend sagte. Ich werde es nie bereuen, Cole.«

Er zog sie an sich, um sie zu küssen, aber wieder wandte sie den Kopf ab, und seine Lippen berührten nur ihr Ohr.

»Bitte mach es nicht noch schwerer, als es sowieso schon ist«, bat sie. »Wir hatten gestern nacht.«

»Wir haben ein ganzes Leben.«

Sie starrte auf seine Schulter und zwang sich, fest zu bleiben. »Wir sollten jetzt lieber aufbrechen. Sonst verpassen wir vielleicht noch den Zug.«

Er rührte sich nicht von der Stelle, blieb einfach stehen, wo er war, und hielt sie in den Armen, während er geduldig darauf wartete, daß sie ihn wieder ansah. »Wir werden nirgendwohin reiten, wenn du mir nicht sagst, was in deinem hübschen Kopf vorgeht.«

»Wir hatten gestern nacht, Cole, aber jetzt müssen wir vernünftig sein.«

Endlich dämmerte ihm, worum es ging. »Du glaubst kein Wort von dem, was ich dir gestern abend sagte, nicht? Das ist es also. Du glaubst, ich hätte bloß gesagt, ich liebte dich, weil ich mit dir schlafen wollte?«

»Ich wollte dich, Cole, und du wolltest mich. Es war unsere gemeinsame Entscheidung.«

»Ja, das war es.«

»Und ich bereue nichts. Ich erwarte nichts von dir, und du solltest auch nichts von mir erwarten.«

Er traute seinen Ohren nicht. »Soll das etwa heißen, daß du keine feste Bindung willst?«

»Ja.«

»Das ist doch nicht zu …!«

Jessica wandte sich hastig ab und lief zu den Pferden. Cole folgte ihr, packte sie von hinten und hob sie in den Sattel.

Er sah, wie sie das Gesicht verzog, und fragte: »Glaubst du, daß du heute reiten kannst?«

»Ja, natürlich.«

»Ich habe dir gestern abend weh getan, Jessie.«

»Aber jetzt geht es wieder.«

Sein Ärger verblaßte ein wenig, als er sie erröten sah. Ruhig legte er seine Hand auf ihre Oberschenkel. »Würdest du mich bitte ansehen, Jessie?«

Langsam erhob sie den Blick zu ihm. Die Zärtlichkeit in seinen Augen stellte ihren Entschluß auf eine harte Probe. Am liebsten hätte sie sich in seine Arme geworfen und ihn nie wieder losgelassen.

»Ja?« fragte sie ruhig.

»Liebst du mich?«

Er drückte ihren Schenkel, bis sie endlich antwortet. »Ich werde dich nicht belügen, Cole. Ich liebe dich, aber …«

Er schnitt ihr das Wort ab. »Wie vielen anderen Männern hast du schon gesagt, daß du sie liebst?«

»Ich habe noch keinem Mann gesagt, daß ich ihn liebe.«

Er grinste. »Gut. Mehr wollte ich nicht wissen.«

Damit wandte er sich ab, ging zu seinem Pferd hinüber und schwang sich in den Sattel. Er nahm die Zügel, ritt zu ihr hinüber und zog sie, bevor sie es verhindern konnte, zu sich heran, um sie zu küssen.

Als er nach einem leidenschaftlichen Kuß endlich den Kopf hob und den verwirrten Ausdruck in ihren

Augen sah, nickte er befriedigt. »Paß auf, was ich dir sage, Jessie: so möchte ich jeden Morgen von dir geküßt werden. Und ich will noch eine ganze Menge mehr als das – aber wir werden mit dem Kuß beginnen.«

»Für wie lange, Cole?« Als sie seine Antwort hörte, merkte sie erst, daß sie die Frage laut ausgesprochen hatte.

»Für den Rest unseres Lebens, und deins wird ziemlich kurz sein, wenn du nicht aufhörst, so verrücktes Zeug zu denken.«

»Du kannst unmöglich wissen, was ich denke.«

»Natürlich kann ich das«, erwiderte er selbstbewußt. »Es ist, als blickte ich in einen Spiegel.« Angewidert schüttelte er den Kopf. »Mein Bruder Adam sagte früher immer, eines Tages bekäme ich die Rechnung.«

»Die Rechnung? Wofür?«

»Für mein Verhalten«, erklärte er. »Denn sonst war ich derjenige, der keine feste Bindung wollte, und es erbittert mich, daß du genauso denkst.«

»So ist es aber«, meinte sie.

»Du willst nur die erste sein, die zuschlägt.«

»Was soll das nun wieder heißen?«

»Du bist so sicher, daß ich dich verlassen werde, daß du lieber mich verläßt, bevor es dazu kommen kann. So ist es doch, nicht wahr?«

Er ließ ihr keine Zeit, darauf zu antworten. »Aber ich habe interessante Neuigkeiten für dich: Das wird nicht geschehen, Jessie. Keiner von uns beiden wird den anderen verlassen. Was ich sagte, war völlig ernst gemeint. Es ist für immer, Jessie, und ich erinnere mich, daß du mir das auch versprochen hast.«

Niedergeschlagen schüttelte sie den Kopf, weil sie wußte, daß selbst die inbrünstigsten Versprechungen nichts als leere Worte waren. *Jetzt* liebte er sie, ja, aber mit der Zeit würde sich das ändern.

»Ich will nicht, daß du wegen gestern nacht bei mir bleibst«, erwiderte sie leise. »Ich hatte dich um diese eine Nacht gebeten, und du hast sie mir gegeben. Das war alles.«

»Wirst du dich jetzt auch noch dafür bedanken?«

Sein Ton verriet, daß er nicht freundlich darauf reagieren würde. »Es wird Zeit, uns auf den Weg zu machen«, sagte Jessie.

»Du stellst meine Geduld auf eine harte Probe.«

Danach redete er fast eine ganze Stunde kein Wort mehr mit ihr. Und wann immer er sich nach ihr umschaute, um zu sehen, ob bei ihr alles in Ordnung war, sah sie, daß sein Gesichtsausdruck noch feindseliger geworden war.

Sie wußte, daß sie ihn verletzt hatte, aber es war besser, den Augenblick der Wahrheit nicht länger hinauszuzögern. Sie sagte sich, daß sie damit nur sich selbst und ihren Sohn beschützte, denn wenn sie Cole ihr Herz schenkte, gab sie ihm auch die Macht, sie zu zerstören. Das war ein Risiko, das sie nicht eingehen konnte. Aber der Gedanke an ein Leben ohne ihn machte sie so unglücklich, daß sie nicht mehr wußte, wie sie diesen Schmerz betäuben sollte. Sie haßte Angst – und Cole zu lieben, jagte ihr mehr Angst als alles andere ein, weil es bedeutete, daß sie ihm vertrauen mußte.

Warum, oh, warum hatte sie nicht all das gedacht, bevor sie ihn verführte? *Weil sie wissen wollte, wie es war, geliebt zu werden.* Großer Gott, was hatte sie getan?

»Jessie, wir haben es ganz falsch gemacht.«

Sie starrte auf seinen Rücken, und das Herz wurde ihr noch schwerer, während sie darauf wartete, daß er ihr sagte, er sei endlich zur Vernunft gekommen.

Er drehte sich nicht zu ihr um, als er weitersprach, sondern lenkte sein Pferd den steilen Hang hinunter, der in die Stadt führte, wo sie den Zug besteigen würden.

»Wir haben unsere Hochzeitsnacht vorweggenommen, Jessie. Wir haben es falsch angefangen, das ist alles. Wenn wir genügend Zeit haben, werden wir das in Ordnung bringen, sobald wir in der Stadt sind.«

»Und wie willst du das anstellen?«

»Ich werde einen Priester suchen.«

Sie schwieg einen Moment verblüfft. »Ich werde dich nicht heiraten«, erwiderte sie dann.

»Ich habe dich auch nicht darum gebeten.«

»Gut, denn ich …«

»Ich *sage* dir bloß, daß wir heiraten. Die Entscheidung hast du gestern abend schon getroffen, als du dich mir hingabst.«

Er bemühte sich nicht, den Ärger in seiner Stimme zu verbergen, aber er achtete darauf, sich nicht anmerken zu lassen, wie besorgt er war. Wenn er es nicht besser gewußt hätte, hätte er auf den Gedanken kommen können, er habe Angst. Die Tatsache, sie zu lieben, hatte sein ganzes Leben auf den Kopf gestellt, und er wußte nicht, wie er ihr verständlich machen sollte, daß seine Liebe wahr war … und für immer.

»Caleb …«

»Ich werde ihm ein guter Vater sein.«

»Ich kann nicht riskieren, daß mein Kind verletzt wird. Er würde sich an dich gewöhnen und dann …« Sie brach ab, als er sich nach ihr umdrehte und ihr einen ärgerlichen Blick zuwarf.

»Es gibt etwas, was du über mich wissen solltest.«

»Und das wäre?« fragte sie.

»Ich gewinne immer.«

32. KAPITEL

Von den einhundertdreiundzwanzig Fahrgästen des Zuges, der in Richtung Süden fuhr, schaute nur ein einziger zufällig aus dem Fenster, als Marshal Cooper aus der Waggontür in den See geschleudert wurde, aber dieser eine Passagier genügte. Mildred Sparrow, eine resolute, etwas rundliche ältere Dame, saß auf einen der harten Holzbänke im letzten Wagen neben ihrem Ehemann George, der schlafend an ihrer Schulter lehnte. Als sie aus dem Fenster schaute und den Mann aus dem Zug ins Wasser stürzen sah, stieß sie einen so gellenden Schrei aus, daß ihr Mann davon erwachte. Sie war im ersten Moment jedoch so erschrocken, daß es ihr schwerfiel, zu beschreiben, was sie gerade gesehen hatte. George glaubte ihr nicht und meinte, sie müsse eingeschlafen sein und alles nur geträumt haben. Aber immerhin öffnete er das Fenster und steckte den Kopf hinaus, um selbst nachzusehen.

Natürlich sah er nichts. Mildred ließ sich jedoch nicht beschwichtigen und verursachte schließlich einen solchen Aufruhr, daß der Schaffner ihr versprach, den Zug zu stoppen. Auch er schien überzeugt zu sein, daß Mildreds Behauptungen nur Hirngespinste waren.

Etwa eine Viertelmeile vor der nächsten Stadt kam der Zug kreischend zum Halten. Der Schaffner führte die Neugierigen an den Schienen entlang zu einer kleinen Anhöhe, von der aus der See zu sehen war. Über zwanzig Fahrgäste begleiteten ihn, und alle zweifelten an Mildreds Aussage. Wahrscheinlich wären noch viel mehr Passagiere ausgestiegen, wenn sie nicht Angst gehabt hätten, auf eine Klapperschlange zu treten.

Der Schaffner keuchte, als sie den kleinen Hügel erklommen hatten. Er schaute hinab, riß dann entsetzt die Augen auf und schrie: »O Gott – es stimmt, was sie gesagt hat!«

Betroffen stand die kleine Gruppe da und schaute mit gesenkten Köpfen zu, wie ein Fischer den reglosen Körper aus dem Wasser zog.

Black Junction Creek war eine ruhige kleine Stadt, die mitten in einer abgelegenen, öden Wüstenlandschaft lag. Soweit das Auge reichte, waren weder Bäume, Büsche oder Gras zu sehen. Die Sonnenuntergänge waren das einzig Bemerkenswerte an der Stadt. Jeden Tag, wenn die Sonne unterging, färbte sich die braune Erde leuchtendrote, und der Himmel begann in allen Farben zu erstrahlen, was dem Betrachter die Illusion vermittelte, daß der gesamte Horizont in Flammen stand. Jene, die auf dem Marktplatz standen, schworen, Flammen gesehen zu haben, die über das Land tanzten. Es war ein spektakulärer Anblick, dessen Magie noch unterstrichen wurde, wenn der alte Towers seine Fiedel dazu spielte. Die Stadtbewohner pflegten Neuankömmlinge gegenüber zu behaupten, die Flammen tanzten im Rhythmus der Musik des alten Mannes.

Grace war fasziniert von diesem herrlichen Naturereignis, das sie vom Zugfenster aus verfolgte.

Obwohl Daniel sie nur ungern dabei störte, mußte er praktisch sein. »Wir haben nur eine Stunde, um etwas zu essen und uns die Beine zu vertreten«, erinnerte er sie.

Seine Bemerkung brachte ihr ihren Hunger wieder zu Bewußtsein. Rasch zog sie ihre Handschuhe an und folgte ihm auf den Gang hinaus.

»Tragen Sie eigentlich immer Handschuhe, egal, wohin Sie gehen?« fragte er.

»Eine Dame sollte immer Handschuhe tragen, wenn sie ausgeht.«

Lächelnd schüttelte er den Kopf. Sie war so unglaublich wohlerzogen, daß es beinahe schon absurd war ... Aber Gott, war sie entzückend! Er frage sich, wie wohlerzogen sie im Bett sein mochte. Doch kaum kam ihm der Gedanke, verdrängte er ihn schon wieder.

»Glauben Sie, Sie könnten jetzt etwas essen?« fragte sie. »Hat Ihr Magen sich beruhigt?«

»Machen Sie sich keine Sorgen um mich. Mir geht es gut.«

Das Essen wurde in dem zweistöckigen kleinen Bahnhofshotel serviert, aber Daniel war kaum aus dem Zug gestiegen, als er schon gerufen wurde.

»Marshal Ryan?«

Als er sich umwandte, sah er einen untersetzten Mann in seine Richtung eilen. »Ja?« fragte er, während er zurücktrat und Grace mit einer Geste zu verstehen gab, daß sie im Zug bleiben sollte.

»Ich dachte mir schon, daß Sie es sind. Der Schaffner hat mir eine gute Beschreibung von Ihnen gegeben. Owen Wheeler ist mein Name, und ich bin der Sheriff dieser Stadt hier. Die Leute, die mich gut kennen, nennen mich Bobcat, das ist mein Spitzname. Sie können mich auch so nennen, wenn Sie wollen«, fügte er hinzu, während er Daniels Hand schüttelte. »Ich freue mich, Ihre Bekanntschaft zu machen, Sir.«

»Was kann ich für Sie tun, Sheriff?«

Bobcat erblickte hinter Daniel Grace, tippte sich an den Hut und sagte: »Wie geht es Ihnen, Ma'am?«

»Hallo, Mr. Bobcat.«

»Nur Bobcat«, sagte er. »Das Mister, können Sie sich sparen.«

»Wie sind Sie an einen solchen Spitznamen gekommen?« fragte sie neugierig.

Er grinste. »Vor einigen Jahren bin ich einem Luchs begegnet und mußte mit ihm kämpfen. Die Narben, die ich überall am Bauch habe, beweisen es. Wenn Sie sie sehen wollen …«

»Nein, nein, das ist nicht nötig. Ich glaube Ihnen auch so«, erwiderte Grace rasch.

Der Sheriff konnte den Blick nicht von ihr abwenden, und seine Aufdringlichkeit irritierte Daniel. »Gibt es etwas, was ich für Sie tun kann, Sheriff?« hakte er gereizt nach.

Bobcat nickte. »Wir haben Probleme. Ich habe dem Schaffner davon erzählt, und er meinte, er habe Ihren Marshalstern gesehen, und vermutete daß Sie uns vielleicht helfen könnten.

»Worum geht es denn?« fragte Daniel und wünschte, der Sheriff möge endlich zur Sache kommen.

»Gladys Andersons Junge hat gestern einen Mann aus dem See gezogen. Billy war angeln, anstatt seine Arbeit in den Ställen zu verrichten. Aber es war ein Glück, daß er so pflichtvergessen ist. Der Mann wäre ertrunken, wenn Billy nicht dagewesen wäre, und das ist die Wahrheit. Billy hat auch gesehen, wie es passiert ist.«

»Wie was passiert ist?«

»Billy saß in seinem Boot und beobachtete den Zug über der Brücke, als plötzlich ein Mann herausflog und ins Wasser stürzte. Der arme Kerl ging sofort unter, aber Billy fischte ihn heraus. Dann sah er, daß der Mann angeschossen worden war. Ich glaube, er wurde aus dem Zug geworfen.«

Grace war entsetzt. »Wie schrecklich!« murmelte sie. »Wie geht es dem armen Mann?«

Bobcat schüttelte den Kopf. »Der Arzt sagt, es stünde schlecht um ihn, Ma'am. Sehr schlecht. Es war zwar ein glatter Durchschuß, so daß der Doc die Kugel wenigstens nicht zu entfernen brauchte, aber die Wunde ist entzündet. Ich dachte, daß es Sie interessieren würde, Marshal, weil der Sterbende einer der Ihren ist.«

Daniel streckte bereits die Hand nach Grace aus, um sie aus dem Zug zu ziehen.

»Er trug ein Abzeichen«, erklärte Bobcat. »Und der Schaffner erzählte mir, er heiße Cooper. Kennen Sie den Mann?«

»Wo ist er?« fragte Daniel, und seine Stimme klang ganz scharf vor Wut und Angst.

»Im Bahnhofshotel. Der Doc wollte nicht, daß wir ihn weiter wegbrachten. Er ist oben in einem der Zimmer. Der Marshal kämpft verzweifelt um sein Leben, aber der Doc glaubt nicht, daß er es schaffen wird.«

Erschüttert von dem Gehörten, griff Daniel nach Grace' Hand und ging rasch auf das Gebäude zu. Der Sheriff beeilte sich, mit ihnen Schritt zu halten.

Daniel drehte sich noch einmal nach ihm um. »Haben Sie die Fahrgäste im Zug befragt?«

»Klar«, antwortete der Sheriff. »Eine Dame sah ihn über das Brückengeländer stürzen, aber mehr hat sie nicht gesehen. Es hat auch niemand einen Schuß gehört«, fügte er keuchend hinzu. »Ein Fenster war von einer Kugel zersplittert worden, und deshalb vermute ich, daß zwei Schüsse abgegeben wurden. Die andere traf den Marshal.«

Daniel hatte inzwischen das Hotel erreicht, riß die Tür auf und trat ein. Sein Blick blieb einen Moment auf den Leuten haften, die an den langen Tischen saßen und auf das Essen warteten. Ohne Grace' Hand loszulassen, schaute er sich suchend um, und als er die Treppe in der Ecke entdeckte, ging er rasch mit ihr hinüber.

Als sie die Stufen hinaufeilten, warf er einen Blick zurück zum Sheriff. »Was ist mit der Frau, die mit Marshal Cooper reiste? Wo ist sie?«

»Da war keine Frau.«

»Doch, da war eine«, murmelte Daniel.

»Der Schaffner sagte, der Marshal habe eine Frau bei sich gehabt, und andere Leute erinnern sich, sie zusammen einsteigen gesehen zu haben. Sie mag zwar zu Beginn der Reise da gewesen sein, aber als der Zug stoppte, war sie nicht mehr da. Das ist die reine Wahrheit, Marshal.«

»Und ihre Sachen?« fragte Grace. »Haben Sie ihr Gepäck gefunden?«

»Nein, Ma'am. Wir haben nichts gefunden. Das Abteil war leer, und es war nichts darin, was auf die Anwesenheit einer Frau hinwies.«

Sie waren jetzt am Ende des Korridors angelangt, wo der Arzt vor einem der Zimmer wartete. Er nickte Daniel zu und öffnete die Tür, um wieder einzutreten.

»Grace, warten Sie bitte mit dem Sheriff«, bat Daniel. »Sheriff, Sie lassen niemanden hinauf. Haben Sie das verstanden?«

»Was soll ich denn tun, wenn jemand die Treppe hinauf kommt.«

»Ihn erschießen.«

Der Sheriff riß verblüfft die Augen auf. Grace wartete, bis Daniel in Coopers Zimmer war, bevor sie den Kopf senkte und ein stummes Gebet für seinen Freund sprach.

»War die Frau, die wir nicht finden konnten, Marshal Coopers Frau?« fragte Bobcat.

»Nein«, antwortet Grace. »Sie waren nicht verwandt. Marshal Cooper begleitete Rebecca nach Texas.«

»Aber wo zum Teufel, steckt sie dann?«

Grace schüttelte den Kopf. »Ich habe keine Ahnung«, flüsterte sie.

Ein Frösteln erfaßte sie. Rebecca war verschwunden.

Möge Gott ihr beistehen.

33. KAPITEL

Daniel wachte die ganze Nacht bei seinem Freund. Marshal Cooper, der schreckliche Alpträume zu haben schien, wälzte sich unruhig im Schlaf hin und her und murmelte immer wieder etwas von Ungeheuern und Verrätern, was für Daniel nicht den geringsten Sinn ergab.

Grace kümmerte sich um alles andere. Sie bat den Schaffner, ihre Sachen aus dem Zug zu holen und Daniel etwas zu essen hinaufzubringen. Als das alles erledigt war, setzte sie sich mit ihrem eigenen Essen zu Sheriff Bobcat an den kleinen runden Tisch, der auf dem Gang vor Coopers Zimmer stand.

Der Sheriff redete unablässig, während Grace und er ihr Nachtmahl einnahmen. Das Essen war fade, aber sättigend, und eine Stunde später erinnerte sie sich nicht einmal mehr, was sie gegessen hatte. All ihre Gedanken waren bei Marshal Cooper und Rebecca.

Gegen neun Uhr abends kam der Arzt aus Coopers Zimmer. Bedauernd schüttelte er den Kopf und teilte dem Sheriff mit, daß der Zustand des Marshals sich noch nicht gebessert hatte.

»Ich habe die Wunde im Brustkorb geöffnet, um eine Drainage anzulegen. Ich weiß allerdings nicht, ob es etwas nützen wird. Der Mann hat hohes Fieber. Ich habe einen Kräutertee, der ihm vielleicht guttun würde, aber um ihn ihm einzuträufeln, müßte ich ihn wecken.«

»Können Sie Marshal Cooper denn nicht wecken?« fragte Grace, und das Zittern ihrer Stimme verriet, wie besorgt sie war.

»Nein, Ma'am, das kann ich leider nicht«, erwiderte der Arzt. »Der arme Mann ist im Delirium und redet in seinem Wahn von nichts anderem als von Ungeheuern und Verrätern.«

»Das klingt, als ob er den Verstand verloren hätte«, warf Bobcat ein.

Der Arzt stimmte der Diagnose seines Freundes zu. »Ja, es sieht ganz so aus. Ich glaube nicht, daß wir heute abend noch etwas für ihn tun können. Ich werde heimgehen und mich ein bißchen hinlegen, und dann komme ich wieder und sehe ihn mir noch einmal an. Ich hoffe, Sie verzeihen mir die Bemerkung, Miss, aber Sie sehen schrecklich müde aus. Warum suchen Sie sich nicht ein sauberes Bett und ruhen sich ein bißchen aus?«

»Wir haben ihr das Zimmer neben Ihrem Patienten gegeben. Es ist hier oben das einzige mit einem Schloß.«

Nachdem der Arzt gegangen war, wandte Bobcat sich an Grace. »Ich bin stolz darauf, Marshal Ryan eine Hilfe sein zu können, und jetzt, wo ich weiß, daß Sie Schutz benötigen, werde ich mich mit einem geladenen Gewehr vor Ihre Tür setzen.«

»Glauben Sie wirklich, daß das nötig ist? Der Zug ist schon vor Stunden abgefahren, und außer den Besitzern und uns hält sich niemand hier im Hotel auf.«

»Natürlich ist es nötig. Die Blackwater-Bande wird nicht anklopfen und fragen, ob sie hereinkommen dürfen, um Sie zu erschießen. Die Kerle werden versuchen, sich ungesehen hereinzuschleichen. Nein, nein, widersprechen Sie mir nicht! Gehen Sie jetzt in Ihr Zimmer, und versuchen Sie zu schlafen! Ich werde die Augen offenhalten.«

Grace sah ein, daß jeder weitere Protest sinnlos war. Das Zimmer, das ihr zugewiesen worden war, war nur spärlich eingerichtet: ein Bett, eine Kommode und drei Haken an der Wand, um ihre Kleider aufzuhängen. Sie legte ihre Handschuhe und den Hut auf die Kommode und ging dann wieder auf den Korridor zurück.

»Ich werde noch einmal nach Daniel sehen«, erklärte sie und eilte an dem Sheriff vorbei, bevor er versuchen konnte, sie aufzuhalten. »Es wird nicht lange dauern.«

Sie klopfte nicht an, weiß sie wußte, daß Daniel sie unverzüglich wieder fortgeschickt hätte. Sie trat einfach ein und zog leise die Tür hinter sich zu.

Daniel stand am Fenster, drehte sich aber zu ihr um, als sie den Raum betrat. Seine anfängliche Überraschung, sie zu sehen, wich rasch einem ärgerlichen Stirnrunzeln.

»Was tun Sie hier? Sie wollten längst im Bett sein und sich ausruhen. Sie werden morgen in aller Herrgottsfrühe aufstehen müssen.«

»Ich möchte Ihnen gern helfen, Ihren Freund zu pflegen.«

»Wir können nichts mehr für ihn tun, Grace.«

Er klang niedergeschlagen und verbittert – als ob er sich schon mit Coopers Tod abgefunden hätte und um ihn trauerte.

»Sie sind erschöpft«, sagte sie. »Warum schlafen Sie nicht ein bißchen? Ich werde bei Marshal Cooper wachen. Sie haben sich noch nicht ganz von der Grippe erholt.«

»Machen Sie nicht so ein Getue um mich«, knurrte er.

Sie gab es auf, diesen störrischen Mann zur Vernunft bringen zu wollen, und richtete den Blick auf Cooper. Er lag auf dem Rücken, bedeckt mit einem Laken, das ihm bis zur Taille reichte. Er sah so still und reglos aus wie eine Leiche. Ein dicker Verband, durch den helles rotes Blut sickerte, bedeckte seinen Oberkörper. Sein Gesicht war aschfahl, und im schwachen Schein der beiden Petroleumlampen auf den Nachttischen sah er aus, als ob sein nächster Atemzug sein letzter sein würde.

»Der Arzt hat es nicht geschafft, ihn aufzuwecken, um ihm den Tee zu geben?«

»Nein. Er würgte und spuckte nur.«

Grace öffnete die Knöpfe an ihren Manschetten und krempelte die Ärmel ihrer Bluse auf. Dann ging sie zur Waschschüssel und wusch sich gründlich die Hände.

»Was soll das, Grace? Was glauben Sie, was Sie da tun?«

»Daniel, lassen Sie Ihren Ärger bitte nicht an mir aus, ja? Ich weiß, wie beunruhigt Sie wegen Ihres Freundes sind, aber Ihre Animosität wird ihm nicht helfen. Und was Ihre Fragen betrifft, so werde ich jetzt versuchen, sein Fieber zu senken.«

»Wie kommen Sie darauf, daß Sie etwas schaffen könnten, was nicht einmal dem Arzt gelungen ist?«

»Ich habe gesagt, ich werde es versuchen. Das ist alles. Ich verstehe etwas von Krankenpflege. Meine Großmutter war sehr lange krank.«

»Was ist aus ihr geworden?«

»Sie ist gestorben.«

»Soviel zu Ihrer Erfahrung in der Krankenpflege.«

Sie verlor allmählich die Geduld. »Würden Sie bitte aufhören mit Ihren sarkastischen Bemerkungen? Ich habe keine Zeit für Diskussionen. Kommen Sie lieber her, und helfen Sie mir! Auf die eine oder andere Art wird Marshal Cooper diesen Tee jetzt schlucken.«

»Ich glaube nicht …«

Sie ließ ihn nicht ausreden. »Entweder Sie helfen mir jetzt, oder Sie gehen mir aus dem Weg. Ist das klar, Daniel?«

Ihr Wutausbruch verblüffte ihn. Das war nun schon das zweite Mal, daß er sie die Beherrschung verlieren sah. Lady Winthrop, dachte er, hat ganz entschieden eine dunkle Seite. Die Erkenntnis entlockte ihm ein Lächeln.

Mit vereinten Kräften gelang es ihnen, Cooper den größten Teil des Kräutertees einzuflößen. Danach zog Grace sich einen Stuhl ans Bett heran und begann mit feuchten Kompressen seine Stirn zu kühlen.

»Ihr Fieber war genauso hoch wie seins«, bemerkte sie.

»Das mag schon sein, aber Cooper hat eine Schußverletzung, die zudem auch noch entzündet ist. Der Arzt sagt, er würde die Infektion nicht überleben.«

»Wann sind Sie ein solcher Pessimist geworden?« fragte sie.

»Als meine Frau und meine Tochter in einer Bank erschossen wurden.«

Das furchtbare Eingeständnis verschlug ihr für einen Moment die Sprache. Sie ließ die Kompresse sinken und starrte Daniel an, der ruhelos vor dem Fenster auf und ab ging. Sie wußte nicht, was sie ihm sagen sollte, und das einzige, was ihr jetzt einfiel, war, daß sie nicht vor ihm weinen durfte, weil sie wußte, daß es ihn verärgert hätte.

Beide sagten lange Zeit nichts. Dann brach Grace das Schweigen. »Geben Sie sich die Schuld daran?«

»Ja.«

»Warum?«

»Weil ich nicht da war, um sie zu beschützen«, murmelte er.

»Ich verstehe.«

»Sie widersprechen nicht?«

Sie nahm das feuchte Tuch aus der Wasserschüssel, wrang es aus und legte es sanft auf Coopers Stirn.

»Was könnte ich schon dazu sagen, Daniel? Sie haben doch längst beschlossen, daß es Ihre Schuld war, und sich verurteilt, weil Sie es nicht verhindern konnten. So ist es doch, nicht wahr?«

»Ich war nicht einmal in der Stadt, als es geschah.«

»Sie waren bei Ihrer Arbeit?«

»Ja.«

»Aber angenommen, Sie wären in der Stadt gewesen – hätten Sie dann Ihre Frau zur Bank begleitet? Hätten Sie das getan, Daniel?«

»Ich weiß es nicht. Ich will nicht darüber reden.«

Er setzte sich in einen Sessel auf der anderen Seite des Bettes. »Ich hätte bei ihr sein sollen, aber ich war es nicht. So einfach ist das.«

»Sind Sie immer mit Ihrer Frau zur Bank gegangen?«

Er schüttelte den Kopf. »Nein.«

»Haben Sie andere Dinge für sie erledigt?«

»Was zum Beispiel?«

Sie zuckte die Schultern. »Wie die Einkäufe im Warenhaus oder …«

Er unterbrach sie ungeduldig. »Nein, natürlich nicht. Kathleen hat die Einkäufe erledigt.«

»Ich verstehe.«

»Was verstehen Sie, Grace? Erklären Sie es mir doch bitte.«

Sie ignorierte seinen schroffen Ton. »Wenn Ihre Frau und Ihre Tochter getötet worden wären, während sie einkauften oder über die Straße gingen, würden Sie sich auch die Schuld daran geben. Und ich glaube, ich kenne auch den Grund dafür. Es ist, weil Sie ein Hüter des Gesetzes sind und es Ihre Pflicht ist, unschuldige Menschen zu beschützen.«

»Ja. Ich hätte es verhindern müssen.«

»Indem Sie Tag und Nacht bei Ihrer Familie blieben und sie keine Minute aus den Augen ließen?«

»Das habe ich nicht gesagt.«

»Doch, das haben Sie.«

Er senkte den Kopf. Seine Augen brannten, und er strich mit einer Hand darüber. Dann beugte er sich zu der Lampe vor und drehte ihren Docht herunter. Das orangefarbene Licht der Flamme irritierte ihn. »Sie brauchen nicht so viel Licht, nicht wahr?«

»Nein.«

Sie streichelte Coopers Stirn, während sie über das Gesagte nachdachte. Sie hatte sich noch immer nicht ganz von dem Schock erholt, daß seine Angehörigen ermordet worden waren.

»Es überrascht mich, daß Sie Ihren Marshalstern nicht zurückgegeben haben«, bemerkte sie schließlich. »Oder sich nicht zu Tode getrunken haben, als Ihre Frau gestorben ist. Viele Männern hätten das getan.«

»Ich nicht. Ich wäre gern gestorben, dachte aber, daß es viel zu lange dauern würde, wenn ich versuchte, mich zu Tode zu trinken. Eines Nachts stand ich auf, nahm meine Waffe und hielt sie an die Schläfe ...«

»Hören Sie auf! Ich will es nicht hören.«

Er begriff nicht, daß es ihr das Herz brach zu hören, daß er versucht hatte, sich das Leben zu nehmen. Er wußte nicht, wieviel er ihr bedeutete. Wie konnte er auch? Schließlich hatte sie sich immer kühl und distanziert gegeben, seit sie sich begegnet waren. Damen zeigten ihre wahren Emotionen nicht. Es galt als unschicklich, sich Zorn, Leidenschaft oder Freude anmerken zu lassen. Grace hatte gute Lehrmeister gehabt, und es gab Momente, in denen sie selbst nicht wußte, was sie wirklich fühlte.

»Wie Sie sehen, hatte ich nicht den Mut, mich umzubringen«, sagte er trocken. »Denn immerhin bin ich noch hier, nicht wahr?«

»Mut hat nichts damit zu tun«, erwiderte sie brüsk. »Selbstmord ist ein feiger Ausweg. Es erfordert Mut zu leben.«

»Mag sein«, räumte er ein. »Ich dachte sogar daran, Cole so in Rage zu versetzen, daß er mich erschießt, aber das war, bevor ich all die Geschichten über ihn hörte. Er ist viel moralischer als ich.«

»Sheriff Sloan sagte mir, Cole hätte in Abilene auf eine Frau geschossen. Ist das wahr?«

»Es war nur ein Streifschuß«, erwiderte Daniel kurz.

Grace schaute ihn aus großen Augen an.

»Es war die einzige Möglichkeit, den Mann zu treffen, der sie umbringen wollte«, sagte er.

»Dann war es also unumgänglich?«

»Ja.«

»Daniel, denken Sie noch oft … daran?«

Er wußte, was sie meinte. »Nein. Ich denke überhaupt nicht mehr daran. Selbstmordgedanken hatte ich nur kurz nach dem Begräbnis meiner Frau und meiner Tochter. Damals war ich ziemlich durcheinander.«

»Ja, das kann ich verstehen.«

»Heute denke ich, daß es einen Grund haben muß, daß ich noch immer hier bin.«

»Ja, das denke ich auch«, flüsterte sie.

Es freute ihn, daß sie sich Sorgen um ihn machte. Es war lange her, seit jemand sich für sein Wohlergehen interessiert hatte. Die Welt war in den letzten beiden Jahren kalt und leer gewesen – bis Grace erschienen war.

»Wenn dies alles vorbei ist …«

»Ja?«

Er schüttelte den Kopf. »Nichts.«

Sie saß nun schon so lange an Coopers Bett, daß ihr Rücken schmerzte. Sie stellte die Wasserschüssel fort und richtete sich auf, um ihre steifen Glieder zu bewegen. Was sie jetzt brauchte, war ein bißchen frische Luft.

Das Fenster war auf der anderen Seite des Betts, wo Daniel saß. Als sie an ihm vorbeigehen wollte, ergriff er ihre Hand.

»Ich würde gern das Fenster öffnen.«

Sanft zog er sie auf seinen Schoß. Sie war so verblüfft darüber, daß sie die Arme um seinen Nacken schlang, bevor ihr bewußt wurde, was sie da tat. Verlegen zog sie die Hände rasch wieder zurück.

»Sie möchten nicht, daß ich das Fenster öffne?«

»Ich möchte, daß Sie hier sitzen bleiben.«

»Das schickt sich nicht.«

»Und Sie tun immer nur, was schicklich ist, nicht wahr?«

Die Sehnsucht, die sie in seinen Augen sah, ging ihr zu Herzen. Sanft strich sie mit den Fingerspitzen über seine Wange. »Ich bemühe mich«, murmelte sie. »Darf ich Sie etwas fragen?«

»Was Sie wollen.«

Am liebsten hätte er sie in die Arme genommen und die ganze Nacht lang so gehalten. Er wußte nicht, was über ihn gekommen war, aber vielleicht war es die Erinnerung an Kathleen, die ihn so sehnsüchtig und melancholisch stimmte. Nein, das ist es nicht, gestand er sich. Grace war es, die diese Emotionen in ihm weckte. Schon vom ersten Augenblick an, als er sie in Tilly MacGuires Küche gesehen hatte, hatte er keinen anderen Wunsch gekannt, als sie in die Arme zu nehmen und zu küssen.

Und er war es leid, dagegen anzukämpfen.

»Grace, was ich im Zug zu Ihnen sagte – daß ich Sie begehre, meine ich … Habe ich Sie damit gekränkt?«

Sie antwortete nicht, und er legte eine Hand unter ihr Kinn und strich mit dem Daumen über ihre Unterlippe. »Habe ich Sie damit gekränkt?« wiederholte er.

Sie betrachtete ihn nachdenklich. Seine Augen waren faszinierend, und sie fragte sich, ob ihm wohl bewußt war, wie überaus männlich und attraktiv er war.

»Verzeihung ... Könnten Sie Ihre Frage noch einmal wiederholen?«

Er lachte leise. »Wo waren Sie mit Ihren Gedanken, Grace?«

»Ich dachte nur, wie attraktiv Sie sind«, gestand sie. »Es freut mich, daß Sie mich begehren«, gestand sie. »Aber ich bin nicht Kathleen.«

»Nein, das sind Sie nicht.«

»Ich kann sie nicht ersetzen.«

»Ich will sie nicht ersetzen. Ich will nur ...«

»Ja?«

»Sie, Grace. Nur Sie.«

Seine Hand glitt zu ihrem Nacken. »Ich möchte Sie küssen. Würden Sie es mir gestatten?«

Es gefiel mir, daß er um Erlaubnis bat. »Ja, Daniel. Ich möchte, daß Sie mich küssen. Ich warte schon sehr lange darauf, daß Sie es tun.«

Ihre Offenheit verblüffte ihn, und er spürte, wie seine Kehle eng wurde, als sie schüchtern die Arme um seinen Nacken schlang.

Sein Mund bedeckte ihren – zu einem Kuß, der alles andere als ›schicklich‹ war. Er war stürmisch und besitzergreifend, aber auch liebevoll und zärtlich, als seine Zunge zwischen ihre Lippen glitt und in die warme Höhlung ihres Mundes drang.

Als dieser leidenschaftliche Kuß beendet war, wollte Daniel sie gleich noch einmal küssen.

Aber Grace entzog sich ihm und ging zum Fenster, wo sie eine volle Minute schweigend stehenblieb, bevor ihr wieder einfiel, warum sie hergekommen war. Ihre Hände zitterten, und es kostete sie beachtliche Mühe, den Riegel zu lösen und das Fenster hochzuschieben.

Als sie wieder an Daniel vorbeiging, hoffte sie, daß er sie wieder an sich ziehen würde, aber das tat er nicht.

Seine Augen waren geschlossen, sein Kopf ruhte an der Rückenlehne seines Sessels.

Seufzend nahm sie ihre Wache an Coopers Seite wieder auf. Daniel schlief bis tief in die Nacht hinein und erwachte erst, als Cooper plötzlich anfing, sich hin und her zu werfen. Grace saß auf seinem Bett und versuchte, ihn zu beruhigen. Ihre sanften Worte verfehlten ihre Wirkung nicht, denn schon Sekunden später verhielt sich Cooper wieder ruhig.

»Wie geht es ihm?« flüsterte Daniel.

»Das ist schwer zu sagen«, antwortete sie. »Er ist sehr unruhig, aber das Fieber scheint etwas nachgelassen zu haben.«

»Ich werde mich zu ihm setzen, Grace. Du solltest jetzt ein bißchen schlafen. Du siehst todmüde aus.«

»Ich gehe gleich«, versprach sie. »Aber im Augenblick bin ich noch zu unruhig, um zu schlafen. Ich habe an Rebecca gedacht. Glaubst du, daß ihr etwas zugestoßen ist? Ich hoffe von ganzem Herzen, daß sie noch am Leben ist.«

»Das bezweifle ich«, erwiderte er leise. »Auch ich muß ständig an sie denken. Ich finde einfach keine Erklärung dafür, daß das Abteil leer war. Das ergibt doch keinen Sinn.«

»Ja, das verstehe ich auch nicht.«

Er beugte sich vor und legte die Hände auf die Knie. »Der Schaffner sagte, das Abteil, in dem Cooper und Rebecca gesessen hatten, hätte ausgesehen, als ob es nie besetzt gewesen wäre.«

»Ja, ich weiß.«

»Wo mögen also ihre Sachen sein?«

»Coopers Sachen fehlten auch, nicht wahr?«

»Nein«, antwortete er. »Seine Satteltaschen waren im Gepäckwagen.«

»Vielleicht wurde Rebeccas Gepäck ja aus dem Zug geworfen?«

»Der Sheriff hat mit seinen Männern die ganze Gegend abgesucht. Sie suchten Rebecca, und dabei hätten sie ihr Gepäck gefunden, wenn es dagewesen wäre. Aber sie fanden nichts.«

»Vielleicht haben die Männer, die Marshal Cooper angeschossen haben, ihr erlaubt, die Koffer mitzunehmen«, überlegte Grace. »Das wäre doch ein gutes Zeichen, weil es bedeuten würde, daß sie sie nicht töten wollten?«

»Das halte ich für ziemlich ausgeschlossen«, widersprach er. »Sie würden sie so schnell wie möglich zum Schweigen bringen wollen.«

»Weil sie sie für die Zeugin halten?«

»Ja.«

»Wie schrecklich!« entfuhr es ihr. »Die arme Rebecca! Dabei war sie gar nicht da.«

Daniel starrte sie an. »Was soll das denn nun schon wieder heißen? Sie hat Cole und mir erzählt, sie sei während des Überfalls in der Bank gewesen.«

»Sie hat ... *was*?«

»Rebecca sagte, sie habe von ihrem Versteck unter dem Schreibtisch aus alles mit angesehen. Sie hat uns eine genaue Beschreibung der Geschehnisse und der Männer gegeben, die sie sah.«

»Sie kann gar nichts gesehen haben«, widersprach Grace und schüttelte den Kopf.

»Natürlich kann sie das – und sie hat es auch.«

»Wie du dich erinnern wirst, habe ich dir versichert, daß *ich* diejenige bin, die in der Bank war. Rebecca versuchte wahrscheinlich nur, Jessica und mich zu schützen, als sie dich belog.«

»Warum glaubst du, daß sie mich belog?«

Bevor Grace antworten konnte, sagte er: »Auch Jessica hat uns erzählt, sie sei in der Bank gewesen. *Sie* konnte uns allerdings keine Einzelheiten nennen – ganz im Gegensatz zu Rebecca, die uns alles genauestens beschrieben hat.«

Wieder schüttelte Grace den Kopf. »Das ist ausgeschlossen.«

»Ich sage dir doch, daß sie alles ganz genau beschreiben konnte«, beharrte er. »Was ist los? Warum siehst du mich so an, Grace?«

Sie schüttelte den Kopf. »Weil es absurd ist, Daniel, und nicht den geringsten Sinn ergibt ...«

Es kostete ihn Mühe, nicht die Geduld zu verlieren. »Warum nicht, Grace?«

»Weil sie dir gar keine Einzelheiten hätte nennen können. Ich hatte versprochen, nichts zu sagen ... Ich hatte es geschworen, aber das war vorher ... Und nun ...«

»Grace, was willst du damit sagen?«

»Daß nicht Rebecca, sondern Jessica die Zeugin ist.«

34. KAPITEL

Daniel war blaß vor Zorn. »Ist dir klar, was du da sagst? Denn ich schwöre dir, wenn du mich anlügst ...«

»Es ist die Wahrheit«, beharrte sie. »Jessica war in der Bank, nicht Rebecca.«

Nervös wie ein gefangenes Tier lief Daniel durch das Zimmer. Er sagte sich, daß es ihn nicht weiterbringen würde, Grace anzuschreien, doch es erforderte seine ganze Willenskraft, es nicht zu tun. Nach einem tiefen Atemzug fragte er mit bedrohlich sanfter Stimme: »Warum hast du mir erst jetzt erzählt, wie es tatsächlich war? Warum, in Gottes Namen, hast du so lange damit gewartet?«

»Weil ich Jessica versprochen hatte, nichts zu sagen. Ich habe ihr mein Wort gegeben.«

»O Gott, das darf nicht wahr sein!« murmelte er, als er sich mit der Hand durchs Haar fuhr und sich setzte.

»Versuch es bitte zu verstehen«, bat Grace. »Jessica war so verängstigt.«

»Weiß Rebecca, daß Jessica die Zeugin ist?«

»Nein.«

»Bist du dir ganz sicher?«

»Ja.« Sie wandte sich ab, um nicht den unbändigen Zorn zu sehen, der sich in seinen Augen spiegelte. Sie hatte ihn noch nie so aufgebracht erlebt, und das erschreckte sie.

»Verstehst du jetzt, warum ich so verblüfft war, als du sagtest, Rebecca hätte dir genaue Einzelheiten genannt?«

»Ach, Grace«, brummte er und versuchte, seinen Ärger zu bezähmen.

»Daniel ...«

Unwirsch schnitt er ihr das Wort ab. »Sag mir, woher du weißt, daß Jessica in der Bank war«, verlangte er.

»Sie bat mich, auf Caleb aufzupassen«, erklärte sie. »Sie hatte ihn etwas früher an jenem Nachmittag mitgenommen, als sie zur Bank ging, und danach war er schlecht gelaunt und müde. Sie brachte ihn zu seinem Mittagsschlaf ins Bett und ging dann noch einmal hin.«

»Warum?«

»Sie hatte das Konto ihrer Tante schließen wollen, aber beim ersten Mal die unterzeichneten Papiere in der Küche liegenlassen. Deshalb ging sie noch einmal zurück.«

»Und dann?«

»Es war schrecklich«, flüsterte Grace. »Sie war den

ganzen Weg gerannt, und als sie durch die Küchentür hereinkam, fing sie an, sich zu erbrechen. Sie war vollkommen durcheinander und verwirrt«, erklärte sie. »Ich versuchte, sie zu beruhigen, aber sie war völlig außer sich vor Angst. Deshalb brachte ich sie ins Bett und bin bei ihr geblieben, bis Caleb aufwachte.«

»War Tilly auch da?«

»Nein. Sie hatte wegen irgendwelcher Besorgungen das Haus verlassen. Ich sagte ihr, Jessica habe sich mit der Grippe angesteckt und müsse für ein paar Tage das Bett hüten.«

Eine Träne rollte über ihre Wange, die sie ungeduldig abwischte. »Für den Rest des Tages kümmerte ich mich um Caleb, und als ich ihn abends hinaufbrachte, um ihn ins Bett zu bringen, sah ich, daß Jessica ihre Sachen packte. Sie wollte Rockford Falls noch in derselben Nacht verlassen, aber es gelang mir, sie zum Bleiben zu überreden.«

»Hat sie dir erzählt, was in der Bank geschah?«

»Ja. Als Caleb eingeschlafen war, gingen wir auf die Veranda, und dort erzählte sie mir alles – bis auf die Namen der Täter.«

Daniel konnte seinen Zorn nicht mehr beherrschen. »Soll das etwa heißen, daß sie ihre Namen kennt?«

Grace umklammerte ihre Hände. Sie wußte, daß es falsch gewesen war zu schweigen, daß sie ihre Schuld durch die Behauptung, *sie* sei die Zeugin, nur noch vergrößert hatte. Daniel würde ihr nie verzeihen. Er hätte sie jetzt verhaften und ins Gefängnis sperren können, aber sie glaubte nicht, daß das schlimmer gewesen wäre als die Gewissensbisse, die sie quälten.

»Sie hörte, wie der Anführer der Bande einige der anderen mit ihren Namen ansprach. Sie hat aber nicht alle gesehen … oder alle Namen gehört.«

»Warum, in Gottes Namen, hat sie uns nichts davon erzählt?«

Grace schüttelte den Kopf. »Sie konnte niemandem vertrauen.«

»Aber dir hat sie sich anvertraut.«

»Ja, das stimmt. Ich weiß allerdings nicht, ob sie es getan hätte, wenn ich nicht in der Küche gewesen wäre, als sie zurückkam. Sie war außer sich vor Panik, und der einzige klare Gedanke, den sie fassen konnte, war, daß sie ihren Sohn beschützen mußte. Kannst du ihr das verdenken? Ich hätte nicht anders gehandelt, wenn ich an ihrer Stelle gewesen wäre.«

Daniel nickte, weil er es verstand. »Und was geschah dann?«

»Jessica war sicher, daß die Behörden ... daß ihr die Männer fassen würdet und keine Zeugin brauchen würde. Sie klammerte sich mit aller Kraft an diese Hoffnung.«

»Als sie die Stadt verlassen wollte – hast du ihr da vorgeschlagen, dich nach Denver zu begleiten?«

»Ja.«

»Wann fiel ihr ein, daß sie ihr Retikül vergessen hatte?«

»Erst als wir hörten, daß eine solche Tasche in der Bank gefunden worden war.«

»Warum war der Beutel leer?«

»Als die Banditen hereinkamen, versteckte Jessica das Geld in ihrem Mieder. Sie hatte Angst, sie würden es ihr abnehmen. Sie wußte nicht, daß sie die Leute ...«

»... töten würden?«

»Ja.«

Daniel schloß für einen Moment die Augen. »Wenn Jessica ihre Tasche nicht vergessen hätte, hätten Cole und ich nie erfahren, daß es eine Augenzeugin gab.«

»Ich weiß nicht, ob sie sich irgendwann gemeldet hätte oder nicht«, murmelte Grace. »Es war allerdings nicht ihre Tasche, sondern meine. Sie hatte sie sich ausgeliehen, um das Geld darin aufzubewahren.«

»Es war *deine* Tasche?« Er verstand nicht, warum ihn dieses unwichtige Detail so wütend stimmte. »Herrgott, Grace, ist dir eigentlich klar, wie sehr ihr beide von Anfang an unsere Ermittlungen behindert habt? Ich sollte euch in eine Zelle stecken und dort verrotten lassen!«

»Würdest du bitte etwas leiser sprechen? Du wirst noch Marshal Cooper wecken.«

»Ich dachte, wir wollten, daß er aufwacht!« brüllte er.

Sie hatte genug von seinem Wutausbruch und wandte sich zur Tür. »Ich lasse mich nicht anschreien, Daniel. Ich weiß, daß es falsch war, was ich getan habe, und wenn du mich jetzt verhaften willst, nur zu!«

»Grace …«

»Ich weiß, daß ich meine Freundin hätte überreden müssen, euch die Wahrheit zu gestehen, aber es ist zu spät, um das jetzt noch zu ändern.«

»Komm her, Grace.«

Sie war zu müde, um zu widersprechen, und tat, was er von ihr verlangte. »Ich möchte jetzt schlafen, Daniel.«

»Du bist viel zu aufgewühlt, um jetzt ins Bett zu gehen.«

»Woher willst du wissen, was in mir vorgeht?«

»Es ist dir anzusehen, Grace. Ich weiß, daß es nicht richtig war, dich anzuschreien, und es tut mir leid, daß ich so laut geworden bin, aber glaub bloß nicht, daß ich mich für meinen gerechtfertigten Zorn entschuldige. Ich habe die beiden einzigen Frauen verloren, die ich jemals lieben werde, und es interessiert mich nicht, wie verängstigt deine Freundin war. Ihr beide hättet uns die Wahrheit sagen müssen.«

Seine Worte hatten einen niederschmetternden Effekt auf sie, und zum ersten Mal erkannte sie, wie wichtig ihr seine Meinung geworden war. Er hatte ihr gerade klar und deutlich zu verstehen gegeben, daß er nie wieder lieben würde, und – o Gott – sie war bereits dabei, sich in ihn zu verlieben! Das durfte nicht geschehen. Nur eine Närrin würde sich in einen Mann verlieben, der ihre Gefühle nicht erwidern würde.

»Warum hast du mich geküßt?«

Die Frage überraschte ihn. »Weil ich es wollte.«

Ärgerlich verschränkte sie die Arme vor der Brust. »Tu es nie wieder, Daniel. Versprich mir, daß du es nie wieder tust.«

Weil er ihr nichts versprechen konnte, was er nicht einzuhalten gedachte, sagte er gar nichts, bis sie ihn erneut bedrängte.

»Los, Daniel. Gib mir dein Wort darauf.«

»Nein.«

»Nein? Soll das heißen, daß du mich trotz allem, was geschehen ist …«

»Ja. Ich will und werde dich wieder küssen, Grace.«

»Hast du es jetzt endlich begriffen, Daniel?« ließ Coopers rauhe Stimme sich vernehmen.

Daniel sprang auf. »Du bist wach?«

Grace eilte an seine Seite. »Wie fühlen Sie sich, Marshal?«

»Als käme ich gerade aus dem Krieg. Was ist los mit euch? Könnt ihr euch nicht woanders als am Krankenlager eines Sterbenden streiten?«

Daniel war unendlich erleichtert, als er das breite Grinsen seines Freundes sah.

Grace kamen die Tränen. »Es tut mir so leid, daß wir Sie geweckt haben!«

»Du hättest sie nicht anschreien sollen«, rügte Cooper Daniel, bevor er sich Grace zuwandte. »Und Sie hätten uns sagen sollen, was Sie wußten. Aber weinen Sie doch bitte nicht, meine Liebe!«

»Du stirbst nun also doch nicht, Cooper?« fragte Daniel.

Cooper hätte jetzt vielleicht gelacht, aber er besaß noch nicht die Kraft dazu. Er fühlte sich schwach und ausgelaugt wie ein hundert Jahre alter Ackergaul. »Ich glaube nicht«, murmelte er. »Aber ich habe dich etwas gefragt«, erinnerte er ihn. »Hilf mir, mich aufzurichten, hol mir ein Glas Wasser, und sag mir, ob du schon darauf gekommen bist.«

Grace schob rasch einige Kissen unter den Kopf des Marshals, und Daniel richtete ihn vorsichtig auf. Dann holte er ihm das Wasser und zog sich einen Stuhl an das Bett heran.

Grace berührte Coopers Stirn. Sie lächelte, weil sie ihr nicht mehr besonders heiß erschien, und wandte sich zur Tür, um die beiden Männern alleinzulassen.

»Komm zurück, Grace«, befahl Daniel.

Als sie zu dem Stuhl ging, der seinem gegenüber stand, schüttelte er den Kopf und forderte sie mit einer Handbewegung auf, zu ihm zu kommen.

»Willst du mir die Dame nicht vorstellen?« fragte Cooper.

»Grace Winthrop«, sagte sie und machte unwillkürlich einen Knicks.

»*Lady* Winthrop«, informierte Daniel seinen Freund. »Und sie weiß schon, wer du bist, Cooper.«

Einladend klopfte er neben sich auf die Matratze. »Setzen Sie sich zu mir, meine Liebe.«

»Sie ist nicht ›deine Liebe‹.«

»Nein?« fragte er, bevor er durstig einen Schluck Wasser trank.

»Nein«, erklärte Daniel. »Sie gehört zu mir.«

Grace stolperte und setzte sich rasch ans Fußende des Bettes. Sie war zu verblüfft über die Bemerkung, um zu widersprechen. Waren alle Männer so unlogisch? Zuerst küßte er sie, dann schrie er sie an, und jetzt sagte er das Romantischste, was sie je gehört hatte.

Sie mußte einfach so schnell wie möglich fort von ihm, bevor er ihr den letzten Nerv raubte.

»Cooper hält sich für einen Casanova«, bemerkte Daniel.

»Ich *bin* ein Casanova«, berichtigte ihn Cooper.

Erleichtert lehnte Daniel sich auf seinem Stuhl zurück. Sein Freund würde überleben! Jetzt wurde es Zeit, über das zu reden, was geschehen war. Er war ziemlich sicher, daß er alles bereits richtig eingeschätzt hatte, aber er wollte es bestätigt sehen.

»Also sag schon, Cooper – hat Rebecca auf dich geschossen, oder war es jemand anderes?«

Grace war über die Frage so entsetzt, daß sie aufsprang, um zu protestieren. »Das kann doch nicht dein Ernst sein, Daniel! Du glaubst doch nicht etwa, daß diese reizende junge Frau etwas damit zu tun hat!« Unwillkürlich dachte sie daran, wie liebevoll Rebecca mit dem kleinen Caleb umgegangen war. Wie besorgt und erschrocken sie gewesen war, als Tillys Haus abbrannte. Was hätten sie getan, wenn Rebecca in diesen schrecklichen Momenten nicht einen klaren Kopf bewahrt und alles in die Hand genommen hätte? Nein, dachte Grace, Daniel muß sich irren!

»Es war Rebecca, die auf mich geschossen hat«, sagte Cooper leise. »Ich habe es nicht kommen sehen und hätte nie damit gerechnet. Es war auch ein Mann dort, aber ich sah ihn nur ganz flüchtig, bevor ich auf den Gang hinausgeschleudert wurde. Als ich stürzte, gab sie noch einen weiteren Schuß auf mich ab. Das letzte, was ich hörte, war das Klirren von zerbrechendem Glas.«

Grace war zu betroffen, um etwas zu sagen.

Cooper berichtete Daniel alles, woran er sich erinnern konnte, einschließlich der Tatsache, daß Rebecca nackt gewesen war. »Als ich die Tür öffnete, war ich über ihren Anblick so verblüfft, daß ich wohl einen Moment gezögert haben muß, bevor ich nach meiner Waffe griff. Diese Sekunden hätten mich beinahe das Leben gekostet. Ich hätte auf alles gefaßt sein müssen.«

Fassungslos ließ Grace sich wieder auf das Bett sinken. »Sie gehört zu der Bande?« flüsterte sie, während sie versuchte, sich mit der Wahrheit abzufinden. »Das Feuer!« rief sie plötzlich. »Hat sie es gelegt? War sie es, die mich niedergeschlagen hat?« Als sie ihre Fragen gestellt hatte, zitterte sie am ganzen Körper.

Daniel nickte. »Höchstwahrscheinlich«, brummte er. »Es sei denn, es wäre einer der anderen gewesen – aber das glaube ich eigentlich nicht. Rebecca brauchte nur ein bißchen Petroleum um das Haus zu verteilen und es anzuzünden. Sie war sich ihrer Sache ziemlich sicher«, sagte er zu Cooper. »Sie ging ins Haus ...«

Grace sprang auf. »Und nahm sich einen Apfel!« rief sie. »Sie hat versucht, uns alle umzubringen ... Tilly, Caleb, Jessica – und sie war ganz in Schwarz gekleidet, Daniel. So war es doch, nicht wahr? Sie trug ein schwarzes Kleid an jenem Abend.«

Daniel sah, daß Cooper gequält das Gesicht verzog, als Grace sich wieder auf das Bett setzte. In ihrer Erregung war ihr nicht bewußt, daß es ihn schmerzen mußte, wenn sie sich bewegte. Aber so, wie Daniel Cooper kannte, wußte er, daß sein Freund nichts sagen würde, und deshalb zog er Grace zu sich herüber auf die Lehne seines Sessels.

Sie war so fassungslos über Rebeccas Verrat, daß sie es kaum merkte.

»Sie ist eine gute Schauspielerin«, bemerkte Cooper.

Grace versuchte, wieder aufzustehen, aber Daniel legte seinen Arm um ihre Taille und hielt sie fest. »Ja, das ist sie«, bestätigte sie. »Sie war zuvorkommend und freundlich, und ich dachte, sie wäre meine Freundin. Können Sie sich das vorstellen, Marshal? Ich dachte, sie wäre meine Freundin!«

Cooper nickte. »Sie tut mir leid.«

»Es war alles nur Theater, nicht? Sie tat, als wäre sie besorgt um Jessica und mich und sagte, wir müßten in dieser schwierigen Situation zusammenhalten.«

»Als ihr zusammen im Gefängnis wart?« fragte Daniel.

»Ja«, antwortete sie. »Sie sagte uns, was sie dir erzählen würde. Sie wiederholte es so oft, bis wir es auswendig wiederholen konnten.«

»Hat sie versucht herauszufinden, wer von euch beiden die wahre Zeugin war?«

»Nein, nicht daß ich wüßte.«

»Wahrscheinlich hatte sie längst beschlossen, euch beide umzubringen.«

Grace erschauerte. »Und beinahe wäre es ihr gelungen. Wenn du und Cole nicht gekommen wärt, wären wir alle in dem Feuer gestorben. Jessica hätte das Haus nie ohne Caleb, Tilly und mich verlassen, und der Rauch hätte sie umgebracht.«

»Bei dem ersten Überfall … brannte da nicht auch die Bank ab?«

»Ja«, antwortete Daniel. »Zuerst dachten wir, jemand versuchte, damit eine Unterschlagung zu vertuschen. Der Bankdirektor schwor, daß die Kassenbelege jeden Abend geprüft würden. Jeder Penny war genauestens verzeichnet«, fügte er hinzu. »Und wir überprüfen alle Angestellten. Keiner hatte Dreck am Stecken.«

»Marshal, werden Sie mir je verzeihen können?« fragte Grace. »Wenn Jessica und ich Daniel die Wahrheit gesagt hätten, wären Sie jetzt nicht verletzt. All das hätte vermieden werden können.«

»Das ist eine Art, es zu betrachten«, sagte Cooper. »Aber es gibt auch eine andere. Wenn Sie beide von Anfang an die Wahrheit gesagt hätten, wäre Rebecca nie auf die Idee gekommen, sich als Zeugin auszugeben. Sie wäre in aller Ruhe ihres Weges gezogen und hätte Jessica ihre Freunde auf den Hals geschickt. Wahrscheinlich hätten wir nie erfahren, daß Rebecca ein Mitglied dieser Bande ist.«

»Dann war es gar nicht so falsch, daß wir die Wahrheit verschwiegen haben?«

»Grace, wenn du jetzt Dank von mir erwartest, muß ich dich enttäuschen«, seufzte Daniel. »Du hättest mir die Wahrheit sagen sollen.« Ein wilder Zorn auf Rebecca erfaßte ihn. »Sie ist mir durch die Finger geschlüpft, das Aas!«

»Und ich habe mir die größte Mühe gegeben, ihr alles zu erleichtern«, gestand Cooper. »Ich habe ihr sogar gestattet … Ach Daniel, ich habe ihr erzählt, daß Grace und Jessica sich in Red Arrow mit ihr treffen würden, und ich habe ihr erlaubt, ein Telegramm zu schicken. Sie sagte, sie wolle ihre Freunde benachrichtigen, daß sie nicht nach Salt Lake City komme, aber wir wissen jetzt, daß das gelogen war. Wenn du nach Red Arrow kommst, werden sie dich dort erwarten.«

»Was ist mit Cole und Jessica?« flüsterte Grace entsetzt. »Sie werden blind in die Falle laufen.«

Daniel schien nicht sehr beunruhigt über diese Möglichkeit zu sein. Ein mutwilliges Funkeln stand in seinen Augen, und er rieb sich erwartungsvoll die Hände.

»Was denkst du?« fragte sie. »Hast du keine Angst um Cole und Jessica?«

»Nein, denn sie müssen durch diese Stadt reisen, um nach Red Arrow zu gelangen«, erklärte er. »Und sie sind mindestens eine Tagesreise hinter uns. Vielleicht sogar zwei.«

»Dann wirst du also nicht nach Red Arrow fahren? Du nimmst eine Abkürzung nach Blackwater?« fragte Grace.

Daniel schüttelte den Kopf. »O nein, wir fahren auf jeden Fall nach Red Arrow.«

»Aber dort werden sie uns schon erwarten ...«

»Das hoffe ich.«

Cooper hatte mit geschlossenen Augen zugehört. Er machte sich auch nicht die Mühe, sie zu öffnen, als er eine Frage stellte. »Du hast einen Plan, nicht wahr, Daniel?«

»Ja«, bestätigte er grinsend. »Aber dazu brauche ich deine Unterstützung, Cooper.«

»Daniel, er ist schwer verwundet, und sein Fieber hat gerade erst ein wenig nachgelassen!«

»Er braucht nicht viel zu tun«, versprach er.

»Und was ist es, was ich tun soll?« fragte Cooper.

Daniel lächelte. »Ich möchte, daß du stirbst.«

VIERTER TEIL

35. KAPITEL

Zwei lange Tage und Nächte warteten vier Mitglieder der Blackwater-Bande ungeduldig auf die Ankunft der beiden Frauen, die sie töten sollten, sobald sie in Red Arrow aus dem Zug stiegen. Drei der Männer hielten Wache auf dem Bahnhof, während der vierte für den Fall, daß seine Komplizen es nicht schafften, im Hintergrund blieb.

Zwei Züge trafen täglich ein, einer um zehn Uhr morgens, der andere gegen sechs Uhr abends. Die Männer waren bei ihrer Suche überaus gründlich. Sobald die Passagiere ausgestiegen waren, überprüften sie noch einmal jedes einzelne Abteil, um sich zu vergewissern, daß die Frauen sich dort nicht versteckt hatten.

Die Stunden zwischen den Ankünften der Züge verbrachten sie im Saloon der Stadt. Die vier bestellten große Mengen Whiskey, aber keiner von ihnen betrank sich. Mr. Robertson war allerdings ein bißchen unvorsichtig, und die anderen mußten ihm helfen, die Sache wieder zu bereinigen. Robertson schob seinen Mangel an Kontrolle auf die Langeweile; nur sie war seiner Meinung nach der Grund dafür, daß er die unscheinbare kleine Hure namens Flo in eine der Höhlen mitgenommen und ihr die Kehle durchgeschnitten hatte. Dabei hatte er sie gar nicht töten, sondern höchstens ein wenig erschrecken wollen – zumindest redete er sich das ein, als er mit ihr auf seinem Pferd die Stadt verließ. Aber kaum nahm er sein Messer und fing an, sich mit ihr zu beschäftigen, erregten ihre Schreie ihn so sehr, daß er einfach nicht mehr aufhören konnte.

Seine Freunde halfen ihm, die Leiche zu verscharren, und bis auf die Tatsache, daß Robertson sich noch eine ganze Weile damit brüstete, daß sie geschrien habe wie ein Schwein am Spieß, war der Vorfall schnell vergessen. Flo war schließlich nur eine Hure gewesen, und niemand würde sie vermissen.

Da sie von Johnson noch immer nichts gehört hatten, nahmen sie an, daß es ihm nicht gelungen war, die Frauen umzubringen. Robertson sagte den anderen, er wünsche, ihr Anführer wäre bei ihnen, weil er viel schlauer als die anderen sei und bestimmt sehr schnell herausgefunden habe, wo sich die Frauen versteckten. Aber er war nicht da, weil er und seine Geliebte nach Süden gefahren waren, um Bell aus dem Gefängnis zu befreien.

Am dritten Morgen hörten sie Gerüchte, ein U.S. Marshal namens Cooper sei getötet worden. Jemand habe in erschossen und aus dem Zug geworfen. Der Sheriff in Red Arrow hatte ein Telegramm erhalten, in dem er aufgefordert wurde, nach verdächtigen Personen Ausschau zu halten. Er gab die Information an den Saloonbesitzer weiter, und dieser wiederum erzählte es jedem, der auf einen Drink in sein Lokal kam.

Die vier Männer glaubten, einen Grund zum Feiern zu haben. Zusammen ließen sie sich an einem Ecktisch nieder und bestellten eine Flasche Bourbon.

Robertson, der so müde war, daß ihm die Augen zufielen, war nicht in Feierstimmung. »Wieso brauchen diese Weiber eigentlich so lange, um hierherzukommen?« murrte er. »Sie hätten doch schon gestern oder vorgestern ankommen sollen.«

Er hatte kaum den letzten Satz beendet, als ein alter Trapper mit langem, strähnigem Haar und einem Geruch, der dem eines Stinktiers nicht unähnlich war, den Saloon betrat.

Er schlenderte zur Bar und lehnte sich an den Tresen. »Gib mir einen Drink, Harley. Ich habe gerade etwas sehr Interessantes beobachtet und werde dir davon erzählen, sobald ich mir den Hals befeuchtet habe.«

Der Wirt, ein großer Mann mit fleischigen Armen und fehlenden Vorderzähnen – was jedoch nie auffiel, weil er niemals lächelte – ging zu seinem Gast und schaute ihn aus schmalen Augen an.

»Hast du Geld, Gus?«

Der ungepflegte alte Mann warf eine Münze auf den Tresen. »Jede Menge«, prahlte er. »Ich habe fast drei Dollar bei mir.«

»Woher hast du das Geld?« fragte Harley, während er Gus einen billigen, gepanschten Whiskey einschenkte.

»Das geht dich nichts an«, antwortete Gus. »Willst du nun hören, was ich gesehen habe, oder nicht?«

»Na klar, Gus.«

»Ich glaube, daß wir ein paar neue Huren kriegen, und die zwei, die ich gesehen habe, sind verdammt hübsch und noch sehr knackig. Ich habe sie beide beobachtet und kann mich nicht entscheiden, mit welcher ich beginnen soll. Vielleicht nehme ich sie ja beide …«

»Bist du betrunken, Alter?« fragte Harley.

»Nein, noch nicht, aber lange kann es nicht mehr dauern, wenn du mir jetzt noch einen Drink einschenkst. Ich weiß, was ich gesehen habe«, beharrte er. »Zwei Männer waren bei ihnen«, fügte er hinzu, bevor er einen tiefen Schluck aus seinem Glas nahm.

»Sie haben sie gut versteckt, aber ich habe gesehen, wo. Ich hatte Flo gesucht, aber ich konnte sie nirgends finden«, sagte er. »Und dabei habe ich die Frauen bemerkt.«

»Was redest du da, du alter Bock? Es kommen keine neuen Huren in die Stadt. Wenn es so wäre, würde ich es wissen. Denn wer regiert diese Stadt?«

»Du, Harley, du natürlich!«

»Allerdings«, brummte er. »Und ich sage dir, daß ich keine neuen Frauen eingestellt habe.«

»Ich erzähle dir doch bloß, was ich gesehen habe. Zwei Männer haben diese hübschen Mädchen in der Höhle südlich vor der Stadt versteckt. Vielleicht wollen dir die Männer ja Konkurrenz machen, Harley, und ein eigenes Bordell aufmachen?«

Harley ließ die geballte Faust auf den Tresen fallen. »Das werden wir ja sehen!« zischte er. »Jetzt, wo Flo nicht mehr aufzufinden ist, könnte ich zwei neue Frauen gut gebrauchen. Sagtest du, es wären zwei Männer bei ihnen? Nur zwei?«

»Ja, es waren bloß zwei«, bestätigte der Alte. »Und sie schienen auch nicht besonders schlau zu sein. Die beiden Kerle haben die Frauen in der Höhle allein gelassen, aber eine von ihnen muß neugierig geworden sein, denn sie streckte den Kopf heraus, um sich umzusehen. Dann erschien auch die andere, und ich sah sie beide. Sie sehen wirklich gut aus«, fügte er grinsend hinzu. »Und sie sind bestimmt noch ganz schön temperamentvoll.«

Harley lief rot an vor Ärger. Er überlegte gerade, ob er hinausreiten und die Frauen stehlen sollte, als Robertson zur Bar hinüberschlenderte.

Gus' Gestank verhinderte, daß Robertson zu nahe an ihn herantrat. »Erzähl mir, was du gesehen hast, Alter«, verlangte er, während seine Hand zu dem Griff des Messers glitt, das in seinem Gürtel steckte. »Ich will alles über diese Frauen hören.«

Es war lange her, seit Gus so viel Publikum gehabt hatte, und er strahlte, als er sein Geschichte wiederholte. Doch bevor er Gelegenheit bekam, die beiden Frauen genauer zu beschreiben, winkte Robertson seinen Freunden und verließ den Saloon. Die drei anderen folgten ihm.

Sie blieben lange fort, vielleicht drei Stunden, und als sie in den Saloon zurückkehrten, war Gus nirgendwo mehr zu sehen. Robertson wollte nach ihm suchen, aber die anderen redeten es ihm aus. Um die Lage zu besprechen, nahmen sie wieder ihren alten Platz am Ecktisch ein.

Minuten später nur stieß Cole die Schwingtür des Saloons auf. Als Harley das Abzeichen an seiner Weste sah, griff er nach dem Gewehr unter der Bar.

»Legen Sie die Hände auf den Tresen, wo ich sie sehen kann«, befahl Cole, obwohl er viel lieber abgewartet hätte, bis der Wirt nach seiner Waffe griff, um einen Grund zu haben, diesen feisten Schurken zu erschießen. Aber jetzt, wo er ein Marshal war, durfte er solchen Impulsen leider nicht mehr nachgeben.

»Der Sheriff hat mir alles über Sie erzählt, Harley«, berichtete Cole. »Er sagt, Sie bildeten sich ein, dieses winzige Nest zu regieren.«

»Er hat recht«, brüstete sich Harley. »Ich regiere die Stadt.«

»Er hat mir auch gesagt, Sie hätten einen Mann hinterrücks erschossen.«

»Der Sheriff konnte nicht beweisen, daß ich es war«, erwiderte der Wirt, dessen Gesicht vor Zorn rot angelaufen war. »Ich will keinen Ärger.«

Die vier Männer am Tisch beobachteten Cole. Auch er ließ sie nicht aus den Augen, aber es entging ihm trotzdem nicht, daß Harleys Hände noch immer nicht auf dem Tresen lagen.

»Ich habe Ihnen gesagt, daß Sie die Hände dahin legen sollen, wo ich sie sehen kann. Tun Sie das jetzt!«

Sein drohender Blick und der harte Tonfall seiner Stimme hätten Harley eigentlich dazu bewegen müssen, die Anweisungen prompt zu befolgen. Aber der Wirt schien offenbar noch seine Möglichkeiten abzuwägen, denn sein Blick glitt zwischen den Männern in der Ecke und dem Hüter des Gesetzes hin und her.

Er stellte Cole auf eine harte Probe, als er eine Hand auf den Tresen legte und wartete.

»Ich hatte nicht vor, auf Sie zu schießen«, log Harley. »Denn schließlich sind Sie ja ein Marshal und so weiter. Ich will in meinem Lokal bloß keinen Ärger. Ich habe einen neuen Spiegel ...«

Bevor Harley auch nur blinzeln konnte, zog Cole seinen Revolver und zerschoß den Spiegel. Glasscherben regneten auf Harleys Schultern. Der Wirt stieß einen obszönen Fluch aus und griff mit beiden Händen unter die Bar.

Außer den vier Männern an dem Ecktisch waren nur noch drei andere Gäste im Saloon, und diese drei brachten sich jetzt rasch in Sicherheit. Cole vergewisserte sich, daß keiner von ihnen bewaffnet war, als sie an ihm vorbeigingen, weil die Vorstellung, von hinten erschossen zu werden, ihm nicht behagte.

»Was wollen Sie hier?« fragte Harley.

Cole deutete mit einer Kopfbewegung auf die vier Männer in der Ecke. »Es geht um die dort drüben.«

Der größte der vier stand als erster auf. »Wir kennen Sie doch gar nicht, Mister.«

»Ihr werdet mich kennen, wenn ich mit euch fertig bin«, versprach er. »Und jetzt steht schön langsam auf, damit ich euch ins Gefängnis bringen kann.«

»Sie haben kein Recht, uns zu verhaften«, protestierte ein Mann mit einer häßlichen Narbe an der Wange. »Wir haben nichts verbrochen.«

Coles Blick ruhte auf dem Mann mit dem Messer. »Sind Sie Robertson?«

Robertsons Augen wurden schmal. »Und wenn ich es wäre?«

Cole verzichtete auf Erklärungen. »Welcher von euch ist Bell?«

»Keiner von uns heißt so«, sagte Robertson.

»Noch nie von ihm gehört«, behauptete einer der anderen.

»Was soll das, Marshal?« fragte Robertson mit falscher Freundlichkeit. »Wie mein Freund schon sagte: Wir haben nichts verbrochen.«

»Ich verhafte Sie auch nicht«, erklärte Cole. »Zumindest jetzt noch nicht. Wir gehen nur zum Gefängnis. Dort wartet eine Dame, die sich Ihre Gesichter ansehen wird.«

Das Verhalten der Männer änderte sich schlagartig; plötzlich sahen sie aus wie eine Meute gehetzter Schakale.

»Ich weiß nicht, wovon Sie reden«, protestierte einer der anderen.

Robertson schaute den Mann an seiner Seite an. »Wir können ihn erwischen.«

»Sie können es gern versuchen«, erwiderte Cole und ließ endlich seinem Zorn freien Lauf. »Sie würden mir einen großen Gefallen damit tun.«

Das Narbengesicht lachte höhnisch. »Vier gegen einen? Sie scheinen sich ja für sehr schnell zu halten, Marshal.«

Cole zuckte mit den Schultern. »Warum probieren Sie es nicht? Ich erwische jeden einzelnen von euch und werde euch nicht erst dazu hinknien lassen.«

Das Narbengesicht fuhr zusammen, und Robertson erblaßte. »Wir kriegen Sie«, zischte Robertson, während er aus schmalen Augen seinen Gegner musterte. »Sie glauben wohl, Sie sind schneller als der Blitz?«

Cole lächelte. »Nein«, entgegnete er gedehnt. »Die Leute sagen, ich wäre der Donner.« Mit einer Kopfbewegung fügte er hinzu: »Er dort ist der Blitz.«

Daniel stand in der Hintertür. Die Männer wirbelten herum und drehten sich dann wieder zu Cole um. Sie saßen in der Falle, und das wußten sie.

»Ihr habt fünf Sekunden, um eure Waffen auf den Tisch zu legen«, sagte Daniel.

Robertson war der erste, der nach seiner Waffe griff. »Jetzt!« schrie er, während er sich zur Seite warf und fallen ließ. Coles Kugel traf ihn in der Brust, bevor er den Revolver ganz aus dem Halfter gezogen hatte. Die anderen drei griffen ebenfalls nach ihren Waffen. Daniel erschoß zwei und überließ den dritten Cole, der ihm eine Kugel in die Kehle jagte.

Cole steckte gerade seine Waffe weg, als Daniel und er sahen, wie der Wirt die Flinte hob. Sie feuerten im selben Augenblick und beobachteten mit ausdrucksloser Miene, wie Harley langsam über den Tresen stürzte. Seine Waffe fiel krachend auf den Boden.

Cole hatte Robertson nicht getötet. Er lag mit dem Rücken an der Wand und wimmerte vor Schmerzen. Blut tropfte aus der Wunde in seiner Kehle.

Daniel hockte sich neben ihn. »Sag uns, wie der Anführer der Bande heißt.« Er legte die Mündung seiner Waffe an Robertsons Stirn. »Wenn du schnell sterben willst, nenn uns den Namen. Denn sonst wirst du sehr, sehr langsam sterben.« Er begann zu zählen.

Cole rannte durch den Raum zu ihm hinüber. »Tu es nicht, Daniel! Er ist es nicht wert.«

Daniel hörte ihn nicht. »Sag mir, wie er heißt.«

Robertson begann zu weinen. »Ich bin verletzt … schwer verletzt«, schluchzte er. »Holen Sie einen Doktor!«

Cole ignorierte sein Jammern. Der Haß in Daniels Augen erschreckte ihn zu Tode, und er wußte, daß er ihn irgendwie besänftigen mußte, bevor es zu spät war.

»Steck die Waffe weg«, mahnte er leise. »Jessica hat ihn gesehen. Sie kann ihn uns zeigen.«

Daniels Augen funkelten vor Erregung, als er zu Cole aufschaute. Langsam schüttelte er den Kopf und drückte die Waffe wieder an die Schläfe des verwundeten Banditen.

»Nein, sie hat nur seine Augen gesehen und seine Stimme gehört. Keinen Namen …«

Cole legte seine Hand auf Daniels Schulter. »Wir kriegen ihn«, versprach er. »Tu es nicht auf diese Art. Du mußt ihn am Leben lassen.«

»Nein.«

»Doch«, widersprach Cole ruhig. »Nicht auf diese Art und Weise, Daniel. Ich kann nicht zulassen, daß du ihn tötest.«

»Dann geh«, verlangte Daniel.

Cole bückte sich und schob Ryans Waffe fort. »Ich helfe dir, Daniel«, meinte er beschwörend. »Wir kriegen ihn. Wir kriegen sie alle, hörst du?«

Daniel kam plötzlich wieder zur Besinnung. Schaudernd stand er auf und nickte. »Bring Jessica hierher.«

Cole schüttelte den Kopf. »Ich will nicht, daß sie das sieht – das Blut und all die Leichen.«

»Sie muß sie sehen, wenn wir sichergehen wollen, daß sie zu der Blackwater-Bande gehörten.«

Gus kam in den Saloon gestürmt, verhielt aber abrupt den Schritt, als er die Waffen der beiden Marshals auf sich gerichtet sah.

»Ich bin's nur«, stammelte er erschrocken.

Cole und Daniel steckten ihre Waffen ein. »Sie haben mich zu Tode erschreckt«, brummte der alte Mann.

Er schlenderte durch den Raum und sah ungemein zufrieden aus, als er das Chaos sah. »Das habe ich gut gemacht, nicht wahr?« fragte er, weil er gelobt werden wollte.

»Ausgezeichnet«, nickte Cole.

»Ich bin ein guter Schauspieler«, sagte Gus. »Aber ich muß Sie etwas fragen, bevor ich Sie Ihre Arbeit tun lasse. Wissen Sie, ich dachte ... waren wirklich zwei Frauen hier?«

»Ja.«

»Sind sie neue Huren?«

Beide Marshals schienen über die Frage verärgert zu sein. Gus hob rasch beschwichtigend die Hände. »Ich wollte nicht respektlos sein, falls sie es nicht sind.«

»Sie haben sich diese Lüge ausgedacht, nicht wir«, erinnerte ihn Cole.

»Es war eine schlaue Lüge, nicht? Wo haben sie sie versteckt?«

»Am sichersten Ort in dieser Stadt«, antwortete Cole.

»Gus, hol einen Arzt für mich!« schrie Robertson. »Ich habe große Schmerzen.«

»Ich helfe Ihnen nicht. Ich weiß, daß Sie Flo etwas Schlimmes angetan haben, denn ich habe Sie gesehen, als Sie mit ihr aus der Stadt geritten sind. Sie war ein liebes altes Mädchen, und ich weiß, daß Sie sie umgebracht haben.«

Gus erkannte plötzlich, was für eine günstige Gelegenheit er sich entgehen ließ, lief zur Bar und schnappte sich zwei Flaschen Whiskey. Aber drei erschienen ihm noch besser, und er nahm sich rasch noch eine weitere. Die Flaschen fest an die Brust gepreßt, kam er um den Tresen, hielt kurz inne, um auf Harleys Kopf zu spucken, und eilte dann zur Tür. Er hoffte, verschwinden zu können, bevor die beiden Marshals seine Beute sahen.

Daniel und Cole durchsuchten die Taschen der toten Männer nach Papieren, während Robertson vor sich hinbrabbelte wie ein Baby. Das Geräusch war unerträglich. Frustriert, weil er nichts finden konnte, was auf die Identität der Toten hinwies, packte Cole Robertson am

Kragen und verlangte, daß er ihm die Namen seiner toten Freunde nannte.

»Ich sage gar nichts«, jammerte Robertson. »Der Boß würde mich dafür umbringen.«

»Und wenn Sie es nicht tun, bringe ich Sie um«, drohte Daniel.

Cole entdeckte Gus, der noch immer an der Tür stand. »Was wollen Sie denn noch?«

»Haben Sie Geld bei ihnen gefunden? Ich könnte gut noch eine Kleinigkeit gebrauchen. Ich weiß, daß Sie mir schon drei Dollar gegeben haben, aber es wäre doch schade, gutes Geld mit ihnen zu begraben.«

»Sie können den Whiskey nehmen, Gus«, rief Daniel. »Aber das ist auch schon alles.«

»Marshal?«

»Was ist denn jetzt schon wieder?« frage Cole gereizt.

»Ich würde mir gern die Frauen ansehen. Könnten Sie mir nicht sagen, in welcher Höhle Sie sie versteckt haben?«

»Sie sind in keiner Höhle, sondern im Gefängnis«, erklärte Daniel.

Gus verzog das Gesicht. »Na schön, dann eben nicht. Dahin gehe ich nicht.«

Daniel über es Cole, Robertson zu bewachen, während er den Saloon verließ, um Jessica zu holen. Der Sheriff wartete schon draußen vor der Tür, und Daniel bat ihn, einen Arzt für Robertson zu holen.

»Sind Sie sicher, daß Sie den Kerl retten wollen?« fragte der Sheriff.

»Nein, aber holen Sie den Doktor trotzdem.«

Jessica und Grace saßen am Schreibtisch, aber beide sprangen sofort auf, als Daniel eintrat. Grace war so glücklich, ihn lebend und unverletzt zu sehen, daß sie sich mit einem Aufschrei in seine Arme warf.

Schockiert von der Erkenntnis, wie sehr er ihre Nähe brauchte, hielt er sie einen Moment fest umschlungen.

»Wir haben die Schüsse gehört, aber wir wußten nicht … O Daniel, ich bin so froh, daß dir nichts zugestoßen ist!«

»Ist Cole …?« flüsterte Jessica.

»Es ist ihm nichts geschehen.«

Jessica war so erleichtert, daß sie sich wieder setzen mußte. Daniel hielt Grace in den Armen, bis sie sich beruhigt hatte und nicht mehr zitterte. Dann merkte er, daß nicht sie es war, die zitterte, sondern er. Es war sehr knapp gewesen, und er wollte – nein, mußte ihr sagen, was geschehen war, und daß er kurz davor gewesen war, die Grenze zwischen Gesetz und persönlicher Rache zu überschreiten. Dann würde Grace verstehen, was er durchmachte.

»Haben Sie sie alle, Daniel?« fragte Jessica.

»Nein, einer fehlt noch. Sie werden sich die Männer ansehen müssen. Drei sind tot.« Er hielt es für besser, sie zu warnen, damit sie sich auf den Anblick vorbereiten konnte. »Ich wünschte, ich müßte Sie nicht darum bitten, aber wir müssen wissen, ob es nur gewöhnliche Banditen waren oder Mitglieder der Bande.«

»Ich verstehe.«

»Ich begleite dich, Jessica«, erklärte Grace, ohne Daniels warnendes Kopfschütteln zu beachten.

»Es wäre mir lieber, wenn du hier warten würdest.«

Sie berührte zärtlich seine Wange. »Das weiß ich, aber ich werde mit ihr gehen«, beharrte sie, und bevor er noch weiteren Protest erheben konnte, ging sie zur Tür und zog sie auf. »Komm, Jessica. Bringen wir es hinter uns.«

Jessica ging voran. Sie war nicht sicher, wie sie auf den Anblick der toten Männer reagieren würde, und wollte sich nicht vor Cole blamieren. Du bist eine starke

Frau, ermahnte sie sich. Du kannst und wirst es schaffen.

Grace' Hand streifte mehrfach die Daniels, als sie zusammen zum Saloon hinübergingen, aber sie konnte sich nicht dazu überwinden, sich etwas weiter von ihm zu entfernen. Sie konnte auch nicht aufhören, ihn anzusehen, und schaute immer wieder zu ihm auf, um sich zu vergewissern, daß er noch an ihrer Seite war. Als sie die Schüsse gehört hatte, war ihr Herz für einen Moment fast stehengeblieben, und erst in jenem Augenblick war ihr so richtig klargeworden, daß sie ihn liebte. Nein, das stimmte nicht, berichtigte sie sich. Sie wußte es schon sehr lange; sie hatte es sich nur nicht eingestehen wollen, weil sie wußte, daß es Komplikationen und Schmerz für sie bedeutete. Er war von Anfang an aufrichtig gewesen. Er liebte seine Kathleen und keine andere.

»Daniel, ich weiß, daß es jetzt nicht der richtige Moment ist, um es dir zu sagen ...«

Er achtete kaum auf ihre Worte, weil er zu beschäftigt damit war, die Gebäude auf beiden Seiten der Straße zu beobachten. Mindestens ein Mitglied der Blackwater-Bande lief noch frei herum, und Daniel wollte kein Risiko eingehen.

»Was wolltest du mir sagen?« fragte er.

»Daß ich mich dir sehr verbunden fühle.«

Sie war nicht sicher, ob er ihr geflüstertes Geständnis hörte, weil er nicht die geringste Reaktion erkennen ließ, und das erleichterte sie ein wenig. Sie hätte es nicht sagen sollen, weil es ein denkbar schlechter Zeitpunkt dafür war. Sie hätte auf einen ruhigen Moment warten sollen, um ihm zu gestehen, was sie für ihn empfand. So, wie es war, konnte sie nur mit einer Abfuhr rechnen.

»Ja, ich weiß.«

Es war eine so arrogante Antwort, daß sie lächelte. »Wäre es dir lieber, wenn es nicht so wäre?«

Er schaute sie nicht an, als er erwiderte: »Nein, ich bin froh, daß es so ist.«

»Na endlich«, flüsterte sie seufzend.

Jessica hatte ihr Schritte immer mehr beschleunigt, bis sie beinahe zum Saloon rannte. Sie hatte zwar keine Eile, die schaurige Szene im Lokal zu sehen, aber Cole war dort, und sie wollte sich so schnell wie möglich persönlich davon überzeugen, daß ihm nichts zugestoßen war.

Als sie die Schwingtüren erreichte, straffte sie die Schultern und stieß die Türen auf. Sie entdeckte Cole sofort. Er lehnte an der gegenüberliegenden Wand und beobachtete sie. Eine Welle der Erleichterung erfaßte sie, und es erforderte ihre ganze Willenskraft, nicht auf ihn zuzulaufen. Sie hatte damit gerechnet, Abscheu und Entsetzen zu verspüren, und war fest entschlossen, ihre Reaktion vor allen anderen zu verbergen, aber was sie nicht erwartet hatte, war der wilde Zorn, der sie erfaßte. Drei der Männer waren bereits tot, aber sie hätte sie am liebsten noch einmal erschossen.

Mit zitternder Hand zeigte sie auf die erste Leiche. »Er war dabei«, erklärte sie. »Ich habe seinen Namen nicht gehört, aber ich habe ihn gesehen.«

Sie ging zu dem zweiten und dem dritten Mann, schüttelte den Kopf und sagte: »Ich weiß nicht, ob diese beiden in der Bank waren. Ich habe nicht alle Gesichter gesehen.«

Langsam drehte sie sich zu dem Verwundeten um. Haß loderte aus seinen Augen, als er zu ihr aufsah. Sie erschrak nicht, und sie zitterte auch nicht, als sie ruhig seinen haßerfüllten Blick erwiderte.

»Ja, er war auch dort. Sein Name ist Robertson.«

Sie war jedoch aufgewühlter, als ihr selbst bewußt war, denn sie merkte jetzt, daß Cole neben sie getreten war und sie seine Hand hielt. Sie umklammerte sie fest und ließ sich von ihm hinausziehen, während Grace und Daniel im Saloon blieben, um auf den Sheriff und den Arzt zu warten.

Kaum war Jessica draußen, wandte sie sich an Cole. »Da ist noch einer«, meinte sie. »Du hast Johnson erschossen, sie haben einen Mann in Blackwater verhaftet, und wenn alle vier Männer dort drinnen zu der Bande gehört haben, fehlt noch einer.«

»Und Rebecca«, brummte er.

»Und Rebecca«, stimmte sie zu. »Ich hoffe nur, daß sie uns nicht entwischt.«

»Wir kriegen sie«, versprach er.

36. KAPITEL

Es war ein Wettlauf gegen die Uhr, nach Blackwater zu gelangen, denn Daniel gönnte ihnen keine Atempause. Er war jetzt wie besessen von dem Gedanken, so schnell wie möglich das Gefängnis zu erreichen, damit Jessica ihm sagen konnte, ob der Mann, den sie dort festhielten, Bell war. Weiter dachte er in jenen Augenblicken nicht – und vor allem war ihm selbst nicht klar, wie er sich verhalten würde, wenn sich bestätigte, daß dies der Mann war, der seine Frau und seine kleine Tochter umgebracht hatte.

Die Frauen beklagten sich nicht über das anstrengende Tempo, aber als die Sonne unterging, ließ Cole die kleine Gruppe anhalten, und sie schlugen an einem klaren Bach ihr Lager auf. Daniel beharrte darauf, die Reise fortzusetzen, aber Cole lehnte es entschieden ab.

Während Grace und Jessica das Essen auspackten,

das Cole in der Stadt besorgt hatte, schritt Daniel ungeduldig vor dem Lagerfeuer auf und ab.

»Wir sollten weiterreiten«, sagte er. »Der Mond scheint heute hell genug.«

Cole schüttelte den Kopf. »Sieh dir Grace und Jessie an«, widersprach er. »Sie können sich kaum noch auf den Beinen halten. Und den Pferden ergeht es auch nicht sehr viel besser.«

»Aber wir könnten ...«

Cole ließ ihn nicht ausreden. »Wir wollen doch eine lebende Zeugin nach Blackwater bringen, Daniel, keine tote.«

Das brachte ihn wieder zur Besinnung. »Ja, du hast recht.«

Während er Cole half, die Pferde zu versorgen, schaute er sich mehrfach nach Grace und Jessica um. Beide waren von Kopf bis Fuß mit Staub bedeckt und sahen so aus, als ob sie nicht mehr in der Lage wären, auch nur einen einzigen Schritt zu tun.

»Vielleicht hätte ich ein bißchen rücksichtsvoller sein sollen«, gab er zu.

Cole war in Gedanken bereits beim nächsten Tag. »Hast du dem Sheriff in Blackwater telegrafiert?«

»Ja, aber er hat nicht geantwortet. Das beunruhigt mich.«

»Morgen nachmittag sind wir da, und dann ist dies alles vielleicht endlich ausgestanden.«

»Das glaube ich nicht«, murmelte Daniel. »Solange wir Rebecca und den Anführer nicht haben, ist es noch nicht vorbei.«

»Glaubst du, daß der Mann, den sie dort festhalten, Bell ist?«

»Jessica hat ihn gesehen und sagte, er habe ich umgewandt, als der Anführer seinen Namen rief. Da er keiner der vier Männer im Saloon war, kann er nur Bell sein.«

»Bell könnte aber auch bei Rebecca sein.«

»Nein, weil sie sich auf jeden Fall mit dem verbünden würde, der die ganze Sache leitet. Sie würde sich bestimmt nicht mit einem ganz gewöhnlichen Banditen abgeben.«

»Das ist schon möglich, aber verlaß dich lieber nicht darauf.«

Mehrere Minuten verstrichen schweigend, als Daniel die Sättel zum Lager hinübertrug und Cole die Pferde striegelte.

»Daniel?« fragte Cole dann. »Ich habe nachgedacht.«

»Ja?«

»Wenn Jessica dir bestätigt, daß es Bell ist, wirst du doch hoffentlich nichts tun, was du nachher bereuen müßtest, nicht?«

»Was würdest du denn tun, wenn du wüßtest, daß er deine Frau und deine Tochter umgebracht hat?«

Cole dachte lange darüber nach, bevor er antwortete. »Ich weiß es nicht«, erwiderte er ehrlich.

»Ich auch nicht. Ich werde es erst wissen, wenn ich vor ihm stehe.«

»Wenn du ihn tötest, werden sie dich einsperren oder sogar aufhängen.«

»Das weiß ich.«

»Weißt du, was noch schlimmer ist, als aufgehängt zu werden?«

»Vieles ist noch schlimmer, als aufgehängt zu werden.«

»In einer Zelle zu sitzen und zu wissen, daß deinetwegen zwei Mitglieder der Bande ungeschoren davongekommen sind.«

»Du würdest sie schon kriegen.«

Cole hielt es nicht für nötig, darauf einzugehen. »Und Grace?«

Daniel schüttelte den Kopf. »Ich weiß nicht, wie ich darüber denken soll. Sie hat mich ... überrumpelt.«

»Dieses Gefühl kenne ich«, gestand Cole.

»Du meinst Jessica?«

»Bin ich so durchschaubar?«

»Nein, aber sie«, antwortete Daniel. »Oft schaut sie dich an, als überlegte sie, ob sie dich erschießen soll.«

Cole grinste. »Siehst du, das ist Liebe!«

»Wie kannst du dir so sicher sein? Jeder, der dich kennt, will dich erschießen.«

»Ich werde sie heiraten.«

»Ist sie damit einverstanden?«

»Nein.«

Daniel lachte und war erstaunt, wie gut es tat, sich für eine kurze Weile zu entspannen. »Wie willst du sie dann dazu bringen, daß sie dich heiratet?«

Cole lächelte. »Mit Waffengewalt, wenn es nicht anders geht.«

»Komisch, aber ich glaube, das möchte ich mir nicht entgehen lassen.«

»Gut«, sagte Cole. »Denn deine Anwesenheit wird erforderlich sein.«

»Wieso?«

»Wer soll denn sonst die Waffe halten?« Beide lachten.

Grace drehte sich lächelnd zu Daniel um. Sie und Jessica saßen am Ufer des kleinen Bachs und ließen ihre Füße in dem kühlen Wasser baumeln.

»Was glaubst du, worüber sie wohl lachen?« fragte sie Jessica.

»Keine Ahnung. Ich frage mich bloß, woher sie die Kraft zum Lachen nehmen. Ich bin sogar zu müde, um etwas zu essen.«

»Ich auch.«

Jessica ging gerade zum Lager zurück, als sie Cole in ihre Richtung kommen sah. Er lächelte jetzt nicht mehr, sondern war schrecklich ernst, und als er sie erreichte, sagte er kein Wort, ergriff nur ihre Hand und zog sie weiter. Sie konnte nichts anderes tun, als mitzugehen, wenn sie nicht stolpern wollte.

»Was soll das, Cole?«

»Ein bißchen Bewegung wird dir guttun.«

»Ich bin zu müde, um zu laufen.«

»Laufen ist nicht das, woran ich dachte.«

Ihr Herzschlag schien einen Moment lang auszusetzen. »O nein … du kannst doch unmöglich …«

»Ich kann sogar sehr gut, wenn du es mir gestattest.«

Sie wollte ihm ihre Hand entziehen, aber es war nur ein halbherziger Versuch, und als er seinen Druck verstärkte, gab sie nach. Er ging weiter, bis sie ziemlich weit vom Lager entfernt waren, und dann blieb er stehen und wandte sich zu ihr um.

Im Mondschein glänzte sein Gesicht wie Bronze. Sie schaute in seine wundervollen blauen Augen und dachte, daß er der attraktivste Mann der ganzen Welt sein mußte. Wie konnte er sie lieben? Sie war so unscheinbar und reizlos, während er alle Frauen haben konnte, die er wollte. Wieso hatte er da ausgerechnet sie gewählt?

»Liebst du mich noch?«

Er konnte es fast nicht glauben, daß sie es für nötig hielt, danach zu fragen. »Hältst du mich wirklich für so unbeständig? Nein, sag es nicht«, warnte er, »denn deine Antwort würde mir ganz sicher nicht gefallen. Ja, ich liebe dich noch.«

»Warum?«

Sie schien aufrichtig erstaunt zu sein. Cole schüttelte den Kopf, als er erkannte, daß sie sich ihrer Reize nicht im mindesten bewußt war. Hatte ihr denn noch niemand gesagt, wie schön sie war? Sie war geradezu perfekt.

»Jessie, als du ein kleines Mädchen warst, haben deine Eltern dir da nie gesagt, wie klug und hübsch du bist, wie intelligent und liebenswert und ...«

Er hätte noch viele andere gute Eigenschaften aufgezählt, wenn sie ihn nicht unterbrochen hätte. »Mein Vater hat uns verlassen, als ich noch sehr jung war. Ich erinnere mich kaum noch an ihn und weiß eigentlich nur noch, daß ich mich von ihm fernhalten mußte, wenn er trank ... Irgendwie schien er aber immer eine Flasche und ein Glas in der Hand zu halten.«

»Und deine Mutter?«

»Ich glaube, es hat sie sehr verändert, daß er uns verließ. Sie ... verkümmerte. Sie sagte immer, sie müsse so hart zu mir sein, damit ich nicht die gleichen Fehler machte wie sie selbst.«

»Hat sie dich nie gelobt?«

»Ich kann mich nicht daran erinnern«, gestand sie. »Ich liebte meine Mutter, aber ich möchte nicht so sein wie sie, doch ich befürchte, daß es vielleicht schon zu spät für mich ist, mich zu ändern.«

»Du bist nicht wie sie«, versicherte er. »Du könntest gar nicht hart sein.«

Als sie sich abwenden wollte, legte er eine Hand unter ihr Kinn, damit sie zu ihm aufschauen mußte.

»Du lobst Caleb ständig. Ich habe selbst gehört, wie du ihm sagtest, er sei ein kluger, braver Junge und ...«

»Kinder sollten wissen, daß sie geliebt werden. Sie brauchen diese Sicherheit.«

»Und du brauchst sie auch, nicht wahr?«

Sie antwortete nicht darauf.

»Weißt du eigentlich, warum ich mich in dich verliebt habe?«

Sie schüttelte den Kopf.

»Als ich zum ersten Mal zu eurer Pension kam, hast du hinter der Moskitogittertür von Tillys Haus gestanden. Erinnerst du dich noch daran?«

Jessica nickte. »Ich war furchtbar ängstlich.«

»Ja, das weiß ich. Aber ich fand, daß du die schönste Frau im ganzen Territorium warst.«

»Wirklich?« murmelte sie verblüfft. »Obwohl ich so ein schäbiges altes Kleid anhatte?«

Er lachte. »Ich habe nicht darauf geachtet, was du trugst. Ich versuchte mir vorzustellen, was darunter war. Du hast einen wundervollen Körper, Jessie, und ich konnte es kaum erwarten, ihn endlich zu berühren.«

Es verblüffte ihn, daß sie errötete, aber dann dachte er, daß dies einer der hundert oder noch mehr Gründe war, warum er sich in sie verliebt hatte.

»Ich war bereits sehr neugierig, weil ich von der jungen Dame gehört hatte, die zu Besuch bei ihrer Tante war und die Verantwortung übernommen hatte, für ein Neugeborenes zu sorgen. Weißt du, wie wenig Frauen so wie du gehandelt hätten? Ein Kind aufzuziehen ist eine schwere Bürde, und viele Frauen hätten es nicht gewollt oder gekonnt. Sie hätten den Säugling bedenkenlos im nächsten Waisenhaus abgeliefert.«

»Es ist keine Bürde, Cole. Caleb ist die Freude meines Lebens.«

»Erinnerst du dich, daß ich dir erzählte, wie meine Brüder und ich eine Familie wurden? Ich gehörte damals einer Jugendbande an und war noch schrecklich jung, als wir Mary Rose in der Gasse fanden, die wir unser Zuhause nannten. Ich war auf dem besten Weg, mein Leben zu zerstören«, gab er zu. »Mary Rose hat mein Leben verändert und meine Brüder auch. Ich brauchte meine Schwester jedoch nicht alleine aufzuziehen. Ich hatte drei Brüder, die mir dabei halfen.«

»Aber ich ...«

Bevor sie fortfahren konnte, unterbrach er sie. »Ich bewundere deine Kraft und deinen Mut, und ich liebe dich, weil du mich zu einem besseren Menschen machst, Jessie. Aber das sind nur einige der Gründe.« Sanft legte er seine großen Hände um ihr Gesicht. »Dabei wollte ich mich gar nicht in dich verlieben.«

»Warum läßt du es dann nicht?« fragte sie leise.

»Mein Liebling, das wäre, als verlangtest du von mir, mit dem Atmen aufzuhören. Ach, Jessica, du ahnst ja nicht, wie sehr ich dich in meinem Leben brauche!«

Er beugte sich vor und strich mit seinen Lippen über ihren Nacken.

»Wie kommt es, daß du immer nach Blumen riechst?«

Jessica war nicht in der Lage, die Frage zu beantworten. Sie wußte, sie hätte ihn jetzt abwehren müssen, doch statt dessen neigte sie den Kopf zur Seite, damit Cole die empfindsame Stelle hinter ihrem Ohr küßte.

»Du tust das absichtlich ... Du weißt, wie sehr ich das mag. Aber wir können nicht ...«

»Ein Kuß, Jessie. Ein Kuß nur.«

Anstatt zu protestieren oder sich gar von ihm abzuwenden, umklammerte sie mit beiden Händen sein Hemd.

In seinen Armen zu sein erschien ihr plötzlich ganz natürlich, und seine leisen, liebevollen Worte wurden ihr zum Verhängnis. Seufzend stellte sie sich auf die Zehenspitzen und bot ihm ihre Lippen. Sein Mund nahm ihren hungrig in Besitz. Ein simpler Kuß genügte beiden jedoch nicht, und als Coles warme Zunge zwischen ihre Lippen drang, erschauerte sie vor Verlangen.

Sie wollte nicht, daß er aufhörte. Als er den Kopf hob, schlang sie ihm die Arme um den Nacken und küßte ihn noch einmal.

Aber Cole unterbrach den Kuß, schloß sie in die Arme und atmete tief durch, um seine aufgewühlten Gefühle zu beruhigen. »Du kennst keine Zurückhaltung, nicht wahr, mein Liebling?«

Er klang so glücklich darüber, daß sie ihn nicht bat, die Bemerkung zu erklären.

Einen Arm um ihre Schulter gelegt, führte er sie zum Camp zurück. »Ich werde dich lehren müssen, Geduld zu üben«, flüsterte er und lächelte bei dem Gedanken.

Sie gab sich Mühe, ihm zuzuhören, aber sein Kuß hatte ihr die Fähigkeit geraubt, an irgend etwas anderes zu denken als an die körperliche Liebe. »Ich weiß nicht, was mit mir los ist. Ich war eine Dame, bevor ich dir begegnet bin.«

»Du bist auch jetzt noch eine Dame.«

»Ich wußte in jener Nacht, was ich tat. Ich habe dich ganz bewußt verführt, Cole, und mir dabei eingeredet, ich wolle nichts weiter als diese eine Nacht mit dir ... Doch eben, als du mich geküßt hast, habe ich an sehr viel mehr als eine Nacht gedacht.«

Er stöhnte. »Laß uns über etwas anderes reden, Jessica.«

»Warum?«

Er entschied sich, aufrichtig zu sein. »Weil mich schon jetzt ein unbändiges Verlangen quält und ich – wenn du weiter davon redest, mich zu lieben – nicht mehr warten kann, bis wir verheiratet sind.«

»Cole ...«

Er drückte ihre Hand. »Frag mich jetzt um Himmels willen nicht, wie lange ich bei dir bleiben werde!«

»Das wollte ich dich gar nicht fragen.«

»O doch, das wolltest du.«

»Was ist, wenn ich dir nicht geben kann, was du verdienst, Cole? Eine Frau sollte ihrem Mann vertrauen, aber ich glaube nicht, daß ich das jemals könnte … Was ist, wenn …«

Er ließ sie nicht ausreden. »Dann wirst du dir eben jedesmal, wenn ich das Haus verlasse, große Sorgen machen. Ich werde jedoch immer zu dir und Caleb zurückkommen, und in zwanzig Jahren oder so wirst du das vielleicht begreifen. Es wird für immer sein, Jessie. Es war ernst gemeint, als ich das sagte. Und nun laß uns das Thema wechseln.«

»Glaubst du, daß es Caleb gutgeht?«

»Ja«, antwortete er. »Er wird wahrscheinlich für den Rest seines Lebens eine Abneigung gegen Gebratenes behalten, aber er wird bei Tom und Josey geliebt und verwöhnt.«

»Ich habe mich lange mit Tom unterhalten«, bemerkte sie.

»Worüber?«

»Über dich.«

Er warf ihr einen Blick zu. »Was hat er dir erzählt?«

»Viele Geschichten über dich.«

»Ach, ja?«

»Ja, über Abilene zum Beispiel.«

Er ließ die Schultern hängen. »Ich hatte gehofft, wir wären verheiratet, bevor du das herausfindest.«

»Das klingt ja, als glaubtest du, du hättest etwas falsch gemacht.«

»Ich habe auf eine Frau geschossen, Jessie.«

Er rechnete damit, daß sie ihn jetzt mit Fragen bedrängen oder ihm zumindest sagen würde, es sei riskant gewesen, das Leben dieser Frau aufs Spiel zu setzen.

»Das war sehr schlau von dir, Cole.«

Er verhielt verblüfft den Schritt. »Was?«

»Ich sagte, es war schlau von dir, Cole.«

»Ich habe die Frau verletzt«, erinnerte er sie.

»Ach, das war nur eine Fleischwunde. Du kannst sehr gut mit einer Waffe umgehen, nicht?«

»Jessie, du redest, als sprächen wir über das Wetter. Schockiert es dich denn gar nicht, daß ich auf diese Frau geschossen habe?«

»Natürlich nicht.«

»Der Zweck heiligt nicht die Mittel, Jessie.«

»Du machst dir deswegen Vorwürfe?«

»Ja.«

»Es war eine praktische Lösung.«

»Ja, aber ...«

»Du hast ihr das Leben gerettet.«

»Wieso habe ich mich dann danach so schrecklich schuldig gefühlt?« Es war das erste Mal, daß er sich – und irgend jemand anderem – diese Gefühle eingestand.

Er ließ sie einen weiteren Blick in sein Herz tun, indem er ihr seine Verwundbarkeit zeigte. Nach außen gab er sich hart und unerbittlich, doch hinter dieser Fassade verbarg sich ein guter, feinfühliger Mann, dem das Wohl seiner Mitmenschen sehr am Herzen lag.

»Weil du ein Gewissen hast.« Sie stellte sich auf die Zehenspitzen und küßte ihn, bevor sie seine Hand ergriff und weiterging. »Grace hat heute schon wieder einen Hut verkauft.«

»Was?« fragte er, verwirrt über den abrupten Themenwechsel.

»Ich sagte, Grace hat heute schon wieder einen Hut verkauft. Ist das nicht schön?«

»Wem hat sie diesen Hut denn verkauft?«

»Einer sehr netten Frau ... Nun ja, sie war zuerst gar nicht so nett, sondern eigentlich sogar ziemlich feindselig, aber Grace besitzt das Talent, die Leute für ich einzunehmen, und nach fünf Minuten plauderten sie schon wie alte Freundinnen. Sie hat Grace sieben Dollar für den Hut gegeben. Ich glaube, sie hätte ihr vielleicht sogar noch mehr bezahlt, aber Grace sagte, diese Frau müsse für ihr Geld arbeiten, und könne keinen Penny mehr bezahlen. Grace wollte ihr den Hut sogar schenken. Doch dann merkte sie, daß es den Stolz der Frau verletzt hätte. Es war ein gutes Geschäft, nicht wahr?«

»Was für eine Art von Arbeit könnte es in diesem winzigen Nest für eine Frau geben?«

»Ihr Büro befindet sich in einem der Zimmer über dem Saloon.«

Cole grinste. »Du weißt also, womit sie sich ihren Lebensunterhalt verdient?«

»Ja, aber ich wollte dich noch einmal lächeln sehen. Du bist zu ernst, Cole.«

Er hätte ihr widersprochen, aber sie hatten inzwischen das Lager erreicht, und da Grace schlief und er sie nicht wecken wollte, schwieg er. Er gab Jessica jedoch noch einen Gutenachtkuß und freute sich, als sie ihn an sich zog und den Kuß mit Leidenschaft erwiderte.

Nachdem Cole seinen Schlafsack dicht neben den Jessicas gelegt hatte, hob Daniel auch seinen Schlafsack auf und brachte ihn zu Grace hinüber. An ihrer Seite schlief er ein, und irgendwann im Lauf der Nacht spürte er, wie sie seine Hand ergriff. Für den Moment genügte ihm das.

37. KAPITEL

Der Vorhang war im Begriff, sich für den letzten Akt zu heben.

Rebecca kleidete sich an jenem Morgen sehr sorgfältig an und entschied sich für ein schlichtes weißes Kleid mit einem dezenten, aber dennoch sehr verführerischen Dekolleté. Es zeigte gerade genug von ihrem Brustansatz, um den Blick des erst kürzlich verwitweten Richters darauf zu lenken. Donald hatte ihr gesagt, sie werde Rafferty von Bells Unschuld überzeugen müssen, damit der Sheriff ihn freiließ.

Sie hatte ursprünglich vorgehabt, eine Bibel mitzunehmen, dann aber darauf verzichtet, weil sie die Rolle, die sie spielte, nicht übertreiben durfte.

Nachdem sie ihr Haar gebürstet hatte, stand sie auf und betrachtete sich im Spiegel. Männer mochten Frauen, die ihr Haar lang und offen trugen – und ihr Haar war wirklich prachtvoll, stellte sie zufrieden fest. Die glänzenden Locken schimmerten im Sonnenschein wie reines Gold.

Die Schlafzimmertür ging plötzlich auf, und ihr Geliebter kam herein. Sie legte die Bürste auf die Kommode und drehte sich zu ihm um. »Es war sehr riskant, hierherzukommen. Hat dich irgend jemand gesehen?«

»Natürlich nicht. Ich war sehr vorsichtig. Ich bin über die Hintertreppe hinaufgekommen.« Rebecca erschien ihm in ihrem blütenweißen Kleid so unbeschreiblich komisch, daß er sich ein Lachen nicht verkneifen konnte. Sie sah richtig brav und wohlerzogen aus.

»Was ist, Donald? Was schaust du mich so an?« fragte sie.

»Entschuldige«, erwiderte er. »Aber es ist ein ungewohnter Anblick, dich in einem weißen Kleid zu sehen.«

Sie lächelte. »Ich hielt es für eine gute Idee.«

»Ja, ja, das war es auch«, grinste er und ging dann zu wichtigeren Themen über. »Schade, daß du heute morgen nicht im Gerichtssaal warst und sehen konntest, wie dieser pathetische Sheriff von Maple Hills sich zum

Narren machte«, bemerkte er lachend. »Unter Eid gestand er, Bell überrascht zu haben, als er sich mit gezogener Waffe an ihn heranschlich. Er gab auch zu, daß er kein Abzeichen trug und sich nicht auswies. Als Bells Anwalt den Geschworenen einredete, daß sein Klient zu jenem Zeitpunkt todkrank und blind vor Schmerz und Fieber gewesen sei, fraßen ihm alle zwölf aus der Hand. Du hättest sehen sollen, was für wütende Blicke sie dem Sheriff nachwarfen, als er den Zeugenstand verließ! Ich bezweifle, daß er bei den nächsten Wahlen auch nur die geringste Chance hat.«

Rebecca war über die Neuigkeiten entzückt. »Dann haben sie also die Anklage wegen versuchten Mordes fallenlassen?«

»Noch nicht, aber heute nachmittag werden sie es tun«, versicherte er ihr. »Der Richter versucht nur, den Prozeß so lange wie möglich hinauszuzögern.«

»Wenn Bell freigelassen wird, besteht für mich kein Anlaß mehr, mit dieser Scharade fortzufahren.«

Er schüttelte den Kopf. »Das bleibt dir leider nicht erspart«, entgegnete er. »Der Richter will Bell am Galgen sehen. Er weiß, daß er den Richtigen hat, und wenn er ihn nich wegen versuchten Mordes drankriegt, wird er ihn festhalten, bis du ihn davon überzeugt hast, daß Bell nicht in der Bank gewesen ist.«

»Na schön.« Sie setzte sich an ihren Schminktisch und begann wieder ihr Haar zu bürsten. »Was hast du mit Bell vor? Jetzt, wo er in Verdacht geraten ist, könnte er uns gefährlich werden.«

»Ich werde ihn natürlich töten«, sagte Donald.

»Hast du es den anderen schon gesagt?«

»Burton, Harris und Andrews wissen es.«

»Was ist mit Robertson?«

»Um den kümmern sich die Jungs. Es war ihre Idee, nicht meine. Burton sagt, Robertson sei nicht mehr zur

Räson zu bringen. Er übertreibt allmählich seine Spielereien mit dem Messer. Andrews nennt ihn ›Jack the Ripper‹.«

Sie legte die Bürste nieder und wandte sich ihm zu. »Und Burton? Hast du schon von ihm gehört?«

»Fang nicht an, nervös zu werden.«

»Aber er sollte dir doch telegrafieren, sobald sie Grace und Jessica getötet hätten. Hast du noch nichts von ihm gehört?«

»Ich bin sicher, daß sie den Auftrag zu meiner Zufriedenheit erledigt haben. Das tun sie immer«, erklärte er grinsend. »Burton konnte mir kein Telegramm schicken.«

»Warum nicht?«

»Weil das Telegrafenamt seit zwei Tagen geschlossen ist. Wegen eines Defekts in den Geräten«, erzählte er. »Aber mach dir keine Sorgen. Ich habe mich persönlich davon überzeugt, daß alles seine Richtigkeit hat.«

»Niemand in dieser Stadt empfängt Telegramme?«

»Oh, sie empfangen sie schon, aber sie werden aus der nächsten Stadt gebracht, und die ist zwanzig Meilen entfernt.«

»Dann wird sein Telegramm erst morgen kommen.«

»Wenn wir längst über alle Berge sind«, sagte er grinsend.

»Du hast mir nie gesagt, wie Burton und die anderen über die Auflösung der Bande denken.«

»Ich glaube, sie sind ganz froh, für eine Weile aufzuhören. Und bis sie wieder Geld benötigen, haben wir längst unser Haus in Paris bezogen.«

»Wenn du Bell heute nacht erledigst, könnten wir schon morgen aufbrechen.«

Er ging zur Tür. »Nein, wir reisen noch heute nacht ab. Pack deine Sachen und bring sie mit, wenn du mich am Stadtrand triffst. Du weißt ja, wo.«

»Ja«, rief sie. »Ich wünschte, du könntest mit mir zu diesem Richter gehen. Es wäre bestimmt sehr amüsant für dich, mir zuzusehen.«

»Du weißt, daß ich mich in dieser Stadt nicht mit dir sehen lassen kann. Jeder kennt mich hier, und sie würden sich fragen, woher wir uns kennen. Ich werde aber im Gerichtssaal sein.«

»Ja, ich weiß. Wo soll ich jetzt hingehen – direkt zum Gerichtsgebäude?«

»Geh zuerst zum Sheriff. Er wird dich zum Gericht begleiten.«

Nach dieser letzten Anweisung zog er die Tür hinter sich zu. Er war über das Bedauern, das er dabei empfand, erstaunt. Er war fest entschlossen, sie zu töten, und war aufrichtig verblüfft, daß sie ihm leid tat. Doch dann begann er sich auszumalen, *wie* er sie heute abend töten würde, und eine heftige körperliche Erregung erfaßte ihn und löschte sämtliche Gewissensbisse aus. Er würde sie so lange wie möglich am Leben erhalten, um sein eigenes Vergnügen zu verlängern, und er durfte nicht vergessen, sie zu knebeln, damit niemand ihre Schreie hörte …

Schade eigentlich. Er hatte zuerst daran gedacht, sie mitzunehmen, dann aber seinen Entschluß geändert. Rebecca war eine gutaussehende Frau, die überall, wohin sie ging, Aufsehen erregte. Diese makellose Schönheit machte sie zu einem Sicherheitsrisiko, weil jeder, sogar ein Fremder, sich an sie erinnern würde.

Er würde sie aber vermissen, das stand fest, denn er bezweifelte, daß er je wieder eine Frau mit so abartigen sexuellen Neigungen finden würde.

Er riß die Tür wieder auf, ging hinein und begann seine Hose aufzuknöpfen.

»Nein, Donald!« rief sie und wich vor ihm zurück.

Aber ihr Gesicht rötete sich bereits vor Furcht und Erregung. »Es bleibt uns keine Zeit mehr ...«

Er lachte schroff. »Dafür ist immer Zeit.«

Rebecca erschien erst gegen halb zwei Uhr nachmittags im Büro des Sheriffs. Zwei volle Stunden hatte sie gebraucht, um wieder zu sich selbst zu finden, nachdem Donald von ihr abgelassen hatte. Glücklicherweise hatte er ihr wenigstens gestattet, sich zu entkleiden damit das weiß Kleid nicht zu Schaden kam. Sie war noch wund und hatte Schmerzen, aber das störte sie nicht, weil sie wußte, daß der Schmerz sie noch verwundbarer und furchtsamer erscheinen lassen würde.

Der Sheriff war nicht da. Sein Deputy, ein junger Mann mit häßlichen Pockennarben im Gesicht, richtete den Blick auf ihre Brüste, kaum daß sie eingetreten war. Amüsiert trat sie vor, um ihm die Hand zu schütteln. Sie war unangenehm feucht, und sie mußte sich zwingen, ihre Hand nicht an ihren Röcken abzuwischen. Lächelnd nannte sie ihm ihren Namen und erklärte ihm, warum sie hergekommen war.

»Der Sheriff hatte gehofft, Sie kämen früher«, sagte er. »Er ist drüben im Gerichtsgebäude, um den Gefangenen entweder hierher zurückzubringen oder freizulassen. Ich glaube, wir sollten hinübergehen, weil Richter Rafferty nicht eher den Prozeß beenden wird, bis Sie Bell identifiziert haben.«

»Und wenn er keiner der Männer ist, die ich in der Bank gesehen habe?«

Sie versuchte, ihn mit einem Lächeln für sich einzunehmen, aber es war regelrecht an ihn verschwendet, weil er nicht den Blick von ihren Brüsten wandte. Sie durfte nicht vergessen, Donald von dem Deputy zu erzählen. Er würde sich über diesen Narren totlachen.

»Wir alle hoffen, daß Bell zu der Blackwater-Bane gehört«, gestand er. »Würde es Sie stören, wenn ich Ihren Arm hielte, während wir zum Gerichtsgebäude gehen?«

»Aber selbstverständlich nicht! Es ist sehr galant von Ihnen.«

Das Gericht war nur zwei Häuserblocks entfernt. Der Deputy brachte Rebecca zum Hintereingang und führte sie ins Richterzimmer, das gleich neben dem Gerichtssaal lag. Rebecca setzte sich auf einen Stuhl am Schreibtisch, während der Deputy eine Nachricht für den Richter schrieb.

»Ich wette, Rafferty unterbricht Bells Abschlußplädoyer, wenn er das liest«, meinte er und schwenkte den Zettel grinsend hin und her. »Kann ich Sie einen Moment allein lassen? Ich möchte gern das Gesicht des Alten sehen und hören, was er diesem feinen Anwalt zu sagen hat.«

»Ich komme schon allein zurecht«, wisperte sie.

Sie war versucht, die Tür einen Spalt zu öffnen, um einen Blick in den Saal zu werfen, wagte es aber nicht, weil Donald unter den Zuschauern war und sehr böse werden würde, wenn er sie sehen würde.

Sie schloß die Augen, zwang sich, sich zu entspannen, und bereitete sich auf ihren Auftritt vor.

38. KAPITEL

Der Moment war da.

Als der Deputy zurückkehrte und ihr die Tür aufhielt, betrat Rebecca den Gerichtssaal und wartete, bis sie aufgerufen wurde. Dabei betrachtete sie das Publikum und stellte zufrieden fest, daß der Saal bis auf den letzten Platz besetzt war. Ein breiter Gang, der zu zwei Türen führte, teilte den großen Raum. Zu beiden Seiten standen zwei Deputies mit Gewehren. Rebecca bemerkte noch eine andere, kleine Tür, die der Tür des Richterzimmers direkt gegenüberlag. Auch sie wurde von zwei Deputies bewacht.

Endlich wurde sie in den Zeugenstand gerufen. Alle Blicke ruhten jetzt auf ihr. Hocherhobenen Hauptes ging sie hinüber und rechnete schon fast damit, Applaus zu hören. Denn immerhin war sie im Begriff, die Vorstellung ihres Lebens zu geben.

Richter Rafferty war so begierig, ihre Aussage zu hören, daß er die Abschlußplädoyers unterbrach, um Rebecca in den Zeugenstand zu rufen. Als sie an ihm vorbeiging, um ihren Platz hinter dem Geländer einzunehmen, musterte sie ihn verstohlen und kam zu dem Schluß, daß es nicht schwierig sein würde, ihn dazu zu bringen, ihr aus der Hand zu fressen. Rafferty war ein korpulenter Mann mittleren Alters, mit einer dicken Brille, die seine eulenhaften Augen fast dreimal so groß erscheinen ließ.

Sie merkte, daß er von ihr sehr angetan zu sein schien. Er lächelte und gaffte sie an, und zufrieden dachte sie, daß alles so lief, wie sie es geplant hatte.

Der Gerichtsdiener ließ sie gerade auf die Bibel schwören, als der verteidigende Anwalt aufsprang und das Wort ergriff.

»Euer Ehren, das ist in höchstem Maße unüblich«, protestierte er. »Könnten Sie nicht warten, bis der Staatsanwalt und ich unsere Plädoyers beendet und die Geschworenen den Saal verlassen haben, um sich zu beraten? Mein Klient wird des versuchten Mordes angeklagt. Der Staatsanwalt will hier beweisen, daß mein Klient vorsätzlich und mit voller Absicht versucht hat, den Sheriff von Maple Hills zu erschießen. Eine Zeugenaussage, die nicht das geringste mit diesem Fall zu tun hat, würde nur Verwirrung stiften.«

Der Richter schien über die Unterbrechung verärgert zu sein. »Ich weiß, worum es geht. Glauben Sie vielleicht, ich hätte hier gesessen, Däumchen gedreht und Tagträumereien über Angeln nachgehangen, Mr. Proctor? Ist es das, was ich Ihrer Meinung nach getan habe?«

»Nein, Euer Ehren, ich habe nicht ...«

Der Richter ließ ihn nicht zu Wort kommen. »Was Sie zum Ausdruck bringen, Proctor, ist, daß Sie es nicht für relevant halten, was diese Zeugin hier zu sagen hat, aber ich versichere Ihnen, daß es das ist. Wenn Ihr Klient der ist, für den ich ihn halte, müssen die Geschworenen es erfahren, weil er dann nämlich auf der Flucht gewesen wäre und versucht hätte, den Sheriff – vorsätzlich und mit voller Absicht, wie Sie es nennen – aus dem Weg zu räumen.«

»Aber Eure Ehren ...«

»Mr. Proctor, Sie verstehen scheinbar nicht. Niemand schreibt mir vor, was ich in meinem eigenen Gericht zu tun und zu lassen habe, und das gilt auch für ehrgeizige Anwälte wie Sie. Ich weiß, daß Sie noch jung und unerfahren sind und daß Sie alles zu wissen glauben, was es zu wissen gibt, aber ich lege hier meine eigenen Regeln fest. Und jetzt setzen Sie sich wieder und seien Sie still, bis ich mit meiner Zeugin fertig bin. Haben Sie mich verstanden, junger Mann?«

»Ja, Euer Ehren.«

»Warum stehen Sie dann noch?«

Die Menge brach in Gelächter aus, als Proctor in seiner Hast, sich hinzusetzen, stolperte.

Der Richter war alles andere als belustigt. Er schlug mit seinem Hammer auf den Tisch und verlangte Ruhe.

»Ich will Ordnung in meinem Saal. Wenn ich noch einen Ton höre, lasse ich ihn räumen.«

»Wie ich schon sagte, ich lege hier die Regeln fest, nicht Sie. Setzen Sie sich!« fuhr er den jungen Anwalt an, doch als er sich nun zu Rebecca umdrehte, wurde seine Stimme sanfter.

»Ich würde gern sofort zur Sache kommen und Sie befragen, aber das kann ich leider nicht. Zuerst möchte ich, daß Sie der Jury sagen, wer Sie sind und was Sie erlebt haben.«

Endlich hatte sie ihren großen Auftritt! Die Hände auf dem Geländer, damit die Geschworenen sie sehen konnten, atmete sie tief ein und begann ihre Geschichte zu erzählen. Sie erklärte, warum sie in der Bank gewesen war, und beschrieb der Jury, was sie dort gesehen hatte. Die Tränen flossen mühelos, und ihrer Stimme haftete ein Zittern an, das sie mit Stolz erfüllte. Als sie ihren Bericht beendet hatte, war sie überzeugt, daß kein Auge in dem großen Saal trocken geblieben war.

Der Richter war über die eindrucksvolle Schilderung der kaltblütigen Morde genauso erschüttert wie die Jury. Er saß mit hängenden Schultern an seinem Tisch und beugte sich zu ihr vor, als glaubte er, daß seine Nähe sie ein wenig trösten könne.

»Nun gut«, meinte er. »Es ist mir bewußt, wie schwer es Ihnen gefallen sein muß, dies alles noch einmal durchzugehen, und ich weiß es sehr zu schätzen. Ich möchte nun, daß Sie sich den Mann ansehen, der an dem Tisch zu Ihrer Rechten sitzt, und daß Sie mir dann sagen, ob er einer der Männer in der Bank war.«

Rebecca starrte Bell mehrere Sekunden an, bevor sie den Kopf schüttelte. »Nein«, rief sie. »Er war nicht dort.«

Das Gesicht des Richters verriet Enttäuschung. Seine Frustration war spürbar, aber er schien nicht bereit zu sein, die Sache auf sich beruhen zu lassen. »Lassen Sie sich Zeit, und sehen Sie ihn sich genau an, bevor Sie sich entscheiden.«

Sie tat, worum er sie gebeten hatte. »Es tut mir leid, Euer Ehren. Ich wünschte, er wäre einer der Blackwater-Banditen, aber er ist es nicht. Ich schwöre, daß er es nicht ist.«

Bells Anwalt grinste über das ganze Gesicht, und das ärgerte den Richter fast so sehr wie Rebeccas verblüffende Aussage.

»Nein, nein, Proctor, versuchen Sie gar nicht erst, sich zu erheben. Ich will Sie auf diesem Stuhl dort sehen, bis ich fertig bin. Da sind noch einige Unklarheiten, die bereinigt werden müssen, bevor ich die junge Dame aus dem Zeugenstand entlassen kann.«

Rebecca senkte den Kopf und tat, als versuchte sie verzweifelt, sich zu beruhigen. Sie wußte, daß der Richter sie prüfend musterte, und als sie wieder zu ihm aufschaute und Raffertys mitfühlenden Blick sah, erfaßte sie ein wildes Triumphgefühl.

»Ich werde mich so kurz wie möglich fassen«, versprach er. »Ich habe nur noch ein paar Fragen. Fühlen Sie sich in der Lage, sie jetzt gleich zu beantworten, oder sollen wir lieber vorher eine kleine Pause machen?«

»Nein, ich möchte sie jetzt gleich beantworten.«

Sofort stellte er die erste Frage. »Ich habe drei Frauen vorgeladen und wüßte nun gerne, wo die beiden anderen sind. Wissen Sie etwas darüber?«

»Nein. Als Marshal Cooper mir sagte, daß Grace und Jessica ebenfalls vorgeladen waren, bekam ich schreckliche Gewissensbisse. Ihr ganzes Leben war meinetwegen durcheinandergeraten. Wenn ich von Anfang an die Wahrheit gesagt hätte, wäre ihnen dies alles erspart geblieben. Sie sind gute Freundinnen für mich geworden. Ich hatte damit gerechnet, sie hier zu treffen, und konnte es kaum erwarten, sie zu sehen, um ihnen zu sagen, wie sehr ich dies alles bedaure. Ich bin sicher, daß sie aufgehalten worden sind. Grace war nicht bei bester Gesundheit, als ich abreiste, und es ist möglich, daß sie einen Rückfall hatte.«

»Gehen wir zur nächsten Frage über. Sie sagten, Sie wären mit Marshal Cooper in den Zug gestiegen, und er habe Ihr Abteil verlassen und sei nicht zurückgekommen. Warum ist er hinausgegangen?«

»Ich hatte Kopfschmerzen, und meine Tropfen waren in meinem Koffer. Marshal Cooper war ein echter Gentleman und bestand darauf, in den Gepäckwagen zu gehen, um sie zu holen. Wenn ich mich nicht beklagt hätte … wenn ich schweigend meine Kopfschmerzen erduldet hätte … dann würde er noch leben. Es ist meine Schuld, daß er tot ist, nur … meine … Schuld.«

Sie schlug die Hände vors Gesicht und begann zu weinen. Rafferty schaute die Geschworenen an und sah die mitleidigen Blicke, mit denen sie Rebecca betrachteten. Und da begriff er, daß er sich beeilen mußte, wenn er verhindern wollte, daß ein Aufstand ausbrach.

»Wir sind fast fertig«, verkündete er. »Sagen Sie mir, was geschah, als Sie die Schüsse hörten. Erinnern Sie sich, wie oft geschossen wurde?«

Sie wischte sich mit dem Taschentuch über die Augen, als sie nickte. »Ich bin ziemlich sicher, daß ich zwei Schüsse hörte. Ich war aber zu erschrocken, um nachzusehen, was geschehen war. Schließlich hielt der Zug ganz unerwartet, und da erfuhr ich, daß dieser arme Marshal Cooper erschossen worden war.«

»Und was haben Sie danach getan?«

»Ich hatte Angst, wieder einzusteigen. Ich wußte nicht, was ich tun sollte«, rief sie. »Ich verbarg mich im

Gebüsch und wartete, bis alle anderen wieder abgefahren waren. Ich weiß nicht, wie lange ich dort blieb ... Es hätten Stunden sein können«, stammelte sie. »Als ich mich endlich wieder etwas beruhigt hatte, lief ich zur nächsten Stadt.«

»Aber dort haben Sie nicht den Sheriff aufgesucht, und das ist eine dieser Unklarheiten, die mich verwirren. Warum haben Sie ihn nicht um Hilfe gebeten?«

»Ich hatte Angst!« stieß sie hervor. »Und ich wußte nicht, wem ich vertrauen konnte. Ich wollte nur weit fort von diesem Ort. Ich wußte, daß Sie mich hier erwarteten, Euer Ehren, und daß Sie mich schützen würden. Ich konnte an nichts anderes mehr denken, als daran, hierherzukommen ... zu Ihnen, Euer Ehren.«

Sein Gesichtsausdruck verwirrte sie. Rafferty sah aus, als hätte er gerade seinen liebsten Hund verloren.

»Sie haben das Richtige getan«, erwiderte er schroff. »Ich werde Ihnen keine Vorwurf daraus machen, daß Sie auf direktem Wege herkamen, denn schließlich hatte ich Sie vorgeladen. Sie waren sehr tapfer. Wirklich sehr, sehr tapfer.«

Der Staatsanwalt stand auf. »Euer Ehren, bevor wir fortfahren – würden Sie Miss James noch einmal bitten, sich den Angeklagten anzusehen? Wenn sie vielleicht noch einmal genau über den Ablauf der Geschehnisse nachdenkt ...«

»Die arme Frau hat genug gelitten«, widersprach der Richter. »Wir müssen beide akzeptieren, daß wir im Begriff waren, einen Unschuldigen zu hängen.«

»Bitte, Euer Ehren«, bat der Staatsanwalt.

»Ich habe nichts dagegen«, rief Bells Anwalt.

Der Richter befahl dem Sheriff, dem Angeklagten die Handschellen abzunehmen und ihn hinüberzubringen, damit die Augenzeugin ihn noch einmal genau betrachten konnte. Als Bell vor dem Geländer stand, drehte der Richter sich widerstrebend zu Rebecca um. »Das ist das letzte Mal, daß ich Sie dies frage: Ist der Mann, der vor Ihnen steht, ein Mitglied der Blackwater-Bande?«

»Nein, das ist er nicht«, beharrte sie.

»Doch, das ist er!«

Der Schrei kam aus der Tür zum Richterzimmer. Alle drehten sich um, als Jessica langsam in den Saal trat. Am liebsten wäre sie zum Zeugenstand gelaufen, um Rebecca von ihrem Sitz zu reißen, so aufgebracht war sie, aber Daniel hatte ihr das Versprechen abgenommen, nicht weiter zu gehen als bis zum Tisch des Anwalts, um nicht in die Nähe der Mörder zu kommen, die sie entlarvte.

Ihr Zorn wurde von Sekunde zu Sekunde heftiger. Grausige Bilder bedrängten sie. Malcolm, wie er vor seinen Mördern kniete und fassungslos zu ihnen aufschaute ... Cole, der ihr Kind durch das Inferno trug; das Dach, das hinter ihm zusammenkrachte ... Franklins Kopf, der unter einer Kugel explodierte ...

Daniel packte ihren Arm, um sie zurückzuhalten. Er blieb an ihrer Seite, aber Cole war bereits in den Mittelgang getreten und überprüfte die Zuschauer auf Waffen.

»Er war in der Bank. Ich habe gesehen, wie er seine Waffe an den Hinterkopf eines Mannes hielt und ihn erschoß. Ich habe alles gesehen«, schrie Jessica, »weil *ich* da war!«

Sie deutete auf Bell, als sie ihre Beschuldigungen vortrug, aber ihr Blick ruhte auf der jungen Frau, die versucht hatte, Caleb umzubringen und Marshal Cooper zu erschießen. Rebecca schüttelte abwehrend den Kopf, als sie versuchte aufzustehen. Doch dann ließ sie sich wieder auf den Stuhl fallen. Ihr Gesicht war so weiß, daß sie aussah, als ob sie innerlich verblutete.

Aufregung entstand in der Menge, der Richter hämmerte auf seinen Tisch, und in dem allgemeinen Durcheinander schrie ein junger Deputy: »Diese Männer sind bewaffnet, Richter!« Er versuchte, sein Gewehr zu heben.

Bevor irgend jemand schreien oder Deckung suchen konnte, lag Daniels Waffe schon in seiner Hand und zielte auf die Stirn des jungen Deputies. Der Mann hatte sein Gewehr noch nicht einmal an der Hüfte, als er begriff, daß es zu spät war.

»Die Waffe runter, Junge«, befahl eine tiefe, erstaunlich ruhige Stimme.

Aus dem Augenwinkel hatte Cole Daniel die Waffe ziehen und auf den Deputy richten sehen und wirbelte bereits zu den einzigen beiden anderen Männern herum, die ebenfalls bewaffnet waren. Einer war der Sheriff, der andere ein Deputy, der vor der Seitentür stand.

Es war reiner Instinkt, was den Sheriff nach seiner Waffe greifen ließ, als er den Warnschrei seines Deputys hörte, aber Cole war schneller. Er zielte auf den Sheriff und schüttelte den Kopf. Die Botschaft hätte eindeutiger nicht sein können.

Rebecca suchte die Zuschauerreihen fieberhaft nach Donald ab. Er hatte versprochen, sich in die dritte oder vierte Reihe zu setzen. Langsam schob sie rechte Hand in die Rocktasche.

Der Richter erhob sich, stützte die Hände auf den Tisch und brüllte: »Was ist denn los mit euch? Wißt ihr es nicht besser, als zwei Marshals zu bedrohen? Selbst ich kann ihre Abzeichen sehen, und ich bin blind wie eine Fledermaus.«

Raffertys Stimme brachte die Menge zum Verstummen, und seiner Autorität war es zu verdanken, daß keine Panik im Saal ausbrach. Ein tiefer Seufzer ging durch die Menge, als alle sich wieder setzten und beruhigten. Einige Männer kicherten vor Erleichterung.

Rebecca zog langsam den kleinen Derringer aus der Tasche und hielt ihn in der Hand verborgen. Sie entdeckte Donald schnell; er saß auf ihrer Seite des Gerichtssaals am Ende der vierten Reihe. Er war nah, sehr nah, und als sie zu ihm hinübersah, nickte er ihr unmerklich zu, bevor er den Blick auf den Deputy richtete, der neben der Seitentür zu ihrer Linken stand. Sie verstand, was er ihr sagen wollte, und schaute Bell an.

Der Richter nahm wieder seinen Platz ein, ordnete seine lange schwarze Robe und musterte die Versammlung aus schmalen Augen. Die Leute schienen noch immer ziemlich aufgeregt zu sein, und er beschloß, ihnen noch ein paar Minuten zu lassen, um sich zu beruhigen.

»Marshals, Sie können Ihre Waffen wieder einstecken«, befahl er. »Wer von Ihnen ist Daniel Ryan?«

»Das bin ich, Euer Ehren.«

Der Richter winkte ihn zu sich heran. »Sie sind aber auch wirklich im allerletzten Augenblick gekommen«, bemerkte er.

Daniel gab keine Erklärungen ab und entschuldigte sich nicht. »Ja, so ist es, Euer Ehren.«

»Ich weiß eine ganze Menge über Sie, mein Sohn, weil ich es mir zur Aufgabe gemacht habe, soviel wie möglich über Männer wie Sie herauszufinden – und ich kann nur eins sagen: Es ist mir eine Ehre, Sie endlich persönlich kennenzulernen.«

Daniel wußte nicht, was er darauf erwidern sollte. Der Richter wandte sich bereits an Cole. »Wie heißen Sie, Marshal?«

»Cole Clayborne.«

Rafferty nickte. »Auch über Sie habe ich schon einiges gehört. Aber ich weiß natürlich, daß diese Geschichten nicht wahr sein können.«

»Das sind sie sich nicht, Euer Ehren«, antwortete Cole und fragte sich, warum der Mann nicht endlich zur Sache kam. Er sah, wie Daniel immer wieder zu Bell hinübersah, und die Art, wie er ihn betrachtete, war kein gutes Zeichen.

Der Richter erhob sich, um das Wort an die Zuschauer zu richten. »Also gut, meine Herrschaften. Sie hatten jetzt Zeit genug, sich zu beruhigen. Von jetzt an will ich keinen Ton mehr hören. Wenn doch, lasse ich Sie von diesen beiden feinen Marshals hier hinausbefördern.«

Sofort trat Schweigen ein. Rafferty drehte sich zu Jessica um und lehnte sich zurück. »Und wer sind Sie? Wie heißen Sie?«

»Jessica Summers.«

»Und was haben Sie diesem Gericht zu sagen, Miss Summers?«

Sie trat einen Schritt näher an den Tisch heran und schaute zu dem Richter auf.

»Ich war Zeugin des …«

»Ich bin Ihre Zeugin!« schrie Rebecca.

»Ich sage die Wahrheit«, beharrte Jessica.

»Sie lügt, Euer Ehren!« versetzte Rebecca. »Ich war dort.«

Daniel trat hinter Jessica und überreichte dem Richter ein Dokument.

Rafferty sah das Siegel auf dem unteren Teil des Blatts, las den Inhalt und nickte. »So, so …«

Zitternd vor Wut, beschloß Jessica, Rebecca dazu zu bringen, die Wahrheit zu gestehen. Aber zuerst mußte sie dafür sorgen, daß sie die Beherrschung über sich verlor.

»Tritt zurück, Jessica«, befahl Cole, als sie einen Schritt auf Rebecca zuging.

Jessica tat rasch, was er verlangte, ohne aber den Blick von der Frau zu nehmen, die sie vernichten wollte.

»Legen Sie dem Gefangenen Handschellen an, Sheriff«, befahl Daniel.

»Sie waren es!« schrie Jessica. »Sie haben das Feuer gelegt. Sie haben versucht, mein Kind zu töten. Sie haben Grace niedergeschlagen und Marshal Cooper angeschossen. Ja, Sie hören richtig, Rebecca – Marshall Cooper ist nicht tot! O ja, er lebt und ist wohlauf!« fügte sie hinzu. »Und er erinnert sich, wen er gesehen hat und was geschehen ist. Der Richter liest es gerade. Cooper hat ihm einen ausführlichen Brief geschrieben.«

Die Neuigkeiten bestürzten Rebecca. Betroffen sank sie auf ihren Stuhl zurück, starrte Donald an und flehte ihn mit ihren Blicken an, ihr beizustehen.

Donald amüsierte sich königlich. Der Anflug eines Lächelns huschte über sein Gesicht, als er die Vorgänge am Richtertisch verfolgte. Wie zuvorkommend von diesem Marshal, darauf zu bestehen, daß die einzige lebende Person, die ihn möglicherweise identifizieren könnte, auf der gegenüberliegenden Seite des Gerichtssaals blieb. Sie konnte ihn in der Menge, in diesem Meer von Gesichtern, die sie und Rebecca anstarrten, nicht sehen. Dank dieses übervorsichtigen Marshals brauchte Donald sich nicht um seine Sicherheit zu sorgen.

Er würde einfach sitzen bleiben und in aller Ruhe abwarten. Er wußte, daß Rebecca von ihm erwartete, daß er ihr zur Flucht verhalf, aber das hatte er natürlich nicht vor. Er würde abwarten, bis alles vorbei war, und dann ungesehen aus dem Saal verschwinden. Die Arme sah wirklich sehr verzweifelt aus. Donald wußte sehr gut, was geschehen würde, sobald er ihr ein Zeichen gab. Sie würde aufspringen und versuchen, diese lächerliche kleine Waffe zu benutzen, die sie in ihrer Rocktasche verborgen hielt. Und einer der Gesetzeshüter würde sie erschießen.

Donald wußte auch, was Bell tun würde. Er würde nicht mehr mit gesenktem Kopf und hängenden Schultern dastehen und aussehen, als wäre er des Sheriffs Prügelknabe. Tatsächlich hatte er nicht einen Finger gerührt, seit er durch den Saal zum Richtertisch gebracht worden war.

Dieser kaltblütige Mörder war schlau wie ein Fuchs. Er wartete auf eine Gelegenheit, handeln zu können. Der Sheriff hatte bereits in seiner Wachsamkeit nachgelassen – der alte Narr suchte noch immer seine Handschellen – und schenkte seinem Gefangenen kaum mehr Beachtung, was Bell nur recht sein konnte, dachte Donald. Der Sheriff würde nahe an Bell herantreten müssen, um ihm die Handschellen anzulegen, und wenn er das tat, würde Bell ihn angreifen. Donald rechnete damit, daß er im Kugelhagel fallen würde, und während die Deputies und Marshals schossen, würde Donald die allgemeine Panik nutzen, die dann ausbrach, um das Gebäude zu verlassen.

Ein Mann im Hintergrund des Saals sprang auf und griff in seine Hüfttasche, was sowohl Cole als auch Daniel alarmierte.

»Hände hoch!« schrie Cole, als er mit gezogener Waffe durch den Mittelgang auf den Fremden zuging.

»Ich bin unbewaffnet, ich bin unbewaffnet«, stammelte der Mann. »Ich brauchte nur mein Taschentuch.« Und da nieste er, und die anderen Zuschauer lächelten.

Jessica versuchte zu ergründen, warum Rebecca andauernd in die Menge schaute. Wen mochte sie hier in Blackwater kennen?

»Cole!« schrie Jessie plötzlich und begann zu laufen. »Er ist hier! Der Anführer, er ist hier!«

Daniel rannte ihr entgegen und riß sie im selben Augenblick zurück, als Donald Rebecca das Zeichen gab.

Rebecca sprang auf und gab einen Schuß auf den Kopf des Sheriffs ab, doch bevor er taumelte und stürzte, war Bell schon hinter ihm und entriß ihm seine Waffe. Er feuerte auf den Deputy am Eingang, traf ihn mitten in die Brust und wirbelte dann herum und schoß auf Jessica. Daniel stieß sie gerade noch rechtzeitig auf den Boden, aber die Kugel erwischte ihn an der linken Schulter.

Und da brach das Chaos aus, als die Zuschauer in wilder Panik aufsprangen und Cole die Sicht versperrten.

Bell, der neben dem Zeugenstand in Deckung ging, schoß erneut auf Daniel, verfehlte ihn aber, da der bereits in Bewegung war. Er schoß Rebecca die Waffe aus der Hand. Schreiend taumelte sie zurück und stürzte. Mit einem Fußtritt stieß Daniel den Tisch um und feuerte auf Bell, der ihm jetzt eine gute Zielscheibe bot. Getroffen schrie Bell auf, und Daniel leerte sein ganzes Magazin auf ihn, selbst als Bell bereits stürzte.

Den ohrenbetäubenden Lärm, der im Saal ertönte, als die Leute in wilder Angst die Flucht ergriffen, schien Daniel nicht zu hören. Er ließ seine leere Waffe fallen und zog die andere aus dem Halfter.

Es war noch nicht vorbei. Langsam streckte Daniel seinen Arm aus, entsicherte die Waffe und wartete. Seine Augen bohrten sich in die seines Feindes. Goldbraune Augen erwiderten den Blick.

Cole versuchte verzweifelt, an Jessica heranzukommen. Er kämpfte wie ein Tier, um an den verängstigten Menschen vorbeizukommen, die schreiend, stoßend und schubsend zu den Eingangstüren drängten.

Irgendwann gelang es ihm, sich aus der Menschenmenge zu befreien. Seine Waffe hielt er schußbereit in der Hand, aber als er endlich freie Bahn hatte, blieb ihm vor Schreck beinahe das Herz stehen.

Donald hielt Jessica wie einen Schutzschild vor sich und ging langsam rückwärts auf die Tür zu. Mit dem einen Arm hielt er ihre Taille umklammert, während er mit der freien Hand eine Pistole an ihre Kehle drückte.

Jessica kämpfte wie eine Wildkatze, zerkratzte ihm die Arme und trat mit aller Kraft nach seinen Beinen.

Ihr Zappeln schien ihn jedoch nicht einmal zu stören. »Was wir hier haben, meine Herren, ist ein Unentschieden. Gehen Sie einen Schritt weiter, und ich schieße ihr eine Kugel in den Kopf. Ich bin ziemlich sicher, daß Sie inzwischen alle wissen, wie sehr ich Ihren Gesichtsausdruck genießen werde, wenn ich sie getötet habe. Oh, ich weiß, daß Sie mich kriegen werden, aber vorher habe ich Ihre Reaktion gesehen, wenn ihr Kopf in tausend Stücke explodiert.« Seine Stimme wurde schärfer. »Es wird eine Riesenschweinerei. Ich kenne das.«

Jessica bohrte ihre Nägel in sein Fleisch, bis Blut aus einem Arm tropfte. »Hör auf damit«, befahl er. »Was soll es also sein, Gentlemen?« fragte er, während er weiter mit Jessica in Richtung Tür zurückwich.

Cole kam bereits langsam durch den Mittelgang. Er war noch etwa fünf Meter von Daniel entfernt, der aus einer anderen Richtung kam, als Donald ihnen zuschrie: »Stehenbleiben, sagte ich! Ich habe keine Angst zu sterben«, prahlte er. »Dazu habe ich schon zu viele Menschen sterben sehen. Wenn Sie wollen, daß sie weiterlebt, dann bleiben Sie da stehen und lassen Ihre Waffen fallen.«

Keiner der beiden Marshals reagierte. Daniel schüttelte den Kopf. »Sie kommen hier nicht raus. Lassen Sie sie gehen.«

»Das kann ich nicht«, erklärte Donald. »Sie wird mit

mir kommen. Da, sehen Sie – Rebecca kriecht zum Richterzimmer. Braves Mädchen.«

Jessica holte mit dem Absatz aus und traf sein Schienbein. Ihr war, als risse er sie in zwei Stücke, so hart umklammerte er sie.

»Ich sagte, du sollst aufhören!« brüllte er sie an.

»Ich höre nicht eher auf, bis Sie mich Cole sagen lassen, daß ich ihn liebe. Ich muß es ihm sagen«, wisperte sie. »Ich helfe Ihnen dann auch zu entkommen. Ich tue alles, was Sie verlangen ...«

Donald lachte. »Ach, ist sie nicht entzückend?« rief er den Marshals zu. »Die kleine Lady will Ihnen etwas sagen.«

»Glaubst du, du erwischt ihn?« raunte Daniel Cole zu.

»Nein«, flüsterte Cole.

»Sprich nur, Engelchen«, befahl Donald lachend. »Sag es ihm.«

»Cole!« schrie sie.

Er glaubte zu sterben. *O Gott, laß ihr nichts passieren ... Laß ihn nicht ...*

»Abilene.«

Er wußte, worum sie bat. Er hatte ihre Erlaubnis, er hatte sein Ziel, seine Waffe war entsichert, aber – möge Gott ihm helfen – er brachte es nicht über sich.

Daniel schoß für ihn.

»Nein!« brüllte Cole und sah plötzlich alles wie in Zeitlupe. Er sah, wie Jessica die Augen schloß und ohnmächtig zusammenbrach. Mehr zu sehen, ertrug er nicht. Er feuerte sein ganzes Magazin auf diesen Schurken ab, und jeder seiner Schüsse traf. Cole konnte einfach nicht mehr aufhören. Er drückte immer und immer wieder ab, und das einzige Geräusch war jetzt das Klicken der leeren Kammer, bis Daniel ihm die Waffe abnahm.

»Ich habe sie nicht erschossen!« schrie Daniel und hoffte, daß seine Worte Cole aus seiner Benommenheit rissen. »Sie ist unverletzt. Sie ist nur ohnmächtig geworden. Heb sie auf.«

Cole rannte zu ihr und ließ sich neben ihr auf die Knie fallen. Seine Hand zitterte, als er einen Finger an den Puls an ihrer Kehle preßte. Er fühlte ihren Herzschlag, stark und schnell, und spürte, wie ihm die Tränen kamen. Sanft hob er sie auf seine Arme und drückte sie an seine Brust.

Jessica hört jemanden schluchzen. Sie schlug die Augen auf und sah Grace auf Daniel zurennen.

Ein Deputy stand im Eingang zum Richterzimmer und beobachtete Rebecca. Die Frau preßte eine blutverschmierte Hand an ihre Brust und hielt sich mit der anderen an der Wand fest. Sie versuchte aufzustehen, als Grace an ihr vorbeirannte.

»Alles in Ordnung, Grace«, rief Daniel, als er ihre Tränen sah. Er rechnete ganz fest damit, daß sie sich in seine Arme werfen würde, aber Grace blieb plötzlich stehen. Ein eigenartiger Ausdruck erschien auf ihrem Gesicht, bevor sie sich umwandte und zu Rebecca zurücklief.

Daniel blieb keine Zeit mehr, sie zurückzuhalten. Grace ballte die Faust, hob sie und versetzte Rebecca einen harten Schlag gegen die Schläfe, daß sie zusammenbrach.

Grace trat zurück und schaute auf sie herab. »Das tut weh, nicht wahr?«

Daniel war so schockiert, daß er lachen mußte. Er hörte erst auf zu lachen, als Grace sich in seine Arme warf und ihn küßte.

»Ich liebe dich, Daniel. Ich liebe dich«, flüsterte sie fieberhaft, während sie seine Braue, seine Nase und sein Kinn küßte.

Er hob ihr Gesicht zu sich empor, um ihr in die Augen sehen zu können, und gestand ihr dann leise seine Liebe. »Heirate Nigel bitte nicht.«

»Weil du mich liebst, Daniel?«

»Das wollte ich gerade sagen, Grace: weil ich dich liebe.«

39. KAPITEL

Alle hatten sich im Richterzimmer versammelt und schauten zu, wie der Arzt Daniels Schulter verband. Er lag ausgestreckt auf einer Ledercouch. Grace stand neben ihm und hielt seine Hand.

Cole saß in einem großen Sessel und Jessica auf seinem Schoß. Sie hatte versucht, sich neben ihn zu setzen, aber Cole hatte sie nicht fortgelassen.

Der Richter war noch immer im Gerichtssaal, um zwei Deputies Anweisungen zu geben, bevor sie Rebecca ins Gefängnis brachten.

Cole neckte Daniel, als der Arzt versuchte, die Kugel aus seiner verletzten Schulter zu entfernen.

»Du bist ungeheuer tapfer, Daniel.«

»Treib mich nicht zu weit, Cole.«

»Es tut weh, nicht wahr, Daniel?« fragte Grace mitfühlend.

»Wenn ich ja sage, wirst du mich dann niederschlagen?« versetzte Daniel trocken.

Alle, außer Grace, die jetzt sehr verlegen schien, lachten. »Das wirst du mich nie vergessen lassen, nicht?«

»Niemals«, bestätigte Daniel grinsend.

»Wer zuletzt lacht, lacht am besten«, sagte Grace.

»Wie das?« fragte Daniel. Seine Stimme klang ruhig, aber auf seiner Braue glänzten Schweißtröpfchen. Er hätte den Arzt am liebsten angeschrien, sich zu beeilen und die verdammte Kugel zu entfernen, aber er schwieg, weil Grace bereits sehr unruhig und besorgt aussah.

»Ich hatte nie vor, Nigel zu heiraten.«

»Ich weiß. Ich hätte es auch gar nicht zugelassen.«

Cole zog Jessica am Ärmel, um ihren Blick auf sich zu lenken. »Ich will jetzt von dir hören, daß du mich liebst. Hier und jetzt, Jessie. Das ist deine letzte Chance, denn sonst ...«

»Sonst was?«

Er beugte sich vor und flüsterte ihr etwas zu, das sie heftig erröten ließ. »Das würdest du nicht wagen – nicht hier vor Grace und Daniel ...«

»Ich bin verzweifelt. Wenn dich auszuziehen das einzige Mittel ist, dich so weit zu kriegen, dann tue ich es.«

»Es würde mich auf jeden Fall von meinen Schmerzen ablenken«, warf Daniel ein.

Grace bedeckte mit den Händen ihr Gesicht und lachte. Jessica schlang ihre Arme um Coles Nacken.

»Ich warte«, ermahnte er sie streng.

»Ich liebe dich, Cole Clayborne. Ich liebe dich.«

Seine Miene wurde ernst. »Für immer, Jessie?«

»Für immer.«

Der Richter kam mit einer Flasche Whiskey herein. Er schenkte jedem etwas davon ein und setzte sich dann an seinen Schreibtisch.

»Ich habe mich noch immer nicht ganz von dem Schock erholt«, erklärte Rafferty. »Ich kann es fast nicht glauben, daß Donald Curtis, ein angesehener Geschäftsmann dieser Stadt und ein geschätzter Bürger unserer Gemeinde, der Anführer dieser Bande war. Was mag ihn so verändert haben?«

»Habgier«, antwortete Daniel.

»Abenteuerlust«, erklärte Cole.

»Vielleicht kann Rebecca es Ihnen sagen. Sie kannte Donald gut«, bemerkte Jessica.

»Ich weiß, daß sie kein Mitgefühl verdient, aber sie tut mir leid«, gestand Grace. »Sie hat ihn geliebt, und einige Frauen würden alles für die Männer tun, die sie lieben – selbst töten.«

Der Richter hob sein Glas und sagte: »Wie wäre es, wenn einer von euch Marshals einen Toast ausspricht?«

Daniel schaute Cole an. »Wirst du deinen Stern behalten?«

»Vielleicht. Und du?«

»Vielleicht.«

Cole hob sein Glas. »Auf die Gerechtigkeit.«

EPILOG

Rosehill Ranch, Montana

Mama Rose saß auf der Veranda und betrachtete den Sonnenuntergang. Es war ihr tägliches Ritual, das sie nie versäumte, weil Sonnenuntergänge ihrer Meinung nach ein Geschenk Gottes an die Menschen waren und sie es für ihre Pflicht hielt, seine Mysterien zu bewundern.

Sie war nicht allein, denn neben ihr saß das neueste und jüngste Mitglied der Familie, Caleb. Die beiden waren sich auf Anhieb sympathisch gewesen, und er plapperte jetzt in einer Sprache, die nur er allein verstand, zufrieden vor sich hin.

Er war ein entzückendes Kind, und ab und zu konnte Mama Rose nicht anders, als ihm über den dunklen Lockenkopf zu streicheln.

Alle waren heimgekehrt, um Jessicas und Coles Hochzeit zu feiern und Jessica und ihren Sohn im Schoße der Familie willkommen zu heißen. Das Haus platzte aus allen Nähten, und Mama Rose hätte nicht glücklicher sein können.

Sie schaute auf und sah, daß Cole in der Tür stand und sie betrachtete.

»Ich wußte, daß ich dich hier draußen finden würde«, sagte er, kam hinaus und zog sich einen Stuhl zu ihr heran. Mit einem Blick auf Caleb meinte er: »Das ist ein Racker, was?«

»Allerdings«, erwiderte sie lächelnd. »Er ist ein sehr aufgeweckter kleiner Junge. Er hat mir gerade eine sehr hübsche Geschichte erzählt.«

Cole lachte. »Er hält Jessica ganz schön in Trab«,

bemerkte er. »Abends sind wir beide erschöpft, weil wir ihm den ganzen Tag nachjagen.«

»So soll es auch sein«, erwiderte sie. Dann wurde sie wieder ernst und erklärte: »Du weißt doch hoffentlich, wie glücklich du dich schätzen kannst, Cole? Jessica ist ein Schatz, und dieser kleine Junge ist es auch.«

»Ich weiß«, stimmte er ihr lächelnd zu. »Manchmal – nachts – betrachte ich sie im Schlaf, und dann ist mir fast, als ob ich weinen müßte … Ich bin verliebt in sie«, schloß er. »Bis über beide Ohren.«

»Ich erwarte dich am Sonntag in der Kirche«, sagte Mama Rose. »Du wirst dem Herrgott für dein Glück danken.«

»Wir werden kommen«, versprach er. »Wirst du dann den neuen Hut tragen, den dir Grace geschickt hat?«

»O ja!« erwiderte sie strahlend. »Obwohl er fast ein bißchen zu gut für mich ist.«

»Für dich ist nichts zu gut, Mama Rose.«

Komplimente brachten sie in Verlegenheit, und deshalb wechselte sie das Thema. »Jessica erzählte mir, Grace habe beschlossen, einen Hutsalon in Dillon zu eröffnen.«

Cole nickte. »Ihre Eltern kommen aus London, um sie dabei zu unterstützen. Daniel hofft, daß sie auch in Amerika bleiben.«

»Wann wird Daniel sie heiraten?«

»Sie haben noch kein Datum festgesetzt. Er muß Grace' Vater zuerst um ihre Hand bitten, aber er hofft, daß sie nächstes Jahr im Frühling Hochzeit feiern können. Und natürlich erwartet er, daß du zur Hochzeitsfeier kommst.«

»Oh, die lasse ich mir natürlich nicht entgehen! Und ich werde auch meinen neuen Hut tragen. Daniel ist jetzt endlich mit sich selbst im reinen, nicht?«

Cole lächelte. »Er ist auf dem besten Wege, Mama.«

Die Terrassentür ging auf, und Mama Rose' andere Söhne – Adam, Douglas und Travis – kamen zu ihr hinaus. Kurz darauf erschien auch ihre Tochter, Mary Rose. Mama Rose' Herz schwoll an vor Stolz und Liebe, und ihre Augen wurden feucht.

»Ich wollte diesem Kind gerade eine Geschichte erzählen.«

»Wir wollen sie auch hören, Mama Rose«, sagte Adam.

»Wovon handelt sie?« wollte Douglas wissen.

»Von einem Kreis«, antwortete sie, »der in New York entstand, als vier Jungen und ein Baby eine Familie wurden.«

Caleb kletterte auf ihren Schoß und schmiegte sich an ihre Brust. Sie schlang die Arme um ihn und begann ihn zu wiegen.

»Es war einmal ...«

ENDE